经典照亮前程

大师和玛格丽特

［俄］米哈伊尔·布尔加科夫 著

曹国维 译

МАСТЕР И
МАРГАРИТА

华东师范大学出版社

目 录

译 序   i

第一部

第一章 千万别和陌生人说话   5
第二章 本丢·彼拉多   19
第三章 第七个证据   44
第四章 追捕   50
第五章 格里鲍耶陀夫之乱   58
第六章 果真是精神分裂   72
第七章 凶宅   81
第八章 教授和诗人的决斗   92
第九章 卡罗维耶夫的把戏   102
第十章 来自雅尔塔的消息   112
第十一章 伊凡人格二重化   125
第十二章 魔术及其揭秘   129
第十三章 主人公出现   145
第十四章 光荣属于雄鸡   165

第十五章	尼卡诺尔·伊凡诺维奇的梦	174
第十六章	行刑	188
第十七章	不安的一天	200
第十八章	不走运的造访者	213

第二部

第十九章	玛格丽特	237
第二十章	阿扎泽勒的润肤霜	252
第二十一章	飞翔	258
第二十二章	烛光下	272
第二十三章	撒旦的盛大舞会	286
第二十四章	救出大师	303
第二十五章	总督如此拯救加略人犹大	329
第二十六章	掩埋	340
第二十七章	五十单元的末日	363
第二十八章	卡罗维耶夫和别格莫特的最后旅程	379
第二十九章	决定大师和玛格丽特的命运	393

第三十章　该走了！该走了！　　　399
第三十一章　麻雀山上　　　412
第三十二章　宽恕和永久的乐园　　　416

尾　声　　　422

译　序

《大师和玛格丽特》是世界级艺术瑰宝。法国《理想藏书》对它推崇备至，诺贝尔文学奖得主加西亚·马尔克斯称它"精妙绝伦"，英国学者卡提斯认为："在俄罗斯和西欧文学中很难找到一部作品可以与之媲美"。

小说以1929年的莫斯科为背景，间或涉及二十世纪三十年代。书中的许多情节和细节或辛辣或诙谐地讽刺现实中的恐怖、腐败、虚假、不公、低效和愚昧。沃兰德用《浮士德》中魔鬼梅菲斯特的举止言行，反复暗示自己来自彼岸世界，却始终未被柏辽兹和波内廖夫所认识。这一艺术真实的切入，巧妙地勾画了社会的思想僵化和真假不辨。错误认识必定受到惩罚：柏辽兹身首异处；库兹明教授受惊病倒；贪图巴黎时装的女性观众，走出剧院，时装便不翼而飞，只剩内衣……作者坚信，讽刺有益于社会进步，正如卷首词所言："……你究竟是谁？""我是那种力的一部分，总想作恶，却总是行善。"沃兰德与马太关于光明和阴暗的对话："阴暗是物和人的影子……你是不是想净化大地，清除所有树木、所有生灵，满足你享受一片光明的幻想？"正是对抨击阴暗做了哲理的注解。

小说深刻剖析了人性。"胆怯是人最可怕的缺陷。"为了保住自己的前程，彼拉多违心地处死了毫无过错的流浪哲人，把自己永远钉上了历史的耻辱柱。多少类似的灾难其实都是人类自身缺陷的产物。"人终究是人。爱钱，历来如此……人类爱钱，不管这钱是用什么做的，用皮革、用纸、用青铜，还是用黄金。"在高扬理想旗帜的年代，剧场内的卢布雨昭示了人性的这一面。作者不为舆论所左右，对现实始终保持着清醒的认识。

然而，小说的重点在大师和玛格丽特。约书亚蒙难和大师的悲剧两相呼应，凸显了自由思想所受的迫害。大师体现的信仰和创造，在耶稣的投影下得到升华。玛格丽特是爱和仁慈的象征，撒旦的盛大舞会上，所有罪恶精灵对玛格丽特的朝拜，彰显了爱的至高无上。它们是生活赖以存在的基石。

这部写了十二年，经过无数次修改，几易书名，直到作者逝世仍未完全定稿的小说，表达了布尔加科夫对生活的全部感悟。俄罗斯评论界称它为作者留给人类的遗嘱。

"诸神，我的诸神！夜晚的大地多么忧伤！沼泽上空的雾霭多么神秘。只有在这雾霭中徘徊寻路的人，只有在死亡前历尽磨难的人，只有背负力不胜任的重荷在这大地上空飞翔的人，才会知道这一切。精疲力竭后知道这一切。他一无遗憾地撒手离开大地的雾霭，她的沼泽和河流，他坦然投入死神的怀抱，知道只有死神……"小说第三十二章起首的文字，抒发了一位热爱祖国，渴望以自己独特的才华和作品改善社会、服务人民，却始终不被理解的艺术家临终前的感叹。

历史故事、彼岸世界和现实生活三个层面的交错和对位，构成了小说独特的形式。现实和荒诞交汇，哲理和讽刺共生，抒怀和戏谑并举，使小说呈现为一个妙趣横生、雅俗共赏的艺术整体，其对俄罗斯文学，乃至世界文学的杰出贡献，为文学界所公认。

米哈伊尔·阿法纳西耶维奇·布尔加科夫1891年生于基辅。

父亲是基辅神学院教授。1909年进入基辅大学医学院学习。1919年年底放弃专业,转而从事文学创作。幻想讽刺中篇《不祥的蛋》(1925)、小说集《恶魔记》(1925)和反映国内战争时期贵族知识分子命运的长篇《白卫军》(1925),受到拉普的严厉批判。1927年年初即与出版小说绝缘。布尔加科夫还是一位剧作家,经他改编、创作,并先后搬上舞台的剧本有《图尔宾一家的日子》(根据《白卫军》改编,1926)、《卓依卡的住宅》(1926)、《红岛》(1928)、《伪君子的契约》(又名《莫里哀》,1936)。1940年,布尔加科夫病逝于莫斯科寓所,留下大量未发表的作品。

1943年,莫斯科上演他的剧本《最后的日子》(又名《亚历山大·普希金》,1934—1935)。1957年,苏联为布尔加科夫恢复名誉,《逃亡》(1928)与观众见面。此后,他的遗作陆续发表:1962年长篇《莫里哀先生的一生》(1932—1933),1965年《剧院故事》(又名《死者笔记》,1936—1937),1966年《大师和玛格丽特》(1929—1940),1982年剧本《卓依卡的住宅》,1987年中篇《狗心》(1925),以及剧本《红岛》和《亚当和夏娃》(1931)等。

为纪念作家诞辰100周年,联合国教科文组织宣布1991年为布尔加科夫年。1996年俄罗斯出版《布尔加科夫百科全书》(592页)。2016年发行第二版(832页)。

"……你究竟是谁?"
"我是那种力的一部分,
总想作恶,
却总是行善。"

——歌德《浮士德》

第一部

第一章　千万别和陌生人说话

暮春一个酷热[1]的傍晚，牧首塘[2]畔来了两位公民。其中一位四十来岁，穿一身浅灰色夏装，矮个，黑发，肥胖，歇顶，手托自己讲究的礼帽，仔细刮过的脸上点缀着奇大的黑玳瑁眼镜。另一位是宽肩膀、棕红头发又乱又翘的年轻人，后脑勺上歪戴一顶方格鸭舌帽，穿着格子翻领衬衫、皱巴巴的白长裤和黑胶鞋。

第一位并非别人，正是米哈伊尔·亚历山德罗维奇·柏辽兹[3]，一家大型文学刊物的主编，又是莫斯科几大文学社团之一"莫文协"的理事会主席。他的年轻同伴则是诗人伊凡·尼古拉耶维奇·波内廖夫，笔名"流浪汉"。

踏进稍稍绽出新绿的椴树荫影，两位作家直奔漆得花花绿绿的售货亭，售货亭上写着"啤酒、水"。

对了，必须交代一下这个可怕的五月傍晚的第一桩怪事：不但售货亭前，就连跟小铠甲街平行的林荫道上也不见一个人影。此刻，

1　俄罗斯传统观念中，酷热是闹鬼的预兆。
2　牧首系俄罗斯东正教最高神职，牧首塘是莫斯科的一处公园。园内有池塘，公园因池塘得名。
3　俄罗斯人姓名，其组成和排列为：名＋父称＋姓。父称源于此人父亲的名字。单用名＋父称表示尊敬。名字有表示亲昵的小名，用于关系近的人。单用姓，是正式中性称谓。

似乎连呼吸都没了力气，太阳烤热了莫斯科，在干燥的尘雾中渐渐落到花园环路后面——没人来椴树下，没人坐到长椅上，空空的一条林荫道。

"两瓶纳尔赞[1]。"柏辽兹说。

"没有纳尔赞。"售货亭里的女人回答，不知怎的生气了。

"啤酒有吗？"流浪汉用嘶哑的声音问。

"啤酒傍晚到货。"女人回答。

"那有什么？"柏辽兹问。

"杏子水，不过没冰镇。"女人说。

"行，行，行！……"

杏子水冒起许多黄色泡沫，空气中顿时弥漫开一股理发店的气味。喝完杏子水，两位文学家当即开始打嗝。他们付了钱，坐到一张长椅上，面对池水，背朝铠甲街。

这时发生了第二桩怪事，不过只跟柏辽兹一人有关：突然，他不再打嗝，心脏怦地一跳，倏忽间，不知掉到了哪里，随即又回来了，但扎着一根钝针。另外，柏辽兹感到一种莫名而又强烈的恐惧，真想立刻逃离牧首塘。

柏辽兹忧郁地回头望望，不明白究竟叫什么吓着了。他脸色惨白，掏出手帕擦了擦额头，心想："我这是怎么啦？从没这样过……准是心脏出了毛病……操劳过度。看来得把一切都扔给魔鬼，这就去基斯洛沃德斯克疗养……"

就在这一刻，燥热的空气在他面前凝聚，随即从这空气中变幻出一个透明的公民，模样极怪。小脑袋上戴着骑手帽，穿着空气

---

[1] 纳尔赞，一种碳酸矿泉水，对心血管、消化道的疾病有一定疗效，产于俄罗斯北高加索的疗养胜地基斯洛沃德斯克。

的短小格子上装……公民身高一俄丈¹,可肩膀狭窄,精瘦离奇,脸上——请注意——一副嘲讽的神色。

柏辽兹的经历使他对异象很不习惯。他脸色愈加惨白,瞪大眼睛,惊慌地想:"这绝不可能!……"

但这,唉,却是事实,况且细高挑儿、通体透明的公民,双脚腾空,正在他眼前左右摇晃。

柏辽兹吓得急忙闭紧眼睛,待他睁开眼睛,发现一切已经结束,热气消散,穿格子衣服的公民不见了,同时扎进心脏的钝针也没了。

"嘿,见鬼!"主编大声说,"你知道吗,伊凡,我刚才差点儿中暑!甚至出现了幻视!"他挤出一丝笑容,但眼睛里还闪着惊恐,两手颤抖。不过他渐渐镇静下来,拿手帕扇了扇,打起精神说:"嗯,总之……"重又继续刚才喝杏子水中断的谈话。

事后得知,他谈的是耶稣基督。原来,主编曾约诗人为下期杂志写一首反宗教的长诗。这长诗伊凡·尼古拉耶维奇写完了,而且极快,遗憾的是丝毫未使主编满意。流浪汉描绘长诗主人公,也就是耶稣,用了非常阴暗的色彩,然而全诗,按主编的意见,必须重写。所以主编现在似乎在给诗人上课,以便指出诗人的基本错误。

很难说,究竟是什么导致伊凡·尼古拉耶维奇的失误——他天才的笔力,还是对所写题材的无知——反正,耶稣在他笔下是活生生的,是历史上存在的耶稣,无非,对了,是用全盘否定的笔触描绘的耶稣。

柏辽兹想让诗人明白,关键不在于耶稣是怎样的人,坏人还是好人,而是世上从未有过耶稣这个人,所有关于耶稣的传说都是虚构,都是平庸的神话。

---

1 合 2.134 米。

应该指出，主编是个博览群书的人，谈话中十分在行地引证了许多古代史家的著述，比如，著名的亚历山大的斐洛[1]和学识超群的弗拉维奥·约瑟夫斯[2]都未曾提及耶稣的存在。在显露渊博的同时，米哈伊尔·亚历山德罗维奇顺便告诉诗人：著名的塔西佗[3]的《编年史》第十五卷第四十四章中耶稣蒙难的文字，无非是后世伪托。

主编说的一切，流浪汉闻所未闻。他凝神听着，一双机敏的绿眼睛牢牢盯住米哈伊尔·亚历山德罗维奇，只是偶尔打个嗝，轻声骂一句杏子水。

"凡是东方宗教，"柏辽兹说，"必有处女产神的故事。基督徒玩的并非新花样，同样编造了自己的耶稣，其实，世上从来没有耶稣。这就是应当突出的重点……"

柏辽兹高亢的声音回荡在空旷的林荫道上。他越说越深奥，只有博古通今的人，才敢深入这类学术丛林，不怕扭断自己的脖子。诗人于是知道了越来越多有趣的史料，知道了埃及的瑞神、天地之子——奥西里斯[4]，知道了腓尼基的法姆莎神[5]，知道了马尔杜克神[6]，甚至知道了较为冷僻的、威猛的惠奇洛波特利神[7]，古代墨西哥的阿

---

1 斐洛（约前20—约50），希腊化时期犹太教哲学的代表人物，基督教神学的先驱。生活在当时希伯来文化、希腊文化和基督教文化汇集的大都市——亚历山大城。
2 弗拉维奥·约瑟夫斯（约37—100），古犹太历史学家，其《犹太古代史》记录了由《旧约·创世记》开始至公元66年的犹太人历史。
3 塔西佗（约56—120），古罗马最伟大的历史学家。其《编年史》叙述的史实，始于公元14年奥古斯都之死和提比略继位，止于公元68年尼禄之死，包括整个克劳狄王朝。
4 奥西里斯，古埃及神话中的复活神，死者灵魂的审判者。
5 腓尼基人，生活在地中海东岸（现黎巴嫩）的古老民族，属闪米特族群。法姆莎，生命神，冬天休眠，暖和的太阳下复苏的自然力量的象征。
6 马尔杜克，古代巴比伦神话中的元神，又称神的法官，总神之父。能让死者复活。
7 惠奇洛波特利，意为南方的蜂鸟。蜂鸟在北美民族中象征太阳，其后又被视作丰产神、财神。玛雅人每年两次祭祀该神，用玉米和蜂蜜制作巨大的神像。惠奇洛波特利又被认为是战神，与黑暗力量作战，保卫太阳。

兹特克人对他极其崇敬。

就在米哈伊尔·亚历山德罗维奇给诗人介绍阿兹特克人怎样用面团塑造惠齐洛波特利神像时,林荫道上出现了第一个人。

后来——坦率地说,为时已晚——各种机关纷纷呈上各自的报告,描述此人外貌。对照这些报告,不能不使人惊讶。比如,一份报告称,此人个子矮小,镶金牙,右腿瘸。另一份报告说此人身材魁梧,戴白金牙套,左腿瘸。第三份报告则简单地说,此人没有特征。

不得不说,这些报告毫无价值。

首先,被描述人没有一条腿是瘸的,身材既不矮小,也不魁梧,无非高挑而已。至于牙齿,则是左侧戴白金牙套,右侧镶金牙。他穿一身昂贵的灰色套装,皮鞋是外国货,与套装同色。一顶灰色贝雷帽潇洒地斜戴着,触及耳朵,腋下夹根手杖,黑色的杖柄呈狮子狗头状[1]。看模样,四十开外。嘴有点儿㖞。脸刮得很干净。黑发。右眼黑色,左眼不知怎的呈绿色。黑眉毛,然而一高一低。总之,是外国人。

经过主编和诗人坐的长椅时,外国人朝两人瞥了一眼,停下,突然坐到邻近的长椅上,和两位朋友仅隔几步。

"德国人……"柏辽兹想。

"英国人……"流浪汉想,"瞧,还戴手套,也不嫌热。"

外国人扫了一眼呈正方形围住池塘的几幢高楼,显然,他第一次来这儿,对周围的景致很感兴趣。

他把目光停留在楼宇高层,刺眼的窗玻璃映照出破碎的、即将永远离开米哈伊尔·亚历山德罗维奇的太阳。然后,他把目光移向下面在黄昏中渐渐变得乌黑的窗玻璃,不知为什么,宽容地冷冷一

---

[1] 歌德《浮士德》中,黑色狮子狗是魔鬼梅菲斯特的化身。

笑，眯起眼睛，双手握住杖柄，下巴搁在手背上。[1]

"你呀，伊凡，"柏辽兹说，"写得很好，很有讽刺意味，比如圣子耶稣降生。但问题是早在耶稣之前，已经降生了整整一批圣子，比如腓尼基的阿多尼斯、弗里吉亚的阿提斯、伊朗的密多罗。简单说吧，这些圣子一个都没降生，根本没有圣子，包括耶稣，你应该摒弃圣子降生，或者，比如说吧，博士来拜[2]，得写博士来拜纯属以讹传讹……要不，按你的写法，耶稣当真降生了！……"

这时，流浪汉屏住气，想把一个折磨他的嗝压下去，不料嗝打得更难受，也更响，就在这一刻，柏辽兹停止他的宏论，因为外国人突然站起，朝两位作家走来。

两位作家看着他，暗自惊奇。

"对不起，"来人说话带有外国口音，但字字清晰，"尽管不认识，但我还是冒昧地……两位的切磋太有意思……"

他一边说，一边礼貌地摘下贝雷帽，两个朋友没办法，只得起身鞠躬还礼。

"不，多半是法国人……"柏辽兹想。

"波兰人？……"流浪汉想。

必须补充一下：外国人一开口，就让诗人讨厌，柏辽兹倒像喜欢他，不，谈不上喜欢，而是……怎么说呢，觉得这人挺有趣。

"能让我坐下吗？"外国人礼貌地请求，两个朋友不由往两边让了让。外国人利落地在他们之间坐下，随即加入谈话。

"要是我没听错，您说世上根本没有耶稣？"外国人问，绿色的左眼看着柏辽兹。

---

[1] 梅菲斯特塑像的一种造型。
[2] 《新约·马太福音》载，耶稣诞生时，有几个博士来到耶路撒冷，说"那生下来作犹太人之王的在那里。我们在东方看见他的星，特来拜他"。

"对,您没听错,"柏辽兹谦恭地回答,"我确实是这么说的。"

"嘀,太有意思了!"外国人大声说。

"他搞什么鬼?"流浪汉想,双眉紧蹙。

"您赞同这位的观点?"陌生人转身向右,问流浪汉。

"百分之百!"后者证实。他说话喜欢奇特、形象。

"佩服!"不速之客兴奋地大声说,随即不知为什么贼头贼脑地瞧了瞧四周,压低原本低沉的嗓音说,"请原谅我的纠缠,不过我看,别的不说,二位还不信上帝?"他惊恐地瞪大眼睛,又加了一句:"我发誓,我跟谁都不说。"

"对,我们不信上帝,"柏辽兹回答,对外国游客的惊恐微微一笑,"这事完全可以自由谈论。"

外国人猛地朝椅背一仰,甚至好奇地尖叫一声,问:

"二位是——无神论者?!"

"是的,我们是无神论者。"柏辽兹含笑回答。流浪汉则气呼呼地想:"缠上了,这个外国佬!"

"嘀,真是绝了!"古怪的外国人大叫,转动脑袋,忽而看看这位,忽而又看看那位。

"在我们国家,无神论不足为奇,"柏辽兹用外交口吻礼貌地说,"我国大部分居民早已自觉地不再相信宣扬上帝的神话。"

这时,外国人做了一个出人意料的举动——他站起来,同愕然的主编握握手,说:

"请允许我衷心地谢谢您!"

"您干吗谢他?"流浪汉眨着眼睛,问。

"他说了一个非常重要的情况。这是我,作为游客,非常希望知道的。"外国怪物意味深长地竖起一根指头,解释说。

看来,这个重要情况确实对游客产生了强烈影响,他惊恐地扫视四周的楼宇,像是害怕在每个窗口里都看到一个无神论者。

"不,他不是英国人……"柏辽兹想。流浪汉则想:"他哪儿学的这口地道的俄语?不行,得弄清楚!"又锁起眉头。

"不过,请问二位,"外宾经过紧张的思考,问,"证明上帝存在的证据该怎么办?这类证据,谁都知道,共有五个[1]。"

"唉!"柏辽兹惋惜地说,"这些证据全都毫无价值,人类早就把它们放进档案馆了。您想必同意在理性领域内,上帝存在的任何证据都是不能成立的。"

"高见!"外国人大声说,"高见!您充分表达了不安分的老头伊曼努尔[2]对这个问题的看法。但可笑的是老头彻底摧毁五个证据后,像是自嘲,创立了自己的第六个证据!"

"康德的证据,"学识渊博的主编莞尔一笑,反驳说,"也同样没有说服力,无怪席勒[3]说,康德对这个问题的论证只能让奴隶满意。施特劳斯[4]更是嘲笑了这个证据。"

柏辽兹一边说,一边想:"他究竟是什么人?俄语怎么说得这么地道?"

"这个康德该抓,就凭这些个证据,得送索洛维茨[5]待上三年!"伊凡·尼古拉耶维奇冷不丁地冒出一句。

"伊凡!"柏辽兹觉得难堪,悄声喝住。

不过,把康德送索洛维茨的提议不仅没有镇住外国人,反倒使他高兴。

---

1 托马斯·阿奎那(约1225—1274),他在《神学大全》中提出证明上帝存在的五个证据。
2 伊曼努尔·康德(1724—1804),德国古典哲学创始人。
3 费迪南德·席勒(1864—1937),英国人本主义哲学家。
4 大卫·弗里德里希·施特劳斯(1808—1874),德国神学家,青年黑格尔派哲学家。其《耶稣传》认为《圣经》是历史神话,他因此被当时的神学家喻作"基督教信仰的撒旦"。
5 索洛维茨,俄罗斯白海的沿海岛屿,俄罗斯北部宗教中心,十五世纪上半叶建修道院于岛上。此地历代都是流放地。

"就是！就是！"他高声说，瞅着柏辽兹的绿色左眼灼灼闪光，"他待那儿正是地方！当年共进早餐，我就跟他说：'您啊，教授，随您啰，居然想出这么个别扭玩意儿！这玩意儿也许聪明，不过太难懂。人家会拿您开心的。'"

柏辽兹瞠目结舌。"共进早餐……跟康德？……他这是在编什么瞎话？"柏辽兹想。

"不过，"外国人毫不在意柏辽兹的惊讶，转身对诗人说，"送他去索洛维茨肯定不行，因为他在比索洛维茨更远的地方落户一百多年了，把他从那儿弄出来绝对没门，请您相信！"

"真遗憾！"好斗的诗人回答。

"我也很遗憾！"陌生人同意，闪着一只眼睛，接着又说，"不过，瞧，我担心的是这么个问题：如果没有上帝，那么试问，谁来管理人世，管理大地万物？"

"人自己管理。"流浪汉愤愤然地抢着回答这个自己其实不太清楚的问题。

"对不起，"陌生人委婉地反驳，"要管理，不管怎样，总得有个确切的计划，能管上哪怕稍稍像样的一段时间。要是人不但没法制订一个哪怕在短得可笑的期限里，比如一千年，管用的计划，甚至连自己的明天都保证不了，请问，人怎么管理？真的，"陌生人随即转身对柏辽兹说，"想想吧，您，比如，开始管理，安排别人，也安排自己，总之，这么说吧，慢慢来劲了。突然您……嘿……嘿……生了肺癌……"外国人美滋滋地一笑，仿佛肺癌的奇想使他深为得意。"对，肺癌，"他像猫似的眯起眼睛，响亮地又说一遍，"这不，您的管理到此为止！从此，除了自己的命运，您对谁的命运都不再关心。亲人开始骗您，您感到身体不适，到处求医，找名医，找术士，甚至找占卜的女巫。无论名医、术士，还是女巫，全都没用，这您自己明白。最后必定以悲剧告终：不久前还以为自己管理着什么的那位，突然一动不动地躺在了木盒里，周围的人知道，这躺着的不再有用，把他送进炉子烧了。常常还有比这更糟的：有人刚打算去基斯洛沃德斯克疗养，"这时外国人眯细眼睛看着柏辽兹，"似乎小事一桩，不料连这一丁点儿小事都办不成，因为不知怎的，他突然滑了一跤，正好倒在有轨电车的轮子下！难道您能说这是他自己在管理自己？认为管理他的是另一个人，不更合理？"说到这里，陌生人古怪地嘻嘻笑了。

柏辽兹极其认真地听了这段牵扯肺癌和有轨电车的议论，不祥的思绪开始暗暗折磨他。"这不是外国人！不是外国人！"他想，"这是个超级怪物……不过，他究竟是什么人？……"

"您想抽烟，我看？"陌生人冷不丁转身问流浪汉，"您喜欢什么牌子？"

"您难道什么牌子都有？"诗人阴沉地反问，他的烟抽完了。

"喜欢什么牌子？"陌生人又问。

"咱们牌。"流浪汉没好气地回答。

陌生人旋即从衣袋里掏出烟盒，递给流浪汉：

"咱们牌。"[1]

主编和诗人深感震惊的并非烟盒里装的恰恰是咱们牌，而是烟盒本身。烟盒挺大，赤金制造，刚一打开，盒盖上三角形的钻石顿时闪出蓝色和白色的光焰。

这时，两位文学家各有各的想法。柏辽兹想："不，是外国人！"流浪汉则想："嘀，见鬼！……"

诗人和烟盒主人把烟点上。柏辽兹从不吸烟，谢绝了。

---

[1] 要什么就给什么，是梅菲斯特的魔法。

"应该这样反驳他,"柏辽兹拿定主意,"对,人总有一死,这谁都没有异议,但问题是……"

不料,他话还没出口,外国人反倒先说了:

"对,人总有一死,如果仅仅这样,倒也罢了。糟糕的是人有时会突然死亡,问题就在这里。人呀,连当天晚上会做什么,一般都说不准。"

"这样立论太过荒唐……"柏辽兹想,便反驳说:

"这未免有些夸大。今天晚上我多少还是说得准的。当然,如果铠甲街上有块砖头掉到我头上……"

"砖头永远不会无缘无故掉到谁头上,"陌生人威严地打断他,"尤其对您,请相信,砖头绝对不是威胁。您是另一种死法。"

"也许,您知道是什么死法?"柏辽兹自然反唇相讥,渐渐卷入这场确实有点儿荒唐的谈话,"能告诉我吗?"

"乐意效劳。"陌生人回答。他用目光打量柏辽兹,像要给他缝制衣服,口中念念有词:"一,二……水星居次……月亮退隐……六,主灾……日暮,七……"然后喜形于色地大声宣布:"您将被人碾下脑袋!"

流浪汉气得瞪大眼睛,虎视着出言不逊的陌生人。柏辽兹只是苦笑一下,问:

"被谁?敌人?武装干涉者?"

"不,"对方回答,"一位俄国妇女,共青团员。"

"哼……"柏辽兹被陌生人这个玩笑激怒了,"请原谅,这不大可信。"

"我也请您原谅,"外国人回答,"但这绝对没错。对,请问,今天晚上您准备做什么,如果不是秘密?"

"不是秘密。我这就回家,去花园街,随后晚上十点,'莫文协'

举行例会，会议由我主持。"

"不，这绝不可能。"外国人断然否定。

"为什么？"

"因为，"外国人回答，眯细眼睛看了看天空，空中几只黑鸟预感到夜晚的凉爽，无声地飞着，"安奴什卡已经买了葵花籽油，不但买了，而且洒了。所以这会开不成了。"

于是，不言而喻，椴树下一片沉默。

"对不起，"过了一会儿，柏辽兹终于开口，不时看看信口雌黄的外国人，"这跟葵花籽油有什么关系？……还有，安奴什卡是什么人？"

"这跟葵花籽油是这么个关系，"流浪汉突然插话，显然他决心向不速之客宣战，"我说，公民，您是不是在精神病院待过？"

"伊凡！"米哈伊尔·亚历山德罗维奇赶紧悄声喝住。

但外国人毫不介意，反而高兴地哈哈大笑。

"待过，待过，还不止一次！"他笑着大声回答，但一只不笑的眼睛盯着诗人，"我哪儿没待过！遗憾的是，我一直没时间问问教授，什么是精神分裂。因此，您得自己向他请教，伊凡·尼古拉耶维奇！"

"您怎么知道我的名字？"

"得了吧，伊凡·尼古拉耶维奇，谁不认识您！"随即外国人打口袋里掏出一张昨天的《文学报》。伊凡·尼古拉耶维奇看到头版上登着自己的照片，下面是自己的诗作。这份声誉的显证昨天曾使诗人扬扬得意，但此时此刻没给诗人带来丝毫快感。

"请原谅，"他说，脸色阴沉下来，"您能不能稍稍等一下？我想跟我的同志说两句话。"

"啊，请便，"陌生人大声说，"这椴树下挺好，再说，我也没什么急事要办。"

"我说，米沙[1]，"诗人把柏辽兹拉到一边，压低声音说，"他根本不是什么外国游客，是间谍！是潜回国内的白俄。你让他出示证件，别叫他溜了……"

"你这么看？"柏辽兹不安地悄声问，暗想："说的也是……"

"相信我，没错，"诗人在他耳边轻轻说，"他装蒜，想从我们嘴里套出点儿什么。你听，他俄语说得多棒，"诗人边说边斜睨着，唯恐陌生人溜掉，"走，拦住他，要不他准溜……"

诗人拽着柏辽兹的胳膊往长椅走。

陌生人不是坐着，而是站在长椅旁，手里拿着深灰色的小本子、一个厚实精美的信封和一张名片。

"抱歉，刚才我只顾争论，忘了自我介绍。这是我的名片、护照和来莫斯科当顾问的邀请函。"陌生人用锐利的目光审视着两个文学家，郑重地说。

两人很是难堪。"见鬼，全让他听见了……"柏辽兹想，赶紧做了个礼貌的手势，表示不必出示证件。就在外国人执意把证件递给主编时，诗人瞥见了名片上外文字母打印的"教授"和姓氏的第一个字母"W"。

"幸会。"主编尴尬地嘟哝说。于是外国人把证件放回衣袋。

关系恢复，三位重又坐到长椅上。

"您应邀来我国当顾问，教授？"柏辽兹问。

"对，当顾问。"

"您是德国人？"流浪汉打探。

"我？"教授反问，忽然沉思起来。"对，也许是德国人……"他说。

---

[1] 米沙，柏辽兹名字米哈伊尔的小名。

"您俄语说得真棒。"流浪汉说。

"嗯,一般地说,我是语言通才,会说多种语言。"教授回答。

"那您是什么专业?"柏辽兹打探。

"我擅长魔术。"

"瞧!……"米哈伊尔·亚历山德罗维奇头脑里轰地一响。

"那……那请您来我国是从事这个专业?"他结巴地问。

"对,从事这个专业。"教授确认,又解释说,"贵国国家图书馆发现了魔法师赫伯特·阿弗里拉克斯基的真迹,十世纪的。所以请我来破译,我是当今世界唯一的专家。"

"啊——啊!您是历史学家?"柏辽兹如释重负,恭敬地问。

"我是历史学家。"学者确认,接着又莫名其妙地加了一句,"今天傍晚牧首塘畔将有一段有趣的历史!"

主编和诗人重又愕然。教授向两人招招手,待他俩俯身靠近,低声说:

"请注意:耶稣确有其人。"

"您看,教授,"柏辽兹勉强笑了笑回答,"我们佩服您的渊博,但我们在这个问题上持另一种观点。"

"不需要什么观点,"古怪的教授回答,"历史上他确实存在,就这么回事。"

"总该有什么证据……"柏辽兹刚想反驳。

"什么证据都不需要,"教授回答,接着轻声说起来,他的外国口音不知怎的顷刻消失,"一切都很简单:春月尼散[1]十四日清晨,身披血红衬里的白披风,拖着骑兵沙沙作响的步子……"

1　犹太教历称每年第一个月为"尼散月",约在公历三四月间。

第二章 本丢·彼拉多

春月尼散十四日清晨,身披血红衬里的白披风,拖着骑兵沙沙作响的步子,犹太总督[1]本丢·彼拉多走出大希律[2]宫,来到两侧配殿间的柱廊上。

这个世界上,总督最恨玫瑰油的气味,眼下的一切分明预示不祥的一天,因为这气味从黎明起便一直折磨他。总督觉得玫瑰的气味源自花园的柏树和棕榈,觉得卫队的皮革装备和人马的汗水味里也混有万恶的玫瑰气息。随同总督来到耶路撒冷的罗马第十二闪击军团第一大队驻扎在王宫后园的偏殿内,此刻各中队的伙夫开始准备午餐,炊烟越过花园顶层平台飘进柱廊。甚至微微苦涩的炊烟里也夹杂着这种油腻的玫瑰味。

"噢,诸神,诸神,为什么你们这样惩罚我?……对,毫无疑问,是它,又是它,可怕的顽症……偏头痛,一发作就半个脑袋疼……这病没药,根本没治……试着别动脑袋……"

喷泉旁,彩石镶嵌的地坪上已经备好一把圈椅。总督谁也不看,坐到圈椅上,向边上伸出一只手。书记官毕恭毕敬地把一张羊皮纸放到这只手里。总督被病痛扭歪了脸,斜眼草草看完案情,把羊皮

---

[1] 罗马皇帝派驻犹太行省的官员。
[2] 大希律(前73—前4),又称希律大帝,是罗马帝国在犹太行省的代理王。

纸还给书记官，费劲地说：

"案犯是加利利人？案卷送分封王了？"

"是的，总督。"书记官回答。

"他怎么说？"

"他拒绝裁决此案，把犹太教公会的死刑判决送您核准。"书记官解释。

总督的半边面颊抽了一下，低声说：

"带人犯！"

随即，两名士兵从柱廊下的花园平台往凉台的总督座椅前押来一个二十七岁左右的男子。此人穿一件破旧的浅蓝长衫，头上包块白布，箍着皮带，双手反绑，左眼下有一大块紫斑，嘴角结了血痂。人犯惊慌而又好奇地望着总督。

总督默然不语，接着轻轻地用阿拉米语问：

"这么说，是你唆使民众捣毁耶路撒冷圣殿？"

总督坐着，形同石雕——因为不敢摆动剧烈疼痛的脑袋，问话时只有嘴唇微微启合。

双手反绑的人稍稍前倾，张口回答：

"善人！相信我……"

总督立即喝住他，但仍像刚才那样，一动不动，也没提高嗓门：

"你这是叫我善人？你错了。在耶路撒冷人人私下骂我是恶魔，骂得完全正确。"随即没变声调，加了一句："中队长鼠见愁晋见。"

所有的人都觉得凉台暗了，因为一中队队长马克，绰号鼠见愁，站到了总督面前。鼠见愁比军团最高的士兵还高出一头，异常宽阔的肩膀完全遮住了尚未升高的太阳。

总督对中队长说的是拉丁语：

"人犯叫我'善人'。你带他下去，给他解释一下，应该怎样和我说话，但不得致残。"

鼠见愁马克对人犯一挥手，示意跟他下去。所有的人，除了一动不动的总督，都目送着他俩。

鼠见愁走到哪里都惹人注目，因为异常高大，而对初次见到他的人来说，也是因为中队长的脸异常丑陋：当年日耳曼战槌砸烂了他的鼻梁。

马克沉重的靴子在彩石地上橐橐直响，被绑的人跟在后面，悄无声息。柱廊里一片寂静，可以听到凉台旁花园平台上鸽子咕咕的叫声，还有喷泉奇妙悦耳的歌唱。

总督真想站起来，把太阳穴置于喷泉的水流下，就这样一动不动。但他知道，这也不能止痛。

鼠见愁把人犯带出柱廊，领进花园，从站在铜像基座旁的士兵手里抓过鞭子，略略一举，打在人犯肩上。中队长漫不经心，下手不重，但被绑的人随即倒下，像是被砍了双腿，呼吸急促，脸色惨白，眼神涣散。

马克左手轻轻一提，像提空口袋似的提起倒地的人，让他站好，接着带着浓重的鼻音用蹩脚的阿拉米语说：

"见了罗马总督要叫——大人。不许乱叫。要立正。你听懂了，还是再打？"

人犯晃了一下，但站稳了，脸上又有了血色。他喘口气，嘶哑地回答：

"我听懂了，别打了。"

片刻后，他重又站到总督面前。

响起一个嘶哑、病恹恹的声音：

"姓名？"

"我的？"人犯赶紧应声，整个身体都在表示他将好好回答，不再惹恼总督。

总督说得很轻：

"我的我知道。别再装傻。你的。"

"约书亚。"人犯急忙回答。

"有绰号吗？"

"拿撒勒人。"

"籍贯？"

"迦玛拉城。"人犯回答，一面摆了摆头，表示在他右边，北方，很远的地方有个迦玛拉城。

"你的血统？"

"我说不准，"人犯迅即回答，"我不记得父母是谁，只听说，我父亲是叙利亚人……"

"家住哪里？"

"我没家，"人犯腼腆地回答，"到处漫游，从一个城市到另一个城市。"

"这可以说得简单些，一句话——流浪汉。"总督说。又问："有亲属吗？"

"没有。孤身一人。"

"识字吗？"

"识。"

"除了阿拉米语，还懂哪种语言？"

"希腊语。"

浮肿的眼皮微微抬起，一只蒙上病痛阴影的眼睛盯住人犯，另一只眼睛仍然闭着。

彼拉多用希腊语问：

"这么说，是你打算捣毁圣殿，唆使民众造反？"

顷刻间,人犯重又振作起来,眼睛里已经没有惧色,也用希腊语说:

"我,善……"一丝惊恐倏地掠过人犯的眼睛,因为他险些说错,"大人,我平生从没想过捣毁圣殿,也从没劝人去干这种毫无意义的事情。"

伏在矮桌上录供的书记官满脸惊诧。他抬起头,但又立刻低头看着羊皮纸。

"每逢节日,形形色色的人大量汇集本城。装神的、占星的、算命的、杀人的,"总督单调地说,"还有妖言惑众的。比如,你,就是妖言惑众的。这里记得清清楚楚:唆使民众捣毁圣殿。有许多人证明。"

"这些善人,"人犯刚一开口,便赶紧补上,"大人。"接着又说,"什么都没学过,把我说的意思全弄错了。我担心这些差错会流传很久。这都怪他没把我的话记准确。"

一阵沉默。现在已经是两只带着病痛的眼睛沉重地看着人犯。

"我对你再说一遍,最后一遍:不许装疯卖傻,强盗,"彼拉多温和而又单调地说,"你的言行,记录在案的不多,但就凭这些,足以判你死刑。"

"不,不,大人,"人犯极力想使总督相信,"我是说有人带着羊皮纸跟着我,不停地记录。有一天,我看了这张羊皮纸,吓坏了。那里记录的,我绝对没说过。我求他:把羊皮纸烧了吧,看在上帝分上!但他从我手里夺过羊皮纸,跑了。"

"这人是谁?"彼拉多不耐烦地问,摸了摸太阳穴。

"利未·马太,"人犯乐意地说,"他原是税吏,我第一次遇见他,是在去伯法其的路上,就是无花果园的拐角上,居然和他越谈越投合。起初他对我不友好,甚至侮辱我,就是说他以为在侮辱我,骂我是狗,"人犯讪讪一笑,"我本人并不认为这动物有什么不好,没必要为这个生气……"

书记官停下笔录,惊讶地偷偷瞥了一眼——不,不是人犯,是——总督。

"……不过,听我说了几句,他态度软了,"约书亚接着说,"临了,他把钱扔在路上,说要和我一起漫游……"

彼拉多的半边面颊淡淡一笑,露出几颗黄牙,整个身子转向书记官,说:

"嘀!耶路撒冷!真是无奇不有!税吏,你听听,居然把钱扔在路上!"

书记官不知该怎么回答,认为应当和彼拉多一样,笑笑。

"他说他现在觉得金钱可憎,"约书亚解释利未·马太的古怪举止,又说,"从那天起,他就一直伴随着我。"

总督依然咧着嘴,看了看人犯,又看了看远处,右下方,赛马场骏马雕塑上方冉冉升起的太阳,突然厌恶而又痛苦地想,干脆下令绞死他!从凉台上赶走这个古怪的强盗。再赶走卫队,从柱廊回进宫殿,让侍从拉上窗幔,躺到床上,要杯凉水,哀声唤来狼狗班加,向它诉说偏头痛的苦处。突然,服毒的想法诱人地闪过总督疼痛的脑袋。

他用浑浊的双眼望着人犯,有好一阵沉默不语,苦苦回想,为什么在耶路撒冷早晨似火的骄阳下,他面前站着被打得鼻青眼肿的人犯,他还得提些谁都不需要的问题。

"利未·马太?"病人嘶哑地问,随即闭上眼睛。

"对,利未·马太。"传进他耳朵的是高亢的、折磨他的声音。

"那你在集市上究竟对民众说了圣殿什么?"

回答的声音像针一样扎着总督的太阳穴,痛彻心扉。那声音说:

"大人，我说旧信仰的圣殿必将坍塌，真理的新圣殿必将建立。我这么说是为了好懂。"

"你，流浪汉，为什么要在集市上妖言惑众，奢谈你根本不懂的真理？什么是真理？"

这时，总督暗想："啊，我的诸神！我在问他无关审判的事情……我的头脑不再为我所用……"他仿佛又看见了那杯深色的毒药："给我毒药，毒药……"

他又听到了那声音：

"真理首先是你头疼，还疼得厉害，你都沮丧得想到了死。你不但没力气跟我说话，甚至懒得看我。现在我无奈地让你受苦，我很难过。你甚至没法思考什么，只想让你的狗，你唯一的眷恋，跑来陪你。不过，你的痛苦马上就会结束，不再头疼。"

书记官瞠目结舌，看着人犯，没有把话记完。

彼拉多抬起痛苦的双眼向人犯望去，只见太阳已经高高地悬在赛马场上空，阳光照进柱廊，逼向约书亚破旧的凉鞋。后者正在躲避骄阳。

总督从圈椅上站起来，双手抱头，刮过的黄脸上满是惊恐。但他立即使劲克制自己，重又在圈椅上坐下。

人犯还在侃侃而谈，但书记官已不再记录，只是像鹅那样伸长脖子听着，生怕漏掉一个字。

"这不，一切都结束了，"人犯说，不时友善地看看彼拉多，"对此，我非常高兴。我劝你，大人，暂时离开王宫，去郊外什么地方，喏，哪怕去橄榄山的果园散散步。雷雨……"人犯转过头，眯细眼睛望了望太阳，"还早，要到傍晚才下。散步对你非常有益，我也乐意陪你走走。我有些新想法，我想，你可能会感兴趣，我也很愿意和你分享，再说，你给我的印象是你非常聪明。"

书记官吓得面如土色，羊皮纸掉到了地上。

"糟糕的是，"未受阻拦，被绑的人继续说，"你太孤僻，对人完全丧失信心。总不能，是吧，把自己的全部眷恋只给一条狗。你的生活太乏味，大人。"说到这里，他居然微微一笑。

书记官现在考虑的，仅仅是他该不该相信自己的耳朵。只能相信。于是他竭力揣测：人犯如此大胆，暴躁的总督将怎样乖戾地发泄怒火。但这是书记官无法揣测的，尽管他十分了解总督。

响起总督异样、嘶哑的声音，他用拉丁语说：

"给他松绑！"

一名士兵顿一下长矛，将它交给另一名士兵，上前给人犯解下绳子。书记官拾起羊皮纸，决定暂时不做任何笔录，对任何事情都不再大惊小怪。

"承认吧，"彼拉多低声用希腊语问，"你是位了不起的医生？"

"不，总督，我不是医生。"人犯回答，欣喜地揉搓着勒痕未消的红肿的双手。

彼拉多紧蹙双眉，两眼逼视人犯。这对眼睛里已经没有病痛，相反，闪烁着人人熟悉的火花。

"我没问过你，"彼拉多说，"也许你还懂拉丁语？"

"是的，我懂。"人犯回答。

彼拉多发黄的脸上泛出红晕。他改用拉丁语问：

"你怎么知道我想把狗叫来？"

"这很简单，"人犯也改用拉丁语回答，"刚才你做了个手势，"人犯重复了彼拉多的手势，"像是想捋狗，嘴唇……"

"对。"彼拉多说。

一阵沉默。随后彼拉多又用希腊语问：

"这么说，你是医生？"

"不，不，"人犯赶紧回答，"相信我，我不是医生。"

"好吧，要是你想保密，那就请便。这和本案没有直接关系。总之，你肯定你没有号召民众捣毁或者焚烧……或者用其他什么方法毁掉圣殿？"

"大人，我再说一遍，我没有号召任何人去干这类傻事。难道我像傻子？"

"嗯，不是，你不像傻子，"总督轻轻回答，随即可怕地微微一笑，"那你就起誓，绝无此事。"

"你想让我拿什么起誓？"松绑的人犯活跃了许多。

"喏，就拿你的命起誓，"总督回答，"拿它起誓正是时候，因为你的命正悬在一根发丝上。你得明白这一点。"

"你是不是以为，是你把它悬在发丝上的，大人？"人犯问，"要是这样，你就大错特错了。"

彼拉多一震，恶狠狠地说：

"我可以割断这根发丝！"

"你又错了，"人犯平静地微笑着，用手遮住阳光，表示异议，"能割断这根发丝的，想必只有把我系在发丝上的人。是吧？"

"行，行，"彼拉多淡淡一笑，说，"现在我毫不怀疑，耶路撒冷的二流子全都跟你后面起哄。我不知道，是谁调教了你的舌头，但调教得确实灵巧。顺便问一下，你说，你是不是骑驴从苏兹门进的耶路撒冷，伴随你的百姓朝你欢呼，就像欢迎一位先知？"说到这里，总督指了指羊皮纸。

人犯困惑地看了看总督。

"我根本没驴，大人。我进耶路撒冷确实走的苏兹门，不过是步行，只有利未·马太一人跟从我。没人朝我欢呼，因为当时耶路撒冷城内还没人认识我。"

"那你认识这几个人吗?"彼拉多目不转睛地盯着人犯,"一个叫底拾马示,一个叫黑拾塔示,还有一个叫巴拉巴。"

"我不认识这几个善人。"人犯回答。

"真的?"

"真的。"

"现在告诉我,你为什么口口声声'善人'?难道所有的人你都叫善人?"

"所有的人,"人犯回答,"世上无恶人。"

"这可是我平生第一次听说,"彼拉多冷冷一笑,"不过,也许是我少见多怪!……以下的话不必记录。"他对书记官说,其实后者早已什么都不记了,接着又问人犯:"你这是从哪本希腊书里看到的?"

"不,是我自己悟出来的。"

"你布道就讲这个?"

"是的。"

"那么,比如,中队长马克,绰号鼠见愁,他是善人?"

"是的,"人犯回答,"确实,他是个不幸的人,善人将他打残后,他才变得心如铁石。我很想知道,是谁把他摧残成这样?"

"我乐于告诉你,"彼拉多说,"因为我是这件事的见证人。当时一群'善人'朝他扑去,就像猎犬扑熊。日耳曼人掐住他的脖子,按住他的手脚。步兵中队陷入敌方包围,要不是我指挥骑兵大队从侧翼杀进去,你,哲人,就无缘同鼠见愁说话了。那是伊狄斯多维索的圣女谷战役[1]。"

"如果我有机会和他谈谈,"人犯忽发异想,"我深信他会同过去判若两人。"

---

[1] 伊狄斯多维索,今德国境内威瑟河与丘陵间的空旷地带。公元16年,经过反复恶战,罗马军团击败日耳曼军团。圣女谷之战是伊狄斯多维索战役中的一场重大战斗。

"我认为，"彼拉多回答，"军团副司令未必高兴，如果你和他麾下的将士交谈。不过，万幸的是这不可能，因为首先得我同意。"

这时，一只燕子轻捷地飞进柱廊，在鎏金天花板下转了一圈，接着俯冲而下，尖削的翅膀险些擦着壁龛中铜像的脸，随后隐入柱冠后面。也许燕子打算在那里筑窝。

燕子飞来飞去，总督已经清醒和灵活的头脑里，拟就了如下判决书：本督审理了绰号拿撒勒人的流浪哲人约书亚一案，未查出其有犯罪行为，更未查出约书亚的言行与近期耶路撒冷的骚乱之间有任何联系。该流浪哲人精神有病。有鉴于此，犹太教公会对拿撒勒人所做的死刑判决，本督不予批准。但鉴于该拿撒勒人言多荒诞，可能引起耶路撒冷局势动荡，故本督决定将约书亚逐出耶路撒冷，囚于地中海之滨的该撒利亚，即总督府所在地。

剩下的便是向书记官口授这份判决书。

燕子在总督头顶上扑扑地扇动翅膀，冲向喷泉水盘，飞出柱廊。总督朝人犯抬起眼睛，只见他身旁柱子似的一道阳光照亮了灰尘。

"他的案子完了？"彼拉多问书记官。

"很遗憾，没完。"书记官的回答出乎意料，他把另一张羊皮纸呈给彼拉多。

"还有什么事？"彼拉多问，皱起眉头。

看过呈上的羊皮纸，总督脸色骤变。也许，不祥的血涌上他的脖子和面部，也许，出了别的什么事，反正他的脸由黄变褐，两眼陷了下去。

想必又是血在作祟，血涌至太阳穴，在那里咚咚捶打，不过这回是总督的视觉出了毛病。他恍惚看到人犯的头飘走了，接着出现了另一个头。这个秃头，戴顶赤金稀齿皇冠，额上有块皮肤溃烂，涂着药膏，没牙的瘪嘴耷拉着暴戾的下唇。彼拉多觉得，凉台上的玫瑰色圆柱和山下御苑外面耶路撒冷鳞次栉比的屋顶全部消失,一切都淹没在卡普里岛[1]花园的浓荫中。听觉也在作怪——似乎远处响起一阵阵沉闷威严的号角声,他十分清楚地听到有个鼻音很重的人拖长声音傲慢地宣称:"凡亵渎皇帝陛下的,按律……"

脑海里闪过许多简短的、互不相关的奇怪念头,"你完了!……"随后,"你我都完了!……"其中还夹有一个关于永生的荒诞念头,而永生又不知为什么勾起他难以忍受的惆怅。

彼拉多强打精神,驱散幻象,把目光收回到凉台上。于是他面前又出现了人犯的眼睛。

"你听仔细了,拿撒勒人,"总督说,有点儿古怪地看着约书亚,脸色威严,但眼神慌张,"你议论过恺撒吗?回答!议论过?……还是……没有……议论过?……"彼拉多在讲"没有"时,故意把声音拖长,按理审案时是不该这样的,不仅如此,他的眼神也在暗示人犯照此回答。

"讲真话是容易的、愉快的。"人犯说。

"我不需要知道你讲真话愉快还是不愉快,"彼拉多用嘶哑的声音愤恨地说,"但你必须讲真话!不过讲的时候,你要掂掂每个字的分量,如果你不想死,更不想痛苦地死。"

谁也不知道犹太总督究竟怎么了,只见他举起一只手,像在遮挡阳光,借助这只手的掩护,他向人犯递去一个意味深长的眼色。

"那么,"他说,"你认识一个叫犹大的加略人?要是你真跟他议论过恺撒,你都说了些什么?"

"是这么回事,"人犯乐意地讲起来,"前天傍晚,我在圣殿附近认识了一个年轻人,他说他是加略人,名叫犹大,还把我请到下城

---

[1] 卡普里岛,今意大利境内,面积10平方公里。公元26年罗马皇帝提比略·恺撒(前42—37)离开首都,幽居于卡普里岛,直至去世。

他家里招待了一下……"

"他是善人?"彼拉多问，眼里闪出魔鬼的火花。

"一个非常好学的善人，"人犯肯定地说，"他对我的想法非常感兴趣，所以非常殷勤地接待了我……"

"点了好几盏灯……"彼拉多学着人犯的语调，透过牙缝说，两眼渐渐暗淡。

"是的，"约书亚说，对总督的知情有些惊讶，"他请我谈谈对国家政权的看法。他对这个问题非常感兴趣。"

"那你都说了些什么?"彼拉多问，"也许你想回答，你都忘了说过些什么。"但彼拉多的语调说明他已不抱希望。

"其中我说到，"人犯说，"任何政权都是对人的暴力，迟早有一天，无论是恺撒的政权还是别的什么政权，都将消亡。世人将进入真理和正义的王国，根本不需要任何政权。"

"后来!"

"后来就没什么了，"人犯回答，"冲进来好些人，开始绑我，把我押进了监狱。"

书记官飞快地在羊皮纸上录供，尽量不漏掉一个字。

"世上过去没有，现在没有，将来也永远不会有比当今圣上提比略大帝的政权更伟大、更美好的政权!"彼拉多病弱的声音变得慷慨激昂。

不知为什么他厌恶地朝书记官和卫队瞥了一眼。

"就你这么个疯疯癫癫的罪犯，也配谈恺撒的政权!"彼拉多命令，"卫队撤下凉台!"随即转身对书记官说，"事关国家，我要单独跟罪犯谈谈。"

卫队扛起长矛，钉有铁掌的军靴整齐地敲击地面，离开凉台，走进花园。书记官跟在卫队后面退下。

有好一会儿，只有如歌的喷泉声打破凉台上的宁静。彼拉多看着喷口上方的水盘渐渐膨胀，看着它边沿断裂，降下潺潺细流。

人犯先开口：

"看来，我跟这个年轻的加略人的谈话惹下了大祸。大人，我有预感，他将遭难。我怜悯他。"

"依我看，"总督古怪地笑了笑说，"比起加略人犹大，世上还有个人，更值得你怜悯。他比犹大惨得多！……照你的说法，鼠见愁马克这个冷酷、坚定的刽子手，因为你布道，把你打成这样的民众，"总督指了指约书亚鼻青眼肿的脸，"纠集同伙把四名士兵活活打死的强盗底拾马示和黑拾塔示，最后，卑鄙的叛徒犹大，都是善人？"

"是的。"人犯回答。

"必将出现真理的王国？"

"必将出现，大人。"约书亚坚定地回答。

"它永远不会出现！"彼拉多猛地一吼，吓得约书亚打了个趔趄。许多年前彼拉多在圣女谷一役中就是这么对骑兵吼叫的："杀死他们，杀死他们，巨人鼠见愁被包围啦！"为了让花园里的人都听到，他把久经战阵而喊破的嗓子提得更高，连连怒喝："罪犯！罪犯！罪犯！"

然后，他又压低声音，问：

"拿撒勒人约书亚，你信哪几位神？"

"神只有一位，"约书亚说，"我信他。"

"那就向他祈祷吧！好好祈祷！不过……"彼拉多的声音低了下来，"这也于事无补。你有妻子吗？"彼拉多不知怎的忧伤地问，自己也不明白是怎么了。

"没有，我孤身一人。"

"该死的城市……"总督突然喃喃地骂了一声,怕冷似的动了动肩膀,搓搓双手,像是在洗手[1],"假如你在遇见加略人犹大之前,人家把你杀了,反倒好些,真的。"

"你把我放了吧,大人,"人犯突然央求说,他的声音变得惊惶不安,"我看,他们要杀我。"

一阵痉挛扭歪了彼拉多的脸,他用两只布满血丝的眼睛看着约书亚,说:

"不幸的人,你以为罗马总督会放一个说了你那种话的人?啊,诸神,诸神!或许你以为我愿意跟你一样当个死囚?我不赞同你的想法!你听仔细了:从现在起,你胆敢再说一个字,胆敢再跟什么人说话,当心我的惩处!再说一遍,当心!"

"大人……"

"住口!"彼拉多一声断喝,狂怒的目光盯着重又飞进凉台的燕子。"来人!"彼拉多吼道。

书记官和卫队各就各位,彼拉多宣布批准犹太教公会对罪犯拿撒勒人约书亚所做的死刑判决。书记官把彼拉多的裁决记录在案。

少顷,鼠见愁马克站到总督面前。总督命他将人犯交给机密署长,并传令机密署长,拿撒勒人约书亚必须与其他人犯隔离,机密署卫队不准与约书亚交谈,或回答其任何问题,违者严惩不贷。

马克一挥手,卫队立即围住约书亚,把他押离凉台。

随后来到总督面前的是一位俊美的男子,蓄着浅色络腮胡子,头盔上插有鹰翎,胸前的赤金狮面锁子甲光华灿烂,佩剑的皮带上也是赤金搭扣,脚蹬鞋带系至膝盖的三底靴,左肩上斜搭一件紫红披风,此人便是统率罗马军团的副司令。

---

[1] 《新约·马太福音》载,彼拉多慑于众人哄闹,就拿水在众人面前洗手说:"流这义人的血,罪不在我,你们承当吧。"

总督问他,罗马军团瑟巴斯蒂安大队现在何处。副司令报告,该大队正在警戒赛马场前的广场,那里将当众宣布对一干人犯的判决。

于是总督命令副司令从罗马大队中拨出两个中队,一队由鼠见愁指挥,负责押解人犯、护送运载刑具和刽子手的车辆前往秃山,到达后在山上布防;另一队立即开赴秃山,迅速围住山脚。为确保秃山安全,总督请副司令再派叙利亚人骑兵团前往协防。

副司令退下,总督命书记官请犹太教公会主席、两名公会要员及耶路撒冷圣殿卫队长进宫议事,同时吩咐和犹太教公会一干人等商讨之前,他要单独会见公会主席。

总督的命令迅速执行,没有丝毫差池。近来异常凶狠地烤灼耶路撒冷的烈日未及升至中天,总督便在花园顶层露台守卫台阶的两只白色大理石狮子旁,见到了犹太教公会代理主席,犹太大祭司约瑟夫·该亚法。

花园十分幽静。总督走出柱廊,来到花园顶层平台,但见阳光普照,棕榈树干好似粗大的象腿,他憎恶的耶路撒冷整个展现在他眼前:一座座吊桥,一个个碉堡,主要是无可形容的、屋顶呈金色龙鳞状的大理石巨无霸——耶路撒冷圣殿。总督敏锐的听觉捕捉到山下远处,御苑底层平台石墙外的城市广场上,有一片低沉的喧哗声,其中时不时响起几声微弱、尖细的呻吟或喊叫。

总督明白,广场上已经人山人海,因为连日骚乱迭起而情绪激愤的耶路撒冷居民,正在急切地等待宣判,卖水人则在频频叫卖。

总督一见大祭司便请他进入凉台,以避开高张的火伞,但该亚法谢绝了,他解释说,在逾越节前夕他不能这样做。彼拉多拉起风帽,遮住略微谢顶的脑袋,开始谈话。用的是希腊语。

彼拉多告诉大祭司,他已审毕拿撒勒人约书亚一案,批准执行死刑。

这样,定于今天处决的是三个强盗——底拾马示、黑拾塔示和巴拉巴,以及这个拿撒勒人约书亚。前两人煽动民众造反,妄图推翻恺撒,罗马当局经激战后将彼等捕拿归案,理应由总督裁处,无须再议。后两人,即巴拉巴和拿撒勒人,由地方当局擒获并由犹太教公会判决,按律法和惯例理应开释其中一名,以庆祝今天开始的逾越节。

所以,总督希望知道,犹太教公会主张释放两个死囚中的哪一个:巴拉巴还是拿撒勒人?

该亚法低下头,表示他听明白了,随即回答:

"犹太教公会请求释放巴拉巴。"

总督早已料到大祭司会这么回答,但他必须装出这个回答使他诧异。

彼拉多装得很像。傲慢的脸上双眉扬起,总督直勾勾看了大祭司一眼,神色惊讶。

"坦率地说,这个回答使我吃惊,"总督婉转说道,"我担心其中是否有误会。"

彼拉多作了解释。他说,罗马当局无意干预地方宗教当局行使权力,大祭司对此十分清楚。但在这件事上,显然存在差错。罗马当局对纠正这一差错,当然,深为关切。

事实上巴拉巴和拿撒勒人的罪行,论轻重,根本无须比较。后者显然是个疯子,如果他的罪行是胡言乱语,扰乱耶路撒冷和其他一些地方的民心,那么前者的罪行严重得多。他不但公然号召反叛,而且武力拒捕,杀死了捉拿他的差役。较之拿撒勒人,巴拉巴危险得多。

有鉴于此,总督请大祭司重新考虑,释放两个死囚中危害较轻的一个,而危害较轻的,无疑是拿撒勒人。尊意如何?

该亚法轻轻地,然而坚定地说,犹太教公会认真审理了此案,再次知照总督大人,犹太教公会主张释放巴拉巴。

"怎么?甚至在我发话之后?在本督代表罗马当局发话之后?大祭司,再说第三遍。"

"第三遍知照大人,我们主张释放巴拉巴。"该亚法轻声说。

一切都已结束,再也无话可说。拿撒勒人就此一去不返,总督可怕的、剧烈的偏头痛再也无人能治,也无药能治,除非死亡。然而此刻令总督不安的倒不是这些。凉台上袭来的那种莫名的惆怅,渗进了他身体的每个角落。他竭力寻找缘由。缘由很怪:总督模模糊糊觉得,他还想对人犯说些什么,或者从他那里听到些什么。

彼拉多驱走这个想法,果然,它来得快也去得快。它去了,但惆怅依旧无从解释,因为不能用闪电般稍纵即逝的另一个想法做解释:"永生……永生……"谁永生?总督自己也不甚了了,然而这个神秘的永生的想法,使总督在赤日炎炎之下浑身发冷。

"行,"彼拉多说,"就这么办。"

说罢,他环视四周,惊骇地发现他目力所及的世界发生了巨变。繁密的玫瑰花丛不见了,顶层平台周边的柏树不见了,石榴树和绿荫丛中的白玉雕像不见了,连绿荫本身也不见了。取而代之的是一片红色浆液,其中水草起伏,向什么地方漂去,彼拉多自己也随水草而去,此时此刻裹挟他、灼烧他、使他窒息的是最最可怕的愤怒——深感自己无能为力的愤怒。

"好闷,"彼拉多说,"好闷!"

他举起冰凉汗湿的手,猛地一拉披风领口的扣襻。扣襻掉落在沙地上。

"今天闷热,什么地方在下雷雨。"该亚法接着话头说,目不转睛地望着总督紫涨的脸,知道还将遭罪,"唉,今年的尼散月多可怕!"

"不,"彼拉多说,"不是因为天气闷热,我闷是因为和你在一起,该亚法。"接着,彼拉多眯细眼睛,笑了笑,补充说:"你当心点,大祭司。"

大祭司的黑眼睛倏地一闪,满脸惊讶,装得丝毫不亚于刚才的总督。

"此话怎讲,总督?"该亚法傲然而又镇定地回答,"你自己批准了判决,却反过来威胁我,哪有这种道理?我们所习见的是,罗马总督说话无不字斟句酌。我们的谈话不会有人听到吧,总督大人?"

彼拉多用死气沉沉的目光瞥了大祭司一眼,咧开嘴,佯装一笑。

"哪能呢,大祭司!在这禁宫内,此时此刻,谁能听到我们谈话?莫非我像今天将要处决的年轻的流浪疯子?莫非我是孩子,该亚法?我知道自己在说什么,在什么地方说。御苑戒备森严,王宫戒备森严,即使老鼠也无缝可钻!不但老鼠,就连这个……他叫什么来着……就是这个加略人,同样如此。顺便问一声,大祭司,你认识这人?对……倘若此人钻到这里来,他肯定懊悔莫及,我这话,当然,你信?所以,你记住了,从今往后,大祭司,你永无宁日!你也罢,你的百姓也罢,永无宁日!"说到这儿,彼拉多指着右面远处高地上仿佛燃烧的圣殿,"这是我对你说的——我,本丢·彼拉多,金矛骑士!"

"领教,领教!"黑胡子的该亚法双目炯炯,毫不畏怯地回答。他举手指天,继续道:"犹太百姓知道你恨他们,而且恨之入骨,你使他们苦难深重,但你绝对灭不了他们!唯一真神[1]保佑他们!全能

---

1 犹太教奉雅赫维即耶和华为唯一真神。

的恺撒听得见我们的呼声,他会保护我们免遭彼拉多的毒手!"

"休想!"彼拉多吼道,他越说越轻松——他再不用装腔作势,再不用字斟句酌,"你向恺撒告我的刁状已经够多了,如今轮到我告你了,该亚法!现在我的奏折马上就要从我这儿呈上去,不是呈给驻安条克[1]的分封王,也不是呈给罗马,而是直接呈给卡普里岛的皇上御览,参你公然开释耶路撒冷明目张胆的反贼。到那时,我为耶路撒冷提供的绝不是原想造福你们的所罗门池水。不,绝不是水!你别忘了,正是因为你们,我才不得不从墙上取下圣上的盾牌兵符,调兵遣将,不得不亲自前来视察此地的局势!记住我的话,大祭司,在耶路撒冷你将看到的绝不止罗马军团的一个大队,不!富耳米那特率领的整个罗马军团将直逼耶路撒冷城下,阿拉伯骑兵部队也将抵达,到那时,你将听到呼天抢地的号哭;到那时,你会记起你救过的巴拉巴,深悔自己把和平布道的哲人送上刑场。"

大祭司的脸红一块紫一块,两眼冒火。他跟总督一样,咧嘴笑了笑说:

"总督,你自己相信你现在说的话吗?不.你不信!在耶路撒冷蛊惑民众的人,带给我们的不是和平,绝不是和平,你,骑士,对此十分清楚。你想放他,好让他煽动百姓,亵渎信仰,把民众驱至罗马的利剑下!但是,只要我,犹太教的大祭司,一息尚存,我就绝不允许亵渎信仰,就要保护百姓!你听见了,彼拉多?"这时该亚法威严地举起一只手,"你听听,总督!"

该亚法住口了,于是总督听到喧嚣声好似海潮一般涌到大希律宫御苑的石墙下。这喧嚣声由下而上,涌到总督脚下、脸上。而他背后,从配殿后面,传来一阵阵紧张的号角声、几百双脚沉重的步

---

[1] 安条克,今土耳其南部城市安塔基亚。罗马帝国时代为叙利亚行省首府。

伐声和铁器的撞击声。总督明白,这是罗马步兵遵照他的命令整装出发,布防刑前宣判,震慑叛匪和强盗。

"你听见了,总督?"大祭司又轻声问了一句,"难道你还要跟我说,这一切,"说到这儿,大祭司举起双手,深色风帽从他头上滑落,"都是无足挂齿的盗匪巴拉巴挑起的?"

总督用手背抹去额头的冷汗,看了看地上,又眯起眼睛望了望天空,只见赤热的火球几乎已经在他的头顶上方,该亚法的影子缩到了狮子尾巴旁,便冷漠地轻轻说:

"已近中午。你我只顾说话了,办事吧。"

他言辞优雅地向大祭司道歉,请他在玉兰树下的长椅上小坐片刻,待他把其余人召来,最后简短商议一下,再下达行刑令。

该亚法把手按在心口上,礼貌地鞠了个躬,留在花园里。彼拉多则返身回到凉台。他吩咐等在那里的书记官把花园底层平台喷泉圆亭内候召的军团副司令、大队长、犹太教公会两名要员及圣殿卫队长请到花园里来。彼拉多说他马上就到,径自去了宫内。

书记官召集与会人员时,总督在深色窗幔挡住阳光的房间里见了一个人,此人的脸被风帽半遮着,尽管房间里的光线他无须担心。会面极其短促。总督低声向此人交代了几句,此人随即离去,彼拉多则穿过柱廊,进了花园。

那里,总督当着所有被召人员的面,郑重而又冷漠地确认,他批准对拿撒勒人约书亚的死刑判决,正式征询犹太教公会诸位大员的意见,两名罪犯中究竟免谁一死。得到回答,不予处死的应是——巴拉巴,总督便说:

"很好。"他吩咐书记官立刻把这个决定记录在案,然后接过书记官从沙地上拾起的扣襻,捏在手里,郑重宣布:"时候到了!"

于是所有在场的人顺着宽阔的大理石阶梯朝山下走去,两旁的玫瑰花墙散发出醉人的芳香。他们一步步下山，走向宫门。门外是铺砌平整的大广场。广场尽头可以看到耶路撒冷赛马场的圆柱和塑像。

他们走出花园，来到广场，登上凌驾于广场之上的宽大石坛，彼拉多立即眯起眼睛扫视四周，情况已经清楚。他刚才穿过的那片区域，也就是从宫墙到石坛的区域，空无一人，然而前方，彼拉多没有看见广场——它已被人群淹没。要不是瑟巴斯蒂安大队和伊土厉亚辅助大队在彼拉多左右两侧排成三列，挡住人群，那么人群也会淹没石坛和经过清场的区域。

彼拉多登上石坛，手里下意识地捏着无用的扣襻，眯细眼睛。总督眯细眼睛并非受阳光刺激，不！不知怎的他不愿看见几名死刑犯。他很清楚，他们随后将被押上石坛。

血红衬里的白披风刚一出现在高耸于人海边沿的石坛上，视而不见的彼拉多耳朵里便涌来一片声浪："啊——啊——啊……"声浪始于远处赛马场外面，起初并不响亮，但渐渐变得如同闷雷，过了一会儿，才慢慢低沉下去。"看见我了。"总督想。声浪未及降至最低点，蓦地又陡然升起，翻腾着超过第一波，而且在第二波声浪的浪尖上，好似海涛上飞溅的浪花，飞溅着尖厉的嗖哨和透过雷声清晰可闻的女人的呻吟。"这是把他们押上来了……"彼拉多想，"呻吟是因为人群向前挤压，踩踏了女人。"

彼拉多等了一会儿。他深知人群没有吐出胸中的郁积，自行静默之前，没有力量能使他们安静。

这一刻终于到了，总督将右手高高举起，人群中最后一阵喧嚣声停息。

于是彼拉多尽其所能，深吸一口燥热的空气，放声宣讲，他破锣似的声音在成千上万人的头上回荡：

"我以皇帝陛下的名义宣布……"

随即几声铿锵有力的呐喊冲进他耳朵——大队全体士兵高举长矛和旗帜,山呼万岁:

"恺——撒——万——岁!"

彼拉多昂起头,直面太阳。他眼帘下突然迸出绿色火焰,脑子被火点燃,于是人群上空响起嘶哑的阿拉米语:

"在耶路撒冷擒获的四名罪犯,犯有杀人害命、谋反叛逆、诋毁律法、亵渎信仰等罪,依法判处极刑,绑上十字架!立即押赴秃山行刑!他们是:底拾马示、黑拾塔示、巴拉巴和拿撒勒人。在此示众的就是这四名罪犯!"

彼拉多用手指了指右边,没有掉头去看人犯,但他知道他们站在应该站立的地方。

人群报以长时间的喧哗,像是惊讶,又像是如释重负。待人声平息,彼拉多继续宣布:

"但处死的只是其中三名,因为根据律法和惯例,为欢度逾越节,仁慈的恺撒皇帝将按犹太教公会的选择和罗马当局的批准,把其中一人的贱命赐还给他!"

彼拉多一边高声宣布,一边听到嘈杂正被寂静替代。此刻没有一声叹息、一丝声响传进他耳朵,甚至刹那间,彼拉多觉得周围的一切都已消失。他所憎恶的城市已经死亡,只有他一人独自站在石坛上,仰望苍天,经受直射阳光的灼烤。彼拉多让寂静又保持了一会儿,然后高声宣布:

"马上要当众开释的,名叫……"

他又停了一下,暂不说出名字,考虑该讲的是不是都讲了,因为他知道只要说出幸运儿的名字,死城就会复活,到时候再讲什么,都不会有人听见。

"都讲了?"彼拉多暗暗问自己,"都讲了。宣布名字!"

于是,沉寂的城市上空,响起了"拉"字拖长的声音:

"巴拉——巴!"

顷刻间,太阳似乎在他头上砰地崩裂,烈焰直扑他的耳朵。这片烈焰中,翻腾着怒吼、尖叫、呻吟、狂笑和唿哨。

彼拉多转身走向石坛后面的阶梯。他什么也不看,只顾盯着脚下铺设的彩石,生怕踩空摔跤。他知道此刻在他身后,铜币和枣子正像冰雹一般飞向石坛,喧嚣的民众你推我搡,爬到别人肩上,都想亲眼看看这个奇迹——一个已经被死神抓在手里的人居然得以挣脱!士兵此刻正在给他松绑,无意中弄痛了他刑讯时脱臼的胳膊;尽管他蹙紧眉头,嗷嗷直叫,脸上仍然现出狂喜的微笑。

他知道,此刻行刑队正押着三名被绑的人走向台侧的阶梯,好将他们带上城西大道,押往城郊的秃山。直到置身石坛背后,彼拉多才睁大眼睛,知道现在他已无虞——不会看到死刑犯了。

人群的喧嚣开始减弱,可以听到几名承宣官或用阿拉米语或用希腊语,尖厉地高声重复刚才总督在石坛上的讲话。此外,总督耳朵里传来越来越近的细碎的马蹄声和短促欢快的军号声。与之呼应的,是集市通往赛马场广场的大街两侧屋顶上孩子们刺耳的唿哨,以及不时响起的喊叫——"当心!"

广场清场区域,孤零零站着的士兵,惊慌地挥了一下手中的小旗,于是总督、副司令、书记官和卫队,停下。

骑兵团风驰电掣地朝广场冲来,他们想绕开人群,取道广场边沿,顺着爬满葡萄藤的宫墙下的小巷,抄近路赶赴秃山。

飞马而来的骑兵指挥官矮小,黝黑,像个黑白混血儿——叙利亚人。他疾驰至总督跟前,尖声喊了什么,拔剑出鞘。汗津津的乌鬃烈马猛地向旁一闪,直立起来。把剑插回剑鞘,指挥官一鞭抽向马颈，命坐骑放下前蹄，向宫墙下的小巷驶去。他身后的骑兵成三人纵队在烟尘滚滚中向前奔驰，轻兵器竹矛的矛尖上下跳动。总督身边闪过一张张在白缠头衬托下显得格外黝黑的脸，欢快地露出闪亮的牙齿。

骑兵团扬起遮天蔽日的尘土，驰入小巷。最后掠过彼拉多身边的是司号兵，背上的军号在阳光下闪耀夺目。

彼拉多举起一只手挡住尘土，不满地蹙紧眉尖，快步朝御苑大门走去，身后跟着副司令、书记官和卫队。

这是上午十点左右。

第三章　第七个证据

"对，这是上午十点左右，可敬的伊凡·尼古拉耶维奇。"教授说。

诗人用手抹了抹脸，好似大梦初醒，这才发现牧首塘上已是黄昏。

池塘的水变黑了，一条小船已经滑行在水面上，可以听到桨声和船上一个女人的咯咯笑声。林荫道的几条长椅上出现了游人，但是在池塘其他三边，不在我们这几位交谈者一边。

莫斯科的天空像是褪色了，高处一轮圆月清晰可见，但还未呈金黄色，而是白晃晃的。呼吸变得轻松多了，连椴树下的谈话声现在也柔和不少，像是晚间的闲聊。

"我怎么不知不觉听完了他编的整个故事？……"流浪汉惊愕地寻思，"瞧，天都快黑了！也许这故事不是他讲的，是我睡着了，做了这么个梦？"

然而必须认为这是教授讲的，否则就得承认柏辽兹也做了一模一样的梦，因为后者注视着外国人的脸，说：

"您的故事非常有趣，教授，尽管和《福音书》的说法完全不同。"

"得了吧，"教授宽容地淡淡一笑，"别人怎样，不谈，可您应当知道,《福音书》里讲的都是没有的事,要是我们把《福音书》作为史料,那就……"他又淡淡一笑,柏辽兹不禁哑然,因为从铠甲街来牧首塘的路上,他对流浪汉正是这么讲的,一字不差。

"说的是,"柏辽兹回答,"不过我担心,未必有人能证实,您给我们讲的确有其事。"

"不!恰恰有人能证实!"教授深有把握地回答,但又带外国腔了。他突然神秘兮兮地招招手,请两个朋友和他凑得近些。

两人从两边向他凑近,于是他又操起纯正的俄语,他的外国口音,真是鬼知道,怎么会时有时无。

"是这么回事……"教授怯生生地朝四下扫了一眼,压低声音说,"自始至终我都在场。本丢·彼拉多在凉台上,我在场;他在花园里跟该亚法交谈,我在场;在石坛上,我也在场。只是我没露面,这么说吧,施了隐身术。所以你们千万不可透露一个字,绝对保密!……千万!"

一阵沉默。柏辽兹脸色煞白。

"您……您来莫斯科多久了?"他声音发颤地问。

"我刚到莫斯科。"教授慌张地回答。两个朋友这才想起要好好看看他的眼睛,结果发现他的左眼,绿色的,绝对疯狂,而右眼却是空的、黑的、死的。

"现在一切都清楚了!"柏辽兹心烦意乱,暗想,"来了个德国疯子,或者在牧首塘畔刚刚发病。就这么回事!"

是的,一切都清楚了:同已故哲学家康德匪夷所思地共进早餐,葵花籽油和安奴什卡之类的胡言乱语,以及脑袋将被碾掉的预言,等等 —— 教授是个疯子。

柏辽兹马上想好了该怎么办。他靠在长椅背上,从教授身后朝流浪汉眨眨眼 —— 别惹他 —— 然而,慌张的诗人没理解这个暗示。

"是，是，是，"柏辽兹兴奋地说，"这一切未尝没有可能！……甚至极有可能，本丢·彼拉多也好，凉台也好，诸如此类，都有可能……您是一个人来的还是偕夫人同行？"

"一个人，一个人，我始终一个人。"教授凄然回答。

"您的行李放在哪里，教授？"柏辽兹讨好地问，"大都会[1]？您在哪里下榻？"

"我？还没住下。"德国疯子回答，那只绿眼睛怅惘而又怪异地在牧首塘上东张西望。

"怎么？那……您今晚在哪里安置？"

"在您府上。"疯子突然又肆无忌惮起来，一边说，一边还眨了眨眼睛。

"我……我不胜荣幸，"柏辽兹咕噜说，"不过，说实在的，您在舍下会感到不便……大都会的客房极其讲究，是家一流宾馆……"

"那么，连魔鬼也不存在？"疯子突然兴致勃勃地问伊凡·尼古拉耶维奇。

"连魔鬼也……"

"别惹他！"柏辽兹倏地躲到教授身后挤眉弄眼，翕动嘴唇不出声地示意诗人。

"根本没魔鬼！"伊凡·尼古拉耶维奇被这场荒唐的谈话闹糊涂了，说了不该说的话，"真遭罪！您别再装疯卖傻！"

疯子哈哈大笑，把头顶上椴树枝头的麻雀惊飞了。

"嗬，真好笑，"教授笑得浑身直抖，"您这是怎么回事？不管问什么，一概没有！"他突然收住笑——这在精神病发病期间完全可以理解——立刻转向另一个极端——暴怒。他愤愤然地问："照么说，

---

[1] 莫斯科最著名的宾馆。

就是没有？"

"息怒，息怒，息怒，教授，"柏辽兹嘟哝说，唯恐激怒疯子，"请您和流浪汉同志在这里稍坐片刻，我去路口打个电话就来。待会儿您想去哪里，我们送您去。您初来乍到……"

柏辽兹的想法应该说是对的——得去最近的自动电话亭，通知外事局，有个国外来的顾问现在牧首塘公园，精神显然失常，因此必须采取措施，要不肯定出事。

"打电话？行，去打。"精神病人黯然同意。突然，他热切地央求说："临别前我只求您相信，魔鬼确实存在！别的我就不求您了。请注意，证明这一点的是第七个证据，最可靠的证据！您这就可以见识一下。"

"好，好。"柏辽兹装得和颜悦色，随即朝沮丧的诗人眨眨眼睛——诗人对看守德国疯子十分厌烦——快步朝铠甲街叶尔莫拉耶夫胡同口的公园出口走去。

教授似乎立刻痊愈了，容光焕发。

"米哈伊尔·亚历山德罗维奇！"他朝柏辽兹的背影大声喊道。

柏辽兹打个寒战，背转身去，暗暗宽慰自己，教授准是从什么报纸上知道了他的名字和父称。不料教授双手拢成喇叭状，朝他喊道：

"要不要我叫人给您在基辅的姨夫打个电报？"

柏辽兹又打个寒战，疯子打哪里知道他在基辅有个姨夫？这可从没见过报。难道真让流浪汉说着了？这些证件全是伪造的？这家伙太怪……得打电话，打电话！立刻打！很快就能查清他的底细！

于是柏辽兹不再搭理他，撒腿就跑。

快到铠甲街的出口时，有人打长椅上冲着主编霍地站起，就是刚才烈日下由燥热的暑气凝聚起来的公民。不过此刻他已不是虚无缥缈的空气,而是血肉之躯。苍茫的暮色中,柏辽兹清楚地看到,他的两撇小胡子犹如鸡毛,两只耗子眼含有讥讽和醉意,格子裤束得很高,连脏兮兮的白袜都露了出来。

米哈伊尔·亚历山德罗维奇吓得连退几步,但立即宽慰自己,这无非是巧合,况且现在也没工夫考虑这事。

"您找旋转门,公民?"格子裤用尖得刺耳的颤音问,"请走这边!一直朝前,就到您要去的地方了。给您指路,您得给点酒钱……好让我这个当年的教堂唱诗班指挥……养养身体!"那家伙装腔作势地一把摘下自己的骑手帽。

柏辽兹没理睬教堂唱诗班指挥佯装的行乞,径自跑至旋转门,把门推开,刚要踏上电车铁轨,突然迎面射来红色和白色的光,只见一个灯箱的玻璃上赫然写着:"小心电车!"

旋即,这辆顺着新铺轨道从叶尔莫拉耶夫胡同拐向铠甲街的电车,风驰电掣般驶来。电车拐弯后,进入直道,突然打开车厢里的灯,吼叫着,加快了速度。

虽说谨慎的柏辽兹所站位置并无危险,但他还是决定退到门后。他把手搭在旋转门上,退了一步,不料手一滑,没抓牢,脚像踩在冰上似的,顺着卵石斜坡向铁轨滑去,另一只脚腾空而起,于是柏辽兹摔到了铁轨上。

柏辽兹拼命想抓住什么,仰面倒下,后脑勺不重地撞在卵石上,还来得及看到高空——右边还是左边他已分不清了——金黄的月亮。他还来得及侧身把腿收至小腹,旋即清楚地看到电车司机吓得煞白的脸和她血红的头巾正不可阻挡地向他冲来。柏辽兹没有喊叫,但他周围的整条街上响起妇女绝望的惊呼。司机猛地拉下电动刹车,车厢尾部一下子翘起来,又跳一下,接着便是哐啷啷一片碎玻璃声。这时,柏辽兹脑海里不知什么人绝望地大喊:"难道?……"月亮又闪了一下,最后一下,不过已裂成碎片,随后一片漆黑。

电车碾过柏辽兹,只见一个黑乎乎圆滚滚的东西落到了牧首塘公园栅栏下的卵石斜坡上,又从这个斜坡落下,蹦蹦跳跳地顺着铠甲街的卵石路面往前滚去。

这是碾下的柏辽兹的脑袋。

第四章　追捕

女人歇斯底里的呼叫停息，警笛也已沉寂。两辆救护车，一辆载着无头尸体和碾下的脑袋驶往停尸房，另一辆载着被碎玻璃扎伤的美女司机开往医院。束着白围裙的清洁工扫掉碎玻璃，用沙子盖没血泊，而伊凡·尼古拉耶维奇还没跑到旋转门，就倒在一条长椅上愣住了。

他几次想站起来，但两条腿不听使唤——一流浪汉像是瘫痪了。

诗人听到第一声惊呼，便撒腿朝旋转门跑去，正好看到人头在街上滚动。他顿时蒙了，颓然倒在长椅上，拼命咬自己的手，直到出血。当然，他已经忘了德国疯子，只是竭力思索怎么可能这样，刚才还和柏辽兹说话来着，可转眼间——脑袋……

激动的游客顺着林荫道跑过诗人跟前，高声喊着什么。但他们的话，伊凡·尼古拉耶维奇没听进去。

不过，突然有两个女人在他跟前相遇。其中一个，尖鼻子，没戴头巾，就在诗人耳朵上方对另一个女人嚷嚷：

"安奴什卡，我们的安奴什卡！花园街那个！这是她干的好事！她在杂货铺买了葵花籽油，不小心在旋转门上把瓶砸了！弄脏了裙子……还一股劲地骂，骂！他呢，可怜见的，准是一滑，倒在铁轨上了……"

女人的嚷嚷中，只有"安奴什卡"印入了伊凡·尼古拉耶维奇乱哄哄的脑海……

"安奴什卡……安奴什卡？……"诗人喃喃自语，惊恐地扫视四周，"等等，等等……"

和"安奴什卡"这个名字缠在一起的是"葵花籽油"，然后不知为什么，又是"本丢·彼拉多"。诗人撇开彼拉多，想从"安奴什卡"这个名字开始串起线索。线索很快有了，而且立刻指向疯教授。

该死！他不是说过会议开不成了，因为安奴什卡洒了葵花籽油。瞧，果然开不成了！还有，他不是直截地说，柏辽兹要被女人碾下脑袋？对，对，对！电车司机不正是女人？这是怎么回事？啊？

毋庸置疑，神秘的顾问事先知道柏辽兹横死的全部经过，而且分毫不差。诗人脑海里顿时掠过两个想法：第一，他根本不是疯子，说他是疯子，那是犯傻！第二，这一切会不会是他暗中操纵的？！

不过，请问，怎么操纵？！

"唉，不！我们会查清楚的！"

伊凡·尼古拉耶维奇使了极大的劲，从长椅上站起来，立即回头，跑去刚才同教授说话的地方。幸好那位还没走。

铠甲街已经亮起路灯，牧首塘公园上空照着一轮金黄的月亮。在迷蒙的月光下，伊凡似乎觉得，那位站着，腋下夹的不是手杖，而是长剑。

退休的唱诗班指挥，骗子，坐在伊凡刚才坐过的位子上。这会儿唱诗班指挥戴着一副显然无用的夹鼻眼镜：一边的镜片已经掉落，另一边的有条裂纹。这使格子衣服的公民比他刚才把柏辽兹引向电车铁轨时的模样更令人厌恶。

伊凡心里发冷，走到教授跟前，仔细看了看他的脸，确认这张脸上没有任何发疯的症状，现在没有，原先也没有。

"老实交代，您是什么人？"伊凡低沉地问。

外国人皱起眉头，像是第一次见到诗人似的看了看他，没好气地回答：

"俄语……不懂。"

"他不懂俄语！"长椅上的唱诗班指挥插嘴，虽然没请他解释外国人的话。

"别装蒜！"伊凡厉声说，又感到心里发冷，"您刚才还讲一口流利的俄语。您不是德国人，也不是教授！您是杀人凶手，特务！证件！"伊凡狂叫。

神秘的教授嫌恶地撇了撇原本咧斜的嘴，耸了耸肩。

"公民！"讨厌的唱诗班指挥又插嘴，"您干吗骚扰外宾？您会受到严厉处分的！"这时形迹可疑的教授一脸傲慢，理都不理伊凡，转身就走。

伊凡慌了手脚，气急败坏地对唱诗班指挥说：

"喂，公民，帮我抓罪犯！您有义务这么做！"

唱诗班指挥顿时劲头十足，霍地跳起来，大声问：

"哪个罪犯？在哪里？外国罪犯？"唱诗班指挥的小眼睛兴奋地闪着光亮，"这个？如果他是罪犯，就得喊：'抓坏人！'要不他就跑了！快，咱俩一块儿喊！喊！"唱诗班指挥立即张开大嘴。

不知所措的伊凡听了唱诗班指挥的话，大喊："抓坏人！"唱诗班指挥却没喊，把他骗了。

伊凡孤单、喑哑的呼叫，并未收到好的效果。两个女孩吓得赶紧躲开，接着他听到了骂声："醉鬼！"

"好呀，原来你跟他是同伙？"伊凡怒不可遏，"你这是干吗，戏弄我？滚开！"

伊凡往右冲，指挥也往右；伊凡往左冲，那个坏蛋也往左。

"你成心捣乱?"伊凡气急败坏地嚷嚷,"我把你也抓了,交给民警!"

伊凡伸手去抓坏蛋的衣袖,但抓了个空。唱诗班指挥忽地无影无踪了。

伊凡惊得哎哟一声,抬眼向远处望去,只见可憎的陌生人已经到了牧首胡同的公园出口,而且不是一个人。形迹极其可疑的唱诗班指挥已经跟他会合。不仅如此,还多了一只不知从哪儿冒出来的公猫,硕大,仿佛骟猪,乌黑,仿佛烟炱或者老鸦,长着凶悍、神气的胡子。三个家伙一起向牧首胡同走去,而且黑猫是直立行走。

伊凡撒腿追赶三名歹徒,但立刻意识到很难追上他们。

三个家伙转眼穿过牧首胡同,来到斯皮里多诺夫街。不管伊凡怎么加快脚步,他和歹徒间的距离丝毫不见缩短。诗人还没清醒过来,就已穿过僻静的斯皮里多诺夫街,到了尼基塔门。他的处境进一步恶化。这里行人如织,伊凡一不小心撞着行人,便挨臭骂。不仅如此,三名歹徒决定在这里采用盗贼的惯技——分头逃跑。

唱诗班指挥异常轻捷地跳上一辆疾驶中去往阿尔巴特广场的公共汽车,溜之大吉。伊凡眼看跑掉一个,便去追猫。只见这只怪猫走近靠站电车第一节车厢的踏板,蛮横地挤开惊叫的妇女,抓住扶手,甚至把爪子伸进因为闷热打开的车窗,硬要把一枚十戈比硬币塞给售票员。

黑猫的举动惊呆了跑到街角食品杂货店门口的伊凡。但更让他震惊的是售票员的举动。她一见黑猫想上电车,便浑身发抖,恶狠狠地大叫:

"猫不许上车!不许带猫上车!下去!下去!我要喊警察啦!"

无论售票员还是乘客,深感震惊的并非事情本质:猫要上车——其实这还不算太糟,而是猫想买票!

黑猫不仅具有支付能力，居然还很守纪律。售票员刚对它吆喝，它便不再硬挤，乖乖地跳下踏板，蹲在车站上，用十戈比硬币捋着胡子。但是售票员一拉信号绳，电车刚刚开动，它便像所有被撵下电车而又有事非乘电车不可的人，采取了行动，待第三节车厢快要开过时，它纵身一跃，上了车尾的横杠，前爪抓住伸出车外的橡皮管，搭车溜了，还省了十戈比。

伊凡只顾盯着下流的黑猫，险些丢失三名歹徒中的主犯——教授。幸好那家伙还没来得及逃走。伊凡遥遥望见灰色贝雷帽浮现在尼基塔大街——现今赫尔岑大街街口的人群中。一眨眼，伊凡也到了那里。可还是没能追上。诗人先是加快脚步，后来干脆推搡行人，开始奔跑，但他跟教授的距离却一厘米也不见缩短。

伊凡十分失望，却又对自己追赶的神速感到惊异。不到二十秒，他已经从尼基塔门追到灯火辉煌的阿尔巴特广场。又过了几秒，追进了一条黑灯瞎火、人行道已经倾斜的小巷，他在这里摔了一跤，磕破了膝盖。又是一条灯火通明的大街——克罗波特金大街，随后是小巷，随后是奥斯托任街，随后又是一条冷落、肮脏、昏暗的小巷。正是在这里，伊凡·尼古拉耶维奇彻底丢失了他奋力追捕的家伙。教授消失。

伊凡·尼古拉耶维奇慌了手脚，但时间不长，因为他忽然料定教授躲进了十三号，而且肯定藏在四十七室。

于是伊凡·尼古拉耶维奇冲进大门，直奔二楼，立即找到该室，焦急地按了门铃。没等多久，有个五岁光景的小女孩给伊凡开门，她什么也没问，立刻走了。

宽大、脏乱的前厅里，在高高的、乌黑的天花板一角，亮着一盏昏黄的小灯。墙上挂着没有轮胎的自行车，墙边放着包铁皮的大木箱，衣架上面的搁板上摆着一顶冬季棉帽，两只长长的护耳往下耷拉着。

其中一扇房门后面，收音机里雄浑的男声暴躁地吼着什么诗歌。

伊凡·尼古拉耶维奇在陌生的环境里丝毫不慌。他直奔走廊，认为"他当然躲在浴室里"。走廊里一片漆黑。伊凡几次撞墙，终于看到一扇门下面，漏出淡淡的光亮。他摸到门把手，轻轻一推。门上的挂钩应声而落，伊凡果然进了浴室，暗自庆幸自己走运。

但是，他走的不是他所希望的运气！一股潮湿的热气扑面而来，借着热水器中阴燃的炭火，他看到墙上挂着两只大盆，地上有个搪瓷剥落、露出一块块可怕黑斑的浴缸。就在这只浴缸里赫然站着赤条条的女公民，全身都是肥皂泡沫，手里拿着擦子。她眯起近视眼，看着闯进来的伊凡，显然因为光线太暗认错人了，浪声浪气地轻声说：

"基留什卡！别闹！你怎么，疯了？……费奥多尔·伊凡诺维奇马上回来！赶快出去！"边说边朝伊凡挥着擦子。

显然是误会，这当然要怪伊凡·尼古拉耶维奇，可他不想道歉，反而骂了一声："呸，骚货！……"话音未落，不知怎的，他已进了厨房。厨房里没人，昏暗的炉台上放着十来个熄灭的煤油炉。月光透过常年不擦的、肮脏的玻璃窗，微微照亮了一个结着蛛网的尘封角落，角落里挂着一尊久已被人遗忘的圣像，圣像的神龛后面露出一对婚礼用的蜡烛。在大圣像下面还别着一张小的纸圣像。

谁也闹不清当时是什么想法支配了伊凡，反正他从后门出去前，顺手给自己拿了支蜡烛，还拿了纸圣像。他揣着这两件东西离开陌生的房子，边走边嘟哝着什么，想到刚才闯进人家浴室的尴尬，不觉有些羞愧，但又不禁猜想这个偷情的基留什卡究竟是什么人，令人生厌的长耳棉帽莫非就是他的？

诗人在空荡荡的陋巷里四下张望，寻找逃犯，可哪里都不见那家伙。于是伊凡十分肯定地对自己说：

"嗯，他准在莫斯科河边，没错！前进！"

也许，应该问问伊凡·尼古拉耶维奇，他凭什么认为教授准在莫斯科河边，而不在别的什么地方。不幸的是没人问他。陋巷里阒无一人。

转眼间，伊凡已经来到莫斯科河河套处的花岗石台阶上。

伊凡脱了衣服，托给一个讨人喜欢的大胡子看管，后者抽着自卷纸烟，身旁放着破旧的托尔斯泰式白短衫和解开鞋带的旧皮鞋。伊凡抡了几下胳膊，让身体凉下来，然后像燕子似的扎进了莫斯科河。他一下子喘不过气来，河水太冷，甚至闪过一个念头，怕是再也浮不出水面。但他浮了上来。伊凡·尼古拉耶维奇呼哧呼哧地喘着粗气，圆睁着惊恐不安的眼睛，在散发出石油味的乌黑的河水中，在岸边路灯一条条弯弯曲曲的倒影间游起来。

伊凡浑身水淋淋地顺着一级级台阶，跳到大胡子看管衣服的地方，发现衣服不翼而飞，连大胡子也无影无踪。原先他放衣服的地方，现在只剩下条纹布长衬裤、破旧的托尔斯泰式短衫、蜡烛、圣像和火柴。伊凡满腔无奈的愤恨，举起拳头，朝远处恐吓性地挥了几下，然后穿上剩下的衣服。

这时有两件事使他深感不安：第一件，他任何时候都随身携带的"莫文协"会员证丢了；第二件，这副模样他能顺利通过莫斯科市区？毕竟穿着衬裤……确实，这不碍谁的事，不过，最好没人找碴，不被扣留。

伊凡扯掉衬裤贴近脚踝的两粒扣子，指望这样能使衬裤多少像条夏季单裤，然后拾起圣像、蜡烛和火柴，重新出发，自言自语地说：

"去格里鲍耶陀夫[1]！毫无疑问，他在那儿。"

---

[1] 亚·谢·格里鲍耶陀夫（1795—1829），俄国剧作家。他的诗体喜剧《聪明误》（一译《智慧的痛苦》）被誉为第一部俄国喜剧。

城市已经开始夜生活。一辆辆卡车[1],扬起尘土,晃荡铁链,咣唧咣唧地疾驶而过,车厢的袋子上仰面朝天躺着一些大汉。所有窗户都敞开着,所有窗户里的灯光都罩着橙黄色灯罩,所有窗户里、房门里、门洞里、屋顶上、阁楼里、地下室和院落里,都传出歌剧《叶甫盖尼·奥涅金》中波洛涅兹舞曲嘶哑的轰鸣。

伊凡·尼古拉耶维奇的担心果然成了事实:过往行人对他十分注意,有笑话他的,有回头看的。有鉴于此,他决定避开大街,只走小巷,小巷的行人不是那么纠缠,不会那么留意他的赤脚,也不会过问他身上这条怎么看都不像外裤的衬裤。

伊凡照此办理,钻进阿尔巴特街周围的神秘小巷,贴着墙根走,眼睛胆怯地瞟着两边,每隔一分钟就回头看看,时而闪进门洞,时而绕过有红绿灯的十字路口,避开外国使馆气派的大门。

在整个艰难的路程中,无所不在的沉重的男低音在乐队伴奏下倾诉着对塔吉雅娜[2]的爱情,不知为什么,这歌声使他痛苦。

---

1 莫斯科市规定,农村运货卡车只能在夜间驶入市区。
2 普希金长诗《叶甫盖尼·奥涅金》中的女主人公。

第五章　格里鲍耶陀夫之乱

古色古香的奶黄色两层楼房,坐落在林荫环路一个渐见凋零的花园深处,花园和环路的人行道之间隔着一排雕花铁栅栏。楼房前有片不大的场地,铺着柏油。冬季这片柏油地上高耸着插有铁锹的雪堆,一到夏季,这里便挂起帆布遮阳,成为餐厅极其舒适的一角。

楼房号称"格里鲍耶陀夫之家",据说它原是作家亚历山大·谢尔盖耶维奇·格里鲍耶陀夫姑母的宅第。然而究竟是不是她的宅第,我们无从查考。据记忆所及,似乎格里鲍耶陀夫并无拥有房产的姑母……纵然如此,多少年来楼房都是这么叫的。更有甚者,一个莫斯科吹牛的家伙煞有介事地说,就在楼房二楼的圆柱大厅里,著名作家曾给躺在沙发上的这位姑母朗诵《聪明误》片段。不过话说回来,鬼知道呢,也许真朗诵过,反正这不重要!

重要的是,如今这栋楼房属于不幸的米哈伊尔·亚历山德罗维奇·柏辽兹去牧首塘之前所领导的"莫文协"。

"莫文协"会员为图方便,谁也不把楼房叫"格里鲍耶陀夫之家",只是简单地叫它"格里鲍耶陀夫"。比如:"我昨天在格里鲍耶陀夫折腾了两小时。""结果怎样?""可以去雅尔塔[1]一个月。""真有

---

[1] 苏联著名海滨疗养胜地,位于克里米亚半岛。

你的!"或者:"得找柏辽兹,今天下午四点到五点,他在格里鲍耶陀夫接待来访。"

"莫文协"把格里鲍耶陀夫的一切安排得异常妥当、舒适。凡踏进格里鲍耶陀夫的人,首先映入他们眼帘的(不管他们想不想看),是各种体育小组的通告和"莫文协"会员的集体照、个人照,这些照片一一挂在通往二楼的楼梯墙壁上。

二楼第一个房间的门上写着"钓鱼别墅组",旁边还画着一条上钩的鲫鱼。

二号房间门上写的有些不大好懂:"创作一日游。向玛·弗·波德洛日娜娅申请。"

下一扇门上简短地写着"佩列雷基诺[1]",这就完全没法懂了。再往前走,凡是偶然来格里鲍耶陀夫的人,都会眼花缭乱:姑母楼房的各扇核桃木门上写着五花八门的名堂,如"波克列夫金娜,纸张预约登记""财务室。滑稽短剧作者个人结算"……

有扇门前队伍最长,一直排到楼下传达室。穿过队伍,可以看到门上写着"住房问题",每秒钟都有人往里硬闯。

过了"住房问题",眼前展现出一幅华丽的宣传画,画上是座峭壁,峭壁顶上一名身披斗篷、肩背步枪的骑士策马前行,下面是棕榈树和阳台,阳台上坐着一名头发有点儿翘的年轻人,手握自来水笔,炯炯有神的眼睛望着蓝天。画下写着:"全方位创作假。两周(短篇小说、故事)至一年(长篇小说,三部曲)。地点:雅尔塔、苏乌克苏、波罗沃耶、齐希克里、马欣扎乌里[2]、列宁格勒(冬宫)。"这扇门前也排着队,但并不太长,约莫一百五十人。

顺着格里鲍耶陀夫之家奇妙曲折、台阶起伏的走廊,依次排列

---

[1] 苏联供文化人使用的别墅村,建在克利亚济玛河畔。
[2] 以上各地均为苏联疗养胜地,分别位于克里米亚半岛、哈萨克、巴统和黑海海滨。

着"莫文协理事会""第二、三、四、五财务室""编委会""莫文协主席办公室""台球房",以及各种附属机构。最后便是那个圆柱大厅,姑母欣赏天才侄儿朗诵喜剧的地方。

任何一个来访者,如果他,当然,不是十足的呆子,一踏进格里鲍耶陀夫,立刻会想:瞧,这些个幸运儿,"莫文协"会员,日子过得多舒坦!随即卑劣的嫉妒开始折磨他,他会立即痛心疾首地责怪上苍,没有在他降生时赐予他文学天赋,而没有文学天赋,当然,休想拿到"莫文协"会员证——散发出厚重皮革味、四周金边宽大、莫斯科尽人皆知的褐色会员证。

谁会为嫉妒辩护?这是一种丑恶的情感,但总得设身处地替来访者想想。要知道他在二楼看到的还不是这里的一切,远远不是。姑母楼房的整个底层设有餐厅,而且是什么样的餐厅!它当之无愧地被誉为莫斯科最好的餐厅。不仅因为餐厅拥有两个大厅,天花板呈穹隆形,上边绘有古代亚述式鬃毛的一匹匹淡紫色骏马;不仅因为每张餐桌上都放着一盏蒙着轻纱灯罩的台灯;也不仅因为餐厅不是随便什么人都可以进来的;还因为餐厅的菜肴质量远远超过莫斯科任何一家餐厅,价钱绝对不贵,谁都付得起。

所以这些诚实文字的作者,有一回在格里鲍耶陀夫的铁栅栏旁,听到下面的谈话,自然不足为奇:

"今晚你在哪儿用餐,阿姆夫罗西?"

"那还用问,当然在这儿,亲爱的福卡!刚才阿尔奇巴尔德·阿尔奇巴尔多维奇悄悄告诉我,他们今晚有水煮梭鲈鱼,原汁原味,手艺没的说!"

"你真会过日子,阿姆夫罗西!"瘦弱、邋遢、脖子上生着痈的福卡,对魁梧、红唇、金发、胖脸的诗人阿姆夫罗西叹了口气说。

"谈不上会过,"阿姆夫罗西不以为然,"无非想过人过的日子。

福卡,你会说'大马戏场'也有梭鲈鱼。可是在'大马戏场'一客梭鲈鱼卖十三卢布十五戈比,咱们这儿才五卢布五十戈比!再说,'大马戏场'的梭鲈鱼是放了三天的。另外,去那儿保不住让哪个从戏院胡同闯进来的小子用葡萄串给你一耳光。不,我决不去'大马戏场'!"美食家阿姆夫罗西大声嚷嚷,整条林荫路都听得见,"你可别劝我去那儿,福卡!"

"我不是劝你去那儿,阿姆夫罗西,"福卡尖声尖气地说,"晚餐可以在家里用嘛。"

"鄙人,"阿姆夫罗西声若洪钟,"能够想象尊夫人在公用厨房里用锅子烧的原汁原味的梭鲈鱼!嘿——嘿——嘿……告辞[1],福卡!"阿姆夫罗西哼着歌曲,匆匆向凉台的帆布遮阳下走去。

唉,唉……是的,没错,没错!……莫斯科的老住户都记得赫赫有名的格里鲍耶陀夫!水煮梭鲈鱼算什么!这是低档菜,亲爱的阿姆夫罗西!吃过鲟鱼吗?银罐鲟鱼?鲟鱼片配上虾仁和新鲜鱼子?碗装蘑菇泥炖蛋呢?鹌鸟肉片您喜欢不?配上地菇的?热那亚鹌鹑呢?才九个半卢布!还有爵士乐周到的服务!到了七月,府上全去别墅了,可是无法推延的文坛事务让你留在城里。这时您坐在凉台上,葡萄架的绿荫下,洁白的台布上台灯金黄的灯光中,摆着一盆奶油蔬菜汤,其味如何?记得吗,阿姆夫罗西?其实不用问!一看您的嘴唇,我就知道您记得。您的白鲑鱼和梭鲈鱼算什么!您尝过沙锥、姬鹬、旰鲜丘鹬、鹌鹑和蛎鹬吗?在嗓子眼里咝咝响的纳尔赞矿泉水呢?!……不过,够了,让你分心了,读者!请跟我来!……

柏辽兹在牧首塘公园身首异处的那天晚上,十点半钟,格里鲍

---

[1] 原文此处用法语。

耶陀夫二楼只有一个房间亮着灯，里面十二位前来开会的文学家，都在苦苦等待米哈伊尔·亚历山德罗维奇。

"莫文协"理事会的办公室里，坐在椅子上的、桌子上的，甚至两个窗台上的，人人闷得透不过气来。敞开的窗户没有一丝风吹入。莫斯科释放着一天内柏油路积聚的热量，显然，哪怕到半夜，也不会凉快。姑母楼房的地下室里飘来一阵阵洋葱味，那里现在是餐厅的厨房。所有的人都想喝点儿什么，所有的人都很焦躁、生气。

小说家别斯库德尼科夫为人文静，穿着讲究，两眼流露出专注而又不可捉摸的神色，他掏出怀表，只见时针已向十一点爬去。别斯库德尼科夫用手指敲敲表面，把表拿给他身旁的诗人德乌勃拉茨基看。后者坐在桌子上，无聊地晃动着穿黄胶鞋的双脚。

"真是的。"德乌勃拉茨基嘟哝了一句。

"这小子准是在克利亚济玛河畔耽搁久了。"小说家娜斯塔西娅·鲁基尼什娜·聂普列缅诺娃用浑厚的嗓音搭腔说。她是莫斯科一对商人夫妇的遗孤，成了作家后，写些海战题材的短篇小说，笔名"领航员乔治"。

"不行！"通俗喜剧作家扎格里沃夫大胆说，"我也想坐在凉台上喝茶，谁高兴在这儿受罪！不是说好十点钟开会吗？"

"眼下克利亚济玛河畔确实挺好，"领航员乔治故意刺激大家，知道克利亚济玛河畔的作家别墅村佩列雷基诺是大家想去的地方，"这会儿夜莺大概叫了。我总是在郊外更能出活，尤其春天。"

"我妻子甲状腺肥大。为了送她去这个天堂，两年多了，我一直在交钱，不知怎的，至今都没看到什么希望。"短篇小说家耶罗尼姆·波普里欣愤愤然地抱怨。

"这得凭运气。"批评家阿巴勃科夫在窗台上厌烦地说。

领航员乔治的两只小眼睛闪出愉悦的火花，她把自己的低音尽量放得柔和：

"不要嫉妒人家，同志们，总共二十二套别墅，在建的也不过七套，可咱们'莫文协'的会员有三千！"

"三千一百一十一！"不知谁从角落里插嘴。

"瞧，"领航员继续说，"有什么办法？自然，拿到别墅的只能是我们中间最有才华的人……"

"干将！"剧作家格卢哈列夫直捅痛处。

别斯库德尼科夫故意打个哈欠，步出房间。

"在佩列雷基诺一个人住五间房！"格卢哈列夫冲着他的背影说。

"拉夫罗维奇一个人住六间！"杰尼斯金嚷嚷，"餐室四壁还镶柞木护墙板！"

"唉，现在的问题不在这儿，"阿巴勃科夫又厌烦地说，"现在的问题是已经十一点半了。"

人声嘈杂，像在酝酿一场暴动，开始往可恨的佩列雷基诺打电话。电话打错了，打到了拉夫罗维奇的别墅，知道拉夫罗维奇去了河边，大伙儿更是激愤。又不假思索地拨了九三〇分机，美文学会，当然，那里已经没人接电话了。

"他至少该打个电话来！"杰尼斯金、格卢哈列夫和克万特不约而同地大叫。

唉，他们再叫也是白搭。米哈伊尔·亚历山德罗维奇已经不能往任何地方打电话了。离格里鲍耶陀夫很远很远的地方，一个亮着好些一千瓦灯泡的宽敞大厅里，三张包锌的桌子上，分放着一些物体，不久前那还是米哈伊尔·亚历山德罗维奇。

第一张桌子上放着裸露的躯干，污血已干，一只胳膊断了，胸腔受伤；另一张桌子上放着磕掉门牙的头颅，两只浑浊的眼睛仍然睁着，但已不怕强烈的灯光；第三张桌子上放着一堆变硬的衣服。

无头尸体旁站着：法医学教授、病理解剖学家和他的解剖助手，侦查机关代表，以及米哈伊尔·亚历山德罗维奇·柏辽兹在"莫文协"的副手，被人用电话从患病的妻子身边叫来的文学家热尔德宾。

侦查人员开车把热尔德宾接出来后，首先（午夜左右）把他带到死者住处，封存了他的文件，然后来到停尸房。

现在，这些人站在死者的残骸旁磋商，怎么做更好：把碾下的脑袋缝到脖子上，还是把遗体放进格里鲍耶陀夫大厅，简单地用黑布蒙住死者，直到下巴？

对，米哈伊尔·亚历山德罗维奇已经不能往任何地方打电话了，所以杰尼斯金、格卢哈列夫、克万特及别斯库德尼科夫气愤也罢，嚷嚷也罢，都是白搭。午夜十二点整，十二位文学家下楼用餐，这时免不了又暗暗责骂米哈伊尔·亚历山德罗维奇。凉台上自然已经座无虚席，只得在两个漂亮然而闷热的大厅里用餐。

也是午夜十二点整，第一个大厅里轰隆一声，响起跳跃的吹奏声和击打声，立即有个尖细的男声在乐队伴奏下，大喊"哈利路亚！"[1]，这是著名的格里鲍耶陀夫爵士乐队开始演奏了。餐厅里一张张汗津津的脸似乎变得精神焕发，仿佛天花板上画的骏马活了，台灯似乎更亮了。蓦地，两个大厅里的人像挣脱锁链似的开始跳舞，随后，凉台上的人也跳舞了。

格卢哈列夫同女诗人塔玛拉·波卢麦夏茨跳舞，克万特也在跳舞，长篇小说家朱科洛夫拥着穿黄连衫裙的电影演员跳舞，德拉贡斯基、契尔达克奇，以及小个子杰尼斯金抱着人高马大的领航员乔治，都在跳舞。美女建筑师谢梅金娜-高卢跳舞，被一个穿白色粗帆布裤的陌生男人紧紧搂着。跳舞的有会员，也有请来的宾客，其

---

[1] 源自基督教赞美歌曲，是对上帝的欢呼。

中有莫斯科人，也有外地人，比如来自喀琅施塔得的作家约翰，来自罗斯托夫的维佳·库伏吉克——他大概是导演，半边脸上尽是紫色皮癣。跳舞的还有"莫文协"诗歌组几个响当当的代表性人物：帕维阿诺夫、博戈胡里斯基、斯拉德基、施皮奇金，以及阿杰尔芬娜·布兹佳克。还有一些不知什么职业的年轻人，博克斯发型[1]，棉垫肩上衣；一个很老的老头，络腮胡子里夹着一片碧绿的葱叶，也在跳舞，他的舞伴是个患贫血症的瘦弱姑娘，穿一件皱巴巴的橙色绸连衫裙。

服务员一个个大汗淋漓，将蒙着水汽的啤酒杯高举过头，不时用嘶哑的声音怨恨地喊叫："对不起，公民！"不知安在什么地方的扩音器里有个声音在指挥："羊肉串一份，野牛肉两份，波兰浓汤一份！"那个尖细的男声已经不是在唱，而是在叫"哈利路亚"。爵士乐队金钹的轰鸣，有时盖过洗碗工顺着倾斜的传送带往厨房里送餐具的噪声。总之，一座地狱。

既是地狱，半夜必有幽灵。凉台上来了一个穿燕尾服、蓄连鬓短须的黑眼睛美男子，以王者的气度环视了自己的领地。据神秘主义者说，此人当年不穿燕尾服，而是系宽皮带，腰插两支手枪，用红绸巾扎住黑发，率一艘挂着黑色骷髅旗的双桅帆船，横行于加拉伊布海[2]。

不，不！这是蛊惑人心的神秘主义者的胡说。世上根本没有什么加拉伊布海，没有玩命的海盗，没有战舰追歼他们，也没有波涛上空弥漫的硝烟。什么都没有，从来都没有！只有眼前萎蔫的椴树、铁栅栏和栅栏外面的林荫路……冰桶里融化的冰块，邻桌什么人充血的牛眼，可怕，可怕……啊，诸神呀，我的诸神，给我毒药，

---

1 一种男子发型，头发往后梳，两鬓和后颈剃尽。
2 即加勒比海。

毒药!……

突然，餐桌上飞起一声："柏辽兹!"突然，爵士乐队崩溃，静默，像是有人一拳揍了乐队。"什么？什么？什么？什么?!""柏辽兹!"人们纷纷跳起来，喊起来……

是的，米哈伊尔·亚历山德罗维奇的噩耗卷起悲痛的狂潮。有人奔来跑去，嚷嚷着应该立即，就地，拟一份集体电报，立即发出……

可是请问：什么电报？发往哪里？为什么发？说实在的，往哪里发？对于轧扁的后脑勺此刻捧在验尸员戴橡皮手套的手里，脖子正由医学教授用曲针缝合的人来说，无论怎样的电报能有什么用？他死了，不需要任何电报。一切都已结束，何必再给电报局增加负担。

是的，他死了，死了！……我们可还活着！

是的，卷起悲痛的狂潮，卷呀，卷呀，终于开始回落。有人已经回到自己的餐桌，起初偷偷地，后来便大方地喝酒、吃菜。说实在的，总不能把鸡肉饼白白扔掉？我们能帮米哈伊尔·亚历山德罗维奇什么？饿一顿？要知道，我们还活着！

自然，钢琴锁了，爵士乐队散了。几个新闻记者赶回编辑部写悼念文章去了。据说热尔德宾已从停尸房回来。他一坐进二楼死者的办公室，便有消息说，他将接替柏辽兹。热尔德宾把理事会十二名成员从餐厅叫上来，在柏辽兹办公室里召开紧急会议，讨论几个刻不容缓的问题：如何把格里鲍耶陀夫圆柱大厅布置成灵堂，如何把遗体从停尸房移往大厅，何时开放灵堂，以及与这次不幸事件有关的其他事项。

餐厅恢复正常的夜生活，本来这种生活一直要延续到餐厅停止营业，也就是凌晨四点，不料发生了一件完全出乎意料，甚至远比柏辽兹的横死更使餐厅顾客惊讶的怪事。

首先惊诧莫名的是守候在格里鲍耶陀夫之家门口的几个马车夫。只听其中一个从驭座上欠身喊道：

"嚆！快瞧！"

话音刚落，只见铁栅栏旁不知从哪里冒出一枚火星，慢慢接近凉台。就餐的人纷纷站起来观看，发现和火星一起，有个白色幽灵大摇大摆地朝凉台走来。幽灵走到葡萄架前，餐桌上的人举着叉子上的鲟鱼，个个惊得目瞪口呆。这时从衣帽间来到院子抽烟的门卫，赶紧踩灭香烟朝幽灵走去，显然想阻止它进入餐厅，可不知为什么没这样做，反而停下，傻乎乎地赔起笑脸。

于是幽灵穿过葡萄架，毫无阻拦地登上凉台。这时大家发现，这不是什么幽灵，而是流浪汉，伊凡·尼古拉耶维奇——大名鼎鼎的诗人。

他赤脚，上身穿件破旧的托尔斯泰式白短衫，前襟上用一枚英国别针别着一张圣像，所画的陌生圣徒已经漫漶不清；下身穿一条白色条纹衬裤。伊凡·尼古拉耶维奇手里举着一根点燃的婚礼蜡烛，右腮上有一道刚刚划破的伤痕。整个凉台鸦雀无声。只见一个服务员手里的啤酒杯歪倒一边，啤酒流到了地板上。

诗人把蜡烛高举过头，大声招呼：

"你们好，朋友们！"随后，俯身看了看餐桌下，忧郁地说，"不，他不在这儿！"

响起两个声音。男低音恶狠狠地说：

"行了。酒狂病。"

另一个，女人的，惊恐的声音，说：

"民警怎么让他就这副模样在街上乱跑？"

这叫伊凡听见了，回答：

"抓了我两次，没抓着。一次在斯卡捷尔特巷，一次在这儿，铠甲街，我爬栅栏进来的，这不，脸也划破了！"接着，伊凡·尼古拉耶维奇高举蜡烛，喊道："文学界的弟兄们！（嘶哑的声音这时变得刚劲有力，充满激情。）大家听我说，他出现了！快抓住他！要不，他会造成无法形容的灾难！"

"什么？什么？他说什么？谁出现了？"四面八方的声音问。

"顾问！"伊凡回答，"就是这个顾问刚才在牧首塘杀了米沙·柏辽兹。"

这时，里面大厅的顾客也都拥到凉台上，伊凡的蜡烛旁围了一圈人。

"对不起，对不起，请您说准确些，"一个轻轻的，文静的声音在伊凡耳旁说，"告诉我们，怎么杀的？谁杀的？"

"外国顾问，教授，特务！"伊凡环视四周，回答。

"他姓什么？"人们在他耳边轻轻问。

"问题就出在姓上！"伊凡恼恨地说，"要是我知道他姓什么就好了！我没看清他名片上的姓……只记得头一个字母是'W'，是个'W'起头的姓。什么姓是'W'起头的？"伊凡拍着脑门问自己，随即嘟哝说："韦，韦，韦……瓦……沃……瓦格纳？瓦格纳？瓦伊纳？韦格纳？温特尔？"伊凡紧张得头发根根竖起。

"武尔夫？"有个女人同情地说。

伊凡勃然大怒。

"蠢货！"他大声骂道，眼睛寻找那个女人，"这跟武尔夫有什么关系。武尔夫是清白的！沃，沃……不，我想不起来！我说，公民们，这么办：你们马上给民警局打电话，让他们立即派五辆摩托车，带上机枪，追捕教授。还有，别忘了告诉他们，跟他在一起的还有两个歹徒，一个是细高挑儿，穿格子衣服……夹鼻眼镜的镜片碎了……另一个是只黑猫,肥肥的。这会儿我先搜查格里鲍耶陀夫……我觉得他在这儿!"

伊凡忙活起来,他推开围观人群,晃动蜡烛,不顾烛油掉在身上,频频查看餐桌底下。这时响起一个声音:"喊医生!"接着伊凡眼前出现了一张和善、肥胖、红润、胡子刮得干干净净、戴着一副玳瑁眼镜的脸。

"流浪汉同志,"这张脸用节庆日演说的语调说,"请您镇静!我们大家敬爱的米哈伊尔·亚历山德罗维奇……不,米沙·柏辽兹死了,您很悲痛。这一点我们非常理解。您现在需要安静。同志们这就安顿您上床休息。您先睡一会儿……"

"你,"伊凡龇牙咧嘴地打断他,"你明不明白应该抓住教授?可你尽跟我说傻话!糊涂虫!"

"流浪汉同志,哪能呢。"那张脸涨得通红,往后退去,后悔自己卷进了这件事。

"不,别人可以原谅,你不能!"伊凡·尼古拉耶维奇恶狠狠地小声说。

痉挛扭歪了他的脸,他飞快地把蜡烛从右手换到左手,抡起胳膊,照准那张表示关切的脸,狠狠扇了一耳光。

人们这才想起应该抓住伊凡,于是朝他扑去。蜡烛熄灭,眼镜掉到地上被踩得粉碎。伊凡发出骇人的战斗吼声,连林荫路上都能听到。他死命抵抗。桌上掉下的餐具乒乓乱响,女人尖叫。

几个服务员用毛巾把诗人捆了。这时衣帽间里,双桅帆船船长正同门卫谈话。

"你没看见他穿的是衬裤?"海盗冷冰冰地问。

"您知道,阿尔奇巴尔德·阿尔奇巴尔多维奇,我哪能不让他进来?"门卫胆战心惊地回答,"人家是'莫文协'会员。"

"你没看见他穿的是衬裤?"海盗重复一遍。

"饶了我吧,阿尔奇巴尔德·阿尔奇巴尔多维奇,"门卫红着脸说,"我有什么办法?我也知道凉台上有不少女客……"

"这跟女客没关系,女客不在乎,"海盗回答,眼里的凶光简直能把门卫灼伤,"可民警局对这事就不会不在乎!在莫斯科街上穿内衣的只有一种情况,就是由民警押解,而且只能去一个地方——派出所!你是门卫,应该知道,看到这种人必须立即鸣笛,一秒钟也不能耽误!你听到吗?听到凉台上的声音了?"

这时吓呆的门卫听到了凉台上传来的哎哟声、杯盘破碎声和女人尖叫声。

"你失职,该怎么处理?"海盗问。

门卫的脸色像是得了伤寒,两眼失神。他恍惚觉得眼前这梳分头的黑发扎上了鲜红的丝巾,白衬领和燕尾服不见了,腰间的皮带上插着手枪。门卫想象自己已被吊死在第二节前桅的横桁上,亲眼看见自己伸出的舌头和耷拉在肩膀上失去生命的脑袋,甚至听到拍击船舷的海浪声。门卫腿都软了。不料这时海盗对他起了善心,熄灭了眼中灼人的凶光。

"当心,尼古拉!这是最后一次。像你这种门卫,白给我们餐厅都不要。你当教堂看门人去。"接着,船长准确、明了、迅速地下了命令:"叫上小吃部潘捷列、民警,写份笔录,弄辆汽车,送精神病院。"然后补充说:"鸣笛!"

一刻钟后,不仅餐厅里,甚至林荫路上和面对餐厅花园的各幢大楼的窗户里,诧异莫名的人们看到潘捷列、门卫、民警、服务员,还有诗人柳欣,把一个玩具娃娃般包起来的年轻人扛出了格里鲍耶陀夫大门。年轻人流着眼泪,一个劲儿地往柳欣身上啐唾沫,骂声响彻整条林荫路:

"浑蛋!……浑蛋!……"

卡车司机铁板着脸发动引擎。旁边的一名马车夫赶马快跑,一边挥动雪青色缰绳抽打马的臀部,一边高喊:

"坐马车吧,赛马拉的!我送过精神病院!"

四下里人声鼎沸,纷纷议论这件闻所未闻的怪事。总之,这是一场粗俗、恶劣、野蛮、荒唐的丑剧,直到卡车从格里鲍耶陀夫门口送走不幸的伊凡·尼古拉耶维奇和民警、潘捷列、柳欣,丑剧方才结束。

第六章　果真是精神分裂

　　莫斯科近郊一所临河新建的著名精神病医院。候诊室里走进蓄山羊胡子、穿白大褂的医生时，已是深夜一点半。三名男护士目不转睛地盯着坐在长沙发上的伊凡·尼古拉耶维奇。诗人柳欣焦躁地待在一旁。原本捆绑伊凡·尼古拉耶维奇的毛巾也堆在长沙发上。伊凡·尼古拉耶维奇的手脚现在可以自由活动。

　　一见来人，柳欣脸色煞白，清了清嗓子，怯生生地说：

　　"您好，大夫！"

　　大夫向柳欣躬了躬身，眼睛却没看柳欣，而是看着伊凡·尼古拉耶维奇。后者纹丝不动地坐着，脸色铁青，双眉紧蹙，连医生进来都没动一下。

　　"大夫，"柳欣不知为什么神秘而又胆怯地悄悄说，用眼睛瞟了瞟伊凡·尼古拉耶维奇，"著名诗人流浪汉伊凡……您看……我们担心是不是酒狂病……"

　　"酗酒吗？"大夫轻蔑地问。

　　"不。喝两口，但不至于……"

　　"蟑螂、耗子、鱼饵或者野狗，没抓过？"

　　"没有，"柳欣打了个寒战，"我昨天和他见过面，今天早上也见过，他好好的，没一点儿毛病……"

"为什么只穿衬裤?从床上把他拖起来的?"

"大夫,他就是这副模样去的餐厅……"

"噢,噢,"大夫十分满足地说,"怎么有伤?同谁打架了?"

"他爬栅栏摔的,后来在餐厅里打了一个人……又打了什么人……"

"噢,噢,是这样,这样,这样。"大夫说,然后转身招呼伊凡:"您好!"

"好,破坏分子!"伊凡恶狠狠地大声回答。

柳欣窘得甚至不敢抬眼看看有礼貌的大夫。但大夫毫不介意。他用习惯动作敏捷地摘下眼镜,撩起白大褂后襟,把眼镜装进后面的裤袋,又问伊凡:

"您多大?"

"你们都给我见鬼去,真是的!"伊凡粗野地喊起来,随即扭过头去。

"您干吗生气?难道我说了什么让您不快?"

"我二十三岁,"伊凡激动地说,"我要告你们所有的人。尤其要告你,浑蛋!"他指的是柳欣。

"您想告什么?"

"告你们把我这个健康人捆起来,强行送进疯人院!"伊凡愤怒地回答。

这时柳欣仔细看了看伊凡,顿时浑身发冷:伊凡眼睛里没有丝毫疯态。那双在格里鲍耶陀夫浑浊不清的眼睛,此刻又变得跟往常一样清澈。

"天哪!"柳欣暗暗叫苦,"他真的正常?看这事闹的!说真的,我们干吗把他送到这里来?他正常,正常,就是脸上划破了……"

"您不在疯人院,"医生平和地说,在一张独腿锃亮的白色凳子上坐下,"您在医院,这里谁也不会硬留您,如果没必要。"

伊凡·尼古拉耶维奇不信任地斜睨大夫一眼，但还是嘟嘟囔囔地说：

"感谢上帝！一群白痴中总算有了个正常人，这白痴中的白痴，就是笨蛋和草包萨什卡！"

"这个草包萨什卡是谁？"医生问。

"这不，就是他，柳欣！"伊凡回答，伸出肮脏的手指朝柳欣一指。

柳欣气得满面通红。

"他这是恩将仇报，"柳欣暗自伤心，"就因为我关心他！这狗东西！"

"论心理素质，他是个典型的富农！"伊凡·尼古拉耶维奇说，看来他今天非要揭穿柳欣不可，"还是个巧妙地伪装成无产阶级的富农！你们看他那副丑样，萎靡不振，同他写的那些个响亮的'五一'颂诗比比看！嘿——嘿——嘿……'飘扬吧！''招展吧！'……你们再看看他内心深处，看看他在想什么……你们准会惊呆！"说罢，伊凡·尼古拉耶维奇哈哈大笑，笑得让人不安。

柳欣喘着粗气，面红耳赤，心想："我这是在自己怀里暖活了一条蛇，我关心的人结果是个凶恶的敌人。最可恨的是拿他没办法，总不能同一个精神病患者对骂！"

"那为什么把您送我们这儿来了？"医生认真听完流浪汉的揭发，问。

"鬼知道怎么回事，一帮蠢货！抓住我，用什么东西一捆，扛上汽车就拉这儿来了！"

"请问，您怎么上餐厅只穿衬裤？"

"这没什么好奇怪的，"伊凡回答，"我去莫斯科河游泳，衣服叫人偷了，留给我这些破烂。我总不能赤条条地在莫斯科街上走吧？只好穿上，因为我得赶紧去餐厅，去格里鲍耶陀夫。"

医生不解地看了看柳欣,后者愁眉苦脸地嘟囔说:

"这是餐厅名称。"

"噢,"医生说,"那您干吗这么着急?去谈事情?"

"去抓顾问。"伊凡·尼古拉耶维奇回答,不安地回头看了看。

"什么顾问?"

"您知道柏辽兹?"伊凡意味深长地问。

"这是……作曲家[1]?"

伊凡大为不悦。

"哪是什么作曲家?噢,对……不,不是!作曲家和米沙·柏辽兹同姓。"

柳欣本来不想说话,这时又不得不做解释:

"'莫文协'书记柏辽兹今晚在牧首塘公园叫有轨电车碾死了。"

"不知道就别胡说!"伊凡对柳欣十分恼火,"当时在场的是我,不是你!是那家伙让他死在车轮下的!"

"推了一下?"

"干吗要'推'?"伊凡恼恨所有人的愚钝,吼道,"像他这样的根本不用推,他玩的怪招,你就当心吧!他事先就知道,柏辽兹要被电车碾死!"

"除了您,还有人见过这个顾问吗?"

"糟就糟在只有我和柏辽兹见过。"

"是这样。那您为了抓住这个杀人犯采取了哪些措施?"这时医生回过头,朝坐在桌子后面穿白大褂的女人递了个眼色。后者抽出一张表格,按上面的栏目填写起来。

"这些措施。我打厨房里拿了支蜡烛……"

---

[1] 法国十九世纪中叶有位作曲家,也姓柏辽兹,一译陪辽士。

"这支?"医生问,指着女人桌子上断了的蜡烛。蜡烛旁放着圣像。

"是这支,还有……"

"拿圣像干什么?"

"是的,我拿了圣像……"伊凡脸红了,"正是这张圣像把他们吓坏了,"伊凡又朝柳欣指了指,"问题是他,顾问,他……咱们直说吧……他通妖术……就这样简单,抓不住他。"

几个男护士不知怎的都手贴裤缝,目不转睛地盯着伊凡。

"对,"伊凡继续说,"他通妖术!这是铁的事实。他同本丢·彼拉多说过话。别这么看我!我说的是真话!他全都看见了,凉台,棕榈。总之,他到过本丢·彼拉多那儿。这我敢担保。"

"往下说,往下说……"

"所以我把圣像别在胸前,这才去追……"

这时座钟冷不丁敲了两下。

"哎呀,"伊凡大叫,从长沙发上站起来,"都两点了,可我还跟你们浪费时间!对不起,电话在哪里?"

"让他打。"医生吩咐几个男护士。

伊凡拿起电话筒。女人乘机轻轻问柳欣:

"他结婚了?"

"单身。"柳欣惊恐地回答。

"工会会员?"

"对。"

"民警局吗?"伊凡对着话筒喊,"民警局吗?值班同志,请您立即派五辆摩托车,带上机枪,追捕外国顾问。什么?你们先来接我,我亲自陪你们去……我是诗人流浪汉,从疯人院给你们打的电话……你们的地址?"流浪汉用手捂住话筒,轻轻问医生,然后重又对着话筒喊,"您在听吗?喂!……岂有此理!"伊凡突然大骂,把话筒摔到墙上。随后他转身向医生伸出一只手，冷冷地说声"再见"，打算走了。

"慢，您打算去哪儿？"医生问，盯着伊凡的眼睛，"深夜，只穿内衣……您身体不好，留在我们这儿吧！"

"让我出去，"伊凡对堵在门口的几个男护士说，"你们让不让？"诗人骇人地怒吼。

柳欣浑身发抖，女人按了小桌上的电钮，玻璃桌面上立即弹出一个闪亮的小盒和一个密封的安瓿。

"来这一手？！"伊凡疯狂地、像困兽似的扫视四周说，"那好！再见！"说罢，一头朝挂着窗帘的窗户撞去。

只听窗子砰的一声巨响，窗帘后面的玻璃却丝毫未碎。转瞬间，伊凡·尼古拉耶维奇已在几个男护士手中挣扎。他喘着粗气，企图咬人，一个劲儿喊叫：

"你们居然安了这种玻璃！……放开我！放开我……"

注射器在医生手里闪光，女人一把撕开托尔斯泰式短衫的破衣袖，以非女性的力气紧紧拽住伊凡的胳膊。一股乙醚的气味。伊凡在四人手中无法反抗。敏捷的医生利用这个瞬间往伊凡胳膊上扎了一针。伊凡又被按了几秒钟，这才被放到长沙发上。

"土匪！"伊凡大吼，从沙发上跳起来，但立即被按下。几个男护士刚松手，他又跳起来，但这回是他自己坐下。他怪模怪样地环视四周，稍事沉默，忽然打了个哈欠，又恶狠狠地笑了笑。

"到底叫你们关起来了。"他一边说，一边又打了个哈欠。忽然，他躺下了，头枕在靠垫上，孩子似的把拳头垫在腮帮下，嘟嘟囔囔地像说梦话，不再凶狠："很好……你们会自食其果的。我警告过，听不听由你们……我现在最感兴趣的是本丢·彼拉多……彼拉多……"说到这里，他闭上了眼睛。

"洗澡。住一一七病房。监护。"医生一面戴眼镜,一面吩咐。这时柳欣又打个寒战:两扇白门无声地打开,里边是一条夜间蓝灯照亮的走廊。走廊里推出一张胶皮轮的手推病床。业已安静的伊凡被抬到床上。接着他进了走廊,两扇白门重又关闭。

"大夫,"大为震惊的柳欣悄悄问,"这么说,他确实有病?"

"对。"医生回答。

"他这是什么病?"柳欣怯生生地问。

医生疲惫地看了柳欣一眼,没精打采地说:

"行为和言语亢奋……妄想型思维……病情看来很复杂……应当诊断为精神分裂,并发酒精中毒……"

柳欣什么也没听懂,除了知道伊凡·尼古拉耶维奇情况不妙。他叹了口气,问:

"他怎么老提一个顾问?"

"大概是看见了什么人,突发妄想,但也可能是幻觉……"

几分钟后,卡车载着柳欣返回莫斯科市区。天已经放亮,公路上尚未熄灭的路灯此时已经毫无用处,反而让人难受。司机陪了一夜,心里窝火,把车开得飞快,每逢拐弯,车身便会内侧。

树林被甩到后面,河水退向一旁,各种各样的景物向卡车迎面扑来:设有岗亭的围墙、柴垛、高高的电线杆和塔架、塔架上的一束束线圈、一堆堆碎石、被沟渠分割成一块块的土地——总之,使人觉得莫斯科就在眼前,转弯就是,马上就会扑来,拥抱卡车。

柳欣被颠得东倒西歪,他坐的那段木头不时要从他身下滑走。餐厅的毛巾在车厢里乱滚,这是先前乘无轨电车回城的民警和潘捷列扔在车上的。柳欣手忙脚乱地想把毛巾收到一起,但不知为什么又恶狠狠地自言自语:"见鬼!我干吗像傻瓜似的乱转?"他一脚踹开毛巾,再也不看它们。

车上的人情绪极坏。显然，这次去医院给他留下异常难受的印象。柳欣试图弄清，究竟是什么使他如此痛苦。是深入记忆的蓝灯走廊？是他明白了世上最大的不幸莫过于丧失理智？对，对，这当然是原因。但这毕竟没有切肤之痛。所以应当另有原因。什么原因？受了侮辱，没错。对，对，流浪汉当面侮辱了他。然而令他伤心的不是这些侮辱，而是这些侮辱切中要害。

诗人已经不看两旁的路景，而是盯住晃动的肮脏地板，喃喃自语，折磨自己。

不错，他写诗……他三十二了！说真的，以后呢？以后还是每年写那么几首诗。直到老死？是的，直到老死。这些诗会给他带来什么？荣誉？"痴人说梦！别骗自己。写写应景诗的人绝不会得到荣誉。这些诗差在哪里？对，伊凡说得对！"柳欣毫不留情地自责说，"差在我写的东西，连我自己都不信！……"

极度消沉的诗人突然往前一冲，车厢地板停止晃动。柳欣抬头一看，原来他早已进入市区，莫斯科已是满天金灿灿的朝霞。他的卡车停着，卡在林荫路口的车流里，附近有个立在基座上的铁人，微微低头，冷眼注视着林荫路。

诗人病态的头脑里忽然闪出一些古怪的想法。"瞧，这就是真正走运的例子……"柳欣猛地在卡车内站直身子，举起一只手，莫名其妙地攻击没有招谁惹谁的铁人。"他的一生中，不管迈出什么步子，不管发生什么事情，最终总是对他有利，总是给他增添荣誉！可他究竟有什么建树？我不知道……'风暴……似烟霭般……'[1] 这些文字究竟有多少奥妙？我不明白……走运，走运！"柳欣突然下了个恶毒的结论。这时他感到脚下的卡车动了一下。

---

[1] 站在基座上的铁人指普希金像。此处引用的是普希金诗作《冬夜》中的头两个词。

"那个白匪[1]朝他开枪,打碎了股骨,反倒造就了不朽……"

车流启动。不到两分钟,一副病态,甚至有些苍老的诗人,登上了格里鲍耶陀夫的凉台。凉台上空荡荡的,只有角落里的一帮人还在喝酒。其中最活跃的是戴着绣花小帽,拿着一杯阿布劳[2]香槟的熟悉的剧场报幕员。

柳欣抱着一大堆毛巾,阿尔奇巴尔德·阿尔奇巴尔多维奇亲切地迎上去,接过可恶的累赘。如果不是在医院和卡车里受尽折磨,柳欣也许会兴致勃勃、添枝加叶地讲述精神病院里的一切,但现在他顾不上这些。再说,尽管柳欣不善察言观色,此刻,在卡车里的内心拷问后,他第一次以犀利的目光审视了海盗,立刻明白,虽然后者询问流浪汉的情况,甚至"哎呀,哎呀"惋惜不已,其实他对流浪汉的命运完全无所谓,对他毫不同情。"好样的!做得对!"柳欣自暴自弃、幸灾乐祸地想。于是他不再讲精神分裂,请求说:

"阿尔奇巴尔德·阿尔奇巴尔多维奇,能给我杯酒吗?……"

海盗做出一副同情的面孔,低声说:

"我能理解……这就送来……"说罢,朝一个服务员招了招手。

一刻钟后,柳欣孤零零地伛偻在一盘文鳊鱼上,一杯接一杯地灌酒。他不但明白,而且承认,他此生已经无法改变什么,能做的只有忘却。

诗人白白糟蹋了自己的夜晚,别人却在欢宴,此刻,他知道这个夜晚已经无可挽回。只要抬头,离开台灯,看看天空,就可明白夜晚已经一去不返。服务员正忙着收掉台布,连在凉台前跑来跑去的几只猫也是早晨的神态。白天势不可当地向诗人袭来。

---

[1] 指与普希金决斗的法国贵族丹特士。他击伤的是普希金的腹部而非股骨。
[2] 俄国香槟酒,产于北高加索。

第七章 凶宅

假如早晨有人对斯乔帕·利霍杰耶夫说:"斯乔帕!起床,否则毙了你!"斯乔帕准会睡意蒙眬地用轻得刚能听见的声音回答:"那就毙吧!怎么都行,反正我不起床。"

其实哪谈得上起床,他连眼睛都不敢睁开。他觉得只要一睁眼,马上会有一道闪电击碎他的脑袋。在这个脑袋里轰鸣着一口沉重的大钟,眼球和紧闭的眼皮之间游动着几个带红绿边的褐色斑点。更糟的是,他觉得恶心,而且,似乎这恶心的起因是一架讨厌的留声机的声音。

斯乔帕搜索枯肠,只想起一件事:好像昨天,忘了在什么地方,他手里拿着餐巾打算吻一位太太,并且告诉她说,明天中午十二点整到她家做客。太太连声拒绝:"不,不,我中午不在家!"斯乔帕死乞白赖要去:"我一准来!"

这是哪位太太?现在几点?今天几月几号?——斯乔帕一概不知。最糟的是他不清楚他在哪儿。他想弄清楚哪怕最后一个问题,于是使劲睁开粘在一起的左眼皮。昏暗中有件东西反射出暗淡的光。斯乔帕终于认出了窗间镜,明白此刻他在自己的卧室里,仰面躺在原先珠宝商遗孀的卧榻上。这时,脑袋一阵剧痛,他急忙闭上左眼,呻吟起来。

先介绍一下：斯乔帕·利霍杰耶夫，杂耍剧院经理，早晨是在自己家里醒的；他住在花园街一幢呈"∏"字形的六层大楼里，和已故的柏辽兹合用一个单元。

应当说，这个单元，五十单元，即便不说恶名，至少早已怪名远扬。两年前，这个单元归珠宝商德富惹雷的遗孀所有。安娜·弗朗采夫娜·德富惹雷太太那时五十岁，是个受人尊敬、精明干练的女性。她把五间房中的三间租给两个房客，其中一个好像姓别洛穆特，另一个没有姓氏。

这不，两年前，这个单元开始接连发生无法解释的怪事：住户一个接一个失踪。

有一个假日，一位民警走进单元，把第二个房客（就是没有姓氏的那个）叫到前厅，说民警分局请他去一下，在什么文件上签个字。房客告诉安娜·弗朗采夫娜多年的忠心女仆安菲莎，说如果有谁打电话找他，请她告诉对方，他过十分钟回来。随后跟着戴白手套、干练的民警走了。但他不仅十分钟后没回来，而且永远没回来。最令人吃惊的是民警显然也同他一起消失了。

虔诚，还是坦率说吧，迷信的安菲莎，直截了当地告诉伤心的安娜·弗朗采夫娜，这是妖术，她知道是谁把房客和民警弄走的，不过快半夜了，她不愿说。

而妖术，谁都知道，一旦闹起来，就休想制止。第二个房客失踪，记得是在星期一，到星期三，别洛穆特也不知所终了。不过，真的，情况不同，早晨，轿车像往常一样，来接他上班，可接走了，没送回来，连轿车也没再来。

别洛穆特太太的伤心和惊骇，非笔墨所能形容。但可叹的是她的伤心和惊骇未能持续多久。那天夜里，不知为什么匆匆去了一趟别墅的安娜·弗朗采夫娜，带着安菲莎回来，家里不见了公民别洛穆特太太。这还不算,别洛穆特夫妇住的两个房间竟被查封了。

有两天光景,还算太平。到第三天,一直苦于失眠的安娜·弗朗采夫娜又匆匆去了别墅……还用说吗,她再也没回来!

形单影只的安菲莎尽情地哭了一场,直到夜里一点多才躺下睡觉。她后来出了什么事,谁也不知道。听楼其他住户说,似乎五十单元里整夜都有敲打声,似乎直到天亮,窗户里都亮着灯光。早晨得知,安菲莎也不见了!

关于失踪的人和这个该死的单元,有很长一段时间,楼里流传着各种神乎其神的说法,比如:这个瘦弱、虔诚的安菲莎,似乎在她干瘪的胸脯上挂着一个麂皮袋,里面藏着安娜·弗朗采夫娜的二十五颗大钻石;似乎安娜·弗朗采夫娜常去的那个别墅的柴棚里,珍宝无数,藏也藏不住,有钻石,还有沙皇时期的金币,如此等等。是真是假,我们一无所知,不敢妄断。

不管怎样,这个单元封了才一星期,就有两户人家搬了进来。这就是故世的柏辽兹和太太,以及这位斯乔帕和太太。十分自然,他们一搬进这个造孽的单元,便开始了种种鬼知道的怪事。一个月内,两家的太太都不见了。不过她们倒不是失踪。有人说,似乎在哈尔科夫[1]见过柏辽兹太太跟一个芭蕾舞导演在一起;而斯乔帕太太似乎是在博热多姆[2]被发现的,据爱嚼舌的人说,杂耍剧院经理凭借自己无数的关系网,给她弄了个房间,条件是她永远不来花园街……

总之,斯乔帕连连呻吟。他本想叫女仆格鲁尼娅给他拿些氨基比林,但他毕竟明白,这是犯傻,格鲁尼娅哪有什么氨基比林。他试着叫柏辽兹帮忙,哼哼唧唧地叫了两声:"米沙……米沙……"但您也知道,他没听到回答。屋里没一丝声响。

---

[1] 乌克兰城市。
[2] 莫斯科街名。

斯乔帕动了动脚趾，明白自己是穿着袜子睡的。又用颤抖的手摸了摸大腿，想弄清他穿没穿裤子，但没弄清。最后发现屋里就他一人，不会有谁帮忙，决定起床，不管这要做出多少非人的努力。

斯乔帕睁开粘在一起的眼皮，只见窗间镜里照出一个怪模怪样的家伙：头发乱翘，虚胖的脸上胡子拉碴，眼泡浮肿，上身穿件肮脏的硬领衬衫，系领带，下身穿着长衬裤和短袜。

他在窗间镜中看到了这样的自己。而在镜子边上看到一个黑衣黑帽的陌生人。

斯乔帕从床上坐起来，尽量睁大充血的眼睛，瞪着陌生人。

陌生人首先打破沉默。他用带外国腔的沉重低音寒暄道：

"中午好，最最可爱的斯捷潘·波格丹诺维奇！"

冷场。随后费了极大的劲儿，斯乔帕挤出一句话：

"您有什么事？"他自己都感到吃惊，压根儿不像他在说话，"您"是童高音，"有"转为男低音，至于"什么事"轻得完全听不见。

陌生人友好地讪讪一笑，掏出一只盖上镶有三角形钻石的挺大的金表。表响了十一下，他说：

"十一点了！我等您醒来等了足足一小时。是您约我十点来的，这不，我来了！"

斯乔帕在床边的椅子上摸到裤子，轻声说：

"对不起……"他穿好裤子，嘶哑地问："请问贵姓？"

他说话困难，每说一个字都像有人用针在扎他的脑子，疼得死去活来。

"怎么？您连我姓什么都忘了？"陌生人微微一笑。

"请原谅……"斯乔帕嘶哑地说，感到醉后的症状又有发展：似乎床前的地板不知去向，眼看他就要，见鬼，一头栽进地狱了。

"亲爱的斯捷潘·波格丹诺维奇，"来客洞察一切似的笑着说，

"什么氨基比林对您都没用。试试聪明的老办法,以酒解酒。唯一能使您恢复活力的,就是两杯伏特加,再加味重的冷盘和热菜。"

斯乔帕一向机敏,尽管头痛欲裂,心里还是明白,既然这般模样叫人撞见了,还是承认的好。

"坦率地说,"他艰难地转动舌头,"昨晚我是稍稍……"

"别说了!"来客表示,搬起椅子坐到一旁。

斯乔帕瞪大眼睛,发现旁边小桌上摆着一个托盘,盘里有切片白面包、一罐腌制压实的黑鱼子、一碟醋渍白蘑菇,和一个不知装着什么的小锅,最后,还有装在珠宝商遗孀的长颈玻璃瓶里的伏特加。斯乔帕尤为惊讶的是酒瓶外面还蒙着水汽。不过这也可以理解,酒瓶放在盆里冰镇过。总之,安排得周到讲究。

陌生人不等惊讶的斯乔帕发呆,麻利地给他斟了半杯伏特加。

"您呢?"斯乔帕尖声尖气地问。

"自然奉陪!"

斯乔帕哆嗦着把酒杯举到唇边,陌生人已经一口把酒干了。斯乔帕嚼着一块鱼子,费劲地说:

"您怎么……不用点下酒菜?"

"谢谢,我从来不用下酒菜。"陌生人说,又给双方斟了一杯,揭开小锅——原来是茄汁小泥肠。

这不,眼前该死的色斑消失,舌头也不僵了,主要是斯乔帕已能想起一些事情。那都是昨天在斯霍德尼亚[1],滑稽短剧作家胡斯托夫的别墅里闹的。这个胡斯托夫用出租车把斯乔帕拉到了那儿。甚至想起是在大都会门口叫的出租车,当时还有一个演员不像演员的人……带着一只装留声机的小箱子……对,对,对,这是在别墅!

---

1 莫斯科州地名。

还记得留声机惹得几只狗汪汪叫,可就是想不起自己要吻的太太是谁……鬼知道她是谁……好像是在电台工作,又好像不是。

这样,昨天渐渐有了眉目。但斯乔帕现在更感兴趣的是今天,尤其是这个陌生人在卧室的出现,而且还带着酒菜。这可得弄弄清楚!

"我想,您现在总该想起我姓什么了吧?"

但斯乔帕只是惭愧地笑笑,两手一摊。

"您哪!我觉得您是喝过伏特加,又喝了波尔特温[1]!行行好,哪能这么喝!"

"我求您啦,别说出去!"斯乔帕讨好地说。

"噢,当然,当然!不过,我不能担保胡斯托夫不说。"

"您难道认识胡斯托夫?"

"昨天在您办公室里见过一面。一眼就能看出,是个浑蛋,小人,滑头,马屁精。"

"完全正确!"斯乔帕想,叹服他对胡斯托夫如此精辟的评价。

是的,昨天正在一块块地黏合起来,可是杂耍剧院经理心里还是不踏实,因为这个昨天还有一个硕大的黑洞。就是这个戴贝雷帽的陌生人,随你怎么说,斯乔帕昨天在自己办公室里根本没见过。

"魔术教授沃兰德。"来访者郑重地自我介绍,看到斯乔帕为难,便把事情经过原原本本讲了一遍。

昨天白天他从外国来到莫斯科,立即去见斯乔帕,提议在杂耍剧院做巡回演出。斯乔帕打电话请示莫斯科州文艺演出委员会,得到批准(斯乔帕脸色煞白,不住地眨巴眼睛),同沃兰德教授签了一份演出七场的合同(斯乔帕张口结舌),约好今天上午十点,沃兰德来斯乔帕家商定若干细节……这不,沃兰德来了。进来时是女仆格

---

[1] 葡萄牙波尔图市产的一种烈性酒。

鲁尼娅开的门。格鲁尼娅告诉他,她刚到,是女仆,柏辽兹不在家,如果客人想见斯捷潘·波格丹诺维奇,请直接去他卧室。斯捷潘·波格丹诺维奇睡得很熟,她不敢叫醒他。看到斯捷潘·波格丹诺维奇醉成这样,演员便差格鲁尼娅去附近的食品店买了伏特加和下酒菜,又去药房买了冰块……

"那我得把钱还您。"沮丧的斯乔帕说,一边忙找钱包。

"噢,瞧您说的!"演员大声说,连听都不想听。

这样,伏特加和下酒菜算是清楚了,但斯乔帕的脸色仍然十分难看:他根本不记得什么合同,打死他也不记得昨天见过这位沃兰德。对,胡斯托夫来过,可沃兰德没有。

"劳驾您给我看看合同?"斯乔帕小声请求。

"请,请……"

斯乔帕一看合同,呆住了。一切妥当。首先,有斯乔帕气派的亲笔签名!旁边是财务襄理里姆斯基的斜向批文,同意演员沃兰德在七场演出费三万五千卢布项下预支一万卢布,甚至还有沃兰德收到这一万卢布的签字!

"这是怎么回事?!"可怜的斯乔帕晕头转向。莫非记忆出现了不祥的黑洞?!但是既已看过合同,再有惊讶的表现就失礼了。斯乔帕请求客人允许他稍稍离开一会儿,穿着袜子径直朝前厅的电话机跑去。顺便,他朝厨房方向喊了一声:

"格鲁尼娅!"

没人答应。这时他朝前厅旁柏辽兹书房的门上看了一眼,顿时,就像常言说的,呆若木鸡。只见书房的门把手上,用细绳吊着很大的火漆封印。斯乔帕脑袋里轰的一声,仿佛有人在喊:"瞧瞧!祸不单行!"这时,斯乔帕的思绪已经沿着两条轨道迅跑,但一如灾难发生的时刻,全都朝着一个方向,而且鬼知道去往哪里。斯乔帕头脑的混乱，简直无法形容。本来就已经被黑色贝雷帽、冰镇伏特加和莫名其妙的合同闹得天昏地暗，这下倒好，又加上书房门上的火漆封印！要说柏辽兹闯祸，谁也不信，真的，绝对不信！然而封印，瞧，这不挂着！没错……

这时一些非常不快的想法开始在斯乔帕头脑里蠕动。不久前，真是鬼使神差，他把一篇文章塞给柏辽兹，请他在杂志上发表。那篇文章，咱们关起门来说，挺傻！既没用，稿费也不多……

一想起文章，斯乔帕又想起四月二十四日晚上他和米哈伊尔·亚历山德罗维奇，在这儿，餐室里，共进晚餐时有些可疑的谈话。当然，真要说"可疑"，这次谈话还够不上（斯乔帕不会参与这样的谈话），不过，这次所谈的话题纯属多余。我们有充分的自由，公民们，不谈这个话题！在查封前，这次谈话根本不值一提，可是查封后……

"唉，柏辽兹，柏辽兹！"斯乔帕头脑里像是开了锅，"真是料不到呀！"

但是没时间苦恼，斯乔帕拨通了杂耍剧院财务襄理里姆斯基办公室的电话。斯乔帕现在的处境极其微妙：首先，外国人可能生气，斯乔帕看过合同文本后居然还要核实；其次，跟财务襄理如何措辞，十分棘手。总不能这样问他："请问，我昨天是不是和一位魔术教授签了一份三万五千卢布的演出合同？"这么问不行！

"喂！"话筒里传来里姆斯基尖细的声音，很是刺耳。

"您好，格里戈里·达尼洛维奇！"斯乔帕尽量压低声音，"我是利霍杰耶夫。有这么件事……嗯……嗯……那个……演员沃兰德……现在在我家里……所以……我想问一下……今晚安排得怎样了？……"

"啊，魔术师？"里姆斯基在电话里说，"海报马上贴出去。"

"噢,"斯乔帕有气无力地说,"那好,再见……"

"您这就过来?"里姆斯基问。

"过半小时吧。"斯乔帕回答,随即挂上话筒,两手捧住滚烫的脑袋,"唉,什么事!这记性是怎么啦,公民们?啊?"

不过在前厅逗留太久,有失礼貌。斯乔帕立即想好对策:尽量掩饰自己这种难以置信的健忘,现在最主要的是从外国人嘴里套出话来,问问他今晚在斯乔帕领导的杂耍剧院里准备演出什么节目。

斯乔帕刚一转身,便在懒惰的格鲁尼娅久未擦拭的前厅穿衣镜里,清楚地看到一个怪家伙——杆子似的细高个儿,戴副夹鼻眼镜(哎呀,要是伊凡·尼古拉耶维奇在场,准会一眼认出这家伙!),可怪家伙在镜子里一晃便不见了。斯乔帕胆战心惊地看了看前厅,又吓了一跳。镜子里走过一只硕大的黑猫,一晃也不见了。

斯乔帕心跳停止,打了个趔趄。

"这怎么回事?我是不是疯了?镜子里怎么照出这些玩意儿?"他又看了看前厅,害怕地喊道:

"格鲁尼娅!怎么有只猫在这儿乱窜?哪儿来的?还有个什么人?!"

"请放心,斯捷潘·波格丹诺维奇,"一个声音回答,但不是格鲁尼娅的,而是卧室里客人的,"这猫是我的。不必紧张。格鲁尼娅走了,我叫她回沃龙涅什[1]去了。她抱怨说,您好久没让她休假了。"

这些话太突然,太荒唐,斯乔帕以为自己听错了。他心慌意乱地快步向卧室跑去,却愣在了门口,头发根根竖起,额头上沁出一层汗珠。

待在卧室里的客人已经不是一个,而是整整一伙。第二把软椅里坐着像是在前厅一晃而过的那个家伙,现在他的模样清清楚楚:

---

1 沃龙涅什州首府,距莫斯科数百公里。

两撇羽毛似的小胡子,夹鼻眼镜上一边的镜片闪闪发亮,另一边没有镜片。但卧室里还有更糟的事情,珠宝商遗孀的软凳上放肆地坐着第三个家伙——大得可怕的黑猫,它一只爪子举着一杯伏特加,另一只爪子拿着已经叉起一块醋渍蘑菇的叉子。

卧室里原本暗淡的光线,在斯乔帕眼里顿时变得更加昏暗。"原来人是这样疯的!"他想,伸手抓住门框。

"看来,您有点儿奇怪,最亲爱的斯捷潘·波格丹诺维奇?"沃兰德问牙齿打战的斯乔帕,"其实不必奇怪。他们是我的随从。"

这时黑猫喝了伏特加,斯乔帕的手顺着门框滑下去。

"这些随从也得有住的地方,"沃兰德继续说,"所以我们中间有人在这个单元里显得多余。而我觉得,这个多余的——就是您!"

"就是他们,他们!"穿格子衣服的细高个儿说话像羊叫,他称斯乔帕"他们","近来他们太不像话。酗酒,利用职权玩女人,什么都不干,也干不了什么,因为对交给他们的工作一窍不通,只会蒙骗上级。"

"还开着公车到处跑!"黑猫嚼着醋渍蘑菇,说他坏话。

斯乔帕瘫坐在地板上,无力的手怎么也抓不住门框。这时,单元里发生了第四件,也是最后一件怪事。

从窗间镜里直接走出一个肩膀极宽的矮个子,戴着圆顶礼帽,嘴里露出的獠牙,使他原本异常丑陋的面孔更加丑陋,还一头红发。

"我不理解,"这个新来的插话说,"他怎么当了经理?"红头发难听的鼻音越来越响,"叫他当经理就跟叫我当主教一样。"

"你当不了主教,阿扎泽勒。"黑猫一边说,一边把小泥肠放到自己的盘子里。

"就是,"红头发又用刺耳的鼻音说,随即朝沃兰德转过身,恭恭敬敬地说,"阁下,请允许我把他扔出莫斯科,让他见鬼去。"

"去!"黑猫像撵猫似的喝道,全身的毛根根倒竖。

顿时卧室在斯乔帕周围转起来,他一头撞到门框上,心想:

"我要死了……"旋即失去知觉。

但他没死。他微微睁开眼睛,看到自己坐在什么石头建筑上,周围喧声隆隆。他睁大眼睛,这才明白是海涛声,海水甚至一直涌到他脚边。简单说吧,他坐在一道防波堤的尽头,头顶上是耀眼的蓝天,背后是一座山坡上的白色城市。

斯乔帕不知所措。他两腿哆嗦着站起来,踏着防波堤朝岸上走。

防波堤上站着一个男人,正在抽烟,还不住地往海里啐唾沫。他用古怪的目光看了看斯乔帕,不再啐唾沫。

于是斯乔帕来了个匪夷所思的举动——他对陌生的吸烟人跪下,哀声求告:

"求求您告诉我,这是什么城市?"

"干吗?!"冷漠的吸烟人说。

"我没醉,"斯乔帕嘶哑地回答,"我出了点儿事,我病了……我这是在哪儿?这是什么城市?……"

"雅尔塔……"

斯乔帕轻轻叹口气,身子倒下。脑袋咚的一声敲在晒热的防波堤石头上。他失去知觉。

第八章　教授和诗人的决斗

斯乔帕在雅尔塔失去知觉，是中午十一点半左右，恰好这时，伊凡·尼古拉耶维奇·流浪汉从漫长的沉睡中醒来，恢复知觉。有好一会儿他感到纳闷：他怎么会在四面白墙的陌生房间里，床边还有个奇妙锃亮的金属小桌。透过白色窗帘，可以感受到外面的阳光。

伊凡晃了晃脑袋，确信不再头痛，想起他躺在医院里，随即又想起柏辽兹的死，不过柏辽兹的死今天已不再引起伊凡强烈的震撼。睡足后，伊凡·尼古拉耶维奇平静了些，头脑也清晰了些。他在这张松软、舒适，而且非常洁净的弹簧床上静静躺了一会儿，发现身旁有个电钮。伊凡素有摆弄东西的习惯，按了一下电钮。他以为一按电钮就会响铃，或者诸如此类的事情。不料完全不是这样。

床脚边亮起一个柱形毛玻璃小灯，灯上显示："喝水。"稍后，柱灯自行旋转，直到灯上显示"护士"。自然，这个巧妙的小灯使伊凡很感兴趣。接着，"护士"换成了"医生"。

"嗯……"伊凡嗯了一声，不知道该拿柱灯怎么办。算他走运，柱灯上显示"医士"时，他又按了电钮。柱灯发出轻微的响声，停下，熄灭。于是病房里进来了一个讨人喜欢、穿洁净白大褂的胖女人，招呼伊凡说：

"早上好！"

伊凡没回答，认为这声问候在目前情况下是存心气他。把好好的人关进精神病院，还装得若无其事！

女人仍然满脸和善，一按电钮，卷起窗帘。阳光穿过轻巧的宽孔落地栅栏，一下子洒满病房。栅栏外面是阳台，阳台外面是迤逦的河岸，对岸是一片苍翠的松林。

"请洗澡。"女人说，她手边的墙壁自动开启，露出浴室和设备一流的卫生间。

伊凡虽然决心不理女人，但一看见水从亮闪闪的龙头中哗哗地流进浴缸，忍不住讥讽说：

"嚯，就像大都会！"

"不对，"女人自豪地说，"讲究多啦！这样的设备哪儿都没有，甚至国外。多少科学家和医生专程来我们医院参观。这儿天天都有外宾。"

提到"外宾"，伊凡立即想起昨天的顾问，顿时沉下脸，皱眉看了她一眼，说：

"外宾！……你们那么喜欢外宾?！告诉你，他们中间什么人都有！比如我昨天就认识了一位，好得没法说！"

伊凡差一点儿想讲讲本丢·彼拉多，但转念一想，跟女人讲这些没用，反正她帮不了忙。

伊凡洗得干干净净，女人立即给他发了男子浴后必需的一切：熨平的衬衣、衬裤、袜子。不仅如此，女人还打开衣柜，指着里面对伊凡说：

"想穿什么？睡袍还是睡衣？"

被强行留在新住处的伊凡，险些为女人的随和拍手叫好。他默默指了指柜中一套大红绒布睡衣。

然后，伊凡·尼古拉耶维奇被领着穿过一条空寂的走廊，来到一间极大的诊室。伊凡决定讥嘲这幢设施奇特的大楼里的一切,随即暗自给诊室起名"工厂-厨房"。

这样起名不无道理。屋里有许多橱柜和摆着闪亮镀镍器械的玻璃柜,还有几把结构异常复杂的椅子,罩着锃亮灯罩的台灯,数量众多的玻璃瓶、煤气喷灯和电线,以及各种各样谁都不认得的仪器。

诊室里接待伊凡的一共三人——两女一男,都穿着白大褂。一开始便把伊凡领到角落的一张小桌旁,显然想问他什么。

伊凡估摸着自己的处境。摆在他面前的有三条路。最富诱惑力的是第一条:冲过去,砸烂这些灯具和各种各样稀奇古怪的玩意儿,借以表示他对自己被无理拘禁的抗议。但今天的伊凡与昨天的伊凡已经大不相同,这第一条路他觉得不妥,说不定反而授人以柄,被认定是狂躁型疯子。因此第一条路被伊凡断然否定。第二条路:立即讲讲外国顾问和本丢·彼拉多。然而昨天的经验表明,人们不会相信他,要不就是随意曲解他。因此伊凡把这条路也否定了,他决意走第三条路:保持骄傲的沉默。

但他没能完全做到这一点。不管愿不愿意,总得回答一连串问题,哪怕只是阴郁的片言只语。结果,他所经历的一切都被问了出来,包括十五年前他在哪个季节和怎样患了猩红热。伊凡的回答被记满一页,翻转纸片,穿白大褂的女人转而询问伊凡亲属的情况,问得单调无聊:谁死了,什么时候死的,死因是什么,是否酗酒,是否患过性病,等等,等等。最后又请伊凡谈谈昨天牧首塘发生的车祸,但并未使劲纠缠,说到本丢·彼拉多也没人表示惊讶。

然后,女人把伊凡交给男人。后者的做法不同,什么也不问,而是给伊凡量体温,数脉搏,还用一个什么灯照着,检查了伊凡的眼睛。接着另一个女人过来帮忙,不知用什么往伊凡背上扎了几下,但并不疼,用小槌柄在他胸前皮肤上画了些记号,又用小槌敲敲他的膝盖,敲得伊凡的小腿往上直跳。还在他手指上采了一滴血,往肘弯处打了一针,给两只手腕戴上手镯似的橡皮圈。

伊凡暗暗苦笑,心想这一切多愚蠢、怪异。真是难以设想!他想警告大家,来历不明的顾问可能带来灾难,想把他抓捕归案,结果自己反倒进了某个神秘的诊室,还得胡说什么在沃洛格达有个酗酒成瘾的叔叔费奥多尔,等等。荒唐至极!

他们终于把伊凡放了。他被送回病房,有人端来一杯咖啡、两个煮鸡蛋、白面包和黄油。

吃完端来的一切,伊凡决定耐心等待这个机构的负责人,争取这位负责人的关心,讨回公道。

他果真等着了,而且很快,就在早餐后不久。伊凡病房的门突然打开,进来一群穿白大褂的人。走在前面的是个年约四十五岁的男子,像演员那样精心刮过的脸,一双眼睛既给人好感,又十分犀利,举止文雅。随从个个对他毕恭毕敬,因此他的到来显得分外庄严。"就像本丢·彼拉多!"伊凡暗想。

是的,这毫无疑问就是负责人。他在凳子上坐下,其他人一概侍立左右。

"斯特拉文斯基大夫。"坐下的人自我介绍,友善地看了看伊凡。

"请,亚历山大·尼古拉耶维奇[1]。"一个蓄着整洁的络腮胡子的人轻声说,递给负责人记满伊凡病史的纸。

"给我建了档案!"伊凡想。负责人迅速浏览病历,不时"嗯……嗯……"几声,间或用难懂的语言同周围的人交谈一两句。

"跟彼拉多一样,也懂拉丁语……"伊凡忧伤地想。这时一个病名使他打了个寒战:"精神分裂。"哎呀,昨天该死的外国人在牧首塘

---

[1] 斯特拉文斯基的名字和父称。

说过,今天斯特拉文斯基教授在这里居然也这么说。

"他连这个都知道!"伊凡惊恐不安地想。

看来负责人给自己定了一条规矩:无论周围的人对他说什么,他一概赞同,一概高兴,连声表示"好极了,好极了"。

"好极了!"斯特拉文斯基说,把病历还给那人。然后转身问伊凡:"您是诗人?"

"诗人。"伊凡阴沉地回答,平生第一次对诗感到莫名的厌恶。他立即想起自己的诗作,不知为什么使他不快。

伊凡皱着眉,反问斯特拉文斯基:

"您是教授?"

斯特拉文斯基殷勤而又谦逊地点了点头。

"您是这儿的负责人?"伊凡又问。

斯特拉文斯基又点了点头。

"我得跟您谈谈。"伊凡意味深长地说。

"我正是为这个来的。"斯特拉文斯基回答。

"是这么回事,"伊凡觉得到了他说话的时候,"这儿把我当疯子,谁都不愿听我说话!……"

"啊,不会。我们一定十分认真地听您说,"斯特拉文斯基认真地安抚,"决不允许把您当疯子。"

"那就请听。昨天傍晚我在牧首塘公园遇见一个神秘人物。外国人不像外国人,他事先就知道柏辽兹要死,还亲眼见过本丢·彼拉多。"

随从人员没吱声,纹丝不动地听诗人讲述。

"彼拉多?那个和耶稣基督同时代的彼拉多?"眯起眼睛看着伊凡,斯特拉文斯基问。

"正是。"

"噢，"斯特拉文斯基说，"这个柏辽兹是有轨电车碾死的？"

"就是，昨天我在现场，他在牧首塘叫有轨电车碾死了，这个神秘的公民……"

"就是认识本丢·彼拉多的？"斯特拉文斯基问，他的理解力显然强得多。

"正是，"伊凡肯定说，心里琢磨斯特拉文斯基，"他事先就说安奴什卡洒了葵花籽油……柏辽兹恰恰是在这个地方滑倒的！您怎么说？"伊凡意味深长地问，期待自己的话能产生强烈效果。

但这种效果没有出现，斯特拉文斯基只是轻描淡写地问了一句："安奴什卡是什么人？"

这个问题使伊凡有些失望，他的脸抽了一下。

"安奴什卡在这件事上无关紧要，"伊凡不耐烦地说，"鬼知道她是什么人，无非是花园街的一个傻婆娘。重要的是他事先，明白吗，事先就知道洒了葵花籽油！您明白吗？"

"我完全明白。"斯特拉文斯基认真回答。他按了按诗人的膝盖，说："别激动，请接着讲。"

"接着讲，"伊凡说，尽量顺着斯特拉文斯基的语气，他凭自己痛苦的经验懂得，只有平心静气，对他有利，"这个可怕的家伙——他自称顾问，骗人的——有一种魔力……比如说，你去追他，但就是追不上。他还有两个随从，也都是角色，一个细高个儿，戴一副打碎的夹鼻眼镜，另一个是只奇大的黑猫，它能自己乘电车。还有，"谁也没打断伊凡，他越讲越兴奋，越讲越觉得有说服力，"当时，他就在本丢·彼拉多的凉台上，这毫无疑问。您说这是怎么回事？啊？应当立即逮捕他，要不，他会造成无法形容的灾难。"

"所以您全力以赴，要当局逮捕他？我这样理解对吗？"斯特拉文斯基问。

"他很聪明,"伊凡想,"应该承认,知识分子中,偶尔也会碰到聪明人,这无可否认!"于是回答:

"完全正确!您想想,我怎能不全力以赴!可是我被强行扣留在这里,用灯照我眼睛,要我洗澡,问我叔叔费奥多尔的什么事!……可我叔叔早就去世了!我要求你们立即放我出去。"

"行,好极了,好极了,"斯特拉文斯基说,"现在一切都清楚了。真的,把好好的人强留在医院里有什么意思?好吧,我立刻给您开出院证,只要您告诉我,您精神正常。不用证明,只要说一声就行。请问,您精神正常吗?"

一片寂静。早晨护理伊凡的胖女人用崇敬的目光看了看教授。伊凡又一次想:"确实聪明。"

他对教授的提议十分满意,但在回答前,皱着眉头十分认真地想了想,最后坚定地说:

"我——精神正常。"

"这不,好极了,"斯特拉文斯基如释重负地高声说,"既然精神正常,那我们就合乎逻辑地分析一下。就拿您昨天来说,"他转过身,立刻有人把伊凡的病历递到他手里,"昨天,为了寻找自称见过本丢·彼拉多的陌生人,您做了这么几件事,"斯特拉文斯基屈指数了起来,时而看看病历,时而看看伊凡,"您把一张圣像挂在胸前。有这事吧?"

"有。"伊凡皱着眉头回答。

"您翻栅栏划破了脸。对吗?走进餐厅,举着一支点燃的蜡烛,只穿内衣,还在餐厅里打人。您被绑着送到这里。到了这里,您给民警局打电话,叫他们带机枪来。然后您还跳窗。对吗?试问,就凭这几下能把人抓住,或者逮捕?如果您精神正常,您自己也会回答:绝不可能。现在您希望离开这里?请便。不过,请允许我问一下,您去哪里?"

"当然去民警局。"伊凡的语气已不那么坚定,在教授的目光下,他有些不知所措。

"从这里直接去?"

"嗯。"

"不回家弯一弯?"斯特拉文斯基迅速问道。

"哪有时间回家?!要是东拐西弯,他早溜了!"

"行。您到了民警局先谈什么?"

"先谈本丢·彼拉多。"伊凡回答,他的眼睛已经蒙上阴影。

"行,好极了!"斯特拉文斯基叫伊凡说服了,他转身吩咐蓄络腮胡子的人:"费奥多尔·瓦西里耶维奇,请您给公民流浪汉开一张出院证,让他进城。不过这间病房不要使用,被褥也不要更换。公民流浪汉两小时后还要回来。"他转身对诗人说:"我不想祝您成功,因为我绝不相信您会成功。一会儿见!"他说着站起来,他的随从也动了起来。

"凭什么我要回来?"伊凡不安地问。

斯特拉文斯基像是等着这个问题,马上坐下说:

"就凭您穿着衬裤走进民警局,告诉他们您遇见了一个认识本丢·彼拉多的人。他们马上就会把您送到这里来,您还得住这间病房。"

"这跟衬裤有什么关系?"伊凡茫然四顾,问。

"主要是本丢·彼拉多。不过衬裤也有关系。因为我们要您脱下公家的内衣,发还您本人的衣服,而您进院时穿着衬裤,虽说我暗示您该先回家换身衣服,可您根本听不进。再加上彼拉多……这就行了!"

这时伊凡·尼古拉耶维奇身上发生了某种奇怪的变化。他的意志像是崩溃了,他感到自己无能,需要别人指点。

"那怎么办?"这回他的口气已是怯生生的。

"这不,好极了!"斯特拉文斯基回答,"这才是最最明智的问题。我这就告诉您,您到底怎么了。昨天有人把您吓坏了,他讲的本丢·彼拉多及其他,等等,使您精神恍惚。您在神经高度紧张、心绪极度焦躁的情况下,在城里乱跑,逢人就讲本丢·彼拉多,人家自然要把您当疯子。现在您的出路只有一条:保持绝对安静。所以您必须留在这里。"

"总得抓住他呀!"伊凡央求似的说。

"行。不过何必您亲自去抓呢?您尽可把您对这人的怀疑和指控写成书面材料。没有比把您的检举信转给有关部门更省事了。如果确实像您所认为的那样,我们遇上了罪犯,那很快就会查清。不过,有个条件,不能用脑过度,尽量少想本丢·彼拉多。故事多的是!不能什么都信以为真。"

"明白!"伊凡坚定地说,"那就劳驾你们拿纸笔来。"

"给他纸,再给他一支短铅笔。"斯特拉文斯基吩咐胖女人。然后又对伊凡说:"不过,我建议您今天别写。"

"不,不,今天,一定得今天。"伊凡激动地大声说。

"好吧。不要用脑过度。今天写不完,还有明天!"

"他会跑掉的!"

"不会,"斯特拉文斯基深信不疑地反驳,"我敢保证他跑不掉。请您记住,我们这儿会尽力帮助您,没有这种帮助,您什么都做不成。您听明白了?"斯特拉文斯基突然意味深长地问。他握住伊凡·尼古拉耶维奇的双手,久久盯着伊凡的眼睛,重复说:"这儿会帮助您……您听明白了?……这儿会帮助您……您会感到轻松。这里安静,安定……这儿会帮助您……"

伊凡忽然打个哈欠,面部表情平和了。

"对,对。"他轻声说。

"这不,好极了!"斯特拉文斯基按自己的习惯结束了这场谈话,站起身来。"再见!"他握了握伊凡的手。走到门口,他侧身对络腮胡子说:"用氧气试试……配合浴疗。"

转眼间,伊凡面前不见了斯特拉文斯基及其随从。隔着栅栏和窗户,可以看到对岸的松林沐浴在中午的阳光下,春意盎然。近处的河水波光粼粼。

第九章　卡罗维耶夫的把戏

尼卡诺尔·伊凡诺维奇·博索伊是莫斯科花园街副三〇二号的住房合作社主任，柏辽兹生前就住在这幢楼里。从星期三半夜开始，这位主任就忙得焦头烂额。

昨天夜里，我们已经知道，一个包括热尔德宾在内的委员会驱车来到住房合作社，叫来尼卡诺尔·伊凡诺维奇，通知他柏辽兹已经死亡，然后同他一起去了五十单元。

在那里，他们共同封存了死者的手稿和遗物。无论女仆格鲁尼娅，还是轻浮的斯捷潘·波格丹诺维奇，当时都不在屋里。委员会向尼卡诺尔·伊凡诺维奇宣布：死者手稿日后将由委员会带回研究，其居所，即三个房间（原珠宝商的书房、客厅及餐室）自即日起交由住房合作社处理，遗物均应妥善保管，直到确定继承人为止。

柏辽兹的死讯以神奇的速度传遍全楼，从星期四上午七点开始，博索伊家的电话就响个不停，接着许多人登门递交申请，要求住进死者的居所。两小时内尼卡诺尔·伊凡诺维奇接到的这类申请多达三十二份。

申请的内容有央求、威胁、诬陷、告密、自费修缮住房的许诺、抱怨无法忍受的拥挤、称无法再和强盗同住一个单元等。其中三十一单元内一件上衣口袋里饺子被窃一事，写得极具艺术震撼力，还有两份以自杀相要挟,一份坦白自己未婚先孕。

不时有人把尼卡诺尔·伊凡诺维奇请到前室,拉住衣袖,小声恳求,挤眉弄眼地答应重重谢他。

都中午十二点多了,这种折腾还没完没了,尼卡诺尔·伊凡诺维奇只得从家里逃走,本想躲进大门旁的住房合作社办公室,但看见那边也有人守候,赶紧避开。勉强打发走穿过柏油院子跟来的几个人,尼卡诺尔·伊凡诺维奇躲进六号门,爬上五楼,到了这套烦人的五十单元。

肥胖的尼卡诺尔·伊凡诺维奇在门口喘了喘气,按了门铃,但没人开门。他又一次次按铃,抱怨,轻声咒骂,但还是没人开门。尼卡诺尔·伊凡诺维奇不耐烦了,从口袋里掏出一串住房合作社掌管的备用钥匙,用他掌权的手打开大门,走了进去。

"喂,保姆!"尼卡诺尔·伊凡诺维奇在昏暗的前室里喊,"你叫什么来着?格鲁尼娅,是吗?你在家不?"

没人回答。

于是,尼卡诺尔·伊凡诺维奇打公文包里取出折尺,除去书房门上的漆封,踏进书房。他进是进去了,但惊骇地在门口站住,甚至打了个寒噤。

死者书桌后面,赫然坐着一个陌生的、又瘦又高的公民,穿格子上衣,戴骑手帽和夹鼻眼镜……总之,就是那位。

"您是什么人,公民?"尼卡诺尔·伊凡诺维奇吃惊地问。

"嚯!尼卡诺尔·伊凡诺维奇!"突然出现的公民一边用刺耳的颤音大叫,一边从椅子上跳起来欢迎主任,猛地同他强行握手。这样的欢迎丝毫没有打动尼卡诺尔·伊凡诺维奇。

"抱歉,"他用疑忌的口气说,"您是什么人?公职人员?"

"哎哟,尼卡诺尔·伊凡诺维奇,"陌生人亲切地大声说,"什么叫公职人员,或者非公职人员?这都取决于从哪个角度看问题。一切,尼卡诺尔·伊凡诺维奇,都是不固定的,相对的。今天我不是公职人员,可明天,瞧,我成了公职人员!也可能反过来,这情况多的是!"

这话丝毫未使住房合作社主任满意。他生性多疑,这时更是断定,这个在他面前夸夸其谈的公民绝非公职人员,多半是个二流子。

"您到底是什么人?您姓什么?"主任的语气越来越严厉,甚至向陌生人逼过去。

"我姓,"公民回答,毫不理会主任的严厉,"嗯,比方说吧,卡罗维耶夫。噢,想不想吃点儿什么,尼卡诺尔·伊凡诺维奇?别客气!啊?"

"抱歉,"尼卡诺尔·伊凡诺维奇气坏了,"吃什么吃!(应当承认,虽说这并不令人愉快,尼卡诺尔·伊凡诺维奇生性有些粗鲁。)不准占用死者住房!您在这儿干什么?"

"哎,您先请坐,尼卡诺尔·伊凡诺维奇。"公民大声说,一点儿也不着慌,殷勤地给主任搬来一把椅子。

尼卡诺尔火透了,推开椅子,吼道:

"您究竟是什么人?"

"我嘛,您看,我是在这儿下榻的一位外宾的翻译。"自称卡罗维耶夫的人介绍说,脏兮兮的褐色皮鞋的后跟啪地一并。

尼卡诺尔·伊凡诺维奇张口结舌。这个单元里住进了外国人,还带着翻译,这对他绝对是个意外。他要求对方做出解释。

翻译乐意地做了解释,外国演员沃兰德先生接受杂耍剧院经理斯捷潘·波格丹诺维奇·利霍杰耶夫的热情邀请,在为期一周左右的巡回演出期间客居他家。这事他昨天已经写信给尼卡诺尔·伊凡诺维奇,请他替外宾报个临时户口,利霍杰耶夫本人在此期间要去一趟雅尔塔。

"他什么也没给我写。"主任惊异地说。

"尼卡诺尔·伊凡诺维奇,您不妨在公文包里找找。"卡罗维耶夫谄媚地说。

尼卡诺尔·伊凡诺维奇耸耸肩,打开公文包,里面果然发现了利霍杰耶夫的信。

"我怎么会把它忘了?"尼卡诺尔·伊凡诺维奇直愣愣地望着已经拆封的信,喃喃地说。

"这算什么,这算什么,尼卡诺尔·伊凡诺维奇,"卡罗维耶夫尖声尖气地说,"疏忽,疏忽,劳累过度,高血压,我们亲爱的朋友尼卡诺尔·伊凡诺维奇!我自己就是前说后忘,可怕。什么时候一块儿喝两杯,我跟您说几件我的趣事,您一准笑死!"

"利霍杰耶夫什么时候去雅尔塔?!"

"他已经走了,走了!"翻译大声说,"知道吗,他都在飞了!鬼知道到了什么地方!"翻译挥动双手,活像转动的磨坊风车。

尼卡诺尔·伊凡诺维奇表示,他必须亲眼见到外国人。但翻译断然拒绝:这绝对办不到。外国人很忙,正在训练猫。

"如果您愿意,可以让您看看猫。"卡罗维耶夫建议。

尼卡诺尔·伊凡诺维奇也断然拒绝他的建议。这时翻译又向主任提了一个突然而又非常有趣的建议。

因为沃兰德先生坚决不住旅馆,喜欢住得宽敞自在,所以住房合作社能否在沃兰德先生在莫斯科演出期间,大约一星期,把整个单元,也就是说,包括死者的三个房间在内,都租给沃兰德先生?

"反正他无所谓,死人嘛,"卡罗维耶夫嘶哑地对主任耳语,"您自个儿也会同意,尼卡诺尔·伊凡诺维奇,现在这房子对他有什么用?"

尼卡诺尔·伊凡诺维奇有些拿不定主意，迟疑地反对说，按理外宾应该住大都会，不能住私人家里……

"我跟您说，外宾脾气怪，鬼知道怎么回事！"卡罗维耶夫耳语说，"不愿意！他讨厌宾馆！这些个外国旅游者一个个都骑在我这上边！"卡罗维耶夫指指他青筋暴绽的脖子，亲昵地抱怨说，"您信不，他们把我折腾得要命！来了……不是当间谍，这些坏透的狗崽子，就是到处找岔子，这不对劲，那看不惯！……不过话说回来，对你们合作社，尼卡诺尔·伊凡诺维奇，大有好处，明摆的收入。他可不在乎钱。"卡罗维耶夫回头看了看，然后凑到主任耳边说，"百万富翁！"

翻译的建议显然很实惠。虽然建议十分稳当，可是翻译的口气，他的穿戴，尤其是令人极度反感的破碎的夹鼻眼镜，又让人觉得极不稳当。因此主任心里七上八下，不过他还是决定接受这个建议，因为，唉，住房合作社亏损严重。入秋以前应该买好供暖用的柴油，可钱呢——不知在哪儿。有了外国旅游者的租金，问题也许就解决了。但是干练、谨慎的尼卡诺尔·伊凡诺维奇表示，这事他得请示旅游局。

"这我清楚，"卡罗维耶夫大声说，"哪能不请示？！一定请示！电话在那边，尼卡诺尔·伊凡诺维奇，赶紧请示。至于租金，您不必客气，"他一面把主任带到前厅的电话机前，一面悄悄补充说，"不赚他的钱，赚谁的？！您要是看见他在尼斯[1]的别墅，真是绝啦！明年夏天您出国，专程去看一下，准让您吓一跳！"

电话请示旅游局，问题解决得异常迅速，颇使主任惊讶。原来那里已经知道沃兰德先生想住在利霍杰耶夫家里，对此没有异议。

---

1 法国南方海滨城市，游览疗养胜地。

"嚯，太好啦!"卡罗维耶夫大叫。

他刺耳的颤音使主任多少有点儿惊愕，不过，主任表示，住房合作社同意把五十单元租给演员沃兰德一星期，租金……尼卡诺尔·伊凡诺维奇迟疑了一下，说：

"每天五百卢布。"

这时，卡罗维耶夫又使主任大吃一惊。他贼头贼脑地朝传来沉甸甸，但又柔软的猫跳声的卧室眨眨眼，嘶哑地说：

"这么说，一星期三千五百卢布？"

尼卡诺尔·伊凡诺维奇想，接下去准是："您的胃口不小，尼卡诺尔·伊凡诺维奇!"不料，卡罗维耶夫说的截然相反：

"这算什么钱!要他五千，他准给。"

尼卡诺尔·伊凡诺维奇不知所措地笑了笑，自己都不知道怎么就站到了死者的写字台前。卡罗维耶夫飞快地拟就合同，一式两份。然后他拿着合同去了卧室，回来时，两份合同上都已有了外宾豪放的签名。主任也签了名。这时卡罗维耶夫请主任写一张五千卢布的收据……

"数字大写，大写，尼卡诺尔·伊凡诺维奇!……五千卢布……"他像逗乐似的用德语喊着"一，二，三"，把五沓银行捆封的新票放到主任面前。

主任着手清点，卡罗维耶夫在一旁插科打诨："钞票进出，当面点清""亲眼所见，收了放心"，等等。

点完钞票，主任从卡罗维耶夫手里接过外宾护照，以便登记临时户口。他把护照、合同、现金放进公文包后，不知怎的没忍住，扭扭捏捏地想要赠票。

"说什么呢!"卡罗维耶夫大声说，"您要几张，尼卡诺尔·伊凡诺维奇？十二张？十五张？"

惊愕不已的主任解释说，他只要两张赠票，他一张，他妻子彼拉盖娅·安东诺芙娜一张。

卡罗维耶夫当即掏出便条本，飞快地开给尼卡诺尔·伊凡诺维奇两张头排的赠票。翻译左手把赠票麻利地递给尼卡诺尔·伊凡诺维奇，右手把一厚沓窸窣作响的纸币塞到主任的另一只手里。尼卡诺尔·伊凡诺维奇朝它瞥了一眼，脸涨得通红，伸手把钱推开。

"这可不行……"他喃喃着。

"我听都不要听，"卡罗维耶夫凑到主任耳边，悄没声儿地说，"咱们这儿不行，可外国人那儿行。人家要见怪的，尼卡诺尔·伊凡诺维奇，这是失礼。您费心了……"

"查得很严。"主任极轻极轻地说，同时看了看四周。

"谁看见了？"卡罗维耶夫凑近另一只耳朵说，"请问，证人在哪儿？您这是怎么啦？"

这时，照主任后来始终坚持的说法，发生了奇迹：那沓钞票自行钻进了他的公文包。随后，主任筋疲力尽，摇摇晃晃，突然到了楼梯上。各种想法旋风般的在他脑子里飞转。尼斯的别墅，受过训练的猫，确实没人可以作证，彼拉盖娅·安东诺芙娜看到赠票一定喜出望外，等等。这些想法虽然凌乱，但都让人高兴。然而在内心深处的某个角落，却有根针在隐隐刺疼主任。这是根惊慌的针。另外，在楼梯上，有个想法给了主任狠狠一击："房门上漆封好好的，翻译怎么进的书房？！他，尼卡诺尔·伊凡诺维奇怎么没问这个？"主任像头绵羊似的望着楼梯发呆，后来转念一想，管得了那么多吗？何必把心思花在这种伤脑筋的事上……

主任刚走出五十单元，卧室里便传来一个低沉的声音：

"我不喜欢这个尼卡诺尔·伊凡诺维奇。这人是滑头、骗子。能不能想个法子让他别来？"

"阁下，只要您吩咐！……"卡罗维耶夫从什么地方回答，声音清脆、洪亮，并不尖厉难听。

随即，该死的翻译到了前厅拨了号码。接着，不知为什么他用哭腔对着话筒说：

"喂，我认为我有义务举报，我们花园街副三〇二号的住房合作社主任尼卡诺尔·伊凡诺维奇·博索伊倒卖外币。他住三十五单元。眼下他家就有四百美元，用报纸包着，藏在卫生间的通风管道里。我住这幢楼十一单元，我叫季莫费·克瓦斯佐夫。不过我的姓名请你们千万保密。我怕这位主任报复。"

随即挂了电话，卑鄙的家伙！

五十单元里后来发生了什么，我们不知道。但我们知道尼卡诺尔·伊凡诺维奇家里发生了什么。他把自己锁在卫生间里，从公文包内掏出翻译硬塞给他的那沓钞票，点了点数，四百卢布整。尼卡诺尔·伊凡诺维奇用报纸包好钞票，藏进了通风管道。

五分钟后，主任已坐在他家小小的餐室里。妻子从厨房端来切成一片片的咸鲱鱼，上面撒着绿油油的葱花。尼卡诺尔·伊凡诺维奇往小小的高脚杯里斟上伏特加，一饮而尽，重又斟上，一饮而尽，又用叉子叉起三片咸鲱鱼……这时，门铃响了。恰好彼拉盖娅·安东诺芙娜把一个热气腾腾的汤锅端进来，一眼就可猜出鲜红的甜菜浓汤里，煨有世上最美味的带髓牛骨。

尼卡诺尔·伊凡诺维奇咽了口唾沫，像狗一样带着呼噜声说：

"见他们的鬼去！还不让用餐。谁都别放进来，我不在家，不在。至于那套房子，告诉他们别再忙活了，一星期后开会决定……"

妻子跑去前室开门，尼卡诺尔·伊凡诺维奇用汤勺把一根竖向裂开的带髓牛骨从红彤彤的小湖里捞出来。就在这一瞬间，餐室里进来两位公民，陪他们一起进来的彼拉盖娅·安东诺芙娜不知为什么脸色煞白。一见两人,尼卡诺尔·伊凡诺维奇也顿时脸色煞白,站了起来。

"哪儿是厕所?"前面那位穿竖领白衬衫的,目标明确地问。

餐桌上咚地一响(这是尼卡诺尔·伊凡诺维奇手里的汤勺掉在了漆布上)。

"这儿,这儿。"彼拉盖娅·安东诺芙娜忙不迭地回答。

两人立即冲进走廊。

"什么事?"尼卡诺尔·伊凡诺维奇跟着来人,轻轻问,"我们家绝不会有那种……二位有证件吗……抱歉……"

第一位边走边向尼卡诺尔·伊凡诺维奇出示证件。这时第二位已经站到卫生间的凳子上,把手伸进通风管道。尼卡诺尔·伊凡诺维奇眼前一阵发黑。打开报纸,但里面不是卢布,而是一种从没见过的钞票,蓝不蓝,绿不绿,还印了个老头。总之,这一切,尼卡诺尔·伊凡诺维奇都看得不是很清楚,他只觉得眼前有许多黑点在游动。

"通风管道里藏美金,"第一位若有所思地说,然后温和地问尼卡诺尔·伊凡诺维奇,"这包东西是您的?"

"不是!"尼卡诺尔·伊凡诺维奇声音吓人地回答,"那是仇人栽赃!"

"这种事常有,"第一位同意,然后仍然温和地加了一句,"行,把其余的也交出来!"

"我没有!我对上帝起誓,没有!我手里从没拿过这些东西!"主任绝望地喊叫。

他跑到柜子前,匍的一声拉开抽屉,取出公文包,语无伦次地嚷嚷说:

"瞧,合同……那个浑蛋翻译塞给我的……卡罗维耶夫……戴夹鼻眼镜……"

他打开公文包,看了看里边,又伸手摸了摸,顿时脸色发青,手里的公文包掉进了汤里。公文包里什么都没有,斯乔帕的信、合同、外国人的护照、现金、赠票,统统没有,只有一把折尺。

"同志们!"主任狂叫,"快抓住他们!我们楼里有鬼!"

这时彼拉盖娅·安东诺芙娜不知在想什么,忽然两手一拍,大声说:

"悔过吧,伊凡诺维奇!可以减刑!"

尼卡诺尔·伊凡诺维奇两眼充血,把拳头举到妻子头上,嘶哑地吼道:

"呸,该死的傻瓜!"

突然他泄气了,瘫坐在椅子上,显然决定听天由命。

这时,季莫费·康德拉季耶维奇·克瓦斯佐夫正站在主任家门外,贴着锁孔看了又看,听了又听,备受好奇心的折磨。

五分钟后,正在院子里的住户,看到主任在两个陌生人的陪同下,向大楼正门走去。据说,尼卡诺尔·伊凡诺维奇的脸色十分难看,走路像醉鬼似的摇摇晃晃,嘴里嘟哝着什么。

又过了一小时,正当季莫费·康德拉季耶维奇眉飞色舞地对其他住户讲述主任被抓的经过时,一个陌生公民走进十一单元,向季莫费·康德拉季耶维奇勾勾手指,把他从厨房叫到前厅,对他说了什么,随后便和他一起消失了。

第十章　来自雅尔塔的消息

就在尼卡诺尔·伊凡诺维奇不幸入狱的时候，也是在这条花园街上，离副三〇二号不远的杂耍剧院财务襄理里姆斯基的办公室里坐着两个人：里姆斯基本人和剧院总务瓦列努哈。

这间办公室位于剧院二楼，很宽敞，两扇窗对着花园街，另一扇正好在办公桌后面，也就是财务襄理背后，对着杂耍剧院的夏季花园，园内设有冷饮部、靶场和露天舞台。办公室里有一张办公桌，放着一沓在墙上贴过的海报，一张茶几，茶几上有个长颈玻璃水瓶，四把椅子，墙角的架子上搁着尘封多时的某个剧目的模型。此外，理所当然，还有一个陈旧斑驳、尺寸不大的保险柜摆在里姆斯基左首，办公桌边上。

坐在办公桌后面的里姆斯基，打一大早起就情绪不佳。瓦列努哈则恰恰相反，精力充沛，莫名其妙地兴奋，却又没处使劲。

此刻他待在财务襄理的办公室里，躲避想要赠票的人。这些人让他不得安生，尤其在更换节目的日子。今天恰恰就是这种日子。

只要电话铃一响，瓦列努哈便抓起话筒撒谎：

"找谁？瓦列努哈？不在剧院。外出了。"

"你再给利霍杰耶夫打个电话！"里姆斯基愤愤然地对瓦列努哈说。

"他不在家。我派卡尔波夫去过,家里没人。"

"鬼知道怎么回事!"里姆斯基一边嘀咕,一边咔咔地按着计算器。

门开了,引座员把一大捆刚印好的加演海报拖进来。海报用绿纸印刷,上面是红色大字:

杂耍剧院自今日起加演
沃兰德教授
魔术及其揭秘

瓦列努哈把一张海报搭在模型上,然后倒退几步,欣赏一下,便吩咐引座员赶紧把海报全部贴出去。

"好,很醒目。"引座员走后,瓦列努哈说。

"可我讨厌这种花样,"里姆斯基隔着玳瑁眼镜,望着海报悻悻地抱怨说,"这种不三不四的玩意儿,怎么会批准上演的,怪事!"

"不,格里戈里·达尼洛维奇,别这么说,这是一步好棋。好就好在揭秘。"

"我不明白,不明白,这有什么好,他老是异想天开!至少也得让我们见见这个魔术师呀。你见过他吗?鬼知道他打哪儿把他觅来的!"

不料,瓦列努哈同里姆斯基一样,也没见过魔术师。昨天斯乔帕(用里姆斯基的话说,"像疯子似的")跑进财务襄理办公室,拿着一份合同草稿,叫他立即誊清、付钱。后来,魔术师悄悄走了,除了斯乔帕,谁也没见过他什么模样。

里姆斯基掏出怀表,时针指着两点零五分。他气坏了。竟有这种事!利霍杰耶夫十一点左右来的电话,说过半小时就到,可他不但没到,连家里都没人。

"我这儿有多少事等他处理!"里姆斯基指着桌上一大堆尚未签字的文件咆哮。

"他会不会跟柏辽兹一样,钻到电车底下去了?"瓦列努哈把话筒贴到耳朵上,话筒里传来低沉、持久、毫无希望的回铃声。

"真要这样倒好了……"里姆斯基小声嘟哝。

就在这时,办公室里走进一名戴制帽,穿制服、黑裙和平底鞋的女人。从腰间小挎包里,女人掏出一个正方形的白信封和一个本子,问:

"这儿是杂耍剧院?特急电报,签收吧。"

瓦列努哈在她的本子上花哨地划拉一下,等房门在她身后关上,迅即拆了信封。

他看完电报,眨巴着眼睛,把电报递给里姆斯基。

电文如下:"雅尔塔致莫斯科杂耍剧院今午十一时半一睡衣长裤无鞋栗发男子来刑侦局该精神病患者自称杂耍剧院经理利霍杰耶夫请速告雅尔塔刑侦局经理利霍杰耶夫行踪。"

"您好,我是您姨妈![1]"里姆斯基大声说,随后加了一句,"又杀出件好事!"

"伪德米特里[2]!"瓦列努哈说,旋即拨了个电话,"电报局吗?杂耍剧院付款,特急电报……准备好了?……'雅尔塔,刑侦局……经理利霍杰耶夫现在莫斯科财务襄理里姆斯基'……"

尽管知道雅尔塔有人冒名顶替,瓦列努哈仍然到处打电话寻找

---

1 俄语俗语,表示惊讶,困惑,事情不合逻辑。
2 德米特里(1582—1591),俄国沙皇伊凡雷帝幼子,1584年同母亲一起被遣送至边远省份,死于该地,死因不明。1601年,另有人在波兰自称伊凡雷帝幼子德米特里,此人于1605年取得皇位,次年被贵族所杀,史称伪德米特里一世。

斯乔帕,当然,哪儿也找不到他。

瓦列努哈举着话筒寻思,再往哪儿打电话,这时,送来第一份急电的女人又走了进来,又交给瓦列努哈一个信封。瓦列努哈赶紧打开,看完电文,不由吹了声口哨。

"又怎么啦?"里姆斯基问,神经质地抽搐一下。

瓦列努哈默默地把电报递给他,财务襄理看到电报上写着:"务请相信我被沃兰德用催眠术移至雅尔塔速电该地刑侦局证明我身份利霍杰耶夫。"

里姆斯基和瓦列努哈头挨头,一起把电报又读一遍,面面相觑,一句话也说不出来。

"公民!"突然,女人发火了,"签收吧,完了再发呆,呆多久都行!我得送加急电报!"

瓦列努哈眼睛不离电报,在本子上胡乱划拉一下。女人走了。

"你不是十一点多还同他通过电话?"剧院总务异常困惑。

"笑话!"里姆斯基尖叫,"不管通没通过电话,反正现在他不可能在雅尔塔!这是笑话!"

"喝醉了⋯⋯"瓦列努哈说。

"谁喝醉了?"里姆斯基问,两人又相对而视。

毫无疑问,从雅尔塔发来电报的是个冒名者,或者疯子。可奇怪的是,这个在雅尔塔设下骗局的人,怎么知道昨天才到莫斯科的沃兰德?又怎么知道利霍杰耶夫同沃兰德的关系?

"'用催眠术'⋯⋯"瓦列努哈重复着电报中的这几个字,"他打哪儿知道沃兰德的?"他眨巴着眼睛,忽然肯定地大声说:"不,胡扯,胡扯,胡扯!"

"他住哪儿,这个沃兰德?见鬼!"里姆斯基问。

瓦列努哈马上打电话询问旅游局。令里姆斯基大为惊讶的是,对方说沃兰德住在利霍杰耶夫家。随后瓦列努哈拨打利霍杰耶夫家的电话,听了很久,话筒里一直传来回铃声。其中还夹杂着遥远、沉痛而又忧郁的歌声:"……悬崖,我的安身之地……"瓦列努哈想,准是广播剧院不知在哪儿跟电话网串线了。

"没人,"瓦列努哈放下话筒,"要么再打……"

他没说完,门口又出现了那个女人。里姆斯基和瓦列努哈不约而同地迎着她站起来。这回她打挎包里取出的不是白色信封,而是一张深色的纸。

"这变得有趣了。"瓦列努哈目送匆匆离去的女人,从牙缝中挤出句话来。里姆斯基率先拿起那张纸。

在深色相纸上清晰地呈现出两行手迹:

"我的笔迹和签名可资证明速回电确认暗中监视沃兰德利霍杰耶夫。"

瓦列努哈在戏剧界工作了二十多年,什么样的世面没见过,现在却觉得他的智慧似乎给罩子罩住了,什么也说不出来,除了最武断的那句俗话:

"这不可能!"

里姆斯基的反应截然不同。他站起身,开门,大声吩咐坐在凳子上的通信员:

"除了邮递员,谁也不许进来!"旋即把门锁了。

然后,他从办公桌抽屉里取出一沓文件,仔细对照相纸上粗大的、稍稍向左倾斜的字母和文件上斯乔帕批示的字母,以及他那末尾呈螺旋形的签名。瓦列努哈俯在桌上,呼出的热气喷到里姆斯基脸上。

"是他的笔迹。"临了,财务襄理肯定说。瓦列努哈回声般地重复:

"是他的笔迹。"

瓦列努哈朝里姆斯基的脸瞥了一眼,惊奇地发现这张脸变了。原本瘦弱的财务襄理现在似乎愈加瘦弱,甚至苍老了,玳瑁镜框后面的两只眼睛失去了平日的犀利,反而透着惶恐,甚至担忧。

瓦列努哈做了人在惊愕时必然会做的一切——他在办公室里快步走来走去,两次张开双臂,像被绑上十字架似的,喝了满满一杯长颈瓶里有点儿发黄的水,最后扬声说:

"我不明白!我不明白!我——不——明——白!"

里姆斯基望着窗外,紧张地思索着什么。他的处境极其艰难,必须立即为这一系列异常现象找到正常的解释。

财务襄理眯起眼睛,设想斯乔帕如何只穿睡衣,没穿靴子,于今天十一点半左右钻进一架从未见过的超音速飞机,并且就在十一点半左右,只穿袜子的斯乔帕已经站在雅尔塔机场上……鬼知道怎么回事。

也许今天不是斯乔帕本人从他家里打来的电话?不,是斯乔帕的声音。斯乔帕的声音他还听不出?即使今天打电话来的不是斯乔帕,至少昨天傍晚,斯乔帕还拿着那张混账合同从他的办公室来到这间办公室,让财务襄理对他的轻率十分恼火。再说他怎么跟剧院连招呼都不打就远走高飞呢?何况就算昨天晚上乘上飞机,今天中午也到不了呀!也许到得了?

"到雅尔塔多少公里?"里姆斯基问。

瓦列努哈停住脚步,大声说:

"我想过!已经想过!乘火车到塞瓦斯托波尔大约一千五百公里。到雅尔塔再加八十公里。乘飞机,当然近些。"

嗯……对……什么列车都无从谈起。那乘什么?战斗机?谁,什么样的战斗机,会让斯乔帕不穿靴子上去?为什么不穿靴子?也许是飞抵雅尔塔后脱了靴子?还是那个问题,为什么?其实穿靴子,也不会让他上战斗机!何况战斗机也不顶事。电报上明明写着他到刑侦局是十一点半,而他在莫斯科打电话来是……慢……这时里姆斯基眼前出现了他的怀表……他记起了时针的位置。可怕!那是十一点二十分。这意味着什么?假设斯乔帕放下话筒,直奔机场,比方说,五分钟后到达(顺便说一下,这也不可思议)。那就是说,飞机即刻升空,五分钟飞了一千多公里?所以,飞机的时速应该是一万两千公里以上!这绝不可能,可见他不在雅尔塔。

还有什么?催眠术?能一下子把人甩至一千公里以外的催眠术,世界上绝不存在!可见,那是他的幻觉,以为自己在雅尔塔?他也许有幻觉,雅尔塔刑侦局总不至于也出现幻觉吧?!不,对不起,这绝不可能!……可电报不就是他们从那里发来的?

财务襄理的脸色简直可怕。这时有人拧动把手,用力推门。可以听到守在门口的通信员在拼命喊叫:

"不行!我不放!杀了我也不放!里面开会!"

里姆斯基竭力保持镇定,拿起电话说:

"请接雅尔塔,紧急通话。"

"高明!"瓦列努哈暗想。

但是没能接通雅尔塔。里姆斯基放下电话,说:

"倒霉,线路故障!"

显然,线路故障不知为什么使他大为沮丧,甚至陷入沉思。他想了一会儿,左手重又拿起电话,右手握着笔,记下他对电报局口授的电文:

"加急电报。杂耍剧院。对。雅尔塔。刑侦局。对。'今午十一时半许,利霍杰耶夫在莫斯科和我通过电话,句号。后未来上班,电话寻找无果,句号。确认笔迹,句号。已采取措施监视该演员。

财务襄理里姆斯基。'"

"绝对高明!"瓦列努哈想,但还没来得及好好考虑,脑海里便闪出另一个想法:"愚蠢!他不可能在雅尔塔!"

这时,里姆斯基把收到的几份电报和他回电的底稿整齐地叠在一起,装进一个信封,封好,在信封上写了几个字,把它交给瓦列努哈,说:

"伊凡·萨韦利耶维奇[1],马上亲自送去。让那边查清楚。"

"这招确实高明!"瓦列努哈想,把信封放进自己的公文包。然后他抱着姑且一试的念头,再次拨了斯乔帕家的电话号码,一边侧耳细听,一边高兴而又神秘地挤眼睛,做鬼脸。里姆斯基伸长了脖子。

"可以请演员沃兰德接电话吗?"瓦列努哈谄媚地问。

"他很忙,"话筒用刺耳的颤音回答,"您是哪位?"

"杂耍剧院总务瓦列努哈。"

"伊凡·萨韦利耶维奇?"话筒高兴地喊道,"听到您的声音,太高兴了!您身体好吗?"

"谢谢!"瓦列努哈用法语惊异地说,"您是哪位?"

"我是助手,他的助手兼翻译卡罗维耶夫,"话筒尖声尖气地说,"全心全意为您效劳,最亲爱的伊凡·萨韦利耶维奇!有什么事,尽管吩咐。嗯?"

"请问,斯捷潘·波格丹诺维奇·利霍杰耶夫在家吗?"

"哎呀,不在,不在!"话筒大声回答,"他出去了。"

"去哪儿?"

"到城外兜风去了。"

---

[1] 瓦列努哈的名字和父名。

"什么……么？兜……风？……他什么时候回来？"

"说呼吸点儿新鲜空气就回来！"

"是吗……"瓦列努哈沮丧地说，"谢谢。劳驾您转告沃兰德先生，他今晚的演出排在第三档节目。"

"遵命。那还用说。一定，立即，绝对转告。"话筒一字一顿地说。

"再见。"瓦列努哈惊诧地说。

"请接受我的，"话筒说，"最良好和最热烈的敬意和祝愿！祝您成功！成绩斐然！幸福美满！再见！"

"当然！叫我说中了吧！"剧院总务激动地说，"根本不在雅尔塔，他到城外兜风去了！"

"要真是这样，"财务襄理气得脸都白了，"那太荒唐，太不像话！"

话音刚落，里姆斯基吓了一跳，只见剧院总务跳起来，大声嚷嚷：

"想起来了！想起来了！普希金诺开了一家羊肉馅饼餐厅，就叫'雅尔塔'！全清楚了！他去了那儿，喝醉了，这会儿打那儿发电报呢！"

"太过分，"里姆斯基说，气得面部抽搐，两眼冒火，"行，他得为这次兜风付出巨大的代价！……"里姆斯基突然打住话头，不太有把握地加了一句："不过，刑侦局……"

"废话！全是他一个人捣鬼。"性格外向的剧院总务打断他，又问，"这包东西还送不送？"

"一定送。"里姆斯基回答。

这时门又开了，进来的还是那个……"又是她！"里姆斯基想，不知为什么心里一阵厌倦。两人都站起来，向邮递员迎去。

"证实身份甚谢速汇五百卢布交刑侦局转我明返莫斯科利霍杰

耶夫。"

"他疯了……"瓦列努哈有气无力地说。

里姆斯基用钥匙咔嚓一声打开保险柜,从抽屉里拿出钱,数了五百卢布,按铃,把钱交给通信员,派他去电信局汇款。

"得了吧,"瓦列努哈不敢相信自己的眼睛,"我看,你不该汇这笔钱。"

"钱会回来的,"里姆斯基轻轻回答,"为这次野餐,他得狠狠受罚。"随后指着瓦列努哈的公文包,补充说:"你跑一趟,伊凡·萨韦利耶维奇,千万别耽搁。"

瓦列努哈拎起公文包,快步走出办公室。

他下到底层,看到票房前排着长长的队伍,售票员告诉他,观众一看到加演海报,就如潮水般涌来,再过一小时就会满座。瓦列努哈关照售票员留一手,压下包厢和池座最好的三十张票。随即走出票房,推开死皮赖脸缠着他要赠票的人,一头钻进自己的办公室,去取帽子。就在这时,电话铃响了。

"喂!"瓦列努哈拿起话筒。

"伊凡·萨韦利耶维奇?"话筒里一个极其难听的鼻音问。

"他不在剧院!"瓦列努哈话没说完,立即被打断了。

"别装蒜,伊凡·萨韦利耶维奇,你给我听着。这些电报哪儿都别送,谁都别让看。"

"你是什么人?"瓦列努哈怒吼,"公民,别玩这种把戏!马上能把你查出来!你的电话号码多少?"

"瓦列努哈,"还是那个可憎的声音回答,"俄语你懂吗?别送电报。"

"你还不收场?"剧院总务怒不可遏,"那就等着瞧!有你倒霉的!"他还大声威胁着什么,但住口了,因为觉得对方已经不在听了。

这时狭窄的办公室里光线迅速暗了。瓦列努哈跑出办公室，随手碰上门，从侧道直奔夏季花园。

剧院总务精神亢奋，浑身是劲。刚才那个放肆的电话使他深信有个流氓团伙在寻衅闹事，利霍杰耶夫的失踪与此有关。揭露歹徒的愿望使剧院总务喘不过气来，而且说来也怪，他已预感到某种成功的喜悦。当一个人力图成为注意中心，引起轰动效应时，往往都是这样。

花园里一阵风朝剧院总务迎面扑来，沙土吹进他的眼睛，像是拦住去路，又像是发出警告。二楼有扇窗砰的一声，险些震碎玻璃，槭树和椴树的树冠也发出一阵不安的窸窣声。天色暗了，空气透出凉意。剧院总务揉了揉眼睛，只见黑压压的乌云下面泛着黄光，缓缓地朝莫斯科上空移来。远处传来隆隆的雷声。

尽管瓦列努哈急于出去，可是无法克制的愿望使他先去了夏季厕所，顺便看看电工是否给厕所电灯装了网罩。

他跑过小靶场，走进繁茂的丁香树丛，那里有间浅蓝色的厕所。看来，电工是尽职的，男厕屋顶下的电灯已经装上金属网罩，然而令剧院总务伤心的是，即便在雷雨前的昏暗中，都能看到墙上到处是木炭或铅笔的涂鸦。

"唉，真不像话！……"瓦列努哈刚想骂几句，忽然听到背后猫打呼噜般的声音。

"是您，伊凡·萨韦利耶维奇？"

瓦列努哈打了个寒战，回头一看，是个矮胖子在叫他。那家伙像是长了一张猫脸。

"是我。"瓦列努哈厌恶地回答。

"非常，非常高兴。"猫脸胖子尖声尖气地说，突然抡起胳膊，给了瓦列努哈一巴掌，帽子即刻从剧院总务头上飞落，无影无踪地消失在便池窟窿中。

胖子出手之际，厕所被一道闪烁的电光照得通亮，紧接着空中炸开一个闷雷。随后又亮起一道电光，剧院总务跟前又多出个人来——个头虽小，肩膀却像大力士，红发似火，一只眼睛长着白翳，嘴里露出獠牙。这一个显然是左撇子，一巴掌扇在剧院总务的另一边脸上。与之呼应的是空中又炸开一个闷雷，随即，厕所木板屋顶上泻下滂沱大雨。

"你们干什么，同……"晕头转向的剧院总务，刚要说"同志"，猛地意识到对公共厕所里动手打人的歹徒，不能称"同志"，便嘶哑着嗓子，改口说，"公……"又觉得连这个称呼他们都不配，旋即挨了第三记耳光，也不知是其中哪个扇的。这记耳光极狠，鼻血顿时染红了托尔斯泰式衬衫。

"你公文包里装的什么，寄生虫？"像猫的家伙厉声喝问，"电报？不是事先警告过你，让你哪儿都别送？是不是警告过，我问你？"

"警……警过……警告过……"剧院总务喘着气，结结巴巴地说。

"你硬是要送？把公文包交出来，浑蛋！"另一个怒喝——正是电话里那个浓重的鼻音——一把将公文包从瓦列努哈发抖的手中夺下。

两个家伙分别架住剧院总务的胳膊，把他拖出花园，挟持他顺着花园街飞奔而去。雷声惊天动地，雨水像倒下来一样，哗哗地流进下水道，到处冒着水泡，卷起波浪。屋顶的雨水从落水管旁飞泻直下，泛着泡沫的水流从门洞中滚滚流出。花园街上所有的生灵都被雨水冲走了，没人能救伊凡·萨韦利耶维奇。两名歹徒连蹦带跳地在浊流中往前奔跑，不时被闪电照亮，转眼间便把半死不活的剧院总务架到副三〇二号大楼，飞也似的拽进门洞。门洞里有两个光脚的妇女，站在墙边，手里拎着鞋子和袜子。随后他们冲入六号门，几近神经错乱的瓦列努哈被架上五楼，扔在他十分熟悉的斯乔帕·利霍杰耶夫家昏暗前厅的地板上。

旋即，两名歹徒消失，替代他们出现在前厅的是个一丝不挂的女郎——满头红发，两眼闪着磷光。

瓦列努哈明白，这是今天一切遭遇中最可怖的灾难。他呻吟着，退到墙边。女郎逼到剧院总务跟前，把两只手搭在他肩上。瓦列努哈头发根根倒竖。即便隔着又冷又湿的托尔斯泰式衬衫，他都感到女郎这双手更冷，冷得像冰。

"来，让我亲亲你。"女郎柔情绵绵地说。于是他眼前出现了两只磷光闪闪的眼睛，瓦列努哈顿时失去知觉，没有感觉到吻。

第十一章　伊凡人格二重化

对岸的松林一小时前还在五月的艳阳下分外苍翠，现在模糊了，漫漶了，成了一片混沌。

窗外，暴雨如注，空中不时迸发出一道道闪电，天空碎裂，骇人的颤光频频照亮病房。

伊凡坐在病床上，望着泡沫沸腾的浑浊河水，轻轻哭泣。每次打雷，他都一声哀号，双手捂住脸。写满字的纸散了一地，全是雷雨前刮进病房的大风吹落的。

诗人想写份检举信，揭发可怖的顾问，然而毫无结果。那位叫普拉斯科维娅·费奥多罗夫娜的富态医士，刚把纸和铅笔头交给他，他便认真地搓搓手，急忙坐到小桌前。开头写得相当顺手：

"致民警局。检举人：'莫文协'会员、流浪汉伊凡·尼古拉耶维奇。昨天傍晚，我同已故的米·亚·柏辽兹一起去牧首塘……"

立刻，诗人糊涂了，主要是因为"已故的"。荒唐：这怎么可能——同已故的人一起去？死人不会走路！这下好，人家真要把他当疯子了！

这样一想，伊凡将句子改成："同米·亚·柏辽兹一起去，此人后来亡故……"可他还是不满意，又改成："……此人后来死于电车车祸……"然而世上还有一个鲜为人知的音乐家柏辽兹，于是加上：

"……非音乐家……"这样一来,第三稿还不如前两稿。

两个柏辽兹弄得伊凡异常苦恼,他干脆统统划掉,决定从最怪的事情写起,好一下子吸引读信人的注意。于是他先写黑猫怎样乘电车,然后追述碾掉脑袋的经过。脑袋和顾问的预言又使他联想起本丢·彼拉多。为了增强说服力,他决定把总督的一切统统写上,从彼拉多身披血红衬里的白披风,来到大希律宫的柱廊开始。

伊凡写得十分努力,不时把一些句子划掉重写,甚至画了本丢·彼拉多的像,画了直立行走的黑猫。但是即使加了插图也无济于事,诗人越写越散,越写越乱。

这时,远处出现周边冒烟的可怕乌云,转眼间笼罩了松林,狂风骤起。伊凡意识到他已心力交瘁,写不成检举信了,便没去拾起吹落的纸片,伤心地轻轻哭泣。

好心的医士普拉斯科维娅·费奥多罗夫娜因为雷雨,进来看望诗人,见他在哭,慌了,急忙拉上窗幔,不让闪电再惊着病人,然后拾起散落的纸片,拿着去找医生。

医生来了,往伊凡的胳膊上打了一针,安慰他说,他不会再哭,现在一切都会过去,一切都会变好,一切都会忘却。

医生果然没错。不一会儿,对岸的松林恢复了原样。一碧如洗的天空下,每一棵松树都清晰如画,河水也恢复了平静。针一打好,忧伤便渐渐离伊凡而去,此刻诗人安静地躺在床上,望着横贯蓝天的长虹。

就这样直到傍晚,他甚至没留意彩虹怎样隐没,天空怎样褪色,变得越来越暗,松林怎样成了黑魆魆的一片。

喝过热牛奶,伊凡重又躺下,他自己也大为诧异,他的想法怎么起了变化。记忆中该死的妖猫,不知怎的,不是那么可憎,碾下的脑袋也不再令他胆战心惊。不想脑袋后,伊凡寻思,住医院其实相当不错，斯特拉文斯基聪明，又有名气，跟他打交道十分愉快。加之雷雨过后，傍晚的空气简直沁人心脾。

医院渐渐入睡。静静的走廊里，乳白色的吸顶灯已经熄灭，按规定亮起光线微弱的浅蓝色夜灯，病房外橡皮地毯上医士们谨慎的脚步声越来越少。

此刻伊凡慵懒、舒适地躺在床上，时而望着天花板上带罩的亚光小灯，时而望着黑色松林后面升起的月亮，自言自语。

"其实柏辽兹被电车碾死，我那么激动干吗？"诗人自我解嘲，"说到底，随他去！真的，他是我什么人，是我的干亲还是姻亲？如果好好想想这个问题，就会发现，我对死者其实并不真正了解。真的，我对他有什么了解？除了知道他是秃子，而且巧舌如簧。还有个问题，公民们，"伊凡继续说，像是对着什么人，"我们不妨分析一下，我干吗要对那个一只眼睛空虚、乌黑的神秘顾问、魔术师和教授发飙？干吗只穿衬裤，举着蜡烛，傻乎乎地追他，后来又在餐厅里闹出一场丑剧？"

"不，不，不，"蓦地，原先的伊凡不知从哪里，像是从内心，又像是从耳旁对现在的伊凡说，"柏辽兹被碾下脑袋，他毕竟事先就知道！能不发飙吗？"

"同志们，说什么呀！"新伊凡反驳陈腐的旧伊凡，"这事明摆着有鬼，连孩子都看得出。他诡秘莫测，不是凡人，百分之百不是。这恰恰是最有意思的！他亲眼见过本丢·彼拉多，您还需要比这更有意思的吗？要是我在牧首塘不是愚不可及地胡闹，而是礼貌地向他请教彼拉多和被捕的拿撒勒人后来的情况，岂不聪明得多？可我呢，鬼知道干了些什么！杂志主编给碾死了，确实是大事！但那又怎样，杂志停刊？唉，怎么办呢？人总是要死的，而且人家说得没错，说死就死。愿他的灵魂早升天堂！会有新主编的，说不定比原来的更能说会道。"

稍稍打盹后,新伊凡用讥嘲的口吻问旧伊凡:

"请问,我在这件事上扮演了什么角色?"

"傻蛋!"有个低音不知从哪里清晰地说,这声音不属于任何一个伊凡,倒是很像顾问的低音。

不知为什么,伊凡听到"傻蛋",不但不生气,反而感到惊喜,龇牙一笑,迷迷糊糊地合上了眼睛。睡梦悄悄走近伊凡,他恍惚看到一棵棕榈,树干像条象腿,看到有只猫从旁蹿过,猫不可怕,挺调皮。总之,睡梦眼看就要征服伊凡了,突然栅栏门无声地打开,阳台上出现一个神秘的人影,他避开月光,举起一根手指警告伊凡。

伊凡一点儿都不怕,从床上坐起来,看到阳台上有个男人,这男人把手指按在嘴唇上,轻轻发出一声:

"嘘!"

第十二章 魔术及其揭秘

一个矮子，戴顶破旧的黄圆帽，梨形的红鼻子，下穿方格裤和漆皮鞋，蹬着一辆普通的二轮自行车驶上杂耍剧院的舞台。他在狐步舞曲的伴奏下，绕场一圈，然后一声欢呼，自行车直立起来。骑着后轮稍事绕行后，矮子翻身倒立，在行进中巧妙地卸下前轮，把它滚进侧幕，然后手转车镫，驱动一个车轮继续绕行。

骑着金属高杆独轮车出场的胖胖的金发女郎，穿着紧身衣和银星闪烁的短裙，开始绕场打圈。

矮子每次与女郎相遇，都欢呼着向她致敬，用脚摘下帽子。

最后上场的是个约莫八岁的孩子，老头的脸，骑着小车在大人间穿梭往来，车上安着奇大的汽车喇叭。

骑过几圈后，三人随着乐队惊恐急促的鼓点声，一齐飞快冲向台口。前排观众惊叫着闪身躲避，觉得三人将要连人带车掉进乐池。

但就在车轮即将滑向深渊，砸到乐师们头上的一瞬间，三位车手"嗨"的一声喊，跳下车来鞠躬致谢，同时金发女郎向观众频送飞吻，孩子狂按喇叭，发出可笑的声音。

掌声震撼整个剧场。蓝色大幕从两侧合拢，遮掩了车手，一扇扇边门上映衬"出口"的绿灯熄灭，拱顶下纵横交错的绳梯和秋千之间，仿佛太阳似的，亮起许多巨灯。幕间休息。休息后便是最后一档节目。

此时此刻，对于演员朱里一家的高超车技丝毫不感兴趣的只有格里戈里·达尼洛维奇·里姆斯基一人。他独自坐在办公室里，咬着薄薄的嘴唇，脸上不时掠过一阵抽搐。先是利霍杰耶夫非同寻常的失踪，现在剧院总务瓦列努哈也莫名其妙地消失了。

瓦列努哈的去向，里姆斯基是知道的。可他一去就……没再回来。里姆斯基耸耸肩，自言自语：

"怎么会呢？"

奇怪的是，像财务襄理这样干练的人，最简单的做法自然是打电话给瓦列努哈去的地方，问个究竟，可他直到晚上十点都没能强迫自己这么做。

十点了，里姆斯基鼓足勇气拿起话筒，旋即发现电话坏了。通信员报告说，楼内其他电话也都坏了。这个，当然，令人不快，但也并非绝无仅有的事态，不知为什么使财务襄理既震惊，又庆幸——电话可以不打了。

财务襄理的头顶上方，亮起闪烁的红灯，提示开始幕间休息。这时通信员进来报告，外国演员到了。襄理不知为什么打了个寒战，脸色铁青，起身去后台接待巡回演员，因为除了他，剧院已经没人可以接待。

走廊里响起铃声。许多好奇的人以各种借口，在大化妆室门口朝里张望，其中有穿鲜艳长袍、裹着缠头的魔术演员，有穿白色毛衣的滑冰演员，有脸上扑粉的说书人，以及化妆师等。

著名魔术师的穿戴使大家惊讶不已：一件式样古怪、长得出奇的燕尾服，半截黑面具。更让人惊讶的是他的两个同伴：一个方格上衣、夹鼻眼镜破碎的瘦高个儿和一只硕大的黑猫。黑猫立着走进化妆室，大模大样地坐到长沙发上，眯起眼睛看着没有灯罩的化妆灯。

里姆斯基竭力想装笑容，不料这样一来，他的脸反而显得酸涩、凶恶。他向魔术师点头致意，后者和黑猫一起坐在沙发上，一言不发，没有握手。可是方格上衣放肆地插进来，自我介绍说，他是"这位先生的助手"。这又使财务襄理惊讶和不悦，因为演出合同上只字未提有什么助手。

格里戈里·达尼洛维奇极不自然地、干巴巴地问这个半路杀出的助手，外国演员的道具在哪里。

"天上掉下的金刚钻，最珍贵的经理先生，"助手用刺耳的颤音说，"我们的道具总是随身携带。您看，这不就是！一，二，三！"他在里姆斯基眼前转了几下关节粗大的手指，突然从黑猫耳朵后面掏出里姆斯基本人的一块带表链的金怀表。这表原本放在财务襄理的背心口袋里，外面的上衣扣着扣子，而且表链还穿在背心扣眼上。

里姆斯基不由自主地往怀里一摸，在场的人齐声惊叫，正往门里张望的化妆师赞叹地干咳一声。

"您的表？劳驾收好！"方格上衣嬉皮笑脸地说，肮脏的手托着金表，交还给不知所措的里姆斯基。

"坐电车千万别碰上这号主。"说书人乐滋滋地对化妆师小声说。

谁知黑猫紧跟着也露了一手，比拿别人的表更精彩。它霍地从沙发上站起来，立着走到化妆镜台前，伸出前爪，拔下长颈玻璃水瓶的塞子，倒了杯水，咕嘟咕嘟喝了，然后重新盖好瓶塞，用化妆巾擦了擦胡子。

个个张口结舌，甚至没人叫好。只有化妆师钦佩地低声说：

"嗬，棒！"

这时第三次响起急促的铃声。大家都很兴奋，预感节目必定精彩，蜂拥着离开化妆室。

不一会儿，剧场里灯光熄灭。台口的脚灯亮了，大幕下方映出淡红的反光，大幕被照亮的缝隙中，走出一个孩子般快乐的胖子，脸刮得光光的，皱巴巴的燕尾服里露出旧衬衫。这就是莫斯科家喻户晓的报幕员乔治·孟加拉斯基。

"好呀，各位公民，"孟加拉斯基婴儿般纯真地微笑说，"诸位马上就要看到……"他忽然停住，换成另一种语气说，"我发现，第二次幕间休息后咱们的观众又增加了许多。今天半个城市的人都上咱们剧院来了！要是明天我遇到一位朋友，我准会问他：'你怎么不来看我们的演出？昨天半个城市的人都来了。'他说：'可我住在另一半！'"孟加拉斯基停了一下，期待观众哄堂大笑，但谁也没笑，他只好继续介绍："好吧，下面将由著名外国演员沃兰德先生表演魔术！当然，我们知道，"孟加拉斯基自作聪明地微微一笑，"世上没有魔术，魔术无非是一种迷信。沃兰德先生只是善变戏法，技术高超。到了最有趣的部分，也就是揭秘，诸位就会一清二楚。我们都想欣赏精妙的手法，又都渴望它的揭秘，所以有请沃兰德先生！"

胡乱说了一通后，孟加拉斯基十指弯曲，两掌合拢，对着大幕缝隙挥动，以示欢迎。大幕随着他的手势发出轻微的沙沙声，渐渐拉开。

魔术师带着高个子助手和直立行走的黑猫来到台前，观众倍感欣喜。

"给我椅子！"沃兰德低声吩咐，旋即，舞台中央不知怎的，也不知从哪里出现了一把软椅，魔术师坐下。

"告诉我，亲爱的法戈特，"沃兰德问格子上衣的小丑，看来此人除了"卡罗维耶夫"，还有另一个名字，"依你看，莫斯科的市民是不是发生了很大变化？"

魔术师朝鸦雀无声、还在为凭空而来的软椅惊叹的观众看了一眼。

"正是这样,阁下。"法戈特-卡罗维耶夫低声回答。

"你说得对,市民们变化很大……外表上,我看,就像城市本身。穿着不用说了,而且有了这些……叫什么来着……有轨电车……汽车……"

"公共汽车。"法戈特恭敬地提示。

观众仔细听着台上的交谈,把它当作魔术表演的前奏。侧幕内挤满了演员和场务人员,在这许多面孔之间,可以看到里姆斯基紧张、苍白的脸。

舞台一侧的报幕员孟加拉斯基的脸上疑云密布,他稍稍挑起一道眉毛,抓住交谈间隙,插话说:

"外国演员是在赞赏莫斯科的技术成就,也在赞赏莫斯科人。"孟加拉斯基笑了两次,第一次对着池座,第二次对着楼座。

沃兰德、法戈特和黑猫一齐把脸转向报幕员。

"难道我表示赞赏了?"魔术师问法戈特。

"根本没有,阁下,您丝毫没有表示赞赏。"法戈特回答。

"那么,这人在说什么?"

"他在胡说!"格子上衣的助手对着整个剧场高声回答,又转身对孟加拉斯基说,"祝贺您,公民,您挺能胡说!"

楼座上传来讥笑声,孟加拉斯基打了个寒噤,目瞪口呆。

"当然,我感兴趣的与其说是这些公共汽车、电话和其他……"

"设备!"助手又提示说。

"完全正确,谢谢,"魔术师慢条斯理地用沉重的低音说,"不如说是另一个重要得多的问题:这些市民的内心是否发生变化。"

"对,这是最重要的问题,阁下。"

侧幕内的人开始交换眼色,耸肩膀;孟加拉斯基面红耳赤;里

姆斯基则脸色煞白。这时,魔术师似乎猜到周围开始不安,便说:

"你我只顾聊天,亲爱的法戈特,观众可等得不耐烦了。你开个头,给我们表演点小玩意儿。"

观众席上出现轻松的骚动。法戈特和黑猫沿着脚灯走向舞台两侧。法戈特打个榧子,高喊:

"三,四!"伸手从空中抓出一副纸牌,洗了几下,随手向黑猫扔去,形成一条纸牌的长带。黑猫收住牌带,又扔回去。缎子般的长蛇哧地一响。法戈特像鸟一样张开嘴,把牌一张张吞了。

随后,黑猫右后爪啪地一磕,向观众施了个礼,顿时激起难以置信的掌声。

"棒,棒!"侧幕内一片惊叹。

而法戈特指着池座说:

"现在这牌,各位尊敬的公民,在第七排帕尔契夫斯基公民身上,夹在三卢布钞票和法院传票之间。法院传他,因为他未向公民泽尔科娃支付抚养费。"

池座里一阵骚动。有些人欠身张望。临了,有个公民站起来,正是帕尔契夫斯基。他又惊又窘,满脸通红,从钱包里掏出一副纸牌,在空中挥了几下,不知该拿它怎么办。

"这牌您就留作纪念吧!"法戈特高声说,"您昨天晚餐时不是说吗,要是没有扑克,莫斯科的生活您绝对受不了。这不是白说的。"

"老花样!"楼座里传来一个声音,"池座里这人是他们一伙的!"

"您这么认为?"法戈特眯起眼睛望着楼座高声问道,"这么说,您也是我们一伙的,因为您口袋里也有一沓东西!"

楼座里一阵骚动,随即有人高兴地大叫:

"不错!他也有!在这儿,在……慢着!这……这是十卢布钞票!"

池座的观众纷纷扭过头去。楼座里一个惊慌失措的公民,发现自己口袋里有一沓银行捆封的十卢布钞票，封条上写着"一千卢布"。

四周的邻座向他拥去。他则惊愕地用指甲划开封条，急于弄清这是真钞票还是什么魔术道具。

"上帝！是真的！十卢布的钞票！"楼座里欢叫。

"也给我变一沓！"池座中央一个胖子笑嘻嘻地请求。

"愿意效劳[1]！"法戈特回答，"不过，为什么只给您一个人变？大家都踊跃参加吧！"旋即一声号令："请看上面！……"他手里出现手枪。再喊："二！"手枪朝上举起。又喊："三！"亮光一闪，枪响，只见许多白花花的钞票从拱顶上飘落，穿过纵横交错的软梯，朝观众席飞来。

钞票打转，向四面八方散开，有的掉进楼座，有的飘向乐池或舞台。几秒钟后，越来越密的钱雨，落到座位上。观众争相捕捉。

几百双手同时伸向空中，观众对着舞台灯光照纸币，看到最实在、最可靠的水印。气味也不容置疑：这就是新钞无与伦比的美妙香味！整个剧场起初兴奋，继而惊讶。到处都是"十卢布""十卢布"的呼叫，"啊""啊"的惊叹和兴高采烈的笑声。有人在过道上爬，钻到座椅下摸，许多人站在座椅上捕捉空中调皮盘旋的钞票。

民警的脸上渐渐显出困惑，侧幕内的演员肆无忌惮地纷纷探头张望。

二楼传来吵闹声："你抢什么？这是我的！朝我飞来的！"另一个声音："你别推我！我也会这么推你！"突然传来耳光声。旋即二楼出现了民警的头盔，有人被带走了。

总之，群情激动，要不是法戈特突然对空中一吹，停止了这场钱雨，真不知道会闹成什么样。

---

[1] 原文此处系用俄语字母拼写的法语。

两个年轻人快活地交换了一个意味深长的眼色，离开座位径直朝剧院小吃部走去。剧场内乱哄哄的，所有观众的眼里都闪烁着兴奋的火花。对，对，真不知道会闹成什么样，如果报幕员孟加拉斯基没有勇气，没有动作。只见他定了定神，习惯性地搓搓手，尽可能放开喉咙说：

"各位公民，我们大家刚才见识了所谓的群体催眠术。这是一个纯粹的科学实验，再好不过地证明，世上根本不存在奇迹和魔术。我们这就有请沃兰德先生来向我们揭示这个实验的奥秘。各位公民，你们马上就能看到，这些像是钞票的纸片，会像它们突然出现那样，突然消失。"

这时他开始鼓掌，然而孤掌难鸣。尽管脸上露出自信的微笑，但眼神里丝毫没有这种自信，只有祈求。

孟加拉斯基的话使观众大为扫兴。全场哑然。随即，格子上衣的法戈特打破沉默。

"这又是所谓的胡说，"法戈特像羊叫似的高声宣布，"各位公民，钞票是真的！"

"好！"楼上有个男低音猛地喝彩。

"顺便说一句，这人，"法戈特指了指孟加拉斯基，"我讨厌。根本没他的事，可他老是打岔、胡说、扰乱演出。咱们该怎么处置他？"

"拧掉他脑袋！"楼座上有人严厉地说。

"您说什么？啊？"法戈特立刻回应这个荒唐的建议，"拧掉脑袋？好主意！别格莫特！"他对黑猫喊道，"干吧！一，二，三！"

发生了从未见过的事情。但见黑猫的毛根根倒竖，它一声凄厉的尖叫，身子一蜷，猎豹似的直扑孟加拉斯基胸部，又从那儿跳到头上。黑猫呜呜叫着，毛茸茸的爪子揪住报幕员稀疏的头发，厉叫声中，左右两下，从肥胖的脖子上拧下脑袋。

全场两千五百名观众齐声惊呼。鲜血从拧断的颈动脉中向上喷出，染红了胸衣和燕尾服，无头躯体怪异地挪了几下腿，坐到地上。观众席上传来妇女歇斯底里的叫声。黑猫把脑袋递给法戈特，后者揪住头发把它当众提起，这脑袋则向全场拼命呼救：

"快请医生！"

"你往后还胡说不？"法戈特厉声问哭泣的脑袋。

"再也不敢了！"脑袋嘶哑地回答。

"看在上帝分上，别折磨他！"突然，盖过喧闹，包厢里传来一个女人的声音。魔术师循声望去。

"怎么办，公民们，饶了他，还是怎么的？"法戈特问观众。

"饶了他！饶了他！"起初只是零零落落的，主要是女人的声音，紧接着又加入男人的声音，汇成响亮的一片。

"您怎么吩咐，阁下？"法戈特问戴面具的魔术师。

"算了，"后者沉思着说，"人终究是人。爱钱，历来如此……人类爱钱，不管这钱是用什么做的，用皮革、用纸、用青铜，还是用黄金。唉，轻率……怎么说呢，恻隐心有时也会打动他们……人就是人……总的来说，跟从前没什么不同……只是住房问题使他们堕落了……"接着大声吩咐："装上脑袋！"

黑猫仔细瞄了瞄，把脑袋按到脖子上，脑袋严丝合缝地回归原位，好像从没分离过。脖子上连道伤痕都没留下。黑猫又用爪子在孟加拉斯基的燕尾服和衬衣上掸了一下，衣服上的血迹顿时消失。法戈特把依然坐在台上的孟加拉斯基一把提起，让他站好，将一沓十卢布钞票塞进他的燕尾服口袋，随即把他逐出舞台：

"滚！没你，快活得多！"

报幕员茫然四顾，踉踉跄跄，刚走到消防栓旁，就支撑不住了。他可怜巴巴地喊道：

"我的脑袋,脑袋!"

里姆斯基和大家一起朝他跑去。报幕员哭着,两手在空中乱抓,嘟嘟囔囔地说:

"还我脑袋!还我脑袋!你们可以把房子收掉,把画拿走,只要还我脑袋就行!"

通信员跑去请医生。人们试着让孟加拉斯基躺在化妆室的长沙发上休息,可他抗拒着,显得十分狂躁。只得叫来马车。拉走不幸的报幕员后,里姆斯基急忙回到后台,发现台上出现了新的奇迹。噢,顺便交代一下:不知是就在这一刻,还是稍早,魔术师连同他褪色的软椅已从舞台上消失。必须说明,观众居然根本没注意这一点,完全被法戈特的精彩表演吸引住了。

法戈特打发走倒霉的报幕员,随后向观众宣布:

"总算把这个讨厌的家伙送走了。现在,我们来开家妇女用品商店!"

顷刻间,舞台上铺满波斯地毯,出现了好几面高大的穿衣镜,两侧的绿色荧光灯把镜子照得通亮。穿衣镜之间排列着一个个玻璃柜。惊喜交集的观众看到玻璃柜里陈列着各种颜色和款式的巴黎女装。这是一类玻璃柜。另一类玻璃柜里摆着几百顶各式女帽,插翎毛的、无翎毛的,有扣环的、无扣环的。几百双女鞋,黑的、白的、黄的,牛皮的、锦缎的、麂皮的,鞋面上缀着各式襻带或宝石。鞋与鞋之间陈列着许多香水及女包,羚羊皮的、麂皮的、丝织的,五光十色。女包间放着一支支冲压的金色圆筒,一望便知是唇膏。

鬼知道从什么地方冒出一个身着黑色晚礼服的红发女郎,如果脖子上没有怪异的伤疤则堪称完美,她站在玻璃柜旁,露出女老板的微笑。

法戈特笑容满面地宣布:本公司免费提供各种以旧换新服务,

旧的女装女鞋可换巴黎时装和巴黎女鞋。至于女包和其他商品，他也做了同样的承诺。

黑猫不时后爪一磕，做立正状，前爪做着门卫开门迎客的动作。

红发女郎唱歌般甜美地说起来，虽然略带沙哑，发音有点儿含糊。她介绍的东西不太好懂，但从池座妇女的表情来看，很有诱惑力。

"娇兰、香奈儿五号、蝴蝶夫人、黑水仙[1]、晚礼服、酒会礼服……"法戈特殷勤招徕，黑猫鞠躬相邀，红发女郎打开一个个玻璃柜。

"请！"法戈特高声吆喝，"不要拘束！不用客气！"

观众跃跃欲试，但暂时没人敢上台。终于池座第十排有个黑发女人离开座位，脸上的笑容表明，她对什么都无所谓，反正，蔑视一切。她从台侧小梯登上舞台。

"太好了！"法戈特高声说，"欢迎第一位顾客！别格莫特，椅子！咱们从鞋子开始，太太？"

黑发女人刚在软椅上坐定，法戈特已经把好些女鞋摆在她面前的地毯上。黑发女人脱下右脚的鞋，挑了一只淡紫色的穿上，在地毯上踩踩，又看了看后跟。

"这鞋会不会挤脚？"她若有所思地问。

法戈特委屈地大叫：

"瞧您说的，瞧您说的！"

黑猫也见怪地叫了一声。

"那我就要这双，先生[2]。"黑发女人大方地说，又穿上另一只鞋。

黑发女人的旧鞋被扔到幕后，她本人也由红发女郎陪同去了后台，法戈特提着几个挂有时装的衣架跟进去。黑猫前前后后地忙活、

---

1 娇兰、香奈儿五号、蝴蝶夫人、黑水仙皆为法国名牌香水。
2 原文系用俄语字母拼写的法语。

照应，还一本正经地在脖子上挂了一条皮尺。

少顷，黑发女人一身新装从幕后出来，顿时全场掠过一片赞叹声。大胆的女人变得绰约多姿，停在穿衣镜前，动动袒露的双肩，抚抚脑后的头发，还努力转身去看自己的背影。

"这也请您笑纳，做个纪念。"法戈特说着，递给黑发女人一个小盒，盒盖打开，里面装着香水。

"谢谢[1]。"黑发女人高傲地回答，下台向池座走去。过道两旁的观众纷纷起立，有的还摸摸小盒。

于是洪水决堤。四面八方的女人都朝舞台拥去。在女人兴奋的议论声、嬉笑声、赞叹声中，响起一个男人的声音："不许去!"接着一个女人的声音："暴君! 小市民! 别扭我胳膊!"女人纷纷走进帷幕，把自己的衣服脱在那儿，穿着新装出来。一长排四脚镀金的凳子上坐满女人，起劲地在地毯上踩试脚上的新鞋。法戈特不时跪下，用金属鞋拔帮着试鞋。黑猫气喘吁吁地把大捆大捆的女包和女鞋从玻璃柜搬到凳子旁，再把挑剩的送回去。颈部有伤疤的红发女郎也跑出跑进，忙得全讲法语了，奇怪的是，所有女人，连那些根本不懂法语的，只要女郎一说，立刻就明白了她的意思。

全场大为震惊的是有个男人混到了台上。他声称他妻子正患流感，请求送她一点东西，由他转交。为了证明自己确有配偶，这位公民愿意出示证件。模范丈夫的表现引起一片哄笑，法戈特大声说，他相信他，就像相信自己一样，没看证件便送了这位公民两双丝袜，黑猫又主动添了一支唇膏。

迟误的女人还在不断拥向舞台。舞台上则流水般地下来幸运的女人：有的穿着舞会服，有的穿着绣龙的睡衣，有的穿着作客用的

---

[1] 原文系用俄语字母拼写的法语。

正装,有的把帽子歪歪地压在一边的眉梢上。

这时法戈特宣布,时间已晚,公司再过一分钟停止营业,明晚继续。台上立时一片混乱。女人们已顾不得试穿,赶紧把皮鞋抓在手里。有个女人旋风般地冲到幕后,甩掉身上的衣服,随手抓起一件绣着大束花朵的真丝睡袍披在身上,又顺手捞了两瓶香水。

恰好过了一分钟,一声枪响,穿衣镜不翼而飞,玻璃柜和凳子没了踪影,地毯和帷幕在空气中化为乌有。最后,堆积如山的旧衣旧鞋一并消失。舞台重又变得严肃、空荡、袒露。

就在这时,一个新角色干预了演出。

只听楼上二号包厢传来一个响亮、悦耳、果断的男中音:

"演员公民,希望您能立即当众揭示这些戏法的奥秘,特别是天上掉钱的戏法。也希望报幕员重返舞台。观众对他的命运深感不安。"

男中音不是别人,正是今晚这场演出的贵宾:莫斯科剧协声乐委员会主席阿尔卡季·阿波罗诺维奇·谢姆普列亚罗夫。

阿尔卡季·阿波罗诺维奇的包厢里还坐着两个女人,其中一个上了年纪,穿着华贵入时,另一个年轻漂亮,衣着较为一般。后来进行笔录时,才知道前者是阿尔卡季·阿波罗诺维奇的夫人,后者则是他的远房亲戚,一个来自萨拉托夫的颇有前途的女演员,眼下寄居在阿尔卡季·阿波罗诺维奇夫妇家里。

"对不起[1],"法戈特回答,"我很抱歉,没什么可以揭秘,全都一清二楚。"

"不,对不起,揭秘完全必要。不然,您这些精彩节目会给人留下非常不快的印象。广大观众要求您做出说明。"

"广大观众,"放肆的小丑打断谢姆普列亚罗夫,"好像没提什么

---

[1] 原文为用俄语字母拼写的法语。

要求呀？不过，为了尊重您这个可敬的愿望，阿尔卡季·阿波罗诺维奇，我，好吧，就来揭秘。为此，我再表演一个小小的节目，可以吗？"

"请便，"阿尔卡季·阿波罗诺维奇宽容地回答，"不过，必须揭秘！"

"遵命，遵命！那么，请问，您昨晚去了哪里，阿尔卡季·阿波罗诺维奇？"

一听这个唐突，甚至可以说是放肆的问题，阿尔卡季·阿波罗诺维奇脸色骤变，变得非常难看。

"阿尔卡季·阿波罗诺维奇昨晚在声乐委员会开会！"阿尔卡季·阿波罗诺维奇的夫人极其傲慢地回答，"我不明白，这跟您的魔术表演有什么关系？"

"噢，夫人，"法戈特说，"自然，您不明白。关于开会的事，您上当了。阿尔卡季·阿波罗诺维奇坐车去开会，可那个会，顺便说一下，根本没安排在昨晚召开。他到了清水塘声乐委员会楼前，放走司机（全场屏息静听），改乘公共汽车到叶洛霍夫街，去找区巡回剧团的女演员米利采·安德列耶芙娜·波科巴季科，在她家里逗留了约莫四小时。"

"嗬！"寂静中，不知是谁痛苦地叫了一声。

阿尔卡季·阿波罗诺维奇的年轻女亲戚低沉而又可怕地笑了几声。

"这下明白了！"她大声说，"我一直疑心这事。现在知道了，为什么这个庸才能演路易丝[1]！"

她猛地抡起粗短的紫色阳伞，朝阿尔卡季·阿波罗诺维奇的脑

---

[1] 德国诗人兼剧作家席勒（1759—1805）的剧作《阴谋与爱情》中的女主人公。

袋砸去。

这时,卑鄙的法戈特,也就是卡罗维耶夫,大声喊道:

"看到了吧,各位尊敬的公民,阿尔卡季·阿波罗诺维奇硬要揭秘,我只能遵命!"

"浑蛋,你怎么敢打阿尔卡季·阿波罗诺维奇?"阿尔卡季·阿波罗诺维奇夫人厉声质问,在包厢里站起来,身材高得出奇。

年轻的女亲戚又是一阵短促的、魔鬼般的狞笑。

"别人不敢,"她嘿嘿笑着回答,"我敢!"啪——又是干巴巴的一声响,阳伞又一次从阿尔卡季·阿波罗诺维奇头上弹起来。

"民警!快来抓她!"谢姆普列亚罗夫夫人可怕的喊声,吓得许多人心里发冷。

这时黑猫跳到脚灯前,突然口吐人言,向全场高声宣布:

"演出到此结束!指挥,干个进行曲!"

吓呆的指挥自己也不明白在干什么,指挥棒一扬,于是乐队不是奏起,不是拉起,甚至不是敲起,而是像黑猫恶俗的说法,干起了一首恣肆离奇的进行曲。

倏忽间,人们仿佛觉得,什么时候在南国星空下的夜总会里,听过这首进行曲朦胧、生涩、狂放的歌词:

> 我家尊敬的大人,
> 喜欢家里养鸡,
> 千方百计,
> 娇惯年轻的美人!!!

也许这首曲子的歌词不是这些,而是另一些不堪入耳的东西。但这并不重要,重要的是,这么一闹,整个杂耍剧院陷入了"巴别塔的混乱"[1]，民警跑向谢姆普列亚罗夫的包厢，爱看热闹的人纷纷爬上栏杆，响起震耳欲聋的狂笑、疯狂的喊叫，其中夹杂着盖过一切的乐队金钹声。

  猝然间，舞台空了，骗子法戈特，还有放肆的黑猫别格莫特，全都化为空气，就像刚才坐在褪色软椅上的魔术师，消失得无影无踪。

---

[1] 《旧约全书》典故。诺亚的子孙拟协力建造高塔，以达天上；上帝混乱彼等语言，致使互不通意，遂四散。高塔名为巴别塔。西语文学常以该塔借喻混乱局面。

第十三章 主人公出现

就这样，陌生人举起一根手指警告伊凡，轻轻发出一声："嘘！"

伊凡从床上垂下两腿，定睛看去，只见有人正从阳台上小心翼翼地朝屋里张望。他一头黑发，其中一绺耷拉到前额上，脸刮得干干净净，鼻子尖削，眼神惴惴不安，三十八岁光景。

神秘的来客确信屋里只有伊凡一人，又侧耳听了一会儿，这才大胆地进来。这时伊凡看到，来人穿一身病员服，光脚穿着便鞋，肩上披着棕色长袍。

来人朝伊凡挤挤眼，把一串钥匙藏进口袋，轻声问："可以坐吗？"见主人点头同意，便在软椅上坐下。

"您怎么进来的？"伊凡遵照那根枯瘦手指的警告，压低声音问，"阳台的栅栏门不是锁着吗？"

"是锁着，"来客证实，"不过普拉斯科维娅·费奥多罗夫娜人是极好，可惜大大咧咧。一个月前我顺手拿了她的一串钥匙。这样我就可以自由进出公共阳台，它连着这个楼面的所有房间，所以有时我就出来探望左邻右舍。"

"既然您能走到阳台上，您就能逃走。也许太高了？"伊凡关切地问。

"不，"来客坚定地回答，"我不能逃走。不是因为太高，是因为我无处可逃。"他停了一下,又说,"咱们一起坐坐。"

"一起坐坐。"伊凡回答,同时审视着对方异常不安的深褐色眼睛。

"对……"来客忽然惊慌地说,"不过我想,您不是狂躁型吧?您知道吗,我这人受不了吵闹、喧嚣、暴力,诸如此类的事情,我特恨喊叫,不管是痛苦的喊叫、愤怒的喊叫,还是别的什么喊叫。您行行好,告诉我,您不是狂躁型吧?"

"昨天我在餐厅里朝一个家伙的狗脸扇了一耳光。"悔过自新的诗人勇敢地承认。

"理由呢?"来客厉声问。

"说真的,没理由。"伊凡回答,觉得不好意思。

"不像话!"来客数落伊凡,又说,"请问,您刚才是这么说的:朝一个家伙的狗脸扇了一耳光?这就搞不清了,那人究竟长了一张狗脸还是人脸?我看总是人脸吧。您要知道,动辄拔拳是……往后别动武了,永远。"

来客申斥了伊凡一通,又问:

"职业?"

"诗人。"不知为什么伊凡不大愿意地说。

来客大为扫兴。

"哎哟,我真倒霉!"他大声说,但自觉失言,道歉后,问,"请教大名?"

"流浪汉。"

"唉,唉……"来客皱起眉头连连叹息。

"怎么……您不喜欢我的诗?"伊凡好奇地问。

"很不喜欢。"

"您读过哪几首?"

"您的诗,我一首都没读过!"来客神经质地高声说。

"那您怎么说不喜欢?"

"这有什么大惊小怪的,"来客回答,"好像我没读过别人的诗。不过……除非是奇迹。好吧,我相信您。您自己说,您的诗好吗?"

"极差!"伊凡忽然勇敢、坦率地承认。

"往后别写了!"来客央求。

"我发誓,绝不再写!"伊凡郑重其事地说。

两人握手,表示信守这一诺言。这时走廊里传来轻柔的脚步声和说话声。

来客轻轻"嘘"了一声,跳到阳台上,随手关了栅栏门。

原来是普拉斯科维娅·费奥多罗夫娜查房,问伊凡感觉怎样,睡觉要不要关灯。伊凡请她别关。于是普拉斯科维娅·费奥多罗夫娜向病人道了晚安,走了。复归寂静后,来客又回到病房。

他悄悄告诉伊凡,一一九病房住进了一个新病人,紫红脸膛的胖子,不停地嘟囔什么通风管道里的外币,发誓说他们花园街闹鬼了。

"他把普希金骂得够呛,一个劲儿地喊:'库罗列索夫,再来一个,再来一个!'"来客说,身子不时惊恐地抽搐。情绪稳定后,他坐下说:"不过,别管他。"接着又问伊凡:"您来这儿究竟是为什么?"

"因为本丢·彼拉多。"伊凡看着地板,愁眉苦脸地回答。

"什么?!"来客忘情地惊呼,随即自己捂住了嘴,"惊人的巧合!求求您,求求您,快讲!"

不知为什么,伊凡觉得这个陌生人可以信任,起初还有些胆怯,讷讷地欲言又止,接着胆大了,把昨天牧首塘畔的事情原原本本讲了一遍。嗬,伊凡·尼古拉耶维奇总算找到了乐于听他讲话的人,就是这个偷钥匙的神秘男子!来客非但没把伊凡看成疯子,而且对

他讲的事情表现出极大的兴趣,随着事情的发展,还变得欣喜若狂。他不时打断伊凡,催促说:

"嗯,嗯,后来呢,后来呢,求您啦!看在上帝分上,千万别漏掉什么!"

伊凡什么也没漏掉,他自己也觉得这样讲比较容易。他渐渐讲到本丢·彼拉多身披血红衬里的白披风走到柱廊下。

这时来客祈祷似的双手合十,低声说:

"啊,叫我猜到了!啊,叫我猜到了!"

听到柏辽兹的横死,客人眼里冒出仇恨的火焰,插了句叫人捉摸不透的话:

"只可惜没让评论家拉通斯基或者文学家姆斯季斯拉夫·拉夫罗维奇跟这个柏辽兹一样。"随后气愤地轻轻说:"讲下去!"

向售票员买票的黑猫,简直让来客乐不可支,他看着伊凡为自己的成功描述所激动,模仿黑猫蹲在地上一边跳,一边把十戈比银币举到胡子旁的样子,轻轻地笑得喘不过气来。

"就这样,"伊凡讲完"格里鲍耶陀夫"风波后,愁容满面地说,"我到了这里。"

来客同情地把手搭在可怜的诗人肩上,说:

"不幸的诗人!不过,亲爱的,这全怪您自己。谁叫您在他面前那么放肆,甚至蛮横,这不,您付出代价了。可您呀,还得谢谢他,因为您的代价相对不大。"

"他到底是什么人?"伊凡激动地晃晃拳头,问。

来客凝视伊凡,反问:

"您听了不会慌吧?我们这儿的人都不可靠……您不会叫医生呀,打针呀,惹麻烦?"

"不会,不会!"伊凡大声说,"您说,他到底是什么人?"

"那好,"来客回答,随即一字一顿地说,"昨天您在牧首塘遇见的是撒旦[1]。"

伊凡如他所许诺的那样,没慌,不过还是极其震惊。

"不可能!没有撒旦!"

"得了吧!别人怎么说随他们去,您可不能这么说。看来,您是首先遭殃的一个。您自己明白,您进的是精神病院,还说没有撒旦。真怪!"

伊凡蒙了,无言以对。

"您刚说起他,"客人径自说下去,"我就猜出您昨天有幸与之交谈的是谁了。说实在的,柏辽兹让我吃惊!您嘛,当然,年轻无知,"客人立即道歉,"可是那位,据说,好歹读过些书!这位教授几句话出口,就打消了我所有的疑问。不可能认不出他,我的朋友!不过话说回来,您……恕我直言,您没什么知识,我没讲错吧?"

"没错。"伊凡同意,他像是变了个人。

"就是嘛……即使凭您描绘的相貌——不同的眼睛,一高一低的眉毛!请原谅,我顺便问问,也许您连歌剧《浮士德》都没听说过?"

伊凡不知怎的臊红了脸,嘟嘟囔囔地说起什么要去雅尔塔疗养院……

"没什么,没什么……这不奇怪!可柏辽兹,我再说一遍,让我吃惊……他不但博览群书,而且老奸巨猾,不过话说回来,再狡猾的人,沃兰德也能迷住他的眼睛。"

"什么?!"这下伊凡惊叫了。

"轻点!"

---

[1] 在犹太教、基督教《圣经》中,撒旦为魔鬼之名。

伊凡使劲地拍了拍脑门，嘶哑地说：

"明白了，明白了！怪不得他名片上头一个字母是'W'！哎呀！原来是这么回事！"伊凡慌乱地沉默了一会儿，凝视着栅栏门外飘浮的月亮，接着又说，"所以，他确实可能见过本丢·彼拉多？那时他已经出生了？可他们硬说我是疯子！"伊凡气愤地指了指门外。

来客嘴角露出一丝苦笑。

"我们得正视现实，"客人也把脸转向穿越云层的皓月，"您和我都是疯子，干吗不承认！您看，他让您受了点惊吓，您就疯了，因为您身上有这个基础。不过您讲的，无疑都是真的，只是因为太不寻常，所以连天才的精神病学专家斯特拉文斯基也不相信，这怪不得他。他给您看过病？（伊凡点了点头。）和您说话的那位见过彼拉多，也同康德共进过早餐，现在他来访问莫斯科了。"

"鬼知道他会在这儿闹成什么样！得想办法抓住他？"那个未被彻底击败的旧伊凡在新伊凡身上抬起头，不过话讲得没什么信心。

"您已经试过，尽力了。"来客用讥讽的口吻说，"我可不主张别人试。至于他会闹成什么样，这您就放心吧。唉，唉！太遗憾了，怎么遇见他的是您，不是我！尽管一切都已成灰，烧了个干净，可我起誓，为了见他一面，我愿意交出普拉斯科维娅·费奥多罗夫娜的这串钥匙，因为我没有别的东西。我一贫如洗！"

"您要见他干什么？"

来客唉声叹气，不时抽搐，半天才开口说：

"您看，真是奇怪，我待在这儿，跟您一样，也是因为本丢·彼拉多，"说到这儿，来客惊恐地朝四下看了看，说，"一年前我写过一部小说，写的就是本丢·彼拉多。"

"您是作家？"诗人深感兴趣地问。

来客沉下脸，举起拳头威吓伊凡，然后说：

"我是——大师。"他神情严肃,边说边从长袍口袋里掏出一顶油渍斑斑的黑色小帽,上面用黄丝线绣着一个字母"M"[1]。他把小帽戴上,让伊凡看了看他的侧影和正面,以证明自己确实是大师。"这是她亲手给我做的!"他神秘地补充说。

"请问尊姓?"

"我再也没有姓氏,"怪客忧伤而又轻蔑地回答,"我放弃了生活中的一切,也放弃了姓氏。忘掉它吧。"

"那您就讲讲这部小说。"伊凡委婉地请求。

"好吧。我的一生,应当说,很不寻常。"来客说起来。

……就所学专业而言,他是历史学家。两年前他还在莫斯科一个博物馆工作,工余从事翻译。

"您翻译哪种语言?"伊凡好奇地问。

"除了母语,我懂五种语言,"来客回答,"英语、法语、德语、希腊语,以及拉丁文。另外,我还粗通意大利语。"

"嚆,真有您的!"伊凡羡慕地轻轻说。

这位历史学家伶仃一人,无亲无故,在莫斯科也几乎没有朋友。不料有一天,您猜怎么着,他中了十万卢布的大奖。

"想想吧,我有多惊喜,"戴黑色小帽的来客低声说,"我把手伸进盛脏衣服的箩筐,摸出来一看:债券上的号码跟报上的一样!这张有奖债券,"他解释说,"是博物馆给我的。"

伊凡的神秘客人中了十万卢布后,便买书,搬出肉铺街的房子……

"哎呀,那个该死的地方!"他气呼呼地说。

……在靠近阿尔巴特街的一条小巷里,向业主租了一幢花园小楼的两间地下室。他辞去博物馆的工作,开始创作描述本丢·彼拉

---

[1] 俄语"大师"一词的第一个字母,也是布尔加科夫名字米哈伊尔的第一个字母。

多的长篇小说。

"嗟,这可真是黄金时代!"来客双目炯炯,小声说,"一套独门独户的居所,还带前厅,厅里有个洗手盆。"不知为什么他特别自豪地强调这一点,"两扇小窗底下是通向栅门的小径,窗对面,约四步远的地方,沿栅栏栽着丁香、椴树和槭树。嗬,嗬,嗬!冬天,我绝少看到窗外黑乎乎的脚,听到踏雪的吱嘎声。我屋里总是炉火融融!可转眼间,春天来了,透过模糊的窗玻璃,我看到丁香先是光秃秃的,然后披上绿装。就在去年春天这个时候,发生了一件远比十万卢布更令我心醉的事情。不过十万卢布,无论如何是笔巨款,您说对吗?"

"那可不。"凝神倾听的伊凡表示同意。

"我打开两扇小窗,坐在里间,也就是小间里,"客人用手比画着,"这边是沙发,对面也是沙发,中间有张小桌,桌上放着漂亮的台灯,靠窗摆着一些书,还摆着一张小书桌。外间很大,有十四平方米,到处都摆着书,还有一个火炉。嗟,多好的环境!丁香芬芳扑鼻!我疲劳的头脑变得敏捷,彼拉多飞一样接近尾声……"

"白披风,血红衬里!我知道!"伊凡激动地扬声说。

"正是这样!彼拉多飞一样接近尾声,接近尾声,连全书的最后一句话我都想好了:'……第五任犹太总督,骑士本丢·彼拉多。'自然,我也要出去散散心。十万卢布可是笔巨款,我有了漂亮的西装。或者就去一家便宜的餐厅用餐。阿尔巴特街上有家很好的餐厅,不知道现在还在不在。"

这时来客眼睛睁得大大的,望着明月,继续小声说:

"她手里捧着一束难看的、让人不安的黄花。鬼知道这花叫什么,反正在莫斯科这花总是最早出现。这花在她黑色春季大衣的衬托下,显得分外刺眼。她捧着一束黄花!不祥的颜色。她从特维尔街拐进小巷,回眸看了一眼。您知道特维尔街?特维尔街上行人成千上万,但我向你保证,她看到的只有我一个人,她投来的目光不但不安,而且像是充满痛苦。使我震惊的与其说是她的美丽,不如说是她眼神中非同寻常的、谁都没见过的孤寂!

"遵照这黄色的信号,我也拐进小巷,跟在她身后亦步亦趋。我们默默地顺着这条弯曲的陋巷向前走,我在这一侧,她在那一侧。您信不,小巷里居然一个人都没有。我很痛苦,因为我觉得我需要和她说话,又生怕我没开口,她就走掉,那我就永远见不到她了。

"就在这时,您信不,她忽然开口了:

"'您喜欢我这花吗?'

"我清楚地记得她当时的声音,相当低沉,还断断续续。不管这有多蠢,我似乎觉得小巷里响起巨大的回声,接着又从脏兮兮的黄色外墙上弹回来。我快步向她那侧走去,到她跟前才回答:

"'不喜欢。'

"她惊讶地瞥了我一眼。我突然,完全出乎意料,意识到我一生所爱的正是这个女人!瞧,竟有这种事,啊?当然,您会说我是疯子?"

"我什么都不会说。"伊凡高声回答,又说,"求求您,讲下去!"

来客继续道:

"是的,她惊讶地瞥了我一眼,然后又瞥了我一眼,问:

"'您不喜欢花?'

"我觉察出她的声音里含有敌意。我同她并排走着,尽量跟她步调一致。我奇怪,我怎么一点儿也不感到拘束。

"'不,我喜欢花。但不是这种。'我说。

"'那是哪种?'

"'我喜欢玫瑰。'

"话一出口，我就后悔，因为她羞赧地笑了笑，把手里的花扔进了水沟。我有些不知所措，但还是把花拾起来给她。她微微一笑，把花推开，我只得自己拿着。

"就这样，我们默不作声地走着。后来她把花从我手里拿走，扔到路上，伸出一只戴着喇叭口黑手套的手挽住我的胳膊，跟我并排走着。"

"后来呢，"伊凡说，"请您别漏掉什么！"

"后来？"来客反问，"其实后来的事您猜也猜得出。"他突然用右手衣袖擦去夺眶而出的泪水，"爱神跳到我俩面前，就像小巷地下钻出的杀手，将我俩双双击倒。就像迅雷轰顶，匕首夺命！可她后来坚持说，事情不是这样的。她说，我俩相爱已久，尽管彼此还不认识，还未谋面，她同另一个男人过日子……而我那时也同……另一个女人……她叫什么来着……"

"同谁？"流浪汉问。

"同那个叫……就是……那个叫……"来客回答，同时打了个榧子。

"您有妻子？"

"对，所以我打了个榧子……同那个叫……瓦莲卡……玛涅奇卡……不，瓦莲卡……穿件条纹的连衣裙……那是在博物馆……我实在记不清了。

"她跟我说，那天她拿着一束黄花上街，就是为了让我最终找到她。她说，要是不行，她就服毒自尽，因为她的生活太空虚。

"对，爱神刹那间征服了我俩。就在当天，一小时后，我俩不知不觉穿过市区，漫步来到克里姆林宫墙外的滨河街时，我就意识到了这一点。

"我俩的谈话就像昨天刚刚分手，就像热恋多年的情侣。我俩约好第二天仍在原处——莫斯科河畔见面，便又见面了。五月的艳阳照耀着我们。很快，这个女人，成了我的秘密妻子。

"她每天都来我家，我一早就开始等她，不时把桌上的东西挪来挪去。提前十分钟便坐到小窗前倾听那扇破旧的栅门有没有响动。说来好笑，我和她相遇前难得有人走进这个小院，可以说谁也不来，可现在我觉得好像全市的人都往我们院里跑。栅门一响，我的心就怦地一跳，您信不，这时必然有一双不知谁的脏皮靴冲我的脸走来。这回是磨刀的。唉，我们这幢房子里谁需要磨刀人？磨什么？有什么刀要磨？

"她每天不过进栅门一次，可我的心，不是夸张，在她来之前，至少跳上十来次。每当她要来了，指针指着正午，我的心甚至会跳个不停，直到她那双黑麂皮蝴蝶结钢扣的皮鞋几乎悄无声息地走近我的窗口。

"有时她会淘气，在第二个窗前停下，用脚尖踢踢窗玻璃。我应声跑到那个窗口，皮鞋已经不见了，挡住光线的黑裙也不见了——我赶紧跑去给她开门。

"我俩的恋情谁也不知道，这我可以向您保证，虽说风流韵事从来没有不透风的。她丈夫不知道，朋友也不知道，在我租住这个地下室的旧楼里，当然，有人知道，他们看见有个女人常来找我，但谁也不知道她的姓名。"

"她究竟是什么人？"伊凡问，他对这段艳史产生了极大的兴趣。

来客做了个手势，表示他永远不会对任何人说出这个秘密，然后继续讲下去。

伊凡知道了，大师和这位不知姓名的女子已经深深相爱，不可分离。伊凡还能清晰地想见小楼地下室的两个房间，因为丁香和栅栏，屋内终日光线昏暗。想见有点儿磨损的酒红色家具、老式书桌、桌上那座每隔半小时就敲一次的台钟、藏书，书籍从油漆地板一直堆到熏黑的天花板，还有火炉。

伊凡知道了这位客人和他的秘密妻子在相识的最初几天就已认定：他俩在特维尔街小巷口的邂逅是命运使然，他俩都为对方而生，直到永远。

从来客的讲述中，伊凡知道了这对恋人是怎样度过每一天的。她一来就系上围裙去到狭小的前厅，可怜的病人不知为什么引以为豪的洗手盆就在那里。她在木桌上点起煤油炉开始做早餐，然后把早餐端到外间的椭圆形小桌上。在五月的雷雨季节，每当雨水掠过昏暗的窗户，哗哗地流进门下的缝隙，威胁着淹没这最后的居所时，他俩便燃起火炉，烘烤土豆。土豆热气腾腾，烤黑的土豆皮弄脏了手指。小小的地下室里洋溢着欢笑，花园里，树木掉下雨后折断的枝丫和串串白色的丁香花。

雷雨季节过后，闷热的夏季来临，屋内的花瓶里插满期盼已久的两人喜爱的玫瑰。自称大师的人，狂热地撰写他的小说，不知姓名的女子也把整个身心沉浸在这部小说中。

"真的，她那么爱这部小说，有时我都吃醋了。"月夜的阳台来客，悄没声儿地对伊凡说。

她把指甲尖尖的纤手插进头发，没完没了地阅读写就的章节，反复阅读后，缝了这顶小帽。有时她蹲在书架旁，有时踩到椅子上站在书架前，用抹布抹去众多书脊上的灰尘。她预言他将一鸣惊人，鼓励他，就在这时她开始称他大师。她迫不及待地期盼他已披露的关于第五任犹太总督的结尾文字，她经常像唱歌那样，大声朗诵她喜爱的一些句子，她说，这部小说就是她的生命。

八月，小说终于脱稿，交给一名不相识的打字员打了五份。终于，走出秘密的安乐窝，进入生活的时刻到了。

"我手捧小说进入生活,我的生活也就此结束。"大师喃喃地说,垂下了头,那顶绣有黄色字母"M"的悲伤的黑色小帽久久地摇晃着。后来他又讲下去,但是杂乱无章。只有一点很清楚,伊凡的客人遭遇了惨祸。

"这是我平生第一次进入文学界,可是今天,一切均已结束,我的毁灭已成事实,我一想起他就不寒而栗!"大师举起一只手,郑重地说,"他让我震惊,啊,无比震惊。"

"谁?"伊凡极轻地问,生怕打断亢奋的客人。

"编辑,我不是说了吗,编辑。是的,他读了小说。他看我的样子,像是我牙龈发炎,肿了半边脸,不时斜睨墙角,困窘地嘿嘿笑几声。他毫无必要地揉着文稿,干咳几下。他向我提的一连串问题,在我看来,莫名其妙。他只字不谈小说的实质,反倒问我是什么人,哪来的,从事写作多久了,为什么从前没听说过我,甚至提了一个在我看来绝对荒唐的问题:是谁指使我写这样一部不伦不类的小说?

"终于,他让我腻烦了,我直截了当地问他:到底出不出我的小说。

"他一听就慌了,支支吾吾地说,这问题他不能单独决定,我的作品还需要编委会其他人员审阅,具体地说,就是评论家拉通斯基和阿里曼,以及文学家姆斯季斯拉夫·拉夫罗维奇。他让我过两星期再去。

"过了两星期,我去了,接待我的是个年轻女子,一双斗眼儿,因为常常撒谎吧。"

"这是拉普申尼科娃,编辑部的秘书。"伊凡苦笑着说,他对来客如此愤慨地描述的那个世界非常熟悉。

"也许是她,"来客生硬地说,"就这样,我从她手里取回了我的小说,稿纸油渍斑斑,不少地方已经破损。拉普申尼科娃竭力不看我的眼睛,告诉我说,编辑部的存稿很多,足够用上两年,因此我这部小说的出版,用她的话说,'无从谈起'。"

"在这以后,我还记得什么?"大师揉着太阳穴,喃喃地说,"记得落在封面上的玫瑰花瓣和我女友的眼睛。对,这双眼睛我记得。"

伊凡的客人越讲越乱,吞吞吐吐。他讲了狂风暴雨中地下室里的绝望,讲了他还去过什么地方。他低声地喊叫说:尽管是她鼓动他去斗争的,但他丝毫不怨她,不,不怨她!

后来,就像伊凡听到的那样,发生了一桩意想不到的怪事。有一天,主人公打开报纸,看到报上登着评论家阿里曼的文章《敌人的偷袭》。阿里曼在文章中警告所有的人,说他,也就是我们的主人公,企图把膜拜耶稣基督的辩惑学[1]塞进出版物。

"噢,我记得,我记得!"伊凡喊起来,"不过我忘了您的姓名!"

"我再说一遍,别提我的姓名,我已经没有姓名,"来客回答,"问题不在姓名上。第二天,又有一家报纸登了署名姆斯季斯拉夫·拉夫罗维奇的文章,文章作者提出应该打击,狠狠打击彼拉多主义和那个妄图把它塞进(又是这个该死的字眼!)出版物的圣像画匠。

"我被这个闻所未闻的说法——'彼拉多主义'吓呆了,我打开第三份报纸,那里有两篇文章,一篇是拉通斯基的,另一篇署名'М.З.'。请您相信,阿里曼和拉夫罗维奇的文章,跟拉通斯基写的相比,简直不算什么。只要把拉通斯基文章的题目告诉您,您就清楚了:《好战的旧教徒》。我凝神看着这篇抨击我的文章,竟没发觉她已经站在我面前(我忘了关门),手里拿着滴水的雨伞和湿淋淋的报纸。她两眼冒火,双手发抖,冷得像冰一样。她先扑过来亲我,

---

[1] 一译护教学。基督教神学课题之一。

然后拍着桌子嘶哑地说，她要毒死拉通斯基，她连声音都哑了。"

伊凡不知怎的尴尬地干咳了两声，但什么也没说。

"凄凉的秋天到了，"来客继续说，"小说遭遇的灾难，夺走了我的部分魂魄。说实话，我没事可做，活着只是为了一次次幽会。就在这时，我身上发生了某种变化，鬼知道是怎么回事，大概斯特拉文斯基早就清楚了。具体地说，我感到忧郁，并且出现了某些预感。您知道吗，批判文章源源不断。起初，我对它们嗤之以鼻。但这类文章越来越多，我对它们的态度也逐渐变了。第二阶段可以称为惊奇阶段。我惊奇于这类文章表面的严厉和自信，可字里行间流露出少有的尴尬和心虚。我总觉得——我无法摆脱这种感觉——这些文章都是违心之作，作者的火气正是这样来的。后来，您知道吗，开始了第三阶段，恐惧阶段。不，不是恐惧这些批判文章，而是恐惧跟它们，或者跟小说完全无关的东西。比方说吧，我开始恐惧黑暗。总之，我进入了心理病变阶段。我觉得，尤其睡觉时，有条柔软冰冷的章鱼，舞动腕足，径直朝我心口游来。我不得不开灯睡觉。

"我心爱的女人也像变了个人（我当然没跟她说过章鱼，可她看出我神态有异），她瘦了，苍白了，没有笑容，一再请求我原谅她，因为是她主张发表小说片段的。她劝我扔下一切，到南方去，到黑海去，哪怕把十万卢布中剩下的钱统统花光。

"她很固执，可我预感到我去不成黑海。为了不同她争论，我答应日内去办。可她说，她替我买票。于是我把剩下的钱，约莫一万卢布吧，悉数交给她。

"'干吗这么多？'她惊奇地问。

"我说，我怕小偷，请她在我启程前代为保管，诸如此类的解释了几句。她接过钱，放进手提包，然后一边吻我一边说，我都这副模样了，她还撇下我一个人走掉，这比叫她去死还难受。可家里在等她,她不得不走,明天再来。她要我什么都别怕。

"这是傍晚,十月中旬。她走了。我躺在沙发上,睡着了,忘了开灯。我猛然觉得章鱼已经进屋,惊醒了。我摸黑好不容易开了灯。怀表指着午夜两点。我躺下时,只是有些不适,可醒来时已经成了病人。我突然觉得深秋的黑暗会挤破窗玻璃,涌进房间,我会在墨水一样的黑暗中呛死。我起来后,已经没有自控能力。我高声呼救,想跑出去找人,哪怕上楼去找房东也好。我发疯似的克制自己。幸好我还有力气走到炉前,点燃炉里的柴火。柴火噼里啪啦地烧起来,炉门咯咯直响,这时我觉得好些了。我奔到前厅,在那里开灯,找出一瓶白葡萄酒,启开瓶塞,凑着瓶口就喝。恐惧缓和了些,至少我没跑去找房东,而是回到炉前。我打开炉门,热气灼痛了我的脸和手,我悄声念叨:

"'但愿你能猜到我出事了……你来吧,来吧,来吧!……'

"但是谁也没来。炉火熊熊,雨点敲打着窗户。于是发生了最可怕的事情。我从书桌抽屉里拿出小说沉甸甸的打字稿和练习本原稿,动手焚烧。这极难做,因为写满字的纸不易燃烧。我不顾弄断指甲,把练习本一本本撕开,然后将它们竖着塞到劈柴中间,再用火钩拨开纸页。纸灰时不时逞强,压住火势,但我并不示弱,于是小说顽强抵抗着,渐渐毁灭。熟稔的字句在我眼前一一掠过,黄色焦痕不可阻挡地由下而上,吞噬着每一页纸。但纸上的字迹仍然清晰可辨。直到纸页变黑,我用火钩狠狠捣碎,字迹方才消失。

"这时,有人轻轻敲打窗子。我的心怦地一跳,赶紧把最后一本练习本投进炉火,跑去开门。从地下室到通院子的门有道砖砌的台阶。我跌跌撞撞跑到门后,轻轻问:

"'谁?'

"一个声音,她的声音,回答我说:

"'是我……'

"不记得我是怎样取下链条,拿钥匙开门的。她一进来,便扑到我身上,浑身湿透,脸上也都是水,披头散发,瑟瑟发抖。刚一开口:

"'你……你?'我的喉咙就堵住了。我们一起跑下台阶。她在前厅脱了大衣,我们进了外间。她轻轻尖叫一声,空手从炉膛里抢出了烧剩的最后一本原稿,扔到地板上。屋里立刻烟雾弥漫。我急忙把火踩灭,她一头倒在沙发上,号啕痛哭。

"等她平静后,我说:

"'我恨这部小说,我怕。我病了。我感到恐惧。'

"她站起来,说:

"'上帝,你病得多厉害。这是为什么,为什么?不过,我要救你,要救你。唉,这究竟是怎么回事?'

"我看到她的眼睛因为烟熏和哭泣红肿了,我感到一双冰冷的手在抚摸我的额头。

"'我要把你治好,一定治好,'她抓住我的双肩,喃喃地说,'你会重新写出小说。我怎么,怎么没给自己留一份!'

"她恨得龇牙咧嘴,又嘟嘟囔囔地说了什么。后来,她咬着嘴唇,动手收拾、抚平烧焦的原稿。这是小说中间一章,我记不得是哪一章。她把原稿整齐地叠好,用纸包上,捆了带子。她的举止说明她决心已定,能够控制自己。她要了杯葡萄酒,喝过后,她的语调平静多了。

"'瞧,说谎要付多大代价,'她说,'我不想再说谎。我本可以现在就留在你身边,可我不想这样做,不想在他记忆里永远留下,我是深夜抛下他私奔的。他从没做过对不起我的事……他是突然被叫走的,他们厂里失火。但他很快就会回家。我明天早上跟他讲清楚,

告诉他,我已另有所爱,然后就回到你身边,永远不再离开。告诉我,你也许不想这样?'

"'我的苦人儿,苦人儿,'我对她说,'我不许你这样做。我前途凶险,不想你我一起受难。'

"'就这个原因?'她问,把眼睛逼近我的眼睛。

"'就这个原因。'

"她精神大振,贴到我身上,搂住我的脖子,说:

"'我同你一起受难。明天早上我就回来。'

"我生活中最后的记忆,就是前厅射来的一道光亮,这道光亮中一绺散乱的头发、她的贝雷帽和她毅然决然的眼睛。我还记得大门门槛上黑色的身影和白纸包。

"'我想送你,不过,我已经没力气一个人回来了,我怕。'

"'别怕。再忍耐几小时。明天早上我就来你这儿。'

"这是我听到的她的最后几句话……'嘘!'"来客突然中断谈话,举起一根手指,"今天是个不安的月夜。"

他躲到阳台上去了。伊凡听到走廊里响起小轮子的声音,不知什么人在啜泣或者有气无力地喊叫。

复归寂静后,来客进来,说一二○病房住人了。刚送来的,一个劲儿地哀求还他脑袋。两人惊慌地沉默了一会儿,但镇定后,重又继续刚才的叙述。客人正要张口说话,但这确实是个不安的夜晚。走廊里又传来谈话声,于是客人凑近伊凡,对他耳语,声音轻得只有诗人一人能听见,除了第一句话:

"她离开后约莫一刻钟,有人敲我的窗户……"

病人向伊凡耳语的事情,看来使他非常激动。只见他的脸不时抽搐,眼睛里游移、闪动着恐惧和愤懑。他几次用手指着早已离开阳台的月亮的方向。直到外面不再传来任何声响,来客方才从伊凡

身边移开,稍稍大声地说:

"对,这不,一月中旬,深夜,我还是穿着那件大衣,只是扣子都已扯掉[1],冷得蜷缩在我的小院里。身后是遮住丁香的雪堆,前面下方,是我地下室的两扇小窗,窗幔透出微弱的灯光。我把耳朵贴到第一扇窗上——我屋里在放留声机。我能听到的就是这些,可什么也没法看到。我站了一会儿,走出栅门,到了小巷。小巷里狂风暴雪。一只狗从我脚旁蹿过,吓我一跳,我急忙躲开那狗,逃到对面。寒冷和恐惧成了我日常的伴侣,我都快疯了。我无处可去,最简单不过的,当然,就是跑到小巷口那条街上,扑到电车车轮下。我已远远看到这些亮堂、冰冻的车厢,听到电车在严寒中讨厌的嘎嘎声。然而我亲爱的病友,事情就坏在恐惧支配着我身上的每一个细胞。我就像怕狗那样怕电车。是的,在这幢楼里,没有比我的病更重的,我向您保证。"

"您完全可以跟她通消息,"伊凡说,对可怜的病友深为同情,"再说,您的钱不是在她那里吗?这钱她当然没动?"

"这您尽可放心,她当然没动,不过显然,您并不理解我。或者,说得确切些,我丧失了我一度拥有的描述才能。不过我并不觉得可惜,因为这种才能对我已经没用了。她,"来客虔敬地望了一眼乌黑的夜空,"可以收到一封寄自疯人院的信。难道能向这种地方回信?给疯子回信?您这是开玩笑,我的朋友!告诉她,让她痛不欲生?不,我不能这样做。"

伊凡无法反驳,但无言的伊凡同情来客,怜悯来客。后者沉浸在回忆勾起的痛苦中,摇晃着戴黑色小帽的脑袋,如是说:

"苦命的女人……不过,我希望她忘了我……"

---

[1] 暗示进过监狱。

"您会好的……"伊凡怯生生地说。

"我好不了,"来客泰然道,"斯特拉文斯基说,他能让我康复,我不信。他是个好人,无非想宽慰我。不过我不否认,我已经大有起色。噢,想起来了,我刚才讲到哪儿了?严寒,飞驰的电车……我当时就知道这所医院已经开办,于是穿过整个市区,徒步走过来。真是疯了!想必我在城郊就会冻死,幸好一个偶然的机会我获救了。有辆卡车抛锚,在城外四公里的地方。我走上去求司机,令我惊奇的是,他可怜我。卡车恰好是来这儿的。他把我捎来了。算我侥幸,只冻伤了左脚脚趾。医生给治好了。就这样,我在这儿一住三个多月。您知道吗,我发现这儿非常非常不错。别想太多,亲爱的邻居,真的!比方说吧,我本想周游全球。结果呢,这是痴人说梦。我看到的只是地球的一小块。我想,这一小块虽不是地球上最好的,可是,我再说一遍,也不算太差。这不,夏天眼看就要到了,普拉斯科维娅·费奥多罗夫娜说,常春藤会爬上阳台。这串钥匙又扩大了我活动的范围。夜里还有月亮。哎呀,月亮没了!凉飕飕的,都后半夜了。我该走了。"

"请告诉我,约书亚和彼拉多后来怎样?"伊凡央求说,"求您了,我想知道。"

"噢,不,不,"来客痛苦地抽搐一下,回答,"一想起那部小说,我就浑身打战。再说,您在牧首塘认识的那位比我讲得好。谢谢您同我聊了大半夜。再见。"

伊凡未及醒悟,栅栏门已轻轻一响,关上了,来客消失。

第十四章 光荣属于雄鸡

神经受不了，应了那句俗话，于是里姆斯基不等做完演出记录，匆匆回到自己办公室。他坐在办公桌前，两只红肿的眼睛盯着面前一堆变出来的十卢布钞票。财务襄理蒙了。窗外传来平稳的嗡嗡声。散场的观众正从杂耍剧院潮水般地涌到街上。突然财务襄理极度紧张的耳朵里传来一声清晰的警笛。警笛声从来不是什么好事。当警笛声再次响起，又有另一个警笛声相助，而且更威严、更长久，接着是明显的笑闹声，甚至起哄声，财务襄理立即明白，街上准是出了什么丑事。而且这事，不管他多么不想理会，必定跟魔术师和两个助手的可恶表演密切相关。一向敏锐的财务襄理果然没猜错。

他朝窗外花园街一看，脸就变了。他不是轻轻地，而是狠狠地说：

"我早就料到了！"

在街灯强烈的灯光下，他看到下面人行道上，有位穿背心和淡紫内裤的女士。女士头上，确实，戴着帽子，手里还拿着阳伞。

女士极慌，一会儿蹲下，一会儿又想夺路逃走，围观的人群拼命起哄，正是那种淫笑使财务襄理的脊梁一阵阵发冷。女士身边，一位公民转来转去，想脱下身上的风衣，可是过于着急，胳膊卡在袖子里，怎么也脱不下。

这时另一个地方,也就是剧院左侧的边门,也传来哄笑声,格里戈里·达尼洛维奇掉过头,看见另一位女士,穿着粉红内衣。她从马路跳到人行道上,拼命想躲进边门,可是散场的观众挡住她的去路,于是这位在恶劣的法戈特公司上当受骗,轻佻和爱美的可怜的牺牲品,此刻就差个地洞钻了。一个民警吹响警笛,急忙朝不幸的女士跑去,民警后面跟着一群乐不可支的戴鸭舌帽的年轻人。正是他们在狂笑和起哄。

一个精瘦的小胡子马车夫,驱车冲到第一个半裸的女士跟前,用力勒住疲惫的瘦马,脸上挂着坏笑。

里姆斯基一捶脑袋,啐了一下,离开窗口。

他在办公桌旁坐了一会儿,侧耳倾听街上的喧闹。四面八方都是响亮的警笛声,随后慢慢轻了。里姆斯基觉得奇怪,丑剧不知怎的结束得极快。

得采取行动,喝下这杯责任的苦酒。演出第三档节目时,电话机已经修复,现在该打电话,汇报情况,请求帮助,辩白,把一切推给利霍杰耶夫,保护自己,如此等等,呸,见鬼!

襄理心乱如麻,两次把手伸向电话机,又两次把手缩回。突然,在办公室死一样的寂静中,电话机铃声大作,直冲财务襄理的脸,他吓了一跳,浑身冰凉。"我的神经系统严重紊乱。"他一边想,一边拿起话筒。旋即他闪离话筒,脸白得像纸一样。电话里传来一个轻轻的,然而妩媚淫荡的女人声音:

"里姆斯基,别往外打电话,要不你会倒霉的……"

话筒立即没了声音。财务襄理感到脊梁一阵阵发冷。他放下话筒,不知为什么回头望了望窗外。窗外的槭树刚刚绽绿,透过稀疏的树枝,他看到月亮正在透明的薄云中穿行。也不知为什么,他死死盯着树枝,越看越怕。

财务襄理费劲地把目光从洒满月光的窗户上移开，站起身。打电话就别提了，现在财务襄理只想尽快离开剧院。

他侧耳听了好久，整个剧院寂静无声。里姆斯基清楚了，二楼早已只剩他一人，他不由像孩子似的害怕起来。想到他不得不单身一人穿过空空的走廊，下楼梯，他就浑身打战。他慌忙抓起办公桌上那沓变出来的十卢布钞票，放进公文包，干咳一声，想给自己壮胆。可是干咳声沙哑而又无力。

就在这一刻，他觉得有股腐烂的潮气从办公室门下钻进来。财务襄理的脊梁上一阵战栗。偏偏这时座钟又突然敲响，原来已是午夜。甚至钟声都让财务襄理一次次打战。接着，他听到门锁里英国钥匙的轻轻转动声，他的心猛地沉了下去。财务襄理两只汗涔涔、冷冰冰的手死死抓住公文包，要是锁孔内的钥匙声再延续一会儿，他会忍不住放声狂叫。

终于，门经不住外面的推力，打开了，瓦列努哈无声无息地进了办公室。里姆斯基两脚一软，怎么站着，就怎么瘫坐在软椅上。他深深吸了口气，脸上露出类似谄媚的微笑，轻声说：

"上帝，你可把我吓坏了……"

确实，像这样深夜突然出现，怎能叫人不怕，可同时又让人惊喜，一团乱麻总算有了线索。

"快说！快！快！"里姆斯基嘶哑地说，急于抓住这一线索，"究竟怎么回事？！"

"对不起，"瓦列努哈一边关门，一边沉闷地说，"我以为你已经走了。"

他没脱帽子，走到办公桌另一边的软椅上坐下。

应当说，瓦列努哈的回答有个小小的破绽，财务襄理立刻察觉了，襄理感觉的灵敏，可以跟世界上最先进的监测站地震仪比试。

怎么会是这样？为什么瓦列努哈来财务襄理的办公室，既然以为他不在。要知道，他有自己的办公室。这是一。另外，无论瓦列努哈由哪个门走进剧院，必定会碰见值夜班的人，而所有值夜班的人都知道，格里戈里·达尼洛维奇有事，要在自己办公室里多待一会儿。

不过，财务襄理没有就这一怪事想下去。他顾不上这个。

"怎么连个电话都不打？雅尔塔的这些折腾究竟怎么回事？"

"叫我说中了，"剧院总务咂了一下嘴，像是牙疼，"在普希金诺一家餐厅里找到了他。"

"什么，普希金诺?！那不就在莫斯科郊区？电报怎么是从雅尔塔打来的?！"

"什么雅尔塔，见鬼去吧！灌醉了普希金诺的报务员，两人一块儿发酒疯，包括打来标明'雅尔塔'的电报。"

"噢……噢……好，好……"里姆斯基不是在说，像是在唱，眼睛闪出浅黄的光，脑海里出现斯乔帕被撤职的节日场面。解放！财务襄理盼望已久的解放，摆脱利霍杰耶夫这个灾难！也许斯捷潘·波格丹诺维奇的下场会比撤职更惨……"详细地讲！"里姆斯基用吸墨器一拍桌子，大声说。

于是瓦列努哈详细地讲起来。他一到财务襄理派他去的机关，那里立刻接待了他，非常认真地听取了他的汇报。当然，谁也不认为斯乔帕会在雅尔塔。大家一致同意瓦列努哈的推测，利霍杰耶夫必定在普希金诺的"雅尔塔"。

"他现在在哪里？"财务襄理激动地打断剧院总务。

"哼，他还能在哪里，"剧院总务歪嘴一笑，回答，"自然在醒酒所。"

"好，好！哎哟，谢谢！"

瓦列努哈顾自讲述。他越往下讲，财务襄理眼前就越清楚地展现出利霍杰耶夫胡作非为的一个个场景，而且一个比一个可恶。他在普希金诺电报局外面的草地上，醉醺醺地搂着报务员跳舞，还让一个游手好闲的人拉手风琴伴奏，就该倒霉！放肆地追逐女人，把人家吓得哇哇叫！在那个"雅尔塔"，竟要动手打服务员！也是在那个"雅尔塔"，把大葱扔得满地都是！砸碎八瓶'艾-达尼尔'干白。出租车司机不让他搭车，他砸了人家的计程表。威胁试图制止斯乔帕丑行的公民，说要把他们关进监狱……总之，够呛！

在莫斯科戏剧界，斯乔帕是个颇有名气的人物，谁都知道这人从不安分。但剧院总务讲的一切，哪怕对斯乔帕来说，也离谱了。是的，离谱了。甚至过于离谱了……

里姆斯基锐利的眼睛审视着桌子对面剧院总务的脸，后者越往下讲，这双眼睛就越阴沉。剧院总务越是活灵活现地描述胡闹的细节，财务襄理就越是不信。瓦列努哈讲到斯乔帕公然抗拒驱车前来押他回莫斯科的人员时，财务襄理已经确定，深夜归来的剧院总务向他讲的一切，全是谎言！彻头彻尾的谎言！

瓦列努哈没去普希金诺，斯乔帕本人也根本不在普希金诺。没有喝醉的报务员，餐厅里也没有碎玻璃，没有人用绳子捆绑斯乔帕……全是没有的事。

财务襄理刚一认定剧院总务是在骗他，恐惧立刻从脚跟升起，遍及全身，他两次感到有股疟疾的腐烂潮气顺着地板向他袭来。他目不转睛地盯着剧院总务，只见后者不知怎的古怪地蜷缩在软椅里，而且从不离开台灯蓝幽幽的阴影，还不知怎的离奇地用报纸挡着仿佛刺眼的灯光，财务襄理暗自琢磨：这究竟是怎么回事？剧院总务为什么这么晚了，还要回来见他，而且在沉寂的空楼里，放肆地对他撒谎？意识到危险，一种未知的，然而十分严重的危险，使财务襄理心神不定。装作没有察觉剧院总务躲闪、用报纸遮掩的伎俩，财务襄理仔细打量他的脸，几乎已经不听瓦列努哈的胡扯。确实有些现象比不知为什么捏造诽谤的普希金诺之行，更加难以解释，那就是剧院总务外表和举止的变化。

剧院总务无论怎样把鸭舌帽的帽檐拉到眼睛上，让阴影罩住面孔，无论怎样用报纸遮掩，财务襄理还是看见他右边脸上紧挨鼻子处有一大块青伤。此外，剧院总务历来红光满面，现在却面如死灰，而且在这样闷热的夜晚，不知为什么脖子上围着旧的条子围巾。要是再加上他在外出的这段时间内新添的极不雅观的习惯动作——吸鼻涕和吧嗒嘴巴，以及他嗓音的剧变——变得又粗又闷，还有做贼心虚的眼神，就可以大胆断言，伊凡·萨韦利耶维奇已经无可辨认。

还有某种现象使财务襄理更加惶恐，可究竟是什么，他无论怎样开动亢奋的脑子，无论怎样端详瓦列努哈的脸，也想不明白。不过有一点可以肯定，剧院总务坐在熟稔的软椅里的模样他从未见过，很不自然。

"就这样，总算将他降伏，推上了汽车。"瓦列努哈沉闷地说，从报纸后面偷觑着，用手捂住青伤。

里姆斯基突然把手伸到桌上，手指弹着桌面，像是无意间手掌碰到电铃按钮，顿时呆住了。按理，空荡荡的剧院里应当铃声大作。但是铃声没响，按钮呆呆地陷进了桌面。按钮故障，电铃坏了。

财务襄理的花招没能瞒过瓦列努哈，他抽搐一下，眼里掠过一道凶光，问：

"你干吗按铃？"

"无意间碰的，"财务襄理喑哑地回答，一边赶紧收手，同时犹犹豫豫地问，"你脸上怎么搞的？"

"汽车拐弯，撞到车门把手了。"瓦列努哈回答，连忙移开眼睛。

"撒谎！"财务襄理在心中喊。这时，他的双眼突然瞪得溜圆，发疯似的盯住了软椅的椅背。

软椅后面的地板上有两个交叉的椅影，一个暗黑，另一个浅灰。软椅的椅背和四条细腿的影子，清楚地横在地板上。但是地板上，椅背影子上面，没有瓦列努哈脑袋的影子，同样椅腿间也没有剧院总务的腿。

"他没影子！"[1]里姆斯基绝望地暗自惊呼，浑身发抖。

瓦列努哈贼头贼脑地顺着里姆斯基惊呆的目光朝椅背后面扫了一眼，立刻明白，自己已被识破。

他从软椅上站起来（财务襄理也站起来），从桌旁后退一步，两手抱住公文包。

"叫你识破了，该死的！确实机灵。"瓦列努哈冲着财务襄理的脸恶狠狠地一笑，突然从软椅旁跳到办公室门口，迅速按下英国锁的保险。财务襄理绝望地回头一看，退向面朝花园的窗户。只见洒满月光的窗户外面，有个赤裸的女郎把脸贴在窗玻璃上，一只手伸进气窗，正要拉开下面的插销。上面的已经拉开。

里姆斯基觉得台灯渐渐熄灭，办公桌渐渐倾斜，似乎有桶冰水哗地浇了他一头，幸好他尚能自制，没有跌倒。可他剩下的那一丁点儿力气，让他无法喊叫，声音就像耳语：

"救命……"

瓦列努哈把住门，不时跳起来，久久地悬在半空中晃荡。他勾勾手指，朝里姆斯基身后招呼，嘟哝着，吧嗒着嘴，向窗外的女郎挤眉弄眼。

女郎急于进屋，把棕红的脑袋探进气窗，胳膊尽量往下伸，指甲已经碰到下面的插销，使劲推窗。她的胳膊越伸越长，仿佛橡皮

---

[1] 俄国人认为，妖魔鬼怪没有影子。

似的，上面还有腐尸的绿霉。终于女鬼的绿手指抓住了插销的拉栓，倏地一转，窗打开了。里姆斯基微弱地惊叫一声，倚在墙上，把公文包像盾牌似的挡在胸前。他明白，他的死期到了。

窗户大开，但扑面而来的不是深夜清新的空气和椴树的芳香，而是地窖的霉烂味。女鬼跨到窗台上。里姆斯基清楚地看到她胸部的几处霉点。

就在这千钧一发之际，冷不丁地从花园靶场后面的矮棚里，传来一声欢畅的鸡啼，原来那里饲养着表演节目的鸡。一只受过训练的雄鸡引吭高歌，宣告拂晓正从东方直逼莫斯科。

暴怒扭歪了女郎的脸，她嘶哑地骂出声来，把住门口的瓦列努哈则一声尖叫，从半空落到地板上。

雄鸡再次高唱，女郎把牙齿咬得咯咯响，棕红头发根根倒竖。鸡叫三遍时，她转身飞了出去。瓦列努哈紧随其后，也地板上跳起，在半空中平展身子，仿佛飞翔的丘比特[1]，飞过办公桌，缓缓飘出窗外。

里姆斯基，此刻已成白发似霜的老人，没一根乌发。他奔到门前，开锁，拉门，顺着黑洞洞的走廊撒腿猛跑。跑到楼梯口，他已吓得频频呻吟，他摸到电灯开关，楼梯照亮。可下楼时，这个浑身打战的老人摔了一跤，因为他似乎觉得，瓦列努哈软绵绵地扑到了他身上。

里姆斯基跑下楼梯，看到值夜班的正坐在前厅售票处旁的椅子上打盹，踮起脚尖走过他身旁，溜出大门。一到街上，他稍稍轻松了些。他缓过神，一摸脑袋，还能想起帽子在办公室里。

自然，里姆斯基没回办公室取帽子。他气急败坏地穿过宽阔的

---

[1] 罗马神话中的爱神，背有双翼，善飞。

马路，朝对面拐角处电影院门口的一盏暗淡的红灯跑去。不一会儿，他已到了红灯边上。谁也来不及抢走这辆车。

"赶列宁格勒特快。给小费。"老人捂住心口，喘着粗气说。

"我回车库。"司机厌恶地回答，扭过脸去。

里姆斯基打开公文包，取出五十卢布，从打开的前窗递给司机。

随即，这辆哐哐直响的出租车旋风似的飞驰在花园环路上，乘客在座位上颠来晃去。司机座位前，破碎的反光镜里，里姆斯基时而看到司机欢快的目光，时而看到自己痴呆的眼睛。

里姆斯基在车站大楼前跳下车，见到系白号衣、戴号牌的便喊：

"头等票，一张，给你三十卢布。"他从公文包里抓出三张钞票，"没有头等，买二等，再没有，买硬座。"

戴号牌的回头望了一眼灯光大钟，一把抓走了里姆斯基手里的钞票。

五分钟后，一列特快列车从车站的玻璃拱顶下驶出，消失在茫茫的黑暗中。里姆斯基也随之消失。

第十五章　尼卡诺尔·伊凡诺维奇的梦

不难猜出，住进医院一一九病房的红脸胖子就是尼卡诺尔·伊凡诺维奇·博索伊。

不过他不是直接到了斯特拉文斯基教授的医院，来此之前，先在另一个地方待过。

那个地方在尼卡诺尔·伊凡诺维奇的记忆里没留下什么印象。只记得有一张书桌、一个柜子和一张沙发。

那里，有人曾同尼卡诺尔·伊凡诺维奇谈话，他情绪激动，血往上涌，眼前一片模糊。谈话不知怎的古怪而又混乱，确切地说，根本就没谈成。

他向尼卡诺尔·伊凡诺维奇提出的第一个问题是：

"您是尼卡诺尔·伊凡诺维奇，花园街副三〇二号的住房合作社主任？"

对此尼卡诺尔·伊凡诺维奇报以可怕的狂笑，回答：

"我是尼卡诺尔，当然是尼卡诺尔！可我算哪门子主任！"

"什么意思？"对方问，眯起眼睛。

"就这个意思，"他回答，"如果我是主任，我应当一眼看出他是鬼！不是鬼是什么？夹鼻眼镜碎了……身上破破烂烂……这模样配当外宾翻译？！"

"您说谁?"对方问尼卡诺尔·伊凡诺维奇。

"卡罗维耶夫!"尼卡诺尔大叫,"这家伙住进了我们的五十单元!你们记下:卡罗维耶夫。应当立即逮捕他!你们记下:六号门,他就在那里。"

"您打哪儿来的外币?"对方诚恳地问尼卡诺尔·伊凡诺维奇。

"公正的上帝,全能的上帝。"尼卡诺尔·伊凡诺维奇说,"明察一切,我是活该。我手里从没拿过外币,我也从没见过什么外币!我造孽,就让上帝惩罚我,"尼卡诺尔·伊凡诺维奇痛心疾首地说,一会儿解开衬衫,一会儿扣上,一会儿画十字,"我收过钱!收过,但我收的是咱们苏联的钱!谁送钱,我就给谁登记,我不赖,常有。我们的秘书普罗列日涅夫也黑,够黑的!实话告诉你们,房管部门没一个不是贼。可是外币,我从没收过!"

对方叫他不要装傻,老实交代美元怎么进了通风管道,尼卡诺尔·伊凡诺维奇双膝跪下,身子一晃,张大嘴巴,像是要把镶木地板吞下去。

"你们,"他含糊地低声说,"让我啃泥巴都行,但我没收过外币。卡罗维耶夫——他就是鬼!"

任何人的耐心都有限度,坐在办公桌后面的人已经提高嗓门,暗示尼卡诺尔·伊凡诺维奇,他该说人话了。

旋即,这个摆着沙发的房间,响彻尼卡诺尔·伊凡诺维奇的狂叫,他猛地从地上跳起来:

"瞧,就是他!他就躲在柜子后面!还笑!他的夹鼻眼镜……抓住他!快在屋里洒圣水!"

尼卡诺尔·伊凡诺维奇脸上没了血色,他哆嗦着,在空气中画十字,冲向房门又跑回来,口中诵读着什么祷文,最后,干脆说胡话了。

显然，尼卡诺尔·伊凡诺维奇已是废人，什么也问不出来。他被带出去，关进一个单独的房间。在那里他稍稍安静了些，只是一个劲儿地祈祷和啜泣。

花园街当然去了，五十单元也查了，但没找到什么卡罗维耶夫，楼里谁也不知道，谁也没见过什么卡罗维耶夫。这套由已故的柏辽兹和去了雅尔塔的利霍杰耶夫合用的五十单元，空无一人，书房橱柜上的火漆封印好端端地挂着，没有谁撕过。于是，来人离开花园街，和他们一起走的还有慌张、沮丧的住房合作社秘书普罗列日涅夫。

当天夜里，尼卡诺尔·伊凡诺维奇被送进斯特拉文斯基的医院。他入院后，表现狂躁，不得不按斯特拉文斯基的处方给他注射针剂。直到后半夜，尼卡诺尔·伊凡诺维奇才在一一九病房睡着，偶尔发出痛苦沉重的叫声。

但他越睡越放松，不再翻身和呻吟，呼吸也轻盈、均匀了，于是他被单独留在病房里。

这时，尼卡诺尔·伊凡诺维奇做了个梦，梦境自然是基于他当天的经历。起初，尼卡诺尔·伊凡诺维奇梦见一群手执金喇叭的人，十分隆重地把他护送到一道油漆大门前，在这道门边，护送人员为尼卡诺尔·伊凡诺维奇奏起迎宾曲。曲罢，一个响亮的男低音在空中兴高采烈地说：

"欢迎光临，尼卡诺尔·伊凡诺维奇！请交出外币！"

尼卡诺尔·伊凡诺维奇惊讶极了，抬头一看，原来是个黑不溜秋的扩音器。

后来，不知怎的他坐到了剧院的大厅里。鎏金拱顶下吊着好些闪闪发亮的水晶吊灯，墙上装着一盏盏壁灯。凡是装潢华丽的小剧院应有的东西，这里全有。有舞台，舞台上有紫红的丝绒大幕，幕布上缀有无数放大的十卢布金币图案,犹如满天星斗,有提词室,甚至还有观众。

尼卡诺尔·伊凡诺维奇惊奇的是,所有观众都是男性,而且不知怎的都是大胡子。此外,剧场内竟然没有座椅,观众都坐在又亮又滑的地板上。

置身于既新又大的场合,尼卡诺尔·伊凡诺维奇很是腼腆,但迟疑片刻后,便也学样,像土耳其人似的盘腿坐在地板上。他左边是个红发的粗壮汉子,一部大胡子;右边那个面色苍白,胡子拉碴。席地而坐的人没有一个注意到新来的观众。

这时,响起一阵柔和的铃声,大厅内灯光熄灭,大幕徐徐拉开,露出灯火通明的舞台,台上放着一把软椅,一张小桌,桌上搁着一个金色的小铃铛,台后挂着严实的黑丝绒帷幕。

随即,打侧幕走出一个穿晚礼服的演员,精心刮过的脸,梳着分头,年轻漂亮。观众一阵骚动,把脸转向舞台。演员走到提词室前,搓搓手。

"各位还坐着?"他用悦耳的男中音问,对观众微微一笑。

"坐着,坐着。"高低不同的声音一起回答。

"嗯……"演员若有所思地说,"你们怎么不厌烦?我不理解。此时此刻,所有人都在舒舒服服地过人的日子,逛大街,享受春天的阳光和温暖,你们倒好,枯坐在闷热的大厅里。难道节目就这么迷人?不过话说回来,各有所爱嘛。"演员富有哲理地结束了开场白。

然后,他变换音色和语调,兴高采烈地大声宣布:

"好吧,下一个节目,表演者:尼卡诺尔·伊凡诺维奇·博索伊,住房委员会主任兼营养食堂经理。有请尼卡诺尔·伊凡诺维奇!"

观众齐声鼓掌。尼卡诺尔·伊凡诺维奇惊愕地瞪大眼睛。报幕演员用手挡住脚灯灯光,在席地而坐的观众中找到他,亲切地勾勾手指,邀他上台。尼卡诺尔·伊凡诺维奇自己也不记得是怎么回事,就已站到了台上。下面和前面射来的彩色灯光直刺他的眼睛,于是大厅和观众一下子消失在黑暗中。

"尼卡诺尔·伊凡诺维奇,您给我们大伙儿做个榜样,"年轻演员诚恳地说,"请交出外币!"

沉寂。尼卡诺尔·伊凡诺维奇歇了口气,轻声说:

"我以上帝的名义发誓,我……"

他没说完,全场响起一片愤怒的喊叫声。尼卡诺尔·伊凡诺维奇不知所措,赶紧住口。

"按我的理解,"节目主持人说,"您想以上帝的名义发誓,您没有外币?"他关切地看了看尼卡诺尔·伊凡诺维奇。

"对,没有。"尼卡诺尔·伊凡诺维奇回答。

"行,"演员说,"恕我冒昧:单元厕所里发现的四百美元是哪来的?单元的住户只有您和尊夫人两位。"

"鬼怪施的妖术!"乌黑的大厅里有人这么喊,显然是在讥嘲。

"对,鬼怪施的妖术。"尼卡诺尔·伊凡诺维奇怯生生地说,既像回答演员,又像回答乌黑的大厅。然后又做了解释:"魔鬼,穿格子衣服的翻译偷偷扔的。"

大厅里又在愤怒地喊叫。等安静后,演员说:

"瞧,我听到了拉封丹[1]美妙的寓言!人家偷偷扔给他四百美元,各位都是倒外币的,你们都是专家,我向你们请教:天底下能有这样的好事?"

"我们不是倒外币的,"场内有人叫屈,"不过这样的好事绝对没有。"

---

[1] 拉封丹(1621—1695),法国著名寓言诗人,代表作是《寓言诗》。

"完全赞同，"演员坚定地说，"我还要向各位请教：什么东西才会偷偷扔到别人家里？"

"婴儿。"大厅里有人喊。

"完全正确，"节目主持人肯定说，"别人可能把婴儿、匿名信、传单、定时炸弹或者其他东西偷偷扔到你家里，可谁也不会把四百美元偷偷扔掉，因为天底下没有这样的白痴。"然后演员转身对着尼卡诺尔·伊凡诺维奇，责备而又悲哀地说："您让我伤心，尼卡诺尔·伊凡诺维奇！我原本对您抱有希望。行，我们的节目吹了。"

大厅里响起一片嘌哨声，责怪尼卡诺尔·伊凡诺维奇。

"他是外币贩子！"场内好些人这么喊，"因为这号人，我们在这儿无辜受罪！"

"别骂他，"节目主持人宽容地说，"他会觉悟的。"接着把泪水盈眶的天蓝色眼睛转向尼卡诺尔·伊凡诺维奇，说："好了，尼卡诺尔·伊凡诺维奇，回去吧！"

随后，演员摇了摇铃，大声宣布：

"幕间休息，各位浑蛋！"

尼卡诺尔·伊凡诺维奇大为震惊，怎么稀里糊涂地就成了剧院节目的参加者。他回到原处席地坐下，这时，他梦见整个大厅陷入浓重的黑暗中，四周墙上跳出燃烧的火红大字："交出外币！"然后大幕重又拉开，节目主持人发出邀请：

"有请谢尔盖·格拉尔多维奇·顿奇尔！"

顿奇尔是个文雅，然而邋遢的五十来岁的男子。

"谢尔盖·格拉尔多维奇，"节目主持人对他说，"您在这儿已经待了一个半月，拒不交出您余下的外币，国家急需外币，而外币对您来说毫无用处，可您一味顽抗。您是——文化人，懂道理，可就是不愿同我合作。"

"很遗憾,我无能为力,因为我确实没外币了。"顿奇尔平静地回答。

"那么,至少有钻石吧?"演员问。

"钻石也没有。"

演员低头沉思,然后拍了拍手。从侧幕应声走出一个中年妇女,穿着入时——身穿无领大衣,戴顶小巧的礼帽。妇女神态不安,顿奇尔望了她一眼,连眉毛都没动一动。

"这位太太是谁?"节目主持人问顿奇尔。

"是我妻子。"顿奇尔一脸尊严地回答,然后带着几分厌恶,瞥了瞥妇女长长的脖子。

"顿奇尔夫人,"节目主持人对太太说,"我们惊动您,无非是想问您,顿奇尔还有外币吗?"

"他当时就全交了。"顿奇尔夫人激动地回答。

"是这样,"演员说,"好吧,既然这样,那就这样。如果全交了,我们就该立即同谢尔盖·格拉尔多维奇告别,毫无办法!谢尔盖·格拉尔多维奇,如果愿意,您可以离开剧院。"演员做了个威严的手势。

顿奇尔平静而又庄重地转过身,向侧幕走去。

"慢!"节目主持人叫住他,"请允许我告别前再给您表演一个节目。"他又拍了拍手。

台后的黑色帷幕徐徐拉开,舞台上来了一位年轻美女,身穿舞会盛装,手捧黄色托盘,盘内放着彩带扎紧的厚厚一沓纸币,一条闪烁蓝、黄、红光的钻石项链。

顿奇尔倒退一步,脸变得煞白。全场哑然。

"一万八千美元和一条价值四万金币的钻石项链,"演员激昂地宣布,"谢尔盖·格拉尔多维奇把它们存放在哈尔科夫,他的情人伊达·格尔库拉诺夫娜·沃尔斯家里。我们现在有幸看到的就是这位女士。是她帮助我们发现了这些无价,但在私人手里无用的财富。多谢,伊达·格尔库拉诺夫娜!"

美女嫣然一笑,露出闪光的牙齿,浓密的睫毛随之一颤。

"您很有风度,"演员训斥顿奇尔说,"实际上只是贪婪的财主,阴险的无赖和骗子。您恶劣的态度,害得大家受了一个半月的罪。现在您可以回家了,让您妻子为您安排的地狱惩罚您吧。"

顿奇尔身子一晃,像要摔倒,但一双关切的手扶住了他。这时前幕飞快降下,遮住舞台上所有的人。

疯狂的掌声震撼大厅,尼卡诺尔·伊凡诺维奇甚至觉得吊灯的灯火都在跳动。前幕重又升起,除了演员,台上已空无一人。他止住了再次响起的掌声,鞠了个躬,说:

"刚才顿奇尔在我们的节目中,扮演了典型的蠢驴角色。我昨天不是有幸告诉过各位,私藏外币毫无意义?我奉劝你们相信,无论谁,无论什么情况,都不可能使用外币。就拿顿奇尔来说,他薪金异常丰厚,什么都不缺。他有豪宅,有妻子,还有漂亮的情人。可是人心不足!如果交出外币和钻石,他本可太平地过日子,没有任何麻烦,结果呢,这个贪财的笨蛋当众出丑,还落个夫妻反目。有谁要交?没人?那好,我们进行下一个节目。著名的戏剧天才、特邀演员库罗列索夫·萨瓦·波塔波维奇表演诗人普希金《吝啬骑士》[1]的片段。"

库罗列索夫应邀上台,原来是个高大的、刮过脸的胖子,燕尾服,白领结。

他没说一句开场白,阴沉着脸,紧锁双眉,用假嗓念起台词,

---

[1] 《吝啬骑士》是普希金的四小悲剧之一,写一个拜金主义的男爵如何被儿子当众气死,临死还念念不忘地窖里藏金子的柜子钥匙。

斜睨着金色的小铃铛：

"我好似浪子，去会那狡猾的荡妇……"[1]

接着，库罗列索夫历数自己的种种不是。尼卡诺尔·伊凡诺维奇听到，库罗列索夫公开坦白，有个不幸的寡妇冒着大雨，跪在他面前苦苦哀求，但没能打动铁石心肠的戏子。

尼卡诺尔·伊凡诺维奇做梦前，从未读过诗人普希金的作品，但普希金这个名字他很熟悉，每天都要念叨好几回，比如："怎么，房租普希金来付？"或者："这么说，楼梯上的灯泡是普希金拧走的？""怎么，柴油让普希金买？"

此刻，了解他的一部作品后，尼卡诺尔·伊凡诺维奇很难受，像是看见寡妇拖儿带女跪在雨中，不由想道："这个库罗列索夫还真是个怪物！"

库罗列索夫不断提高嗓门，继续悔罪，把尼卡诺尔·伊凡诺维奇彻底闹糊涂了，因为他突然跟一个台上没有的人说话，然后代替这个没有的人，自己回答自己，一会儿自称"大公"，一会儿自称"男爵"；一会儿自称"父亲"，一会儿自称"儿子"；一会儿称"您"，一会儿又称"你"。

尼卡诺尔·伊凡诺维奇只看懂一点——戏子死于非命，临死前还大呼："钥匙！我的钥匙！"随后倒在台上，喘气，小心地扯掉脖子上的领结。

库罗列索夫一命呜呼，又站起来，掸掉燕尾服裤子上的尘土，鞠躬，假意一笑，在稀稀拉拉的掌声中退到幕后。这时节目主持人说话了：

"刚才我们大家看了萨瓦·波塔波维奇的精彩表演：《吝啬骑士》。

---

[1] 此句系《吝啬骑士》中的对白。下文提到的带着几个孤儿的"不幸的寡妇"以及关于"缪斯们"等话，均出自该剧中男爵的独白。

当初，这个骑士指望欢乐的仙女下凡效命于他，指望诸如此类的好事。但正如大家看到的，这类好事一件都没临门，仙女没有下凡，缪斯也没给他送来礼品，他一座宫殿都没建成。相反，他结局很惨，中风，死在存放钱币和珠宝的箱子上。所以我要警告在座各位，如果你们拒不交出外币，你们也会落到如此下场，甚至更惨！"

不知是普希金的诗剧，还是节目主持人的开导起了作用，只听大厅里有人羞怯地说：

"我交出外币。"

"欢迎上台。"节目主持人注视着乌黑的大厅，客气地邀请。

一个身材矮小的浅发公民登上舞台，看上去将近三星期没刮脸了。

"抱歉，请问贵姓？"节目主持人问。

"卡纳夫金，名字尼古拉。"上台的人腼腆地回答。

"噢！很高兴，公民卡纳夫金。怎么说？"

"我交。"卡纳夫金轻轻地说。

"多少？"

"一千美元和二十枚十卢布金币。"

"好！是不是全交了？"

节目主持人逼视着卡纳夫金的眼睛。尼卡诺尔·伊凡诺维奇甚至觉得，这双眼睛射出的光，就像 X 射线穿透卡纳夫金。全场屏住呼吸。

"我信！"演员终于高声说，熄灭了自己的目光，"我信！这双眼睛不会撒谎。我给你们讲了多少次，你们的主要错误在于对眼睛的作用估计不足。你们要明白，舌头能够掩盖真相，但眼睛永远不会！人家冷不丁地向你们提个问题，你们甚至不会抖一下，立即控制住自己，知道该怎么说，可以掩盖真相，而且说得相当恳切，你们脸上的皱纹一动不动，但遗憾的是，切中要害的问题，会使真相在一瞬间从心底跳进眼睛，于是一切都完了。真相暴露，你们给逮住了！"

演员激昂地讲了这番令人非常信服的话，接着亲切地问卡纳夫金：

"藏在哪里？"

"藏在我姨妈波罗霍夫尼科娃家里，她住普列奇斯坚卡……"

"哦！这是说……等等……这是说藏在克拉夫季娅·伊利尼奇娜家里，对吗？"

"对。"

"哦，对，对，对，对！一幢小楼？对面有个小花园？那还不是，知道，知道！您把外币藏在什么地方？"

"地窖里，一个'埃内姆'[1]盒子里……"

演员两手一拍。

"你们见过这样做的吗？"他痛心疾首地叫起来，"钱放在那里会受潮、发霉！怎么相信这种人能管好外币？啊？简直像孩子，真是的！"

卡纳夫金自己也明白坏事了，犯了错误，低下乱蓬蓬的脑袋。

"钱"，演员继续说，"应当放在国家银行里，放在干燥、保险的金库里，绝不能放在姨妈家的地窖里，再说放在那种地方连耗子都咬！真的，丢脸呀，卡纳夫金！您可是大人。"

卡纳夫金臊得只少个地洞钻，一个劲儿地用指甲抠上衣的衣襟。

"得了，"演员的语气缓和下来，"不算旧账……"猛地，他话锋一转，"不过顺便说一下……做什么都要干脆……免得汽车来回跑……这个姨妈自己不也有吗？啊？"

---

[1] 莫斯科埃内姆巧克力厂生产的糖果品牌。

卡纳夫金怎么也没料到事情会发生这样的转折，打了个寒战。场内鸦雀无声。

"唉，卡纳夫金，"节目主持人温和地责怪说，"我刚才还夸他呢！瞧，又卡壳了！这可不好，卡纳夫金！我刚才不是讲过眼睛吗？一看就知道，姨妈有。您干吗没来由地让我们伤神？"

"有！"卡纳夫金大胆地说。

"好！"节目主持人喝彩。

"好！"场内可怕地吼起来。

吼声停息后，节目主持人向卡纳夫金道贺，同他握手，说是用车送他回家，同时吩咐侧幕内的什么人，随车去接姨妈，请她光临女子剧院观看演出。

"噢，我还想打听一下，姨妈没说过她的外币藏在哪儿？"节目主持人问，殷勤地给卡纳夫金递上香烟和划着的火柴。卡纳夫金一边点烟，一边苦笑。

"我信，我信，"演员叹口气说，"这个守财奴别说告诉外甥，就是魔鬼逼她，她也不会说。不过我们可以试试，唤醒她身上的人性。说不定她放高利贷的灵魂里，还有一两根弦没烂掉。再见，卡纳夫金！"

幸福的卡纳夫金乘车走了。演员又问，还有没有人愿意交出外币。全场沉默。

"一群怪物，真是的！"演员耸耸肩说，前幕随即将他遮没。

灯光熄灭，有好一会儿场内一团漆黑。黑暗中远处传来男高音冲动的歌声：

那里有座金山，全是我的财产！

接着不知什么地方传来两次沉闷的掌声。

"女子剧院里有个女人交出了外币。"尼卡诺尔·伊凡诺维奇身边的红发大胡子，突然对他说。接着，大胡子叹了口气，又说："唉，要不是我那几只鹅！……朋友，我在利阿诺左沃[1]养了几只斗鹅，我怕我不在，它们会死的。这种鹅好斗，娇气，得有人照看……唉，要不是这些鹅呀！拿普希金镇我，没用。"他又叹了口气。

这时，场内突然大放光明，尼卡诺尔·伊凡诺维奇梦见不少头戴白帽、手拿汤勺的炊事员，从各扇大门进来，年轻的下手把一大桶菜汤和一大盘切片黑面包拖进大厅。观众顿时活跃起来。嘻嘻哈哈的炊事员在满地的戏迷中穿来穿去，给每人的汤钵里舀汤，分发面包。

"吃吧，伙计们，"炊事员喊道，"吃完就交外币！你们干吗在这里泡蘑菇？喝这种清水菜汤没意思！回家去，好好喝酒，吃菜，那才美呢！"

"比如你吧，干吗待在这儿，老爷子？"一个胖胖的红脖子炊事员冲着尼卡诺尔·伊凡诺维奇说，递给他一钵菜汤，汤里孤零零地漂着一片卷心菜。

"我没有！没有！没有！"尼卡诺尔·伊凡诺维奇可怕地吼起来，"懂吗，没有！"

"没有？"炊事员低沉地厉声喝问。"没有？"他用女人温柔的声音问。"没有，没有。"他安抚地喃喃着，变成了医士普拉斯科维娅·费奥多罗夫娜。

她轻轻地摇了摇在梦中呻吟的尼卡诺尔·伊凡诺维奇的肩膀。于是炊事员消失，剧场连同大幕全部坍塌。尼卡诺尔·伊凡诺维奇

---

[1] 莫斯科北部边缘的一个区。

睁开泪眼，看到了病房和两个穿白大褂的人，但绝不是放肆地对人指手画脚的炊事员，而是一位大夫和无处不在的普拉斯科维娅·费奥多罗夫娜，她手里拿的不是汤钵，而是一个垫着纱布的托盘，纱布上放着注射器。

"这叫什么事，"给尼卡诺尔·伊凡诺维奇注射时，他诉苦说，"没有就是没有！让普希金给他们交外币。我没有！"

"没有，没有，"好心的普拉斯科维娅·费奥多罗夫娜安抚说，"既然没有，还能怎样。"

注射后，尼卡诺尔·伊凡谢维奇安静了，很快沉沉入睡，不再做梦。

因为他的吼声，惊恐传到了一二○病房，那里，病人一醒就找自己的脑袋。惊恐又传到一一八病房，那里，无名氏大师烦躁起来，忧伤地反剪双手，望着月亮，回忆此生撕心裂肺的最后一个秋夜，仿佛又看到地下室门下透入的光亮和那绺散乱的头发。

惊恐从一一八病房通过阳台，传给了伊凡，他醒了，暗自哭泣。

但是医生很快就使所有被惊醒的精神病人安静了，他们渐渐入睡。最晚睡着的是伊凡，此刻，河上已经露出鱼肚白。他服药后，药力迅即遍及全身，宁静好似重重波浪涌来，将他淹没。他的身体轻松了，睡意像暖风一般吹拂他的头脑。他睡着了，入睡前最后听到的，是黎明前林中小鸟的啁啾啼鸣。但鸟鸣声很快停息，他进入梦乡，但见秃山上空的太阳已渐渐偏西，整座山冈被两道封锁线围得严严实实……

第十六章 行刑

秃山上空的太阳已渐渐偏西,整座山冈被两道封锁线围得严严实实。

将近中午拦住总督去路的骑兵团,迅速驰抵希布伦门。在此之前,卡帕多基亚[1]大队的步兵,早已把众多行人、骡马、骆驼等撵到路旁,为骑兵团清道。骑兵团出城后放马飞驰,一路扬起冲天的白色尘土,转眼到了两条大道交会的十字路口:往南的一条直通伯利恒,往西北的一条通往雅法。骑兵团拐上西北大道疾驰而去,道路两旁也由卡帕多基亚大队的士兵警戒,他们已提前把所有去往耶路撒冷过节的骆驼商队赶到路边。许多朝圣者撂下他们临时搭在草地上的条纹布帐篷,挤在卡帕多基亚士兵身后看热闹。骑兵团出城后大约跑了一公里,超过闪击军团第二步兵大队,又跑出一公里,率先抵达秃山脚下。这时骑兵下马改为步行,团长将骑兵团分为许多小队,他们沿山麓散开,团团围住不高的山冈,只留一条从雅法大道上山的通道。

不久,第二步兵大队继骑兵团后开抵山下,随即登上半山腰,布下第二道封锁线。

---

[1] 小亚细亚中部高原地带的古称,今属土耳其。

最后抵达秃山的是鼠见愁马克率领的人马。士兵分两路沿大道两侧前进。两列士兵中间是机密署卫队押解的马车。车上载着三名死囚，每人颈上挂一块白木牌，牌上用阿拉米语和希腊语写着"强盗和叛匪"。

其后的几辆车上分别载着三副刚做的十字架、绳索、铁镐、水桶、斧头等物，以及六名刽子手。行刑车队后面是几个骑马的人，其中有中队长马克、耶路撒冷圣殿卫队长，还有彼拉多在王宫暗室与之短暂密谈的那个戴风帽的人。

整个行刑车队由一队士兵断后，士兵后面是不畏烈日、想看热闹的大批好奇者，人数在两千左右。

现在，又有一群群好奇的朝圣者加入，未受阻拦地尾随于城里的好奇者之后。几名承宣官随着这一行列行进，反复宣读总督将近中午在广场上做的判决。队伍抵达秃山。

骑兵团对众人一律放行，而第二中队只许与行刑有关的人员上山。步兵迅速调度，把人群分散到四处山坡上，山上步兵和山下骑兵两道警戒线之间，让他们透过并不密集的步兵线观看行刑。

行刑队待在山上已经三个多小时。秃山顶上的太阳已在渐渐坠落，但仍酷热难当。两道封锁线上的士兵口干舌燥，寂寞无聊，都在暗暗诅咒三个强盗，打心底里希望他们快死。

镇守上山路口的小个子骑兵团长，额上冒出豆大的汗珠，白上衣背部已经汗湿，不时到第一小队的皮水桶前捧一口水喝，再把头巾浸湿。这样稍稍轻松一下后，又去上山的泥路上来回巡视。他长长的佩剑不时碰撞系鞋带的高筒皮靴。团长意在给部下做出坚韧的表率，不过他爱惜士兵，让士兵把长矛插在地上搭成金字塔形的架子，蒙上白斗篷。叙利亚骑兵不时钻进这些帐篷躲避似火的骄阳。水桶很快都见底了。各小队轮流派人到山下的谷地打水。谷地里有几棵小小的桑树，稀疏的树荫下一条稍显浑浊的山涧在这恶魔般的酷热下苟延残喘。山涧旁几个马夫随着移动的树荫移动，牵着驯顺的军马，也很无聊。

士兵的疲惫和他们对三个强盗的诅咒可以理解。总督担心行刑可能在他憎恶的耶路撒冷引起骚乱，幸好，骚乱没有发生。出乎意料的是，行刑持续三个多小时后，山上的步兵封锁线和山下的骑兵封锁线之间，居然一个人都没了。赤日炎炎，烤得人们统统逃回耶路撒冷。现在，两个罗马中队布下的封锁线内只剩下两条狗，不知是谁家的，也不知是怎么跑到山上来的。两条狗也热得浑身乏力，趴在地上伸长舌头，艰难地喘气，毫不理睬身旁的绿背蜥蜴。只有蜥蜴不怕骄阳，顾自在滚烫的石头和长有巨刺的爬蔓植物之间钻来钻去。

无论在军队密布的耶路撒冷市内，还是在这里，层层封锁的秃山上，都没人企图劫走死刑犯。民众都已返城，因为行刑的场面确实没什么好看的，城里家家户户都在准备迎接今晚开始的伟大节日——逾越节。

警戒山腰的罗马步兵比山下的骑兵更苦。中队长鼠见愁只允许部下摘掉头盔，用浸水的白头巾缠头，但必须持矛站立。他自己也缠了一条白头巾，但没有浸水，是干的。他在几个刽子手附近来回踱步，甚至没有卸下白银狮面甲，没有摘下护腿、佩剑和短刀。阳光直射中队长身上，对他却没有任何伤害。狮面仿佛烈日下沸腾的银水，灿烂的光辉令人目眩。

鼠见愁伤残的脸上既没有丝毫疲倦，也没有任何不满，似乎这个巨人能够这样走上整整一天，整整一夜，再整整一天，总之，需要多久就多久——始终这样走来走去，两手叉在挂有铜牌的腰带上，严峻地时而望望绑着死刑犯的十字架，时而望望封锁线上的士兵；

始终这样冷漠地用毛茸茸的皮靴尖，踢开脚下被流光漂白的人骨或者小燧石。

戴风帽的人坐在离十字架不远的一张三腿凳上，一动不动，只是偶尔出于无聊用小树枝挖挖沙地。

上文交代，步兵封锁线外阒无人影，并不十分准确。其实有一个人，但大家都没看见。他不是待在留有上山通道、便于观看行刑的那面山坡上，而是待在北坡。这里并非缓坡，能走，但高低不平，还有深沟和裂罅。在这里，崖缝中，一棵病恹恹的无花果树，抓住被上天诅咒的无水土地，挣扎着存活下去。

正是在这棵连阴影都没有的无花果树下，守候着这个行刑的唯一观看者，而不是参与者。行刑一开始，他就坐在石头上，也就是说，已经待了三个多小时。是的，如果观看行刑，那么他选中的地方绝不是最好，而是最差。不过这里毕竟能够看见十字架，能够看见封锁线内中队长胸前背后的银光。这对一个显然不想引起注意、不愿受到干扰的人来说，已经足够。

然而三个多小时前，行刑开始时，这人的举止完全不是这样，极其引人注目，大概正因为如此，他才改变做法，独自躲在这里。

当时，车队刚刚通过封锁线登上山顶，他首次出现，而且明显像是迟到了。他不是走上，而是一路排开众人气喘吁吁地奔上山的。他发现封锁线已经合拢，拦住了他和其他所有人。他装作听不懂愤怒的呵斥，天真地试图从士兵之间，冲进人犯已经下车的刑场。他被矛柄狠狠地捅在胸口上，忙不迭地打士兵身旁跳开，惨叫一声，但不是因为疼痛，而是因为绝望。对捅他的士兵，他只是用浑浊的、对什么都无所谓的眼睛瞟了一下，好像他对皮肉之苦没有知觉。

他捂住胸口，又是咳嗽，又是喘气，绕到北坡，想在这里的封锁线上找个空子溜进去，但为时已晚，封锁线也已合拢。这个满脸痛苦的人，不得不放弃冲向囚车的企图。这时十字架已从马车上卸下。他明白，再往里冲非但不会有什么结果，反倒会被抓起来，而这绝不是他今天的计划。

于是他来到这处崖缝，这里比较安静，谁也不会来打扰。

现在，这个被烈日和失眠折磨得眼睛脓肿的黑胡子，正坐在石头上发愁。他时而长吁短叹，解开身上在流浪中从天蓝变成暗灰的破旧长袍，露出被矛柄捅伤的臭汗淋漓的胸部；时而痛彻心扉地抬眼望望早已在空中盘旋、期待盛宴的三只白兀鹫；时而又无望地注视脚下的黄土地，看到地上半块狗的颅骨和在骨头周围爬来爬去的蜥蜴。

他心如刀割，不时自言自语。

"唉，我是蠢货！"他嘟囔着，痛不欲生地在石头上摇晃身子，用指甲抓挠黝黑的胸部，"蠢货，没头脑的娘们，孬种！我是废物，不是人！"

他不言语了，耷拉着脑袋，过一会儿，他就着木头水罐喝了几口温水，又来了精神，时而摸摸藏在怀里的刀，时而拿起石头上的羊皮纸。羊皮纸旁还有一根小木棒，一囊墨汁。

羊皮纸上已经写下：

流光似梭，我，利未·马太依然待在秃山上，死亡尚未到来！

接着：

太阳西坠，但死亡仍未到来。

此刻，利未·马太又绝望地用尖尖的木棒写下这样一行字：

上帝！你缘何对他发怒？赐他一死吧！

写完，他干号一声，又用指甲狠狠抓了几下自己的胸部。

利未的绝望缘于约书亚和他所遭遇的可怕挫折，而且按他的想法，这都是他利未一再失误造成的。前天白天，约书亚和利未在耶路撒冷城郊伯大尼的一个菜农家做客，这个菜农对约书亚的布道非常入迷。两个客人帮主人在菜园里忙活了一早晨，原打算等傍晚天凉快了，再去耶路撒冷，可约书亚不知为什么急着要走，说是城里有急事要办，没到晌午就独自上路了。这是利未，马太的第一个失误。为什么，为什么要放他一个人走！

傍晚马太没去耶路撒冷，他突然得了重病，浑身打战，身上像火炭一样滚烫，牙齿磕碰得咯咯直响，一个劲儿地要水喝。他根本不能走路，只得躺在菜农板棚里的马被上，直到星期五黎明。不料这病来也突然，去也突然，虽说利未还很虚弱，双腿打战，但某种不祥的预感，使他辞别主人，去了耶路撒冷。一进城门，他就发现预感果然应验，大祸临头。利未挤在人群中，听到了总督的宣判。

人犯解往秃山时，利未·马太夹在看热闹的人潮中，跟着押解囚车的士兵往前奔跑，想方设法偷偷让约书亚知道，他利未就在这里，在约书亚身边，他没在最后的旅程中抛弃他，他在为约书亚的速死祈祷。但约书亚始终直视囚车前方，自然没有看到利未。

车队走出半俄里多时，马太挤在人群中，紧挨押解刑车的士兵，忽然心生一计。此计简单而又聪明，生性急躁的他，当即咒骂自己怎么没早些想到这一招。押解队伍并不很密，士兵之间都拉开一段距离。只要看准时机，动作敏捷，一弯腰就可从士兵之间穿过，跳上囚车，那么约书亚就可不再受苦。

只消一刹那，便能把刀捅进约书亚后背，向他喊："约书亚！我来救你，跟你一起走！我是马太，你忠实的、唯一的门徒！"

假如上帝再赐他一刹那，还能自尽，免得死在十字架上。不过这不是前税吏利未所关心的，他对怎么死无所谓。他只求一生从未对任何人做过任何坏事的约书亚免受酷刑。

此计甚好，但利未没刀，也没钱。

利未对自己怒不可遏，他挤出人群，转身朝城里跑去。他燃烧的头脑里只有一个狂热的想法！怎么都行，去城里弄一把刀，再跑回来追上囚车。

他一口气跑到城门口，在不断进城的骆驼商队中穿来插去，随即看见左侧有一家敞门的面包铺。在暑气蒸腾的大路上跑得气喘吁吁的利未，竭力镇定下来，落落大方地走进面包铺，向站在柜台里的老板娘问好，请她把货架最上层的大圆面包拿给他，不知为什么那个面包他特别中意。老板娘刚一转身，他便从柜台上悄悄地抄起切面包刀，溜出了面包铺。这刀长长的，锋利得像剃刀，再合适不过。

几分钟后，他跑回通往雅法的大道。行刑车队已经无影无踪。他撒腿追去，不时倒在尘土中，一动不动地趴着喘气，骑骡马或者徒步去耶路撒冷的人见了都很惊讶。他趴在地上，听到心脏不但在胸中，而且在脑袋里和耳朵里怦怦跳动。稍稍缓过气后，他便跳起来继续向前奔跑，但越跑越慢。待他远远望见前方扬起的满天尘土时，行刑车队已经抵达山脚。

"啊，上帝……"利未痛苦地呻吟，明白他来迟了。他确实来迟了。

行刑已超过四个小时，利未痛苦至极，也恼火至极。他从石头上站起来,将如今看来偷了没用的刀扔在地上,一脚踩碎水罐,断了自己的水源,扯下头巾,抓着稀稀拉拉的头发,破口诅咒自己。

他胡言乱语,又是吼叫,又是啐唾沫,甚至咒骂自己的爹妈怎么生下他这么个蠢货。

诅咒和辱骂无济于事,骄阳下的一切并未因此有所改变,他眯起眼睛,将两只干瘦的拳头伸向天空,伸向越坠越低、延长影子、渐渐落入地中海的太阳,祈求上帝立刻显灵,赐予约书亚死亡。

他睁大眼睛,看到山冈上的一切并未发生丝毫变化,只有中队长胸前背后的银光熄灭了。夕阳照射着面朝耶路撒冷的受刑者的背部。于是利未狂叫:

"上帝,我诅咒你!"

他声嘶力竭地喊叫,他认定上帝不公,不再信仰上帝。

"你是聋子!"利未吼道,"要是你不聋,你该听到我的呼喊,让他马上死去!"

利未闭上眼睛,等待天火降临,将他烧死,也把自己击毙。但天火没有降临。利未没有睁眼,继续恶毒地咒骂上苍,高声诉说自己对上帝的绝望,他说还有许多别的神,别的宗教。对,别的神绝不会、永远不会让约书亚这样的人,被太阳晒死在十字架上。

"我错了!"利未吼道,嗓音已完全沙哑,"你是恶神!要不就是你的双眼让教堂香炉的青烟给迷糊了,你的耳朵除了司祭的歌功颂德,什么也听不见!你不是万能的神!你是黑暗的神。我诅咒你,强盗的神,强盗的庇护者,强盗的灵魂!"

就在这时,一阵风吹到前税吏的脸上,他脚下开始沙沙作响。又是一阵风吹来,于是利未睁开眼睛,发现世界已经变样,不知是他的诅咒起了作用,还是其他什么原因。太阳消失,未及沉入每天黄昏都要沉入的大海。西边天上腾起的乌云,吞噬太阳,正可怕地朝山冈压来。乌云边缘沸腾着白色的水汽，黑烟朦胧的腹部泛出黄光。乌云隆隆作响，不时迸裂出一条条火线。顺着雅法大道，顺着贫瘠的吉翁谷，以及朝圣者的帐篷上空，飞升起被突然的狂风驱赶的一柱柱尘土。

利未不再咒骂，寻思着这场即将覆盖耶路撒冷的雷雨，会不会给不幸的约书亚带来好运。于是他望着劈开乌云的电火，祈求闪电击中约书亚的十字架。在深深的悔恨中，利未望着尚未被乌云吞噬的晴空中，白兀鹫竞相飞离，躲避这场雷雨，暗想自己愚蠢地急于诅咒，现在上帝不会再听他祈求。

利未把目光转向山脚，盯住骑兵团警戒的地方，发现那里发生了很大变化。他居高临下，看得清清楚楚，士兵们忙着拔起长矛，披上斗篷，马夫们牵着黑马快步朝大路奔去。显然，骑兵团要开拔了。利未用手挡住扑面而来的尘土，吐着唾沫，竭力寻思，骑兵团撤离意味着什么？他把目光移向山坡，只见一个披紫袍的人，正朝山顶刑场走去。预感到结束的快慰，前税吏顿时心静了。

在三个强盗受刑四个多小时后上山的，是罗马军团的大队长，他带着一名传令兵，从耶路撒冷飞马赶来。鼠见愁一挥手，警戒线立即打开，中队长向大队长敬礼。后者把鼠见愁带到一旁，俯耳向他交代了几句。中队长再次敬礼，转身走向十字架下坐在石头上的几名刽子手。大队长则向坐在三腿凳上的人走去，那人恭敬地站起。大队长对他轻声说了什么，两人便一起朝十字架走去。跟他们一起去的还有圣殿卫队长。

鼠见愁鄙夷地斜了一眼十字架旁的破烂，那是三名死囚的衣服，连刽子手都弃之不顾。他叫出其中两人，命令说：

"随我来！"

最近一副十字架上传来嘶哑、无聊的歌声。绑在上面的黑拾塔示，在行刑两个多小时后就因苍蝇和烈日，精神错乱了，此刻他轻声哼着一支赞美葡萄的小曲，缠头巾的脑袋偶尔还能晃动，每晃一下，苍蝇便没精打采地从他脸上飞起，随即又落到他脸上。

第二副十字架上的底拾马示所受的折磨比另外两人厉害，因为他没昏迷，常常有节奏地忽左忽右摇晃脑袋，让耳朵蹭到肩膀。

约书亚比另外两人幸运。一个小时不到，他就几次昏迷，后来失去知觉，垂下头巾松散的脑袋。因此他身上落满苍蝇和牛虻，他的脸在蠕动的黑色假面下消失。腹股沟、肚子上、腋下，肥硕的牛虻叮咬着裸露的蜡黄躯体。

戴风帽的人用手势命令一个刽子手取来长矛，又命令另一个取来水桶和海绵，放到十字架前。第一个刽子手举起长矛，先后敲了约书亚绑在十字架横木上的双臂。肋骨突出的躯体一颤。刽子手又将矛尖在他肚子上划了划。约书亚抬起头，苍蝇哄地飞开，露出受刑者的脸，一张受尽叮咬、眼睛肿得只剩一条缝、根本无法辨认的脸。

拿撒勒人使劲睁开眼皮，往下看去。他一向清澈的眼睛，现已浑浊不堪。

"拿撒勒人！"刽子手喊道。

拿撒勒人翕动浮肿的嘴唇，扯着强盗似的嘶哑嗓子说：

"你要干吗？为什么过来？"

"喝吧！"刽子手说，用矛尖挑起浸水的海绵，举到约书亚唇边。后者眼睛里闪出喜悦的光芒，他凑到海绵上，开始贪婪地吸水。旁边的十字架上传来底拾马示的声音：

"不公平！我跟他一样，也是强盗！"

底拾马示使足了劲，但动不了，他的两条胳膊各有三处被紧紧捆在十字架的横木上。他收缩腹部，十指抠进横木两端，脑袋扭向约书亚的十字架，两眼冒火。

刑场上刮过一阵狂风，飞沙走石，天顿时暗了。待尘埃远去，中队长喝道：

"第二副架上的，闭嘴！"

底拾马示不再作声。约书亚离开海绵，竭力想让自己的声音显得温和恳切，但没能做到，只是沙哑地央求刽子手说：

"给他喝吧。"

天越来越暗。乌云已将半边天空遮住，直逼耶路撒冷，沸腾的白云飞渡在前，后面紧跟着饱含雨水和雷电的乌云。电光一闪，接着一个巨雷在山冈上空炸响。刽子手取下矛尖上的海绵。

"赞美宽厚的总督大人！"他庄重地小声说，随即将矛尖轻轻刺入约书亚的心脏。约书亚浑身一颤，喃喃地说：

"总督大人……"

鲜血朝他腹部流去，下巴抽搐几下，接着他的脑袋垂了下来。

雷声再次响起，刽子手已在给底拾马示喝水，说着同样的话：

"赞美总督大人！"随即刺死了他。

刽子手刚一走近精神错乱的黑拾塔示，他便恐惧地狂叫；但海绵一碰到他的嘴唇，他嗷嗷地叫了什么，便用牙齿死死咬住海绵。几秒钟后，他的身子也坠下了，压住捆绑的绳子。

戴风帽的人跟在刽子手和中队长后面，身后是圣殿卫队长。戴风帽的人走到第一副十字架前，仔细看了看血淋淋的约书亚，伸出白皙的手碰了碰约书亚的脚掌，对同行的人说：

"死了。"

他在另外两副十字架前也同样做了一遍。

在这之后，大队长向中队长打了个手势，转身带着圣殿卫队长和戴风帽的人下山。此时暮色四合，只有一道道闪电划破乌黑的天空。突然，空中迸裂出一道火光，中队长的命令"撤！"淹没在雷声中。幸福的士兵们一边披上斗篷，一边撒腿往山下奔跑。

黑暗笼罩耶路撒冷。

突然，大雨倾盆，步兵中队还在下山的半路上。雨势极猛，待士兵们跑到山脚，咆哮的水流已在飞快地追赶他们。士兵们在泥浆中打滑，摔倒，急急忙忙朝平坦的大路跑去。路上，透过雨幕，依稀可见湿淋淋的骑兵队伍正在返回耶路撒冷。几分钟后，在这暴雨如注、雷电交加的山上，只剩下一人。

他挥动没有白偷的刀子，在湿滑的山坡上，抓住一切可以抓住的东西，有时甚至跪地膝行，跌跌撞撞朝三副十字架跑去。他时而消失在漆黑的夜色中，时而又被闪电照亮。

他冲到十字架前，踩着齐踝的积水，脱下又湿又沉的长袍，只穿一件衬衫，扑到约书亚脚上。他割断小腿上的绳索，爬上十字架的横木，抱住约书亚，再割断捆住双臂的绳索。约书亚湿裸的身体一下子压到利未身上，让他摔了一跤。利未本想立即背起尸体，但转念一想又停下了。他让尸体仰面朝天、叉开双臂躺在泥水中，自己踩着泥浆，一溜一滑地朝另外两副十字架跑去。他割断十字架上的绳子，两具尸体都倒在地上。

几分钟后，山顶上只剩下这两具尸体和三副空空的十字架。暴雨抽打着、翻动着这两具尸体。

这时，山顶上既没有利未，也没有约书亚的尸体。

第十七章 不安的一天

星期五上午,也就是该死的演出后的第二天,杂耍剧院现有的全体职工——会计瓦西里·斯捷潘诺维奇·拉斯托奇金、两名簿记员、三名打字员、两名售票员,以及通信员、引座员和勤杂女工,总之,凡是出勤的人,全都不顾自己的岗位,统统坐在朝花园街的窗台上,看着剧院墙边的情景。墙下排着两列拥挤的队伍,少说也有几千人,一直延伸到库德林广场。排在队伍最前面的,是二十来个莫斯科有名的票贩子。

队伍异常兴奋,争相议论火爆传闻中昨晚见所未见的魔术表演,引起许多过往公民的注意。这些传闻让会计瓦西里·斯捷潘诺维奇十分为难。他昨晚不在剧院,引座员们对他说了许多莫名其妙的怪事,其中包括这场轰动的演出散场后,某些妇女极不雅观地满街乱跑,诸如此类的丑闻。老实巴交的瓦西里·斯捷潘诺维奇听着这些奇谈,只会眨巴眼睛,不知该采取什么措施,然而恰恰是他必须采取措施,因为杂耍剧院现有的职工中,他是职位最高的一个。

上午十点光景,渴望购票的队伍急剧膨胀,以致惊动了警方。于是异常迅速地派来步警,甚至骑警,稍稍整顿了这一队伍的秩序。然而长达一公里的队伍再怎么规矩,本身就是莫大的诱惑,花园街的公民无不惊讶。

剧院外边如此，剧院里面更是不妙。从一大早起，利霍杰耶夫办公室、里姆斯基办公室、会计室、售票处和瓦列努哈办公室内，电话不断。起初，瓦西里·斯捷潘诺维奇还回答几句，售票员和引座员也都接接电话，搪塞一下，后来干脆不接了，因为电话里的问题——利霍杰耶夫、瓦列努哈、里姆斯基在哪儿，根本回答不了。起初他们试图敷衍一下："利霍杰耶夫在家里。"对方却说，给他家里打过电话，家里说利霍杰耶夫在杂耍剧院。

有个妇女打来电话，心急火燎地要找里姆斯基，剧院让她打电话问他妻子，话筒放声大哭，说她就是他妻子，哪儿都没有里姆斯基。真是邪门。勤杂工已经对大伙儿说了，她去收拾财务襄理办公室，发现门开着，灯也开着，朝花园的那扇窗砸碎了，软椅倒在地上，一个人都没有。

十点多钟，里姆斯基太太闯进杂耍剧院。她号啕大哭，还不停地扳手。瓦西里·斯捷潘诺维奇慌得手足无措，不知该怎么宽慰她。十点半，来了民警。他们提出的第一个问题完全合乎情理：

"你们这儿怎么了，公民们？怎么回事？"

职工往后退去，把脸色煞白、张皇不安的瓦西里·斯捷潘诺维奇让到前面。他只能实话实说，承认杂耍剧院行政领导——经理、财务襄理、剧院总务，全部失踪，现在不知道在哪里，报幕员昨晚演出结束后，被送进精神病院。简单地说，昨晚这场演出是场灾难。

民警尽量安慰痛哭流涕的里姆斯基太太，打发她回家。他们最感兴趣的是勤杂工讲的财务襄理办公室的情况。他们请职工都回自己的岗位工作。不一会儿，刑侦人员牵着警犬来到剧院。这是条肌肉强健、两眼极其机敏的烟灰色尖耳警犬。杂耍剧院的职工交头接耳地议论，说这准是大名鼎鼎的警犬"方块爱司"。是的，确实是它。它的举动使大家诧异。"方块爱司"刚一跑进财务襄理的办公室便龇着可怕的黄牙，汪汪大叫，后来趴下，眼睛露出烦恼和愤怒，朝那扇砸碎的窗户爬去。终于它战胜恐惧，纵身跃上窗台，仰起尖削的脸，凶狠地朝天狂吠。它不愿从窗台下来，汪汪叫着，身子打战，一个劲儿地想往楼下跳。

民警把警犬带出办公室，牵到剧院前厅。它随即冲出大门跑到街上，把刑侦人员领到出租车车站。这里，它追寻的踪迹消失。在这以后，"方块爱司"被带走了。

刑侦人员坐进瓦列努哈办公室，开始一个个传讯昨晚演出时在场的职工。应当说，侦查工作每走一步都得克服意想不到的困难。线索刚一找到，立刻又断了。

贴过海报吗？贴过。可一夜之间，全被新的海报遮没了，现在一张都没有，确实没有！这个魔术师是哪里弄来的？谁知道呢。总该同他签过合同吧？

"应该签过。"瓦西里·斯捷潘诺维奇惴惴不安地回答。

"既然签过，合同应当经过会计室？"

"一定。"瓦西里·斯捷潘诺维奇焦躁地说。

"那么合同在哪里？"

"没有。"会计双手一摊，脸色越来越苍白。确实，无论会计室还是财务襄理、利霍杰耶夫、瓦列努哈的卷宗里，都找不到这份合同，连影子都没有。

这个魔术师姓什么？瓦西里·斯捷潘诺维奇不知道，昨晚演出时他不在场。几个引座员也不知道。只有一个售票员皱着眉头想了又想，最后才说：

"沃……像是沃兰德。"

也许不叫沃兰德？也许不叫沃兰德，也许叫法兰德。

问了外国人出入境管理局，根本就没听说过什么沃兰德、法兰德魔术师。

通信员卡尔波夫反映,这个魔术师好像住在利霍杰耶夫家里。立即派人查了。那里压根儿没有什么魔术师。利霍杰耶夫本人不在。女仆格鲁尼娅不在,她去了哪里,谁也不知道。住房合作社主任尼卡诺尔·伊凡诺维奇不在,普罗列日涅夫不在!

真是咄咄怪事:剧院领导全部失踪,昨晚上演了荒诞恶俗的节目,谁安排的,谁指使的——不知道。

就这么一直查到中午,该售票了。这,当然,无从谈起!杂耍剧院门口立即挂出一块大牌子:"今日停演!"队伍闹腾起来,从排头开始,但闹腾了一会儿,也就渐渐散了,约莫一小时后,花园街上的队伍已经无影无踪。刑侦人员走了,以便在其他地方继续工作,剧院职工除一两个人值班,全都放假。杂耍剧院锁了大门。

会计瓦西里·斯捷潘诺维奇有两件急事要办。第一件,去文化娱乐委员会报告昨晚发生的祸事;第二件,去委员会财务处缴纳昨天的票房收入:二万一千七百十一卢布。

一向仔细、认真的瓦西里·斯捷潘诺维奇用报纸把钱包好,再用绳子十字交叉捆牢,放进公文包,朝出租车站走去。他熟知守则,自然不会携带巨款去乘公共汽车或者电车。

三个司机一看到这个提着鼓鼓囊囊的公文包匆匆赶来的乘客,一个个驾着空车,打他眼皮底下开走了,不知为什么还都回头恶狠狠地瞪他一眼。

会计大感不解,直愣愣地站着,寻思这是怎么回事。

过了两三分钟,有辆空车进站,司机一见乘客,立即沉下了脸。

"空车?"瓦西里·斯捷潘诺维奇问,颇感奇怪地干咳一声。

"把钱拿出来看看。"司机恶狠狠地说,看都不看乘客。

会计越来越惊讶,把贵重的公文包夹在腋下,打皮夹里抽出一张十卢布钞票，拿给司机看。

"不去!"司机简短地说。

"对不起……"会计刚开口，司机就打断他：

"有三卢布的钞票吗？"

会计莫名其妙，打皮夹里抽出两张三卢布的钞票给司机看。

"上车!"司机大声说，把空车牌啪地往下一按，险些把它折断。车子启动。

"是没零钱找吧？"会计怯生生地问。

"零钱有的是!"司机高声说，反光镜里映出他充血的眼睛。"今儿个我碰到三个。别人也碰到。那个狗娘养的付了一张十卢布钞票，我找他四卢布五十戈比……走了，浑蛋！过了五分钟不到，一看，哪是十卢布钞票，是矿泉水瓶子上撕下的商标！"接着司机骂了几句脏话。"在祖保夫广场又碰到一个。十卢布。我找他三卢布。走了！我把钱放进皮夹，谁料皮夹里飞出一只蜜蜂，蜇我手指！哼，他妈的！……"司机又骂了一串脏话。"可十卢布钞票不见了。昨天在杂耍剧院（又是脏话）有个浑蛋魔术师变戏法，变出许多十卢布钞票（脏话）……"

会计吓得缩成一团，假装杂耍剧院这个名称他是第一次听到，心里则在嘀咕："有这等事！……"

到达目的地后，会计顺利地付过车钱，走进大楼，顺着走廊，快步朝委员会主席办公室走去，可没走几步，就觉得他来得不是时候。文化娱乐委员会里不知怎的一片混乱。一个女通信员打他身边奔过，头巾滑到后脑勺上，眼睛鼓得溜圆。

"没了，没了，没了，我亲爱的!"她不知对谁这么喊着，"上装和裤子都在，可上装里什么都没有!"

她躲进一个什么房间，随即响起砸碎杯盘的声音。从秘书室冲出会计熟悉的委员会一处处长,满脸惊恐,居然没认出会计,转眼便没了踪影。

诧异莫名的会计走进秘书室,委员会主席办公室的外间,在这里,他彻底惊呆了。

从办公室紧闭的门内,传出威风凛凛,无疑是委员会主席普罗霍尔·彼得罗维奇的声音。"怕是在训什么人吧?"会计惶恐地想,掉过头却看到别样的景象:普罗霍尔·彼得罗维奇的私人秘书,美人安娜·理查多夫娜瘫在皮圈椅里,头靠椅背号啕大哭,手里捏着一方湿透的手帕,两腿几乎伸到房间中央。

安娜·理查多夫娜的下巴全是抹开的口红,被睫毛膏染黑的泪水,顺着桃红的面颊滚下来。

看见有人进来,安娜·理查多夫娜霍地跳起来,扑到会计跟前,一把抓住他的上衣翻领,摇晃会计,大叫:

"上帝保佑!总算来了个有胆量的!全都跑了,全都不管!走,我们去他那儿!真不知道该怎么办!"说罢,又放声痛哭,拖着会计往里屋跑。

一进办公室,会计的公文包啪地掉到地上,脑子顿时乱成一锅粥。应当说,事出有因。

只见宽大的办公桌上放着一只气派的墨水瓶,办公桌后面坐着一件空上装,还握着一支没蘸墨水的钢笔,批阅公文。上装里还系着领带,胸袋上插着自来水笔。但衣领上方既没脖子,也没脑袋,同样,衬衫袖口里也没手。空上装专心办公,对周围的混乱毫无察觉。听到有人进来,上装往椅背上一靠,衣领上方响起会计熟悉的普罗霍尔·彼得罗维奇的声音。

"怎么回事?门上不是挂着牌子,说我不接待吗?"

美人秘书一声尖叫,扳着手,大声喊道:

"您瞧见了？瞧见了?! 他没了！没了！把他找回来！找回来！"

这时有人往办公室里探了探头，惊叫一声，拔腿就逃。会计觉得两腿直抖，在椅子边沿上坐下，不过没忘记从地上拾起公文包。安娜·理查多夫娜围着会计跳来跳去，扯着他的上衣喊叫说：

"我总是，总是劝他，别骂'见鬼'！这不，真见鬼了！"这时美人跑到办公桌前，用音乐般柔美的、大哭后略带鼻音的声音说："普罗沙[1]！您在哪儿？"

"谁是您的'普罗沙'？"上装傲慢地问，更深地埋进圈椅。

"认不出了！连我都认不出了！您明白吗？"秘书又放声痛哭。

"请别在办公室里哭闹！"脾气暴躁的条纹上装已经发火了，衣袖又把一沓文件放到面前，显然准备批阅。

"不，我见不得这个，不，不！"安娜·理查多夫娜喊叫着，跑回秘书室。旋即子弹似的飞出了会计。

"您想想，我坐着，"安娜·理查多夫娜激动得浑身发颤，又一把抓住会计的袖子讲起来，"突然进来一只猫，黑猫，壮得像河马。我当然轰它：'去！'那猫跑了，可随即又进来一个胖子，也是一张猫脸，说：'您，女公民，怎么对来访的客人喊"去"？'说完，直闯普罗霍尔·彼得罗维奇的办公室。我当然追上去，喊住他：'您疯了？'可这个无赖，管自走到普罗霍尔·彼得罗维奇面前，在对面圈椅上坐了！咱那个……他心肠好，就是脾气躁了点，火了！我不否认他容易激动，可工作起来像牛——火了。'您干吗不报告就闯进来？'可那个不要脸的，您想得到吗，摊手摊脚坐在圈椅里，笑嘻嘻地说：'我来跟您谈个事。'普罗霍尔·彼得罗维奇又火了：'我很忙！'您想想，那家伙居然顶嘴：'您没什么可忙的……'啊？普罗霍尔·彼得罗维奇忍

---

[1] 普罗霍尔的昵称，用于关系亲昵的人之间。

无可忍，喊道：'这是怎么了？让他出去，见鬼！'可那家伙，您想得到吗，竟笑了笑说：'见鬼？行，这好办！'嚯，我还没来得及喊，一看，猫脸的家伙没了，坐……坐着……上装……哇！……"安娜·理查多夫娜咧开完全没有轮廓的嘴，放声大哭。

她哭得噎住了，可缓过气后，说话十分荒唐。

"老写，写，写！真叫人发疯！还打电话！一件上装！全都跑了，就像兔子！"

会计站着，浑身打战。这时命运给他解难了。秘书室里进来了两个步子镇定老练的民警。美人一见民警，便指着办公室的门，哭得更伤心了。

"不哭，公民。"第一个民警不慌不忙地对美人说。这时会计觉得他在这里已属多余，便赶紧离开秘书室，一分钟后，就到了清新的空气中。他脑袋里似乎有股风，呜呜作响，像烟囱里一样，而在这呜呜声中，可以断断续续地听到引座员在讲昨晚参加演出的黑猫。"唉——唉——唉，莫非就是我们那只黑猫？"

在委员会里没办成什么，认真负责的瓦西里·斯捷潘诺维奇决定前往位于瓦甘科夫巷的委员会分会。他徒步去那里，好让自己慢慢镇静下来。

市文化娱乐委员会分会设在瓦甘科夫巷一个久经流光侵蚀的深宅大院内，宅子前厅的斑岩圆柱是闻名遐迩的古迹。

但今天使来访者惊奇的不是圆柱，而是圆柱下发生的怪事。

几名来访者愣愣地看着坐在小桌旁哭泣的女郎，小桌上放着女郎出售的几种文化娱乐读物。此刻女郎既不推销读物，也不理睬来访者关切的询问。同时，上下左右传来至少二十来部分会各科室电话的急促铃声。

女郎哭着，哭着，突然打了个哆嗦，歇斯底里地喊道：

"又来了!"突然用发颤的女高音唱起来:

> 光荣的海,
> 神圣的贝加尔湖……[1]

出现在楼梯上的通信员,挥挥拳头,不知在威胁谁,随即用平平的男中音跟着女郎唱起来:

> 光荣的帆船,
> 白鲑的鱼桶!

远处又有声音和着通信员的声音唱起来,合唱的人越来越多,临了,市分会的各个角落都响起震耳的歌声。最近的六号房间——审计处里,一个略带沙哑的雄浑低音尤为突出。为合唱伴奏的是越来越急促的电话铃声。

通信员在楼梯上使劲歌唱:

> 嘿,东北风,
> 快卷起波浪!……

女郎满面泪水,她想咬紧牙关不唱,可她的嘴自动张开,用高八度的声音唱道:

> 好小伙就在前方!

---

[1] 此处及下文所引均系俄罗斯民歌《光荣的海》的歌词。

沉默的来访者十分诧异：唱歌的人虽然分散在各处，却唱得非常协调，就像合唱团列队站在一起，目不转睛地注视着一个隐身的指挥。

瓦甘科夫巷里的行人，纷纷在院子的栅栏前停步，对分会里的欢乐气氛感到惊奇。

第一节刚唱完，歌声戛然而止，又像是遵照指挥棒的指挥。通信员小声地骂了一句，走了。

这时宅子的正门打开，走进一个穿夏季外套的公民，外套下面露出白大褂下摆，同他一起来的是民警。

"快想想办法，大夫，求求您！"女郎歇斯底里地叫道。

分会秘书跑到楼梯口，满脸羞愧和尴尬，结结巴巴地说：

"您看到吗，大夫，我们这儿出了集体中邪的怪事……所以必须……"他没说完就卡住了，突然高唱：

　　石勒喀和尼布楚……

"蠢货！"女郎刚骂了一声，没说她骂的是谁，喉咙里突然冒出一个华彩经过句，也唱起了"石勒喀和尼布楚"。

"控制自己！别唱了！"大夫对秘书说。

显然，只要能停止歌唱，秘书愿意付出任何代价，但他停不了，他跟合唱的人一起，把歌声送进巷子里行人的耳朵：

　　丛林中贪婪的野兽没伤害他，
　　射手的子弹也没追上他！

这节唱完，大夫先让女郎喝了一剂缬草酊，随后由秘书带着去给其他人喝药。

"对不起，公民，"瓦西里·斯捷潘诺维奇忽然问女郎，"是不是有只黑猫来过你们这儿？"

"哪来什么黑猫？"女郎恶狠狠地嚷道，"我们分会的头头是蠢驴，蠢驴！"随后补充说，"我不怕他听到！我统统讲出来。"她果然把事情原原本本讲了出来。

原来，分会会长"彻底搞垮了轻松娱乐"（女郎语），成天热衷于组织各种各样的小组。

"他蒙骗上级领导！"女郎高喊着说。

在一年时间内，这名会长组建了莱蒙托夫研究小组、象棋跳棋小组、乒乓球小组和骑术小组。他还扬言，入夏前组建划船小组和登山小组。

今天午间，他，会长，从外面回来……

"挽着一个来历不明的狗崽子，"女郎说，"格子裤，破夹鼻眼镜……脸根本没法看！"

据女郎说，会长把来人介绍给正在分会食堂用餐的全体职工，说是组织合唱小组的著名专家。

未来的登山爱好者拉长了脸，但会长巧舌如簧，要大家振作起来。专家则在一旁插科打诨，保证合唱只需占用一丁点儿业余时间，而参加合唱的好处可以装满整整一车厢。

据女郎说，最先跳出来报名的，当然，是分会里最出名的马屁精法诺夫和科萨尔丘克。这下其他职工知道不唱不行，也只能报名参加合唱小组。练唱定在午休时间，因为其余时间已被莱蒙托夫和跳棋占满了。会长以身作则，宣布自己唱男高音，此后的情况，不啻一场噩梦。格子裤的合唱指挥家定了定音：

"哆——咪——嗦——哆！"他把文件柜后面几个最怕羞的逃

唱人拖了出来。他赞扬科萨尔丘克有非凡的辨音力,抱怨,叫屈,请求大家尊重资深的唱诗班指挥和歌手,同时用音叉敲了敲手指,恳请大家齐唱《光荣的海》。

大家放声齐唱,唱得很好。格子裤果然精通此道。第一节唱完。这时唱诗班指挥向大家道了声歉,说:"我去去就来!"就……走了。大家以为他一会儿就会回来。但十分钟过去了,仍不见他人影。分会职工异常高兴——这家伙开溜了。

突然,不知怎的,大家自动唱起了第二节。这回领唱的是科萨尔丘克,他的辨音力也许并非超凡,但高音的音色相当好听。第二节唱完,唱诗班指挥仍没回来!大家回到各自的办公室,还没来得及坐下,不由自主又唱起来。想停——没门。刚歇三分钟,又唱起来。歇了一会儿——又唱起来!这下大家明白:坏了。会长自知有愧,把自己反锁在办公室里。

讲到这儿,女郎又唱起来。缬草酊毫无作用。

一刻钟后,三辆卡车开到瓦甘科夫巷这座院落的大门前,以会长为首的分会全体职工都上了车。

第一辆卡车在大门口晃了一下,驶进巷子,站在车厢里的职工互相扶着肩膀,放声高唱,于是整条巷子响彻家喻户晓的歌曲。第二辆车立即应和,第三辆车也跟着唱起来。三辆卡车就这样在歌声飞扬中向前驶去。忙碌的行人只是朝卡车投去匆匆一瞥,不以为奇,认为这是郊游的队伍。确实,卡车驶往郊区,但不是去郊游,而是去斯特拉文斯基教授的医院。

半小时后,晕头转向的会计总算到了文化娱乐委员会财务处,指望最终卸掉携带公款的重负。他接受教训,先小心翼翼地瞥了一眼长方形大厅,只见金字标识的磨砂玻璃后面坐着工作人员。这里会计没看到丝毫的不安和混乱。秩序井然,像个体面的机关。

瓦西里·斯捷潘诺维奇把头伸进"收款处"窗口，跟一个陌生的出纳打声招呼，客气地请他给一张缴款凭证。

"您要凭证干什么？"窗口里的出纳问。

会计感到奇怪。

"我要缴款。我是杂耍剧院的。"

"等一下。"出纳回答，旋即拉过网罩，关了窗口。

"奇怪！"会计寻思。他自然感到奇怪。这样的事他有生以来第一次遇到。人人知道，收钱有多难，随时随地都会出现障碍。可是在他三十年的财会生涯中，从未见过有谁，不论法人，还是自然人，收钱会推三阻四。

终于，网罩拉开，会计又把脸凑近窗口。

"您数目大吗？"出纳问。

"两万一千七百十一卢布。"

"嚆！"不知为什么，出纳语含讥讽地回答，随手把一张绿色凭证递给会计。

会计十分熟悉这套手续，一转眼就填好单子，动手解开纸包上的绳子。他打开自己的重负，顿时眼睛发花，嘴里痛苦地咕噜着什么。

他面前是一堆花花绿绿的外币。有加元、英镑、荷兰盾、拉脱维亚拉特、爱沙尼亚克朗……

"这不，就是他，杂耍剧院变戏法的……"呆若木鸡的会计头上响起一个威严的声音。瓦西里·斯捷潘诺维奇·拉斯托奇金当即被捕。

第十八章　不走运的造访者

就在勤勤恳恳的会计乘坐出租车风驰电掣地去文化娱乐委员会，撞上批阅文件的上装时，一列从基辅开来的火车驶抵莫斯科。随着下车的人群，从九号软卧车厢里走出一个手提仿皮箱、衣着体面的旅客。这位旅客不是别人，正是已故柏辽兹的姨夫马克西米利安·安德列耶维奇·波普拉夫斯基，一位计划经济学家，家住基辅学院路。此次来莫斯科，是因为前天深夜他收到一封电报，内称：

　　我刚在牧首塘被电车碾了。葬礼定于星期五下午三时举行。速来。柏辽兹。

马克西米利安·安德列耶维奇被认为是基辅最聪明的人之一，他也确实当之无愧。然而即使是最聪明的人，收到这么一封电报也会困惑莫名。既然本人能发电报，说他被电车碾了，那就说明他没被碾死。既然没死，怎么谈得上葬礼？要不他伤势过重，预见到死在旦夕？这倒有可能。但匪夷所思的是，他怎么会如此确切地知道，他将在星期五下午三点下葬？离奇的电报！

但聪明人之所以聪明，就在于能将一团乱麻理出头绪。很简单，出了差错，电文搞乱了。这里的"我"字，无疑是另一封电报中的。

而末尾的"柏辽兹"则应置于"我"的位置。这样一改，意思就清楚了，但是，当然，令人伤心。

痛哭失声的太太刚安静下来，马克西米利安·安德列耶维奇立即打点行装，准备前往莫斯科。

应当揭开马克西米利安·安德列耶维奇内心的一个秘密。毫无疑问，他痛惜外甥的英年暴卒。不过，当然，作为人精，他明白他并非一定要去参加葬礼。但是马克西米利安·安德列耶维奇偏偏迫不及待地要去莫斯科。什么原因？原因只有一个：房子。莫斯科的一套房子！这是大事。不知为什么，马克西米利安·安德列耶维奇不喜欢基辅，迁居莫斯科的想法近来常常使他夜不成寐。

他不喜欢第聂伯河春潮泛滥、淹没低处岛屿、水天一色的风光，他不喜欢站在弗拉基米尔大公塑像下观赏扣人心弦的美景，他不喜欢弗拉基米尔山冈砖砌小径上春天飘忽的日影。他对这一切都没兴趣，他朝思暮想的只有一件事——迁居莫斯科。

他在报上登过启事，愿以基辅学院路的公寓交换莫斯科的一套面积较小的住房，但毫无结果。没人愿意，即便偶尔有人洽谈，也都存心不良。

这封电报使马克西米利安·安德列耶维奇坐不住了。错过这样的良机是罪过。精明的人都明白机不可失。

总之，不管困难多大，也要设法把外甥在花园街的住房继承下来。是的，这很复杂，非常复杂，但这些复杂的问题无论如何都得解决。老谋深算的马克西米利安·安德列耶维奇知道，要把房子弄到手，首先必须走的一步棋，就是把户口报进已故外甥的三个房间，哪怕是临时户口。

星期五上午，马克西米利安·安德列耶维奇走进莫斯科花园街副三〇二号的住房合作社办公室。

办公室很小，墙上挂着一幅旧宣传画，分几个画面介绍抢救溺水者的方法。木桌后面孤零零地坐着一个胡子拉碴的中年男子，神色紧张。

"我可以见管委会主任吗？"计划经济学家摘下帽子，客气地问，把手提箱放到一张空椅子上。

这个似乎非常普通的问题，不知为什么使坐着的人不安，甚至脸色都变了。他惊恐地瞟了一眼来人，含混不清地嘟囔说，主任不在。

"他在家里？"波普拉夫斯基问，"我有急事找他。"

坐着的人又前言不搭后语地回答了几句，但还是可以猜出主任不在家里。

"那他什么时候上班？"

坐着的人什么也没回答，忧郁地望了望窗外。

"啊哈！"聪明的波普拉夫斯基明白过来，便问秘书在不在。

桌旁的怪人紧张得脸都红了，又含含糊糊地回答，秘书也不在……什么时候来，不知道……秘书病了……

"啊哈！……"波普拉夫斯基又明白了，"那总该有人管事吧？"

"我。"那人没精打采地回答。

"知道吗，"波普拉夫斯基郑重地说起来，"柏辽兹是我外甥，您想必知道，他在牧首塘死于车祸，我是他唯一的继承人，根据法律，我有义务继承他的遗产，也就是我们的五十单元……"

"我不清楚，同志……"那人忧郁地打断他。

"可是，请问，"波普拉夫斯基声音洪亮地说，"您是管委会成员，应当……"

这时房间里进来一位公民。一见来人，坐着的人脸都白了。

"你是管委会成员皮亚特纳日科？"来人问坐着的人。

"是。"坐着的人回答,声音轻得几乎听不见。

来人压低声音向坐着的人说了句什么,坐着的人立时伤心地从椅子上站起来,几秒钟后,管委会空荡荡的办公室里,只剩波普拉夫斯基一人。

"唉,够呛!真该把这些人统统……"波普拉夫斯基懊恼地想,快步穿过铺柏油的院子,朝五十单元走去。

计划经济学家刚一按铃,门便应声开了,马克西米利安·安德列耶维奇踏进昏暗的前厅,心里奇怪,真不明白是谁给他开的门,因为前厅没人,只有一只奇大的黑猫蹲在椅子上。

马克西米利安·安德列耶维奇干咳两声,跺了跺脚,书房的门这才打开,走出卡罗维耶夫。马克西米利安·安德列耶维奇不卑不亢地向他点了点头,说:

"鄙姓波普拉夫斯基,是已故柏辽兹的……"

没等他说完,卡罗维耶夫已经从口袋里掏出一块脏手帕,捂住鼻子,哭起来。

"……姨夫……"

"那是,那是。"卡罗维耶夫打断他,把手帕从脸上拿开,"我一看到您,就猜出来了!"说到这里,又大哭起来,高声说:"惨呀!这叫什么事?啊?"

"是电车碾死的?"马克西米利安·安德列耶维奇小声地问。

"就是!"卡罗维耶夫大叫,眼泪泉水般地从夹鼻眼镜后面涌出,"就是!我亲眼所见。您信不,就一下子!脑袋搬家!右腿嘎巴一声,断成两截!左腿嘎巴一声,断成两截!您瞧瞧,这些个电车干的!"显然卡罗维耶夫支撑不住,把头抵在穿衣镜旁的墙上,号啕痛哭,连身子都在颤抖。

陌生人的举止,令柏辽兹的姨夫深为感动。"谁说当今社会上没好人!"他想,觉得自己也要掉泪了。可就在这一刻,一片疑云在他心头升起,旋即像蛇一样闪过一个念头:这个好人会不会已经把户口报进了死者的单元?生活中不乏这样的先例!

"对不起,您是我家米沙的朋友?"他问,用袖子擦着无泪的左眼,而右眼审视着悲痛欲绝的卡罗维耶夫。但后者哭得死去活来,除了"嘎巴一声,断成两截!"什么都听不清。哭够以后,卡罗维耶夫终于把脑袋从墙上移开,嘟囔说:

"不,我受不了!我得喝三百滴乙醚缬草酊!……"他把泪水纵横的脸转向波普拉夫斯基,补充说:"您瞧瞧,这些个电车!"

"对不起,是您给我发的电报?"马克西米利安·安德列耶维奇问,苦苦寻思这个如丧考妣的怪物究竟是什么人。

"是他发的!"卡罗维耶夫回答,用手指着黑猫。

波普拉夫斯基目瞪口呆,以为自己听错了。

"不,我撑不住了,不行,"卡罗维耶夫边抽鼻子边说,"一想:车轮碾断大腿……一个车轮十普特[1]重……嘎巴一声!……我得躺下,睡一会儿。"他说着,离开了前厅。

这时黑猫动了动,打椅子上跳下来,后腿直立,前腿叉腰,口吐人言说:

"嗯,是我发的。还有什么要问?"

马克西米利安·安德列耶维奇顿觉天旋地转,手脚发麻,手提箱掉到地上,人瘫坐在黑猫对面的椅子上。

"我好像在用俄语问您,"黑猫严厉地说,"还有什么要问?"

但波普拉夫斯基一声没吭。

"公民证!"黑猫喝令,伸出一只毛茸茸的爪子。

---

[1] 1普特约等于16.38千克。

什么都思考不了,什么都看不见,除了猫眼里的两颗火星,波普拉夫斯基从口袋里倏地抽出公民证,就像抽出短剑。黑猫从镜台上拿起黑色宽边眼镜,架在猫脸上,愈加显得威严,从波普拉夫斯基哆嗦的手里一把夺过公民证。

"不知我会不会晕过去?"波普拉夫斯基暗想。远处传来卡罗维耶夫的啜泣声,整个前厅弥漫着乙醚缬草酊和某种令人作呕的臭味。

"哪个分局发的证件?"黑猫问,翻阅着公民证。没有回答。

"四一二分局,"黑猫自问自答,爪子在拿倒的公民证上比画,"哼,那还用说!这个分局我了解!谁去,都发公民证!换了我,比如,绝不发给您这种人!绝对不发!一看到您这张脸,立刻拒发!"黑猫越说越火,把公民证扔到地上。"您参加葬礼的资格取消,"黑猫打起官腔,"立即返回原地。"随即对着房门大吼:"阿扎泽勒!"

一个瘸腿的矮子,应声跑进前厅。这人一身黑色紧身衣,皮带上插着钢刀,火红头发,黄獠牙,左眼长着白翳。

波普拉夫斯基觉得胸闷,从椅子上站起来,捂着胸口往后退。

"阿扎泽勒,送客!"黑猫喝道,随即离开前厅。

"波普拉夫斯基,"进来的矮子瓮声瓮气地轻轻问,"我想,一切都明白了?"

波普拉夫斯基点点头。

"立刻回基辅,"阿扎泽勒继续道,"老老实实待在那里,别眼红莫斯科的住房,明白吗?"

这个长着獠牙、插着钢刀、斜着一只眼的矮子,把波普拉夫斯基吓得半死。论个头儿他刚刚够着经济学家的肩膀,可是行动起来有板有眼,心狠手辣。

他先拾起公民证递给马克西米利安·安德列耶维奇,后者用麻木的手接住证件。然后,这个叫阿扎泽勒的矮子一手提起手提箱,一手开门，拽住柏辽兹姨夫的胳膊，将他带到楼梯口。波普拉夫斯基倚在墙上。阿扎泽勒不用钥匙就把手提箱开了，从箱子里取出用油透的报纸包着的少了条腿的肥大烧鸡，把它放在地上。随后又从箱子里拿出两套内衣，磨剃刀的皮带，一本什么书和盒子，一脚把这些都踢下楼梯，除了烧鸡。空掉的手提箱也飞了下去。只听楼下啪的一声，根据声响就可断定，箱盖已经摔飞。

然后，这个红发强盗倒提鸡腿，猛地将整只烧鸡狠狠砸到波普拉夫斯基的脖子上。鸡身飞弹出去，鸡腿则留在阿扎泽勒手里。"奥布朗斯基家里一切都乱套了"[1]，著名作家列夫·托尔斯泰就是这样真实描述的。眼下他一准也这么说。对，在波普拉夫斯基眼里，一切都乱套了。他觉得有串长长的火花从眼前掠过，接着火花变成一条黑魆魆的蛇，瞬息间，熄灭了五月的阳光——波普拉夫斯基顺着楼梯飞滚而下，手里握着公民证。滚到拐弯处，他一脚碰碎了窗玻璃，这才在阶梯上停住。没腿的烧鸡蹦蹦跳跳地滚过他身旁，掉进梯井。楼上的阿扎泽勒一眨眼啃光鸡腿，把鸡腿骨插进紧身衣的侧兜，转身回屋，砰的一声关了门。

就在这时，下面响起小心翼翼上楼的脚步声。

波普拉夫斯基跑下一道楼梯，在梯台的一张木椅上坐下，喘了口气。

一个小老头穿着老式茧绸套装，戴顶绿带子的硬草帽，满脸忧伤地走上楼来，在波普拉夫斯基身旁停住脚步。

"请问，公民，"穿茧绸的人愁苦地问，"五十单元在哪里？"

"上面！"波普拉夫斯基没好气地回答。

"非常感谢，公民。"小老头依然愁苦地道了声谢，走上楼去，

---

[1] 《安娜·卡列尼娜》开篇第二句话。

波普拉夫斯基则起身下楼。

你们想必会问，马克西米利安·安德列耶维奇是不是去民警局，告发这帮强盗在光天化日之下对他蛮横施暴？不，绝对不是，可以这么断定。走进民警局，告发说：刚才有只戴眼镜的猫检查了我的公民证，后来一个穿紧身衣的人，拿着刀……不，公民们，马克西米利安·安德列耶维奇绝对是个聪明人！

他已经跑到楼下，发现大门旁还有一扇门，门上的玻璃碎了，里边是个不知用处的小间。波普拉夫斯基把公民证藏进衣袋，四面看了看，指望找到被踢下的东西，可是连影子都没有。波普拉夫斯基自己也觉得奇怪，他居然不太难过。他满脑子都是另一个有趣而又诱人的想法——借助这个人，再查一查该死的单元。真的，既然他打听这个单元在哪里，可见是第一次来。所以，他会马上落入盘踞在五十单元内的那帮歹徒的魔爪。波普拉夫斯基有种预感，这个小老头很快就会从这个单元里出来。什么外甥的葬礼，马克西米利安·安德列耶维奇当然已经不想参加，回基辅的火车离开车还有不少时间。计划经济学家回头看了一眼，悄悄溜进小间。

这时，上面很高的地方响起关门声。"他进去了……"波普拉夫斯基紧张地想。小间里很凉快，不过有股耗子和皮靴的气味。马克西米利安·安德列耶维奇在一个什么木墩上坐下，决意等小老头出来。他的位置不错，从小间里可以直接看到六号门。

但是等待的时间比基辅人估计的要长。不知为什么，楼梯上始终空空的，什么都听得很清楚。终于五楼的门响了。波普拉夫斯基屏住气息。对，他的脚步声。"下楼了。"下面一层有扇门开了。脚步声停息。女人的声音。男人忧伤的声音……对，是他的声音……好像是说："饶了我吧，看在基督分上……"波普拉夫斯基在打碎的玻璃旁竖起耳朵，这只耳朵捕捉到女人的笑声。麻利响亮的下楼脚步声，随即闪过一个女人的背影。这个女人拎着绿色的漆皮小包走出大门,到院子里去了。这时,小老头的脚步声重又响起。"奇怪,他在往上去!他会不会是这帮歹徒的同伙?对,回去。听,楼上又开门了。行,再等等。"

这回等的时间不长。关门声。脚步声。脚步声停止。惨叫。猫叫。急促、细碎的脚步声,来了,来了,来了!

波普拉夫斯基终于等到了。忧伤的小老头画着十字,嘴里嘟囔着什么,快步走过,满脸恐惧,头上草帽不见了,秃顶上有好几道伤痕,两条裤腿全湿了。他抓住大门把手拼命使劲,惊慌中不知道大门该怎么开——往外还是往里。终于他打开大门,跑到阳光下的院子里。

五十单元查了。马克西米利安·安德列耶维奇再也不想故世的外甥,不想房子,回想起刚才遭遇的危险,心惊胆战,嘴里一个劲儿地嘟囔:"明白了!明白了!"——赶紧从楼里出来。几分钟后,一辆无轨电车载着计划经济学家朝火车站驶去。

计划经济学家在楼下小间坐等的时候,小老头遭遇了极大的不快。此人是杂耍剧院小吃部经理,名叫安德列·福基奇·索克夫。警方在剧院调查时,安德列·福基奇躲得远远的,人们只是发现他比平时更加忧郁,此外他向通信员卡尔波夫打听过外国魔术师的住址。

小吃部经理在梯台上跟计划经济学家分手后,爬上五楼,按响了五十单元的门铃。

门立即打开,可是小吃部经理打个寒噤,后退一步,没立刻进去。这可以理解。开门的是个赤身裸体的女郎,仅在腰间风骚地系一条花边小围裙,头上戴个雪白的钩花发饰,脚上穿着金色皮鞋。女郎的身材无可挑剔,唯一的外貌缺陷,是脖子上有道紫红的疤痕。

"怎么啦,进来吧,既然按了铃!"女郎说,淫荡的碧眼盯住小吃部经理。

安德列·福基奇嗯了一声，眨巴着眼睛，边摘草帽，边走进前厅。恰巧这时，前厅的电话响了。不要脸的女仆把腿往椅子上一搁，摘下话筒，说：

"哈喽！"

小吃部经理不知道眼睛该往哪儿躲，倒换着双脚，暗想："哎哟！外国人的女仆真骚！呸，叫人恶心！"为了避开骚货，他只能斜眼看着其他地方。

宽大昏暗的前厅里，堆放着各种稀奇古怪的物品和服装，椅背上搭着一件大红衬里的黑斗篷，穿衣镜的镜台上放着一把长剑，剑柄是纯金的，闪闪发亮。另有三把银柄长剑，像是不值钱的雨伞或手杖什么的，随便地撂在角落里。鹿角上挂着几顶插着鹰翎的小圆帽。

"对，"女仆对着话筒说，"怎么？迈格尔男爵？请问什么事？对！演员先生今天在家。对，他很高兴见您。对，有客人……燕尾服或者黑色套装。什么？午夜十二点以前。"女仆挂好话筒，转身问小吃部经理："您有什么事？"

"我要见演员公民。"

"什么？见他本人？"

"见他本人。"小吃部经理愁眉苦脸地说。

"我先问一声。"女仆显然有点儿迟疑，她把已故柏辽兹书房的门打开一条缝，禀报说，"骑士，来了个小老头，说是想见主子。"

"让他进来。"书房里传出卡罗维耶夫的颤音。

"请去客厅。"女郎简单地说，仿佛她是规规矩矩穿着衣服的。她推开客厅的门，自己也离开了前厅。

踏进请他进去的客厅，小吃部经理甚至忘了自己的事情：房间的装饰让他目瞪口呆。透过几扇大窗的彩色玻璃（失踪的珠宝商遗孀的奇思妙想）洒下异样的、犹如教堂的阳光。尽管已值暮春，天气热了，老式大壁炉里还烧着劈柴。然而屋里非但不热，甚至让进来的人感到有股地窖般的潮气。壁炉前的虎皮上蹲着一只硕大的黑猫，平静地眯细眼睛，望着炉火。屋里有张桌子，敬畏上帝的小吃部经理一见不由打了个寒战：桌上铺着教堂专用的锦缎台布。锦缎台布上放着许多尘封、发霉的大肚酒瓶。酒瓶间有只盘子幽幽闪光，一望便知，这盘子是纯金做的。壁炉前坐着一个红发矮子，腰间插刀，正用长剑挑着在炉火上烤肉，肉汁滴进炉火，油烟袅袅飘进烟道。屋里不仅有烤肉味，还弥漫着浓郁的香水和神香的气味。小吃部经理已从报上看到柏辽兹的死讯和住址，脑海里迅即掠过一个想法：是不是在给柏辽兹做安灵弥撒？不过他马上驱走了这个显然荒唐的想法。

惊诧的小吃部经理，忽然听到一个厚重的男低音：

"请问，我能为您做点什么？"

小吃部经理这才发现他要见的人就在暗处。

魔术师摊开四肢仰卧在一张低矮、宽大的沙发床上，床上散着好些枕头。小吃部经理觉得，这位演员好像只穿了一身黑色内衣和一双也是黑色的尖头便鞋。

"我是杂耍剧院小吃部经理……"安德列·福基奇苦着脸说。

演员伸出指环闪光的手，像要堵住小吃部经理的嘴，十分激动地说：

"别，别，别！别说了！千万别说！我绝不吃您小吃部的东西！尊敬的先生，我昨天从你们柜台前走过，直到现在还忘不了那些鲟鱼和羊奶干酪。我亲爱的朋友！羊奶干酪从来没有绿色的，您准是上了什么人的当。它应当是白色的。再说，茶水呢？那简直是泔水！我亲眼看见一个不太整洁的姑娘用水桶往你们的大茶炊里加生水，这时，你们照样开着龙头倒茶。不，亲爱的，这可不行！"

"对不起，"安德列·福基奇被这突如其来的攻击惊呆了，"我不是为这事来的，再说，这跟鲟鱼没关系。"

"要是鲟鱼变质了，怎么没关系！"

"送来的是二级新鲜的鲟鱼。"小吃部经理辩解。

"亲爱的，这是胡扯！"

"怎么是胡扯？"

"二级新鲜就是胡扯！新鲜只有一个等级——一级，这是第一个等级，也是最末一个等级。要是鲟鱼是二级新鲜的，那就是已经臭了！"

"请原谅……"小吃部经理又想辩解，不知道该怎么说才能不找他碴儿。

"我不原谅。"魔术师果断地说。

"我不是为这事来的。"小吃部经理不知所措，讷讷地说。

"不是为这事？"外国魔术师感到奇怪，"那是什么事让您来找我？要是记忆力没有背叛我的话，跟您的行当相近的人中，我只认识一个随军商贩，不过这是十分久远的事，当时您还没出生。不过，我很高兴见到您。阿扎泽勒！给小吃部经理先生搬张凳子！"

那个烤肉的人转过身（他的獠牙把小吃部经理吓得半死），麻利地递给他一张深色柞木矮凳。客厅里没有其他坐具。

小吃部经理说：

"万分感激！"随即坐到矮凳上。矮凳的一条后腿啪地断裂，小吃部经理一屁股坐到地上，疼得他叫了声"哎呀"。他摔倒时，脚碰到他面前的另一张凳子，把凳子上满满一杯红葡萄酒泼到了自己裤子上。

演员大声说：

"哎呀！您没摔伤吧？"

阿扎泽勒把小吃部经理扶起，又给他一张凳子。主人让他脱下裤子，挂在炉前烤干，他痛苦地谢绝了，尽管穿着湿裤子极不舒服，他还是小心地坐到另一张矮凳上。

"我爱坐矮凳，"演员说，"坐矮凳，摔倒也不怕。对，总之，我们刚才谈到鲟鱼？我亲爱的！新鲜，新鲜，新鲜——这应当是每个小吃部经理的座右铭。噢，对了，要不要尝尝……"

这时，小吃部经理看到有把长剑在炉火的红光中一闪，阿扎泽勒把一块嗞嗞作响的烤肉放入金盘，浇上柠檬汁，又递给小吃部经理一把两齿金叉。

"万分感激……我……"

"不，不，您尝尝！"

小吃部经理出于礼貌，叉起一小块烤肉放进嘴里，立刻感到这肉确实非常新鲜，更主要的是极其美味。小吃部经理品尝香气扑鼻、鲜美多汁的烤肉时，险些噎住，再次摔倒在地。原来有只硕大的黑鸟打邻室飞来，翅膀在小吃部经理的秃头上轻轻一擦。黑鸟落到壁炉架上的座钟旁。原来是只猫头鹰。"我的上帝，"安德列·福基奇像所有小吃部经理一样神经质，"这单元够吓人的！"

"来杯葡萄酒？白的，红的？一般在白天这种时候，您喜欢喝哪个国家的葡萄酒？"

"万分感激……我不喝酒……"

"何必呢！那要不要掷回骰子玩玩？或许您喜欢别的？多米诺骨牌？扑克？"

"我不会玩。"小吃部经理回答，他已经累了。

"那很不好，"主人下了结论，"当然随您便，不过一个男人不喝酒，不玩牌，不跟漂亮女人交往，不在餐桌旁谈天说地，那他必有什么不对头的地方,不是身患重病,就是心怀嫉恨。当然也有例外。和我一起欢宴的人中,偶尔也有卑劣小人!好吧,有什么事,我听您说。"

"昨天您变戏法……"

"我?"魔术师惊愕地扬声说,"行行好。我干这个,岂不有失身份!"

"对不起,"小吃部经理慌了,"不是演了一场魔术……"

"噢,对,对!我亲爱的!我给您透露个秘密:我根本不是演员,我不过是想看看莫斯科人这个群体,这在剧院里最方便。于是我的随从,"他朝黑猫那边点点头,"就演了一场,我只是坐着观察莫斯科人。不过您别着急,说吧,您来找我跟这场演出有什么关系?"

"您想必看到,其中有个节目是钱从天降……"小吃部经理压低声音,羞怯地回头望了一眼,"这不,钱全给捡走了。有个年轻人来我们小吃部,付了张十卢布,我找他八卢布半……后来又来了个人……"

"也是年轻人?"

"不,是有把年纪的。接着,第三个、第四个……我都找钱了。今天我清点钱柜,一看,钱没了,全是纸片儿。小吃部一共损失一百零九卢布。"

"哎——呀——呀!"演员大声叹道,"难道他们以为这是真钱?我不认为他们这样做是故意的。"

小吃部经理撇撇嘴,苦恼地回头斜了一眼,没有说话。

"难道是骗子?"魔术师不安地问来客,"难道莫斯科人里还有骗子?"

小吃部经理苦笑了一下,这一笑,所有的疑虑都打消了——是的,莫斯科人里有骗子。

"这太卑鄙!"沃兰德愤愤然地说,"您是穷人……对吧,您——是穷人?"

小吃部经理把脑袋缩进肩膀,那模样一望便知是穷人。

"您有多少存款?"

问题问得颇显关切,但这样的问题毕竟有失分寸。小吃部经理为难了。

"二十四万九千卢布,分存五个储蓄所,"邻室的颤音做了回答,"家里的地板下还有二百枚十卢布金币。"

小吃部经理像是跟凳子粘住了。

"当然,这点钱不算什么,"沃兰德宽容地对来客说,"不过,说实在的,就这么点钱您也用不了,您什么时候死?"

小吃部经理这下火了。

"这没人事先知道,跟谁都没关系。"他回答。

"可不,没人事先知道,"又从邻室传来那个可恶的声音,"其实要知道也不难,又不是牛顿二项式!九个月后,也就是明年二月他将死于肝癌,在莫斯科第一国立大学医院四病房。"

小吃部经理的脸黄了。

"九个月,"沃兰德若有所思地计算着,"二十四万九千……平均每月二万七千卢布?少了点,不过日子过得节俭些,也够用了……再说还有这些十卢布金币……"

"这些金币兑换不了,"那个声音又插一句,寒透了小吃部经理的心,"安德列·福基奇死后,房子很快就会拆掉,金币全部送交国家银行。"

"我劝您还是别进医院,"演员说,"在无望的病友的呻吟和鼾声中,死在病房里多没意思。不如拿出二万七千卢布办桌酒席,拥着一群醉态可掬的美女,三五好友陪坐左右,服毒后在弦乐声声中去往另一个世界。"

小吃部经理纹丝不动地坐在矮凳上,一下子苍老了许多。他眼圈发黑,两腮松弛,下巴耷拉下来。

"得了,我们想得太远,"主人大声说,"还是谈正事。把您收到的纸片拿给我看看。"

小吃部经理激动地打兜里掏出一个纸包,解开一看,愣住了。报纸包着的是好端端的十卢布钞票。

"我亲爱的,您真的病了。"沃兰德说,耸了耸肩。

小吃部经理怪异地笑着,站起来。

"要是,"他吞吞吐吐地说,"要是这些钱又……"

"嗯,"演员若有所思,"那您再来找我。欢迎光临!我很高兴认识您。"

就在这时,卡罗维耶夫奔出书房,一把抓住小吃部经理的手,使劲摇晃着,请他代为向所有的人鞠躬致意。小吃部经理稀里糊涂地去往前厅。

"赫勒,送客!"卡罗维耶夫喊道。

前厅里又是那个红发裸女。小吃部经理从门缝里挤出去,尖声道了声"再见",像醉汉似的走了。往下没走几步,他停住,在楼梯上坐下,掏出纸包,检查——钞票安然无恙。这时,从这个梯台的一个单元里走出一个拎绿包的女人。她看到有人坐在楼梯上,盯着十卢布钞票发呆,不由笑了,若有所思地说:

"我们这幢楼怎么啦……这老头一早就醉了。楼梯的玻璃窗又给砸了!"她仔细看了看小吃部经理,补充说,"嚱,公民,您怎么有这么多大钞!分点给我,啊?"

"饶了我吧,看在基督分上!"小吃部经理吓坏了,麻利地把钱藏好。女人哈哈大笑:

"见鬼去吧,守财奴!我跟你闹着玩的……"转身下楼。

小吃部经理慢慢站起来,举手想扶草帽,这才发现头上没有草帽。他极不愿意回去,可又舍不得草帽。犹豫片刻,他还是回去,按响了门铃。

"您又有什么事?"该死的赫勒问他。

"我把帽子忘了。"小吃部经理轻轻说:指着自己的秃头。

赫勒转过身,小吃部经理在心里啐了一口,闭上眼睛不看。待他睁开眼睛,赫勒拿来了他的草帽和一把黑柄剑。

"不是我的。"小吃部经理轻轻地说,推开剑,迅速把草帽戴上。

"难道您来时没带剑?"赫勒感到奇怪。

小吃部经理咕哝了一句什么,急忙下楼。不知为什么他觉得头上不舒服,戴帽子太热,便摘下帽子,这一摘吓得他轻声惊叫起来。拿在他手里的是天鹅绒贝雷帽,还插根乱糟糟的公鸡毛。小吃部经理连忙画了个十字。这时贝雷帽忽然喵地一叫,变成一只小黑猫,跳回安德列·福基奇头上,四只爪子一起扎进他的秃顶。小吃部经理惨叫一声,没命地朝楼下奔去,小黑猫从他头上跳下,顺着楼梯又蹿了上去。

小吃部经理冲到楼外,直奔大门,永远离开了这栋鬼屋——副三〇二号。

他此后的情况一清二楚。小吃部经理冲到楼外,古怪地回头看了看,像在寻找什么。一分钟后,他已跑进街对面的一家药房。他刚说"请问……",柜台后的女人大叫:

"公民!您头上全是伤!"

五分钟后,小吃部经理已经包上纱布,得知公认的肝病专家是韦尔纳茨基和库兹明两位教授;问谁近些,听说库兹明就住在隔壁再隔壁的一幢小白楼里,简直欣喜若狂,两分钟后,便到了这座楼里。

小楼是座旧房子,然而非常非常舒适。小吃部经理记得,首先遇到的是个年老的保姆,她迎上来想接他的帽子,见他没帽子,便努着瘪嘴,走开了。

随后穿衣镜旁,似乎什么拱门下面出来一个中年妇女,告诉他说,只能挂十九日的号,早不了。小吃部经理马上想出对策。他病恹恹地眯细眼睛,朝拱门里望了一眼——前厅里只有三个人候诊,便有气无力地说:

"绝症……"

妇女困惑地看了看小吃部经理缠满纱布的脑袋,心软了,说:

"那好……"便让小吃部经理进了拱门。

就在这时,对面的房门打开,里面一副金丝边夹鼻眼镜倏地一闪,穿白大褂的妇女说:

"公民们,这个病人先看……"

小吃部经理没来得及看看周围,便已走进库兹明教授的诊室。这个狭长的房间里,丝毫没有医院可怕和庄严的气氛。

"您哪里不舒服?"库兹明教授嗓音悦耳地问,同时有些担心地看了看缠满纱布的脑袋。

"我刚从可靠方面获悉,"小吃部经理痴呆地不住看看镜框里的集体照,回答,"我将在明年二月死于肝癌。求您给治治。"

库兹明教授仰身靠在哥特式皮椅的高背上。

"对不起,我不懂您的意思……您找过别的医生?头上为什么缠着绷带?"

"哪来的医生?……您要是见过这个医生就好了!……"小吃部经理说到这儿,两排牙齿突然打起架来,"您别注意脑袋,这没关系。甭管脑袋,这跟脑袋不相干。肝癌,求您给治治。"

"请问,谁跟您说的?"

"您得相信他!"小吃部经理热切地请求,"他都知道!"

"我一点儿都不明白,"教授耸了耸肩,连人带椅向后一退,离开医案,"他怎么会知道您什么时候死?再说他又不是医生!"

"甚至知道我死在四病房。"小吃部经理说。

这时,教授看了看病人、他的脑袋和湿裤子,暗想:"没事找事!疯子!"

"您喝伏特加?"

"我从来不碰。"小吃部经理回答。

一分钟后,他已脱去外衣躺在冰凉的漆布卧榻上,教授在他肚子上按了一会儿。这时,应当说,小吃部经理变得相当高兴。教授绝对肯定,现在,至少此刻,小吃部经理没有任何肝癌症状,不过既然……既然他担心,不知哪个巫医吓他,那就做一次全面检查……

教授一面开着各种化验单,一面告诉他该去哪里,该送什么。另外,写了张条子,让他去找神经内科专家布列教授,对小吃部经理解释说,他的神经严重紊乱。

"该付您多少诊费,教授?"小吃部经理用温柔颤抖的声音问,掏出鼓鼓的钱包。

"随您。"教授生硬而又冷淡地回答。

小吃部经理数了三张十卢布钞票放在桌上,然后突然用猫爪似的轻柔动作,把一个发出轻微碰撞声的小纸包,放在三张十卢布钞票上。

"这是什么?"库兹明问,捻了捻小胡子。

"请笑纳,教授公民,"小吃部经理轻轻说,"只求您别让我生癌。"

"请马上把您的金币收起来,"教授说,颇感自豪,"您最好治治您的神经。明天送小便来化验。不要多喝茶。绝对忌盐。"

"连菜汤也不放盐?"小吃部经理问。

"什么都不许放盐!"库兹明厉声说。

"唉!"小吃部经理叹了口气,感激地望着教授,收起金币,倒着退向门外。

这天下午教授的病人不多,天快黑时,最后一个病人也走了。教授一边脱白大褂,一边朝小吃部经理放了三张十卢布钞票的桌上看了一眼,发现那里压根儿没有十卢布的钞票,只有三张阿布劳-久尔索香槟酒商标。

"见鬼!"库兹明嘟囔一句,在地板上拖着脱了一半的白大褂走过来,摸了摸三张商标,"看来那人不但是精神病,还是骗子!可我不懂他干吗骗我!难道为了骗张尿液化验单?噢!他偷了大衣!"于是教授仍然穿着白大褂的一只袖子,朝前厅奔去。"克谢尼娅·尼基季什娜!"他在前厅门口大叫,"快看看,大衣都在吗?"

大衣都在。教授终于把白大褂脱了,回到桌前时,他好像长在地板上,眼睛盯着自己的医案呆住了。在原先放商标纸的地方,蹲着一只可怜巴巴的小黑猫,俯视一盘牛奶,喵喵叫着。

"这是怎么回事,请问?!这太……"库兹明突然感到后脑勺发凉。

教授气急败坏的喊声虽然很轻,克谢尼娅·尼基季什娜已经跑来了,她急忙宽慰他说,这肯定是哪个病人扔了小猫,这种事别的教授也经常碰到。

"大概家里穷,"克谢尼娅·尼基季什娜解释说,"而咱们,当然……"

他俩开始猜想是谁扔的,怀疑落到一个患胃溃疡的老太太身上。

"准是她,"克谢尼娅·尼基季什娜说,"她肯定这么想:我迟早要死,这猫多可怜。"

"不对!"库兹明喊道,"牛奶呢?!也是她带来的?盘子呢,啊?"

"牛奶是她用小瓶装来的,在这儿倒进了盘子。"克谢尼娅·尼基季什娜解释说。

"不管怎样,您把小猫和盘子拿走。"库兹明吩咐,亲自把克谢尼娅·尼基季什娜送到门口。待他回来,情况变了。

教授把白大褂挂到衣钩上,听到院子里有人哈哈大笑,往外一看,自然,惊呆了。只见一个妇女只穿衬衣,穿过院子,朝对面厢房跑去。教授甚至知道她叫什么——玛利亚·亚历山德罗夫娜。哈哈大笑的是个男孩。

"什么事?"库兹明鄙夷地说。

这时,隔壁女儿房间里,留声机奏起狐步舞曲《哈利路亚》,就在这一瞬间,教授背后传来麻雀叽叽喳喳的叫声。他回过头,看见自己医案上有只奇大的麻雀跳来跳去。

"嗯……镇静……"教授暗想,"这麻雀是我离开窗口时飞进来的。一切正常!"教授对自己说,其实他已意识到一切恰恰很不正常,当然,主要是因为这只麻雀。教授仔细观察,立刻发现,这麻雀——不是寻常麻雀。可恶的家伙跛着左腿,显然装腔作势地一瘸一拐,踏出舞曲的节拍,总之,在留声机的乐声中跳狐步舞,就像柜台旁的醉鬼。放肆透顶,还厚颜无耻地瞟瞟教授。

库兹明的手搭到电话机上,他准备打电话给老同学布列,请教他,人到六十岁上,看到这种麻雀,突然头晕,到底意味着什么?

这时,麻雀跳到人家赠给教授的墨水瓶上,往瓶里拉了泡屎(在下并非搞笑!),然后飞起,悬在半空中,接着猛地冲向一八九四届医大全体毕业生合影的镜框,用钢铁般的喙一啄,把玻璃啄得粉碎,旋即飞出窗户。

教授改拨另一个号码,原本想打给布列,现在打了水蛭[1]所,说

---

[1] 水蛭吸血,可用于治病。

他是库兹明教授,请即刻送些水蛭来他家。

放下话筒,教授又朝医案转过身,旋即叫出声来。医案边坐着一个戴护士巾的女人,膝上搁着标有"水蛭"的提包。教授惊叫,因为注意到了她的嘴。这是一张男人的嘴,几乎歪到耳朵,露着獠牙,护士的眼睛像是死人的眼睛。

"这钱我收回了,"护士用男低音说,"撂在这儿没意思。"她伸出鸟爪收拢商标,随即渐渐消融在空气中。

过了两小时。库兹明教授坐在卧室的床上,他两边的太阳穴上、两耳后面和脖子上都伏着水蛭。库兹明脚边一床绗过的绸被子上,坐着白胡子的布列教授,同情地看着库兹明,宽慰他说,这些都是荒诞的小事。窗外已经一片夜色。

这天夜里莫斯科还发生了哪些怪事,我们无从得知,当然,也无意查究,何况我们应该转入这个真实故事的第二部分了。请跟我来,读者!

第二部

第十九章　玛格丽特

请跟我来，读者！谁对你说世上没有真正忠诚永恒的爱情？这种胡说的家伙，真该割掉他可恶的舌头！

请跟我来，我的读者，只管跟我走，我一定让你见见这样的爱情！

不！大师错了，那天午夜后，他居然在医院里伤心地对伊凡说，她忘了他。这绝不可能。她当然没有忘记他。

首先，让我们公开大师不愿向伊凡公开的秘密。他深爱的女人名叫玛格丽特·尼古拉耶夫娜。大师对可怜的诗人所讲的关于她的一切，句句都是事实。他对自己深爱的女人的描述是准确的。她美丽、聪明。而且还得补充一点：可以肯定地说，大多数女人，只要有可能，都会心甘情愿地奉献一切，以换取玛格丽特·尼古拉耶夫娜所过的生活。年已三十的玛格丽特尚无子女，是一位有国家级重大发明、声名显赫的专家的妻子。她丈夫年轻、英俊、善良、诚实，对妻子宠爱有加。夫妻两人住在阿尔巴特街附近的一条小巷里，使用一幢优雅的花园住宅二楼的整个楼面。迷人的所在！任何人如果愿意去花园看一看，都会相信我所言不虚。让他来问我吧，我会告诉他地址，为他指路——花园住宅至今完好如初。

玛格丽特·尼古拉耶夫娜从不缺钱。玛格丽特·尼古拉耶夫娜可以买下她喜欢的一切。在她丈夫的朋友中,常有一些风趣和智慧的人士。玛格丽特·尼古拉耶夫娜从不下厨。玛格丽特·尼古拉耶夫娜从不知道与人合住一套房子的种种烦恼。总之……她幸福吗?一分钟都不!从她十九岁出嫁,住进这幢小楼以来,她从不知道幸福为何物。诸神啊,我的诸神!这个女人究竟需要什么?这个眼睛里永远燃烧着某种莫名火花的女人,这个当年用金合欢打扮自己,稍稍斜着一只眼的妖精,究竟需要什么?我不知道,也无从知道。显然,她说的是实话,她需要的是他,是大师,而根本不是哥特式小楼,不是独家花园,不是金钱。她爱他,她说的是实话。

甚至我,一个诚实的叙述者和局外人,想到第二天玛格丽特来到大师的陋室,发现大师已经失踪,她是什么感受,心都揪紧了。幸好,她还没来得及和未能如期归来的丈夫说明真相。

她想尽办法打听他的下落,当然,什么也没有打听出来。于是她回到花园住宅,在原来的地方度日如年。

肮脏的积雪刚从人行道和路面消失,气窗里刚吹进带有些许腐烂气息、令人不安的春风,相比冬天,玛格丽特·尼古拉耶夫娜越发忧伤。她常常偷偷地久久痛哭。她不知道,她爱谁,活的还是死的?绝望的日子越是一天天过去,她越是一天天想到,尤其是傍晚,她和死者同命相连。

应当或者忘掉他,或者自己死。要知道,不能这样终日煎熬,不能!忘掉他,不管付出什么代价——忘掉!但她就是忘不掉,真是痛苦。

"对,对,对,我犯了同样的错误!"冬天,为了纪念当初他写本丢·彼拉多时的炉火,玛格丽特坐在壁炉旁,望着点燃的炉火自言自语,"为什么那天夜里我离开他?为什么?这不是发疯!我第二天回去了,没有失约,像答应的那样,但已经晚了。对,我就像不幸的利未·马太,回去得太晚!"

这些话当然全都毫无道理,事实上如果那天夜里她留在大师身边,又能改变什么?难道她能救他?"可笑!"我们可以大叫,但面对已经陷入绝境的女人,我们不会这样鲁莽行事。

那天,也就是魔术师出现在莫斯科,引起种种荒唐的闹剧,柏辽兹的姨夫被赶回基辅,剧院会计银铛入狱,以及其他许许多多莫名其妙的怪事接踵而至的星期五,将近中午,玛格丽特在自己那间飘窗对着塔楼的卧室里,迷迷糊糊地醒了。

醒来后,玛格丽特没像往常那样哭泣,因为她这次醒来,有种预感:今天终于有什么事情要发生了。这种预感,一经察觉,她便立刻在自己内心呵护它,培植它,唯恐它会离她而去。

"我相信!"玛格丽特庄严地轻声念叨,"我相信!一定会有什么事情发生,真的,凭什么我得终生受苦?我承认原先我撒谎、欺骗,过的是没人知道的秘密生活,但总不能因为这些,就这样残酷地惩罚我。一定会有什么事情发生,因为天下没有一成不变的事情。我的梦就是预兆,这我敢担保。"

玛格丽特·尼古拉耶夫娜这样念叨,无论是望着洒满阳光的大红窗帘,还是慌乱地穿上衣服,坐在三面镜前梳理卷曲的短发。

玛格丽特昨夜的梦确实非同寻常。在冬天无尽的痛苦中,她从未梦见大师。每到夜晚他总是离她而去,她感到痛苦仅仅是在白天。但昨夜他在梦中出现了。

玛格丽特梦见一处陌生的地方——无望、沮丧,在早春阴沉的天空下。梦见一片片奔逃的灰色天空,天空下飞着一群无声的白嘴鸦。一座歪斜的小桥,桥下的小河里流淌着春天浑浊的河水,几棵凄楚、寒碜、半秃的树木,一株孤零零的白杨,再往远处——树木之间,一个什么菜园后面——有幢不起眼的圆木小屋。不知是单独的厨房，还是浴室，鬼知道是做什么用的。周围的一切是那么死寂、悲凉，真想在桥旁的白杨上吊死。没有风的吹拂，没有云的飘动，没有人影。对于活人，这地方不啻地狱！

可瞧，信不信由您，这圆木小屋的门开了，他走了出来。尽管离得相当远，但看得清清楚楚。他衣衫褴褛，甚至无法分辨他穿着什么。一头乱发，满脸胡子。眼睛是病态的，充满恐惧。他向她招手，唤她过去。玛格丽特踩着坑坑洼洼的小路朝他跑去，凝固的空气憋得她喘不过气来，恰恰这时她醒了。

"这梦只有两种解释，"玛格丽特·尼古拉耶夫娜暗自琢磨，"如果他死了，招呼我去，那就是他来接我，我快死了，这挺好，因为痛苦也就结束了。要不就是他活着，这梦表示他想让我知道，他还在这个世界上！他想说我们还会见面。对，我们很快就会见面。"

玛格丽特一直处于这种兴奋的状态中。她穿好衣服，不断促使自己相信，事实上一切都很顺当，应该善于捕捉和利用这种机会。丈夫出差整整三天，这三天她完全属于自己。没人打扰她考虑她想考虑的事情，憧憬她乐意憧憬的一切。花园住宅二楼的五个房间，这套在莫斯科足以令千百万人羡慕不已的寓所，全都由她支配。

尽管获得整整三天的自由，玛格丽特却在这套豪华的寓所里挑了一个远远不是最好的去处。喝过早茶，她去了一个黑洞洞的没有窗户的房间，那里放着几只箱子和两个存放各种旧东西的大立柜。她蹲下，打开第一个立柜最下面的抽屉，从一堆丝绸零料下，取出她生命中唯一珍爱的东西。捧在玛格丽特手上的是本褐色牛皮面的旧相册，里面有大师的一张照片，他的一本有一万卢布的银行存折，夹在两张卷烟纸中间的几片干枯的玫瑰花瓣和下沿烧焦的大半本练习本，里面约莫有一印张打字机上打出的文字。

捧着这些财宝回到自己卧室，玛格丽特·尼古拉耶夫娜把照片倚在三面镜上,坐了约莫一小时,膝盖上放着那本被炉火烧过的练习本,反复阅读已经被烧得没头没尾的文字:"……从地中海袭来的黑暗笼罩了总督憎恶的城市。圣殿和威严可怖的安东尼塔楼间的吊桥不见了。无底的漆黑从天而降,淹没了赛马场上方的双翼天使、设有枪眼的哈斯莫尼宫、集市、板棚、小巷、池塘……耶路撒冷——伟大的城市——骤然消失,仿佛它从未在世上存在过……"

玛格丽特还想读下去,但下面一无所有,除了手稿弯曲烧焦的边缘。

玛格丽特·尼古拉耶夫娜放下练习本,两肘支在镜台上,在镜中的身影前坐了很久,不住抹泪,眼睛一眨不眨地望着照片。后来泪水干了。玛格丽特整整齐齐理好自己的财宝。几分钟后,它又被埋到丝绸零料下。接着,啪的一声,黑洞洞的房间碰上了门锁。

玛格丽特·尼古拉耶夫娜在前厅穿大衣,准备出去散步。美人娜塔莎,她的女仆,问她第二道菜做什么,得到的回答是无所谓。为了消遣,她和女主人交谈起来,讲了一些天知道什么样的故事,什么昨天剧院里一位魔术师变魔术,把大家看傻眼了,还给每位观众两瓶外国香水和一双丝袜,免费。散场后,观众走到街上,哎呀,瞧,一个个全都赤身露体!玛格丽特·尼古拉耶夫娜跌坐在前厅穿衣镜前的椅子上,乐得哈哈大笑。

"娜塔莎!您怎么不害臊,"玛格丽特·尼古拉耶夫娜说,"您是个有文化的聪明姑娘,排队的人胡编乱造,您也跟着瞎嚷嚷!"

娜塔莎满脸通红,激烈地反驳说,这不是胡说,她今天在阿尔巴特街的食品店里,亲眼看到一个女人穿着皮鞋进来,可到付款处付款时,脚上的皮鞋没了,只穿一双袜子站着。她眼睛都吓直了!后跟上还有个窟窿。那鞋就是魔鞋,表演变出来的。

"她就这么走了?"

"就这么走了!"娜塔莎喊叫说,脸越来越红,因为她的话女主人不信,"还有,玛格丽特·尼古拉耶夫娜,昨天夜里警察抓了一百多人。剧院散场后,特维尔大街满街都是只穿一条内裤的女人。"

"这当然都是达莉娅讲的,"玛格丽特·尼古拉耶夫娜说,"我早就发现她尽胡说。"

这场好笑的谈话,最终是娜塔莎得到一份意外的礼物。玛格丽特·尼古拉耶夫娜走进卧室,出来时手里拿着一双丝袜和一瓶香水。玛格丽特·尼古拉耶夫娜对娜塔莎说,她也想表演魔术,送她一双丝袜和一瓶香水;并说她只求她一件事——别穿一双袜子在特维尔大街乱跑,别听达莉娅胡说。主仆两人亲吻几下便分手了。

无轨电车行驶在阿尔巴特街上。玛格丽特·尼古拉耶夫娜靠在舒适柔软的座椅上,忽而想着自己的心事,忽而听着前座两个男人窃窃私语。

他们谈论着一件什么怪事,还偶尔回头看看,生怕被人听见。坐在窗边的魁梧胖子,长着猪一样机灵的小眼睛,悄悄对身边的瘦子说:"只好用黑布把棺材盖上……"

"绝不可能,"瘦子惊讶地悄悄回答,"这可从没听说过……热尔德宾采取什么措施了?"

无轨电车均匀的嗡嗡声中,可以听到窗边传来的声音:

"刑事侦查……丑闻……真是怪了!"

从这些只言片语中,玛格丽特·尼古拉耶夫娜勉强明白了一点儿连贯的东西。两个男人悄悄谈论着一个死者,究竟是谁——他们没说,今天上午他的脑袋从棺材里给盗走了!所以,这个热尔德宾现在十分焦急。无轨电车里窃窃私语的两位和脑袋被盗的死者好像也有什么关系。

"还来得及买花吗?"瘦子不安地问,"火化,你说,在两点?"

终于,玛格丽特·尼古拉耶夫娜听腻了从棺材里盗走脑袋的神秘呓语。她很高兴,她该下车了。

几分钟后,玛格丽特·尼古拉耶夫娜已经坐在克里姆林宫墙下的一张长椅上,所坐方向使她正好看到驯马场。

玛格丽特朝明媚的太阳眯起眼睛,回想着自己昨夜的梦,回想着恰恰一年前,也是这一天,这个时候,这张长椅上,她和他并排坐在一起。也和当初一样,她身旁的长椅上放着黑色的手提包。今天他不在身旁,但玛格丽特·尼古拉耶夫娜仍在内心和他默默交谈:"如果你被流放,为什么不给我通个消息?别人不是都把消息传出来了?你不爱我了?不,不知为什么,我不信你会不爱我。这么说你在流放后死了……那我就请你放开我,让我自由地生活和呼吸。"玛格丽特·尼古拉耶夫娜自己代他回答自己:"你是自由的……难道我阻拦你了?"接着又回驳他:"不,这算什么回答!不,只有你从我的记忆中消失,我才自由。"

不时有人从玛格丽特·尼古拉耶夫娜身旁走过。一个男人朝这个穿着高雅的女人瞟了一眼,被她的清丽和孤独所吸引。他干咳一声,在玛格丽特·尼古拉耶夫娜坐的长椅的另一头坐下,鼓起勇气说:

"今天必定是好天气……"

玛格丽特厌恶地看了他一眼,他赶紧起身走了。

"瞧,这就是例子,"玛格丽特暗自对占据她身心的人说,"其实,我何苦赶走这个男人?我很寂寞,这个洛弗拉斯[1]没什么不好,

---

1 英国作家理查逊(1689—1761)的小说《克拉丽莎》中的主人公,喜好女色。

莫非他傻乎乎地说了'必定'？为什么我像猫头鹰似的独自待在宫墙下？为什么我被生活关在门外？"

她黯然神伤，垂头丧气。这时上午那股期待和兴奋的热浪突然朝她胸口涌来。"对，会有什么事情发生！"热浪又一次朝她涌来，她这才明白，热浪是乐声掀起的。透过市区的喧闹，可以越来越清晰地听到由远而近的鼓声和稍稍走调的喇叭声。

首先出现的是缓缓经过公园栅栏的一名骑警，紧接着三名步警。随后，一辆载有乐队慢慢向前的卡车。再后面，慢慢行驶着崭新的敞篷灵车，车上的灵柩被花圈覆盖，灵柩四角站着四个人——三男一女。隔着一段距离，玛格丽特都能清楚地看到灵车上送殡的人个个神色怪异、尴尬。灵车左后角的女人特别明显。这个女人丰满的面颊，被含在嘴里的什么耸人听闻的秘密撑得更胖了，浮肿的小眼睛里闪烁着难以捉摸的火花。似乎再过一会儿，这个女人就会憋不住朝死者眨眨眼睛，说："见过这码事吗？真是怪了！"跟在灵车后面送殡的大约三百人，他们慢慢走着，也是满脸惊惶。

玛格丽特目送出殡的队伍远去，听着土耳其鼓沮丧、单调的嘭嘭声渐渐趋于沉寂，心想："多怪的葬礼……这嘭嘭嘭的鼓声敲得人多难受！唉，真的，哪怕把灵魂抵押给魔鬼我也情愿，只要能知道他是否还活着！真有意思，这支古怪的队伍究竟为谁送殡？"

"为柏辽兹·米哈伊尔·亚历山德罗维奇送殡，"身旁传来稍带鼻音的男人的声音，"'莫文协'主席。"

玛格丽特·尼古拉耶夫娜吃惊地转过身，在自己的长椅上看到一个公民，这人显然是在玛格丽特怔怔地望着出殡队伍时，悄悄坐下的，并且应当认为她无意中把自己最后一个问题说了出来。

这时，出殡队伍渐渐停下，想必是被前面的红灯拦住了。

"对，"陌生公民又说，"他们的心情很怪。一边送灵，一边在想，他的脑袋哪去了!"

"什么脑袋?"玛格丽特问,审视身旁突然出现的邻座。这个邻座个子矮小,头发棕红,嘴边露出一只獠牙,穿着浆过的衬衣,一套优质的条子西服,一双漆皮鞋,头上戴顶圆礼帽,领带非常鲜艳。奇怪的是,男人一般放手帕或者插钢笔的胸袋里,这位公民插了一根啃光的鸡骨头。

"对,您瞧,"红头发解释,"今天上午格里鲍耶陀夫大厅里,死者的脑袋从棺材里给盗走了。"

"这怎么会呢?"玛格丽特脱口而出,同时想起无轨电车里的窃窃私语。

"鬼知道!"红头发放肆地回答,"不过我想这事不妨问问别格莫特。干得麻利透了。天大的丑闻!主要是闹不明白,谁要这脑袋,要它干吗!"

尽管玛格丽特·尼古拉耶夫娜心事重重,这位陌生公民的信口雌黄,还是使她震惊。

"请问!"突然她大声说,"哪个柏辽兹?就是今天报上……"

"对,对……"

"这么说跟在棺材后面的都是文学界人士?"玛格丽特问,突然满面怒容。

"那自然,就是这帮家伙!"

"您认识他们?"

"个个认识。"红头发回答。

"请问,"玛格丽特说,声音变得沉闷,"他们中间有没有评论家拉通斯基?"

"怎么会没有他呢?"红头发回答,"这不就是他嘛,第四排边上那个。"

"黄头发?"玛格丽特眯起眼睛,问。

"灰头发……瞧,他仰首朝天。"

"像个神父?"

"就是,就是!"

玛格丽特没再问什么,眼睛盯住拉通斯基。

"我看,"红头发笑着说,"您恨这个拉通斯基。"

"我恨的还不止他一个,"玛格丽特咬牙切齿地回答,"不过说这些没意思。"

这时,送殡队伍又开始行进,步行的人群后面跟着许多轿车,其中大部分都是空的。

"当然,毫无意思,玛格丽特·尼古拉耶夫娜!"

玛格丽特诧异了:

"您认识我?"

红头发没回答,只是摘下圆礼帽,往边上一放。

"一副强盗嘴脸!"玛格丽特想,望着这位和自己说话的路人。

"我可不认识您。"玛格丽特冷冷地说。

"您哪能认识我!不过今天我被派来找您是有件事。"

玛格丽特脸色发白,往后一闪。

"早该这么把话挑明了,"她说,"根本用不着扯什么脑袋被盗之类的鬼话!您想逮捕我?"

"才不是呢,"红头发大叫,"这像话吗?只要走上来说话,就一定是抓人!无非找您有件事。"

"我一点儿不明白,什么事?"

红头发朝四周看了看,神秘地说:

"派我来是请您今天晚上去做客。"

"您在胡说什么,去哪儿做客?"

"去一位非常尊贵的外国人那儿做客。"红头发意味深长地说，眯起眼睛。

玛格丽特大为震怒。

"冒出了一个新行当，在马路上拉皮条！"她说着站起来就走。

"给我这样的差事，谢谢啦！"红头发气呼呼地大声嚷嚷，又冲着离去的玛格丽特背影嘟哝一句，"蠢货！"

"浑蛋！"玛格丽特回头便骂，随即在自己背后听到红头发的声音：

"从地中海袭来的黑暗笼罩了总督憎恶的城市。圣殿和威严可怖的安东尼塔楼间的吊桥不见了……耶路撒冷——伟大的城市——骤然消失，仿佛它从未在世上存在过……您就跟您那烧焦的练习本、干枯的玫瑰花一起滚！您就一个人坐在这儿的长椅上求他放开您，让您自由呼吸，从您记忆中消失！"

玛格丽特脸色煞白，重又回到长椅前。红头发看着她，眯起眼睛。

"我一点儿不明白，"玛格丽特·尼古拉耶夫娜轻轻说，"那本子上写的，倒还可以知道……可以悄悄溜进来偷看……娜塔莎给收买了？是吗？可您怎么会知道我的想法？"她痛苦地皱起眉头，又说，"请问，您是谁？哪个机关的？"

"真没劲，"红头发嘟哝说，接着声音响了点儿，"对不起，我已经对您说了，我哪个机关都不是！请坐，请。"

玛格丽特无条件服从了，但坐下时，还是重新问了一次：

"您是谁？"

"好吧，我叫阿扎泽勒，不过对您来说，这反正说明不了什么。"

"那您能不能告诉我，您打哪儿知道练习本和我的想法的？"

"我不告诉您。"阿扎泽勒干巴巴地回答。

"您知道他的情况?"玛格丽特轻声哀求。

"嗯,就算知道吧。"

"求您了,只要告诉我一件事就行,他还活着?请不要折磨我。"

"嗯,活着,活着。"阿扎泽勒不大情愿地回答。

"上帝!"

"请别激动,别嚷嚷。"阿扎泽勒皱着眉头说。

"对不起,对不起,"现在已经变得顺从的玛格丽特喃喃说,"当然,刚才我很生您的气。不过您想想,在马路上平白无故地请一个女人去什么地方做客……我没成见,请您相信。"玛格丽特苦笑一下,"但我从没见过什么外国人,也不想跟他们来往……另外,我丈夫……我的悲剧就在于我和一个我不爱的人生活在一起,但毁坏他的生活,我认为是不道德的。他对我一片真心……"

阿扎泽勒听着这些颠三倒四的话,显然觉得无聊,便严肃地说:"请您暂时不要说话。"

玛格丽特顺从地住口了。

"我请您去见的外国人,对您绝对没危险。并且没人会知道这次造访。这我可以向您保证。"

"他为什么请我去?"玛格丽特婉转地问。

"这您以后会知道的。"

"我明白……我得和他上床。"玛格丽特若有所思地说。

阿扎泽勒对这话不知怎的嗤之以鼻,竟然回答:

"世上任何一个女人,请您相信,都盼着有这一天。"一丝讪笑扭曲了阿扎泽勒丑陋的脸,"但我只能让您扫兴,不会有这种事。"

"这个外国人真那么了不起?!"慌乱中玛格丽特失声大叫,从长椅旁经过的行人不禁朝她回过头来,"我去他那儿有什么意思?"

"意思大了……您可以利用这个机会……"

"什么?"玛格丽特大叫,两眼瞪得溜圆,"如果我没听错,您在暗示我可以在那里得到他的消息?"

阿扎泽勒默默点了点头。

"我去!"玛格丽特使劲喊了一声,旋即抓住阿扎泽勒的手,"去哪儿都行!"

阿扎泽勒如释重负地舒了口气,仰身朝椅背上一靠,遮住了刻在椅背上的大字"纽拉"[1],不无嘲讽地说:

"真难伺候,这些女人!"他两手插进裤袋,远远地朝前伸出两条腿,"这事,譬如说吧,干吗派我来办?别格莫特来不更好,他讨人喜欢……"

玛格丽特勉强挤出一丝苦笑,说:

"您别再糊弄我,别再用哑谜折磨我……我是个不幸的人,您利用的就是这个。现在我在朝一桩不明不白的怪事里钻,但我发誓,全是因为您提到了他!您这些莫名其妙的话,我听了都头晕……"

"别激动,别激动,"阿扎泽勒挤眉弄眼地回答,"您也得体谅我的处境。打剧院总务一个耳光,把什么人的姨夫从屋里赶走,拿枪把谁悄悄干掉,诸如此类的事——都是我的本行,但和一个热恋的妇女打交道——我可没辙。这不,我都跟您磨蹭半小时了。这么说,您去?"

"我去。"玛格丽特·尼古拉耶夫娜回答得很干脆。

"那就麻烦您收下,"阿扎泽勒说着从口袋里掏出一只不大的纯金圆盒,把它递给玛格丽特,"藏好了,要不人家都在看呢。这您用得着,玛格丽特·尼古拉耶夫娜。最近半年您伤心过度,老多了。"

---

[1] 俄罗斯女人名。

玛格丽特满脸通红，但什么也没回答。阿扎泽勒接着说："今天晚上九点半，麻烦您脱了衣服，把这盒润肤霜抹在脸上和身上。然后，随您做什么，但不要离开电话机。十点，我给您打电话，需要做的一切，我会告诉您的。您不用操心什么，该去哪儿，会送您去的，绝不会给您增添什么麻烦。懂了？"

玛格丽特沉默了一会儿，然后回答：

"懂了。这盒子是纯金的，掂掂分量就知道。好吧，我很清楚，这是在收买我，把我拉进一桩罪恶的勾当，我得为这付出很大的代价。"

"这是什么话，"阿扎泽勒几乎惊叫，"您又不想去了？"

"不，等一等。"

"把东西还我。"

玛格丽特把盒子攥得更紧，说：

"不，等一等……我知道我这是去干什么。但为了他，我什么都干，因为在这个世界上我再没有别的希望。但我想告诉您，如果您毁了我，您会感到羞耻！对，羞耻！我是为爱而死！"玛格丽特一拍胸脯，抬头望了望太阳。

"把东西还我，"阿扎泽勒恶狠狠地大叫，"把东西还我，让这一切都见鬼去。让他们派别格莫特来。"

"噢，不！"玛格丽特大叫，把过往行人吓了一跳，"我什么都同意，同意演一场喜剧，抹上这种润肤霜，同意去很远很远的鬼地方。但这东西我绝对不还！"

"哈！"阿扎泽勒突然一声吼叫，朝公园栅栏瞪大眼睛，伸手指着什么地方。

玛格丽特朝阿扎泽勒所指方向转过身，没发现那里有什么特别的东西。她朝阿扎泽勒回过身，想听他对这声莫名其妙"哈"的解释，但没人对她解释——刚才还和玛格丽特·尼古拉耶夫娜说话的神秘邻座不见了。玛格丽特赶紧把手伸进手提包,那声吼叫前她刚把盒子放进去。她摸到了,盒子仍在。于是玛格丽特不再考虑什么,匆匆跑出亚历山德罗夫公园。

第二十章 阿扎泽勒的润肤霜

一轮明月挂在无云的夜空，透过枫树枝叶就能看到。椴树和刺槐在花园地面上画出一幅斑斑点点的复杂图案。三扇的飘窗敞开，但拉上窗帘的窗户，透出强烈的灯光。玛格丽特·尼古拉耶夫娜的卧室里，电灯全都开着，照亮了室内的一片混乱。卧榻的被子上放着衬衫、丝袜和内衣，几件揉成一团的内衣扔在地板上，边上是一包在忙乱中踩坏的香烟。一双皮鞋立在床头柜上，紧挨一杯没喝完的咖啡和一只烟头还在冒烟的烟灰缸，椅背上搭着黑色晚礼服。房间里全是香水味，还夹杂着不知哪里飘来的烧红的熨斗味。

玛格丽特·尼古拉耶夫娜坐在镜子前，赤裸的身体上只披了一件浴袍，脚上穿着黑色麂皮鞋。一只系有金表带的女式手表摆在玛格丽特·尼古拉耶夫娜面前，边上是阿扎泽勒给她的盒子，玛格丽特目不转睛地看着手表。有时她仿佛觉得手表坏了，指针一动不动。但指针在走，尽管走得很慢，像给粘住似的。终于长针指到了九点二十九分。玛格丽特的心猛地一跳，她甚至没能立刻拿起盒子。克制住内心的激动，玛格丽特打开盒子，看到盒子里装着浅黄的润肤霜。她似乎觉得润肤霜有股沼泽地水藻的气味。玛格丽特用指尖挑了一点儿在手掌上，沼泽地草木的气味顿时更浓了。随后她用手掌把润肤霜抹在额头和面颊上。润肤霜抹起来很容易，玛格丽特觉得它似乎一下子就挥发了。抹了几次后,玛格丽特朝镜子里看了一眼,不禁失手把盒子掉到手表表面上,表面立刻布满裂痕。玛格丽特闭上眼睛,然后又朝镜子里看了一眼,放声大笑。

用镊子修过的柳眉,变得浓密,就像两道整齐的黑色弧线弯在碧绿的眼睛上。去年十月大师失踪时出现在眉心的竖纹已经完全消失,连两鬓的黄斑和眼角的鱼尾纹也消失了。双颊红润,额头白皙、光洁,电烫的鬈发松开。

镜子里望着三十岁的玛格丽特的,是个露着皓齿大笑、天生一头乌黑鬈发的二十岁左右的少妇。

痛痛快快笑过一阵后,玛格丽特纵身抖掉浴袍,抠出一大块松软的润肤霜,使劲涂抹全身皮肤。身体立刻开始红润、发热。随后,刹那间,像是从脑袋里拔掉一根刺,打从亚历山德罗夫公园相遇后,痛了一晚上的太阳穴也不痛了。手脚的肌肉变得强壮,接着玛格丽特的身体失去重量。

她轻轻一跳,悬空在地毯上方,然后有股力量把她慢慢往下吸,她才落地。

"哎呀,这润肤霜!这润肤霜!"玛格丽特大叫,坐到软椅上。

润肤霜改变的不仅是她的外貌。现在她浑身上下,身体的每个细小部位,都沸腾着欢乐。这欢乐清晰可辨,就像疱疹刺痛全身一样。玛格丽特感到自己自由了,彻底自由了。此外,她十分清楚地意识到,她上午的预感已经应验,她将永远告别这幢小楼,告别自己原先的生活。但从这原先的生活中毕竟冒出一个想法:某种崭新的、非凡的,使她飞升、腾空的生活开始前,应当履行最后一项义务。于是她赤身裸体,连跑带飞地从卧室进了丈夫书房,开灯,冲向写字台,从便笺上撕下一页,用铅笔迅速、干脆、粗犷地写下一张便条:

"原谅我，尽快忘掉我。我永远离开你了。不要找我，这纯属徒劳。反复向我袭来的灾难和痛苦使我变成魔女。我该走了。永别了。玛格丽特。"

玛格丽特如释重负，怀着轻松的心情飞回卧室，随即娜塔莎提着一大堆东西进来。这些东西——挂在木衣架上的连衣裙，花边头巾，挂在撑架上的蓝色丝绸便鞋和腰带———下子全都掉到地上，娜塔莎用空出的双手轻轻一拍。

"怎样，漂亮吗？"玛格丽特·尼古拉耶夫娜用沙哑的嗓子大声问。

"这是怎么了？"娜塔莎喃喃着朝后退去，"您这是怎么弄的，玛格丽特·尼古拉耶夫娜？"

"抹了润肤霜！润肤霜，润肤霜。"玛格丽特回答，指着闪闪发光的纯金盒子，身体在镜子前转来转去。

娜塔莎忘了掉在地上已经弄皱的衣服，跑到镜子前，用贪婪、炽烈的目光盯着剩下的润肤霜。她的嘴唇翕动着，像在悄悄说着什么。她又朝玛格丽特转过身，怀着某种崇敬的心情说：

"皮肤！皮肤，啊？玛格丽特·尼古拉耶夫娜，瞧，你的皮肤真亮。"这时她回过神，赶紧跑到连衣裙前，捡起来连连抖搂。

"扔掉！扔掉！"玛格丽特朝她直喊，"让它见鬼去，全都扔掉！噢，不，您拿去做纪念。我说您拿去做纪念。把房间里的东西全拿去。"

仿佛傻了，一动不动的娜塔莎好一会儿看着玛格丽特，随后，扑上去搂住她的脖子，一边吻她，一边大叫：

"就像缎子！真亮！就像缎子！还有这眉毛，眉毛！"

"把衣服全拿去，香水也拿去，放到您自己的箱子里，藏好！"玛格丽特喊着，"不过，千万别拿首饰，要不，人家会说您偷东西。"

娜塔莎把随手能拿的衣服、鞋子、袜子、内衣，包成一包，匆匆拎出卧室。

这时，小巷对面的什么地方，一扇敞开的窗户里，传来响亮优美的华尔兹舞曲，还能听到一辆驶近大门的轿车的隆隆声。

"阿扎泽勒这就打电话来了！"玛格丽特听着小巷里回荡的华尔兹舞曲，兴奋地大喊，"他会打的！外国人不危险，对，现在我明白了。他不危险！"

轿车隆隆起动，驶离门口。栅栏门啪地关上后，花园的方砖小路上响起脚步声。

"这是尼古拉·伊凡诺维奇，脚步声一听就知道，"玛格丽特想，"临别前应当拿他好好开开心。"

玛格丽特倏地拉开窗帘，侧身坐到窗台上，两手抱住膝盖。月光从右侧照亮了她的身影。玛格丽特抬头望着月亮，一脸若有所思、富有诗意的表情。脚步声还笃笃地响了两声，随后倏地停止。礼貌起见，玛格丽特又欣赏了一会儿月亮，叹口气，这才朝花园扭过头来，果然，她看到了楼下的邻居尼古拉·伊凡诺维奇。他坐在长椅上，披着明媚的月光，从种种迹象上看，他是突然跌坐在长椅上的。脸上的夹鼻眼镜歪了，两手紧紧握着公文包。

"啊，您好，尼古拉·伊凡诺维奇，"玛格丽特用忧伤的声音说，"晚上好！您刚开完会？"

尼古拉·伊凡诺维奇什么也没回答。

"可我一个人坐着，"玛格丽特接着说，又朝花园里探了探身子，"您看，挺无聊的，只好赏赏月亮，听听华尔兹舞曲。"

玛格丽特用左手理了理鬓角上的一绺鬈发，随后生气地说：

"这不礼貌，尼古拉·伊凡诺维奇！说到底，毕竟我是女人！女人跟您说话，您不搭理，这很恶劣！"

月光下，尼古拉·伊凡诺维奇灰色背心上的每一粒纽扣，浅色山羊胡子上的每一根胡须，都看得清清楚楚，突然他怪异地讪讪一笑，从长椅上站了起来，显然他很尴尬，糊里糊涂地没有摘帽，只是往边上挥了挥公文包，两腿一弯，像是蹲下，要跳踢腿舞。

"哎呀，您这人多无聊，尼古拉·伊凡诺维奇，"玛格丽特接着说，"反正，你们这些人我都腻烦透了，我都说不出口，能和你们分手，我很幸福！你们都见鬼去！"

这时，玛格丽特背后的卧室里，倏地响起电话铃声。玛格丽特跳下窗台，顿时忘了尼古拉·伊凡诺维奇，抓起话筒。

"我是阿扎泽勒。"话筒里说。

"亲爱的，亲爱的阿扎泽勒！"玛格丽特大叫。

"时候到了！飞出来吧，"阿扎泽勒在话筒里说，听他口气，玛格丽特真诚的喜悦使他高兴，"飞过大门时，得喊'我身无形！'，随后在城市上空飞一会儿，习惯习惯，随后朝南，飞出城市，直飞河边。那里正在等您！"

玛格丽特刚挂上电话，隔壁房间便响起木头的撞击声，接着开始敲门。玛格丽特敞开房门，一把地板刷子，鬃毛朝上，跳舞似的飞进卧室。刷柄在地板上击打出急促的马蹄声，刷子像马尥蹶子似的跳动着，急于飞出窗外。玛格丽特欣喜地大叫一声，飞身骑上刷子。这时骑手骤然想起，她在忙乱中忘了穿衣服。她骑着刷子跑近卧榻，随手抓起一件天蓝色衬衫，像骑兵军旗似的往上一挥，飞出窗外。回荡在花园上空的华尔兹舞曲越发激越响亮。

玛格丽特从小窗滑到楼下，看见尼古拉·伊凡诺维奇仍坐在长椅上。他仿佛在长椅上凝固了，惊愕地倾听二楼住户明亮的卧室里传来的喊声和喧闹。

"永别了，尼古拉·伊凡诺维奇！"玛格丽特大喊，在尼古拉·伊凡诺维奇面前蹦跳。

尼古拉·伊凡诺维奇"哎呀"一声，在椅子上直往后退，两手一推一推地移动，碰落了自己的公文包。

"永别了，我要飞走了。"玛格丽特的喊声盖过华尔兹舞曲。这时她意识到她根本不需要衬衫，凶狠地狂笑着，一甩手，用衬衫蒙住尼古拉·伊凡诺维奇的脑袋。尼古拉·伊凡诺维奇眼前一黑，咕咚一声跌下长椅，倒在方砖小路上。

玛格丽特转身，想最后看一眼使她长期蒙受痛苦的小楼。她在辉煌的窗户中看见了娜塔莎惊恐的脸。

"永别了，娜塔莎！"玛格丽特喊着，把刷子往上一提。"我身无形，我身无形！"她越喊越响，穿过打脸的枫树枝杈的空隙，飞出大门，到了小巷上空。随她一起飞翔的华尔兹舞曲已经完全疯狂。

第二十一章　飞翔

我身无形，自由飞翔！我身无形，自由飞翔！玛格丽特沿着自己门前的小巷飞了一阵，到了和它垂直相交的另一条小巷上空。这是一条仿佛里外打了许多补丁、弯曲而又漫长的小巷，有家论杯出售散装煤油和小瓶杀虫剂的、门面歪斜的煤油铺。她一刹那便飞过了，旋即明白，尽管她是完全自由和无形的，也得在尽情享乐中稍稍保持理智。幸好奇迹般停了一下，她才没有撞死在街角破旧歪斜的路灯上。玛格丽特绕过路灯，更紧地握住刷子，飞得慢些，留神注视着电线和横在人行道上方的招牌。

第三条小巷直通阿尔巴特街。到了这里，她已经对飞刷操纵自如，知道只要手脚轻轻一碰，飞刷便会听从她的驱使，知道在城市上空飞翔需要十分小心，不能过急。此外，到了这条小巷，她已十分清楚，行人看不见她这个飞翔的魔女。谁也没有抬头看她，没有大喊"瞧，瞧！"，没有躲闪，没有尖叫，没有晕倒，没有古怪地狂笑。

玛格丽特悄无声息地飞着，很慢，也很低，大致保持在两层楼的高度。尽管这样慢慢飞着，在通往灯火辉煌的阿尔巴特街的出口处，她还是一不小心，肩膀撞到了画着一支箭的灯光圆盘。这使玛格丽特十分恼火。她停住驯顺的飞刷，飞到边上，然后突然冲向圆盘,刷柄一扫,把圆盘砸个粉碎。碎片哗啦啦掉下去,吓得行人赶紧躲闪,不知哪里响起警笛声。玛格丽特做了这件完全不必做的事情,放声大笑。"到了阿尔巴特街,应当更加小心,"玛格丽特想,"这地方杂七杂八的东西太多,你闹都闹不清。"她开始在电线间穿行。玛格丽特身下,流淌着无轨电车、公共汽车和轿车的车顶,两旁人行道上,正像玛格丽特从上面看到的,流淌着帽子的河流。这帽子河又分出若干支流,流进夜间商店灯火通明的大嘴。"唉,乱透了!"玛格丽特气呼呼地想,"连个转身的地方都没有。"她越过阿尔巴特街,稍稍升高一些,到了四楼左右,接着从街角剧院大楼灿烂的霓虹灯旁飞过,进入一条高楼林立的小巷。高楼的窗户全都敞开,处处传出无线电播放的音乐。出于好奇,玛格丽特朝一扇窗户里瞟了一眼。看到一间厨房,两只煤油炉在灶台上噬噬作响,边上站着两个手持勺子的女人,相互骂架。

"上完厕所应当随手关灯,我告诉您,彼拉盖娅·彼得罗夫娜,"那个把锅子烧得热气腾腾的女人说,"要不,我们只好打报告请您搬家!"

"您也不赖。"另一个回答。

"你们两个都不赖。"玛格丽特脱口而出,越过窗台进了厨房。两个吵架的女人一齐朝声音转过身,拿着肮脏的勺子愣住了。玛格丽特小心翼翼地从她们中间伸过手去,转动两个煤油炉的开关,熄了炉子。两个女人都"啊"的一声,张开嘴巴。不过,玛格丽特已经在厨房里待腻了,又向窗外的小巷飞去。

小巷尽头,她的注意力被一幢看来刚竣工的八层豪华公寓吸引住了。玛格丽特开始下降,落地后,发现公寓正面贴有黑色大理石,大门宽敞,大门玻璃后面透出门卫镶金线的制帽和光亮的纽扣。大门上方镌有一排金色大字——"戏文公寓"。

玛格丽特眯起眼睛看着公寓名称，怎么也琢磨不出"戏文"究竟表示什么。把刷子夹在腋下，玛格丽特走进门洞，推门撞了一脸惊奇的门卫。她看到电梯旁的墙上有块巨大的黑色标牌，上面用白字写着单元号码和住户姓名。标牌顶端赫然几个大字——"戏剧家文学家公寓"。玛格丽特不由发出一声猛兽的哀号。她腾空而起，贪婪地读着标牌上的姓名：胡思托夫、德乌勃拉特斯基、克万特、别斯库德尼科夫、拉通斯基……

"拉通斯基！"玛格丽特尖叫，"拉通斯基！对，这不就是他……就是他毁了大师！"

大门边上的门卫惊讶极了，瞪大眼睛，甚至一跳一跳地望着黑色标牌，竭力琢磨这样的奇迹：为什么住户名牌突然尖声怪叫？

这时，玛格丽特已经飞身上楼，一面欣喜地重复：

"拉通斯基，八十四号！拉通斯基，八十四号……"

瞧，左面——八十二号，右面——八十三号，还得上去，左面——八十四号。到了。瞧，还有名片——"奥·拉通斯基"。

玛格丽特跳下飞刷，发热的脚板踩在凉爽的水磨石梯台上十分舒服。玛格丽特按了门铃，一次，两次，但没人开门。玛格丽特又使劲按了门铃，这一次连她自己都听到了拉通斯基屋里响起的铃声。是的，八楼八十四单元的住户至死都应当感谢故世的柏辽兹，因为"莫文协"主席被有轨电车碾死后，治丧委员会会议恰好定在今天晚上召开。评论家拉通斯基可谓吉星高照。吉星使他避开了这个星期五变成魔女的玛格丽特！

没人开门。于是玛格丽特飞身下楼，数着楼层到了底下，直冲街上。她抬起头，从外面数清楼层，又检查一遍，估量着哪些是拉通斯基家的窗户。毫无疑问，八楼，公寓角上那五扇黑洞洞的窗户就是。确定后，玛格丽特腾空而起，几秒钟后便从敞开的窗户飞进一个乌黑的房间,屋内只有地上洒着一道银色的月光。玛格丽特顺着月光跑去,摸到开关。一分钟后,各个房间全都亮起电灯。飞刷立在墙角。确信屋里没人,玛格丽特打开大门,检查门口有没有名片。名片挂在那里。玛格丽特找到了要找的单元。

是的,据说,评论家拉通斯基至今一想起这个可怕的夜晚,还脸色发白,一提起柏辽兹的名字,还心怀感激。真不知道这天夜晚原本可能会发生一桩多么惨烈的刑事案件——玛格丽特走出厨房,手里拿着一把沉重的铁锤。

裸体的隐身飞人极力克制自己,说服自己,复仇的焦躁使她两手发抖。留神看准以后,玛格丽特朝钢琴琴键上一锤砸去,顿时所有房间响起一声凄厉的号叫。无辜的贝克牌钢琴疯狂呼救。琴键塌陷,骨制的键面四散乱飞。钢琴咆哮,哀号,呜咽,悲鸣。仿佛一声枪响,锃亮的钢琴三角盖板在铁锤的击打下四分五裂。玛格丽特喘着粗气,使劲用铁锤砸断、搅乱琴弦。终于她累了,离开钢琴,跌坐在圈椅上,想稍稍歇口气。

浴室里流水哗哗直响,厨房里也一样。"好像已经漫到地板上了……"玛格丽特想,随即自言自语:

"别这么舒舒服服坐着。"

厨房里的水已经流进走廊。玛格丽特赤脚踩在水里,把一桶桶水从厨房提到评论家的书房,倒进写字台抽屉。随后,她用铁锤砸碎书柜的玻璃门,转身冲进卧室。她砸碎镜子衣柜,从里面拖出评论家的衣服,把衣服浸入浴缸。又从书房里拿来满满一瓶墨水,浇在卧室松软舒适的双人床上。她实施的种种破坏,使她极其痛快,同时她又总觉得还不泄恨。于是她见什么砸什么。在放钢琴的房间里,她砸了几盆无花果。没等砸完,她又回到卧室,用菜刀割破床单,砸了镜框。她没有疲劳感,只是汗水从她身上不住地往下淌。

这时，拉通斯基楼下，八十二号，戏剧家克万特的女仆正在厨房喝茶。楼上传来的摔打声、奔跑声和碎裂声使她纳闷。她朝天花板抬起头，突然发现，雪白的天花板上有一块渐渐变成死人似的青灰色，她眼睁睁地看它扩大，看它突然渗出许多水珠。约莫有两分钟，女仆就这么呆坐着，觉得莫名其妙。直到天花板真正下起雨来，滴滴答答打着地板，她才跳起来，在雨水下放了一只脸盆。这当然毫无用处，因为雨区扩大，已经殃及煤气灶和餐桌。于是克万特的女仆一声尖叫，从房间里跑到楼梯上，旋即，拉通斯基家的门铃一股劲儿地响了。

"门铃响了，该走了！"玛格丽特说。她骑上飞刷，耳朵里已经听到一个女人的声音在锁孔里叫唤：

"开门，开门！杜霞，开门！你们家是不是漏水啦？把我们淹了。"

玛格丽特飞起一米多高，一锤砸向水晶吊灯。两个灯泡破了，水晶灯坠四散飞落。锁孔里的喊声停止，传来下楼的脚步声。玛格丽特飘到窗外，转身一锤，朝窗玻璃砸去。玻璃一声抽泣，碎片像瀑布似的沿着大理石墙面飞泻而下。玛格丽特又朝另一扇窗户飞去。底下，远远的人行道上，行人突然奔跑起来，停在门口的两辆轿车，一辆按起喇叭，一辆开走了。

砸完拉通斯基家的玻璃，玛格丽特飞向隔壁单元。铁锤越砸越快，小巷响彻玻璃的碎裂声和坠落声。一号门里跑出门卫，朝上一看，稍事犹豫，显然不知道该怎么办，接着把哨子塞进嘴里，拼命吹起来。在这哨声下，玛格丽特特别来劲地砸碎八楼的最后一块玻璃，又降到七楼，开始砸七楼的玻璃。

待在玻璃门后一直无所事事的门卫，把全部心思都用在吹哨上，紧随玛格丽特，像是为她伴奏。每当玛格丽特从一扇窗户飞向另一扇窗户,他便利用这个间隙吸足了气。玛格丽特每砸一下,他便鼓起腮帮拼命吹一下,尖厉的哨声直冲夜空。

门卫的努力和狂怒的玛格丽特的努力合在一起,产生了极大的效果。公寓里一片混乱。尚且完整的玻璃窗统统打开,探出许多张望的脑袋,随即又缩回去。打开的窗户则恰恰相反,全都一一关上。对面几幢大楼的窗户里,明亮的背景上出现许多黑色人影,力图弄清新建的戏文公寓里窗玻璃为什么无缘无故破了。

街上的行人一股劲地朝戏文公寓拥来。公寓里面,各层楼梯上,无谓地奔跑着惊恐的住户。克万特家的女仆朝上上下下的人们大喊大叫,他们家被水淹了。不一会儿,克万特楼下,八十号胡思托夫家的女仆也跟着喊起来——水漏进了胡思托夫家的厨房和厕所。最后,克万特家厨房的天花板上,轰然塌下一大块泥灰,砸碎了所有肮脏的餐具,接着下起真正的暴雨——水好像从桶里泼出来似的,从下坠的格子板条中哗哗地往下流。于是,一号门的楼梯上响起一片喊声。飞过四楼倒数第二个窗户时,玛格丽特朝里瞥了一眼,看见一个男人慌慌张张地套上防毒面具。玛格丽特一锤砸碎他家的玻璃窗,把他吓了一跳,他旋即从房间里消失。

突然,古怪的摔打声戛然而止。玛格丽特降到三楼,朝角落上挂着薄薄的深色窗帘的窗户瞥了一眼。房间里亮着一盏带罩小灯。一个约莫四岁的男孩坐在栅栏床上,满脸惊恐地倾听着。房间里没有大人,显然全都不在家。

"砸玻璃啦,"男孩说着叫了一声,"妈妈!"

没人应声,于是又喊:

"妈妈,我怕。"

玛格丽特拉开窗帘,飞进窗内。

"我怕。"男孩又喊,吓得哆嗦起来。

"别怕,别怕,小朋友,"玛格丽特说,尽量使自己被风吹哑的复仇的嗓子显得温柔动听,"这是几个淘气的男孩在砸玻璃。"

"用弹弓?"男孩问,他不再哆嗦。

"用弹弓,用弹弓,"玛格丽特肯定说,"你睡吧。"

"是西特尼克,"小孩说,"他有弹弓。"

"当然是他!"

男孩调皮地往边上看看,问:

"你住哪儿,阿姨?"

"没我这人,"玛格丽特回答,"我是你在梦里看见的。"

"我也这么想。"男孩说。

"你睡吧,"玛格丽特命令说,"把手枕在腮帮下,你就梦见我了。"

"好,让我梦见你,梦见你。"男孩同意,立刻躺好,把手枕在腮帮下。

"我给你讲个故事,"玛格丽特说,把热乎乎的手搭在男孩的平头上,"从前啊,有个阿姨。她没有孩子,也没有幸福。开始她哭了很久很久,后来变得凶狠了……"玛格丽特不再作声,拿开手,男孩睡着了。

玛格丽特把铁锤轻轻放在窗台上,飞到窗外。公寓周围一片混乱。柏油人行道上撒满碎玻璃,人们奔跑着,喊着什么,他们中间已经闪动着警察的身影。突然响起当当的铃声,从阿尔巴特街向小巷驶来一辆带云梯的消防车……

但以后的事情玛格丽特已经毫无兴趣。她看准方向,避开电线,握住飞刷的手一紧,一刹那便飞到了遭殃的公寓上空。她身下的小巷侧向一边,沉了下去。于是小巷消失,玛格丽特脚下出现了鳞次栉比的屋顶,交叉闪烁的道路。这一切又突然朝边上滑去,灯光链变成模糊的一片。

玛格丽特又一阵猛飞，鳞次栉比的屋顶全都陷入地下。替代屋顶，下面出现一片闪闪烁烁的灯光湖泊。这湖泊突然竖立起来，随后移到玛格丽特头顶上方，明媚的月亮反倒掉到脚下。玛格丽特明白，她翻了个跟斗，于是采取正常的飞行姿势。等她回头，发现湖泊已经踪影全无，她背后的地平线上只剩下一抹浅红的霞光。一秒钟后霞光消失。现在伴随她的只有在她左上方飞行的月亮。玛格丽特的头发早已高高飘起，呼啸的月光尽情冲洗她的身体。看着下面两行稀疏的灯光汇成两条连绵的光带，光带又迅速在身后消失，玛格丽特意识到，她正以惊人的速度向前飞行，奇怪的是她并不感到呼吸困难。

几秒钟后，远远的下方，地面的漆黑中，倏地亮起新的灯光湖泊，转眼到了飞人脚下。湖泊打转，陷入地下。又过了几秒钟，又是同样的现象。

"城市！城市！"玛格丽特大叫。

后来有两次或者三次，她在自己身下看到放在敞开的黑匣子里寒光闪闪的马刀，她明白这是河流。

飞人朝左上方抬起头，欣赏眼前的美景：头上的月亮发疯似的朝莫斯科飞去，同时却又奇怪地停在原地不动，月亮上可以清晰地看到一个不知是龙还是马的神秘阴影，长脸朝着她离开的城市。

这时玛格丽特想到，其实她完全不必这样拼命催赶飞刷，这样她会丧失尽情欣赏夜景和享受飞行乐趣的大好机会。直觉告诉她，她飞去的地方会耐心等她，她完全不必乏味地在疯狂的高度上疯狂飞行。

玛格丽特把飞刷的鬃毛往前一按，于是飞刷翘起柄尾，速度大大降低，朝地面飞去。仿佛乘坐空中雪橇，这一下滑给她带来莫大的快感。地面迎着她飞升。原先一片模糊的夜色中，显露出种种月夜特有的神秘和美景。地面朝她迎来，玛格丽特已经闻到苍翠森林的气息。她低低地飞越薄雾笼罩下，闪着露珠的草地，飞越池塘。玛格丽特身下，青蛙在合唱，远处什么地方的火车发出隆隆声，不知怎的使她异常激动。玛格丽特很快看到了这列火车。它爬得很慢，像条毛毛虫往空中喷着火星。越过火车后，玛格丽特飞到漂浮着又一个月亮的镜子般的水面上。她又下降，继续飞行，双脚几乎触及松树高高的树梢。

一阵空气撕裂的凄厉呼啸从后面传来，开始渐渐赶上玛格丽特。在这颇似炮弹的飞行物的呼啸中，渐渐出现多少里外都能听到的女人的狂笑。玛格丽特一回头，发现有个复杂的黑色物体正在追她。这物体越来越近，越来越清楚，原来是飞行的骑手。终于完全清楚了，那是娜塔莎。追上玛格丽特后，娜塔莎放慢了速度。

她赤身裸体，披散的头发迎风飘舞，胯下是只肥硕的骟猪。骟猪的前蹄抱着公文包，后蹄拼命踢蹬空气。偶尔在月色中泛出光亮，随后暗淡的夹鼻眼镜，从鼻子上掉下，靠绳子系着，在骟猪旁一路飞行，帽子常常滑落到骟猪眼睛上。玛格丽特细细一看，认出这骟猪就是尼古拉·伊凡诺维奇，于是她的笑声合着娜塔莎的笑声，响彻森林上空。

"娜塔莎！"玛格丽特尖声大叫，"你也抹了润肤霜？"

"亲爱的！"娜塔莎回答，她的叫声足以唤醒沉睡的松林，"我的法兰西王后，我给他的秃顶也抹了点儿，给他也抹了！"

"公主！"骟猪哭丧着脸大叫，一面驮着骑手飞驰。

"亲爱的！玛格丽特·尼古拉耶夫娜！"娜塔莎一边大叫，一边和玛格丽特并肩飞翔，"我承认我用了润肤霜。因为我们也想生活，飞翔！原谅我吧，主人，我不回去了，说什么也不回去！哎呀，多好,玛格丽特·尼古拉耶夫娜!他向我求婚,"娜塔莎指着尴尬地喘着粗气的骗猪的脖颈儿说,"求婚!你叫我什么来着,啊?"她俯身在骗猪耳朵上大叫。

"女神,"骗猪大叫,"我不能飞这么快!我会遗失重要文件的。娜塔丽娅·普罗科菲耶夫娜,我抗议!"

"让你和你的文件见鬼去!"娜塔莎放肆地狂笑着,大叫。

"您怎么啦,娜塔丽娅·普罗科菲耶夫娜!会有人听见的!"骗猪高声哀求。

娜塔莎一面和玛格丽特并肩飞行,一面狂笑着告诉她,后者飞出大门后,小楼里发生的事情。

娜塔莎承认,她没再理会送给她的东西,迅速脱了衣服,冲向润肤霜,立刻把它抹到自己身上。她的身体发生了和女主人同样的变化。正当娜塔莎高兴得哈哈大笑,站在镜子前欣赏自己仙女般的姿色时,门开了,尼古拉·伊凡诺维奇走进来。他很激动,手里拿着玛格丽特·尼古拉耶夫娜的衬衫、自己的帽子和公文包。一见娜塔莎的模样,尼古拉·伊凡诺维奇目瞪口呆。稍稍镇静后,他觍着红得像虾一样的脸,一本正经地说,他认为有义务把捡到的衬衫亲自送来……

"你说什么来着,坏蛋!"娜塔莎狂笑着大叫,"说什么来着,怎么引诱我的!答应给我一大笔钱。还说克拉夫吉娅·彼得罗夫娜什么也不会知道。什么,你说我撒谎?"娜塔莎朝骗猪大叫,骗猪尴尬地把丑脸扭了过去。

在卧室里嬉闹一阵后,娜塔莎把润肤霜抹到尼古拉·伊凡诺维奇的秃顶上,顿时连自己都惊呆了。可敬的楼下邻居的脸缩成一团,手和脚都长出了蹄子。尼古拉·伊凡诺维奇一照镜子,立刻绝望地号起来,但为时已晚。几秒钟后,他成了坐骑,伤心地大哭着,离开莫斯科,不知朝什么鬼地方飞去。

"我要求还我正常面目!"骟猪突然用嘶哑的声音哼哼起来,不知是恼火,还是央告,"我不想去参加什么非法集会!玛格丽特·尼古拉耶夫娜,您有责任管好您的女仆。"

"嘿,这么说,你现在又把我当女仆啦?我是女仆?"娜塔莎揪住骟猪耳朵连连喝问,"可原先我是女神?你是怎么叫我的?"

"维纳斯!"骟猪哭丧着脸回答,一面在岩石间的小溪上飞行,蹄子擦在榛树上沙沙作响。

"维纳斯!维纳斯!"娜塔莎得意地喊着,一手叉腰,一手伸向月亮,"玛格丽特!王后!替我求个情,让我永远做魔女。您什么都能办到。您有这个权力!"

玛格丽特回答:

"好,我答应你。"

"谢谢!"娜塔莎大叫,突然又似乎忧伤地厉声喊起来:

"嘿!嘿!快点!快点!使点劲儿!"她用脚狠狠一夹在风驰电掣中累瘦的骟猪。骟猪猛地一冲,重又响起空气撕裂的呼啸,刹那间,娜塔莎变成前方的一个黑点,随即完全消失,她飞行的风声也沉寂了。

玛格丽特仍像原先那样慢慢地在陌生的荒野上飞行,下面是布满巨松,偶尔间有岩石的丘陵。玛格丽特边飞边想,她肯定已经远离莫斯科。飞刷不是在松林上空,而是在一侧映照着月光的松树树干间飞行。飞人淡淡的影子在前方地面上滑行——现在月亮照着玛格丽特的背部。

玛格丽特感到附近有水,猜想目的地已经临近。松树消失,玛格丽特飞到一个白垩岩的悬崖上。悬崖下面,阴影中流着一条大河。夜雾弥漫,缭绕着悬崖下的灌木。对岸是片低低的平地。岸上,几棵孤零零的枝叶扶疏的大树下,飞舞着篝火的火星,隐隐可以看到跳舞的身影。玛格丽特似乎觉得那里传来使人心痒的欢快乐曲。极目远望,银色的平川上没有一丝住人的迹象。

玛格丽特纵身跳下悬崖,很快到了河边。高速飞行后,河水深深吸引着她。她甩开飞刷,奔跑着一头扎进河水。她轻盈的身体像箭一样直插水中,激起几乎冲上月亮的擎天水柱。河水竟是暖和的,犹如浴室的水。玛格丽特钻出水面,独自一人在深夜的河流中畅游。

玛格丽特身旁一个人也没有,但稍远的灌木后面传来拍溅声和喷鼻声,那里也有什么人在游泳。

玛格丽特跑到岸上。畅游以后,她浑身发热,但丝毫没有疲倦感,不禁在湿润的草地上兴奋地跳舞。突然,她不跳了,警觉地倾听着。喷鼻声由远而近,接着从爆竹柳后面钻出一个赤条条的胖子,后脑勺上扣着一顶黑色圆筒礼帽,他的双脚沾满污泥,像是穿着黑皮鞋,从他不住喘气和打嗝来看,他显然喝多了。这从另一方面也得到证实,河水突然散发出白兰地的味道。

看到玛格丽特,胖子仔细辨认了一会儿,随即兴奋地大叫:

"怎么回事?我看到的是她?克洛吉娜,这是你呀,乐天的小寡妇?你在这儿?"他说着便死皮赖脸地走上来问好。

玛格丽特倒退一步,庄重地回答:

"见你的鬼。谁是你的克洛吉娜?你瞧瞧,你在跟谁说话。"她稍稍想了想,又甩出一串无法形诸文字的脏话。这一切对轻浮的胖子起了清醒作用。

"哎呀!"他轻轻惊叫,打了个战栗,"请您多多原谅,圣明的玛戈王后!我看错人了。都怪白兰地,这该死的白兰地!"胖子单膝跪下,把圆顶礼帽往边上一摆,行了大礼,接着便一句俄语一句法语地胡扯。他说他的巴黎朋友格萨尔举行血腥的婚礼,他喝了太多白兰地,又说他为刚才可悲的错误感到沮丧。

"你最好穿上裤子,狗崽子。"玛格丽特消了消气说。

看到玛格丽特不再生气,胖子高兴地咧开嘴笑了。他兴奋地禀报说,现在他没穿裤子,只是因为他刚才在叶尼塞河游泳时糊涂地把裤子忘在那里了,他这就飞过去穿上,好在距离不远,总之,他希望得到王后的好感和保护,说着便一步步后退,直到脚下一滑,仰面跌进河水。但即使跌倒,他留着小小一圈络腮胡子的脸上,仍然保持着欣喜和效忠的微笑。

玛格丽特发出一声尖厉的唿哨,随后跨上应声飞来的刷子,越过河面,到了对岸。这里没有白垩岩悬崖的影子,遍地洒满银色月光。

玛格丽特刚一触及湿润的草地,柳树下的乐声顿时激越起来,篝火更加欢快地向上升腾。月光映照出柳树上垂挂的一串串轻柔的柳絮,柳树下坐着两排宽嘴的青蛙,它们鼓起橡皮似的肚子,正用木笛演奏雄壮的进行曲。一块块发出磷光的朽木挂在音乐家面前的柳枝上,照亮乐谱,一张张青蛙脸上舞动着篝火不安的火光。

进行曲是为迎接玛格丽特演奏的。为她举行的欢迎仪式无比隆重。银色的美人鱼在河面上停止自己的环舞,一起挥动水草向玛格丽特致敬,空旷的绿色河岸上,远远都能听见她们模糊的欢呼声。许多裸体魔女纷纷从柳树后面跳出来,排成一行,一起向玛格丽特行王宫的屈膝礼。一个羊腿人飞来,吻了吻玛格丽特的手,把一块丝巾铺在草地上,接着询问王后刚才沐浴是否舒心,敬请王后躺下稍事休息。

玛格丽特欣然采纳。羊腿人为她献上一杯香槟酒,她一饮而尽,顿时一股暖流涌进她心房。她问娜塔莎在哪里,得到的回答是娜塔莎沐浴完毕,已经坐着骟猪飞回莫斯科,以便先行禀报玛格丽特即将驾临,帮着为她准备服装。

玛格丽特在柳树下的短暂逗留,还有一个情节需要提及。随着空中响起一阵呼啸,一个黑色人体,显然是因为失误,沉重地掉进河水。过了一会儿,那个留着小小一圈络腮胡子的胖子,在对岸一丝不挂的冒失鬼,站到了玛格丽特面前。他显然已经去叶尼塞河兜了一圈,身上穿了燕尾服,只是从头到脚都是湿淋淋的。白兰地又一次惹出麻烦,他降落时终究掉进了河里。即使遭罪,他也没有失去笑容,在得到乐呵呵的玛格丽特的允许后,上前吻了吻她的手。

接着大家准备出发。美人鱼在月光中跳完舞蹈,随之也在月光中消失。羊腿人毕恭毕敬地问玛格丽特,她是乘什么来河边的,得知她是骑飞刷来的,便说:

"噢,何必呢,这不舒服。"刹那间,他用两截树枝做了一个令人怀疑的电话,责成某某立刻派一辆汽车来,果然,仅仅一分钟,命令已经执行。一辆浅黄色的敞篷轿车轰然降落在小岛上,只是司机座上坐的不是一般的司机,而是一只戴漆皮制帽和喇叭口手套的黑色长喙白嘴鸦。小岛渐渐空了。在皎洁的月光中,越飞越远的魔女们消失。篝火行将燃尽,木炭蒙上白色灰烬。

络腮胡子和羊腿人把玛格丽特扶上轿车,她在宽敞的后座上坐下。轿车一声吼叫,腾空飞起,几乎冲上月亮。小岛不见了,河流不见了,玛格丽特朝莫斯科飞去。

第二十二章 烛光下

轿车在空中飞行。均匀的隆隆声使玛格丽特昏昏欲睡，月光舒适地温暖着她的身体。她闭上眼睛，任凭疾风在脸上吹拂，想到自己刚才离开的陌生河岸——凭她的直觉——那条河她再也不会看见，心中不免生出几分悲哀。经历了今晚的种种魔法和奇迹后，她已经猜到这是去谁那里做客，但并不害怕。能在那里找回自己幸福的希望，使她无所畏惧。不过，她在车上幻想幸福成真的时间并不很长。不知是白嘴鸦技术高超，还是轿车性能卓越，反正不一会儿，玛格丽特睁开眼睛时，她在自己下面看到的已经不是黑压压的森林，而是莫斯科万家灯火汇成的一泓闪烁的湖泊。黑鸟司机在飞行中卸下右前轮，然后把车降落在多罗戈米洛夫区一处阒无人影的墓地上。玛格丽特什么也没问，便按司机吩咐在一块墓碑边上带着飞刷下车了。白嘴鸦启动马达，让车独自朝墓地后面的谷地驶去。轿车轰隆隆地坠向谷底，在那里焚毁。白嘴鸦恭敬地行个举手礼，坐上车轮飞走了。

旋即，从一块墓碑后面冒出一袭黑披风。一颗獠牙在月光下一闪，玛格丽特立刻认出了阿扎泽勒。阿扎泽勒一抬手，请玛格丽特坐上飞刷，自己纵身跨上一柄长长的花剑。他们一齐起飞，几秒钟后便不为人知地降落在花园街副三〇二号大楼附近。

两个旅伴腋下夹着飞刷和花剑穿过门洞。这时,玛格丽特发现有个戴便帽、穿高筒靴的人懒洋洋地待在门洞里,想必是在等人。尽管玛格丽特和阿扎泽勒的脚步很轻,那人还是听见了。他不安地一动,四面看了看,不明白这脚步声是从哪里来的。

　　他们在六号门附近遇到的第二个人和第一个人像得出奇。刚才的景象又重复一次。脚步声……那人不安地回头一看,皱起眉头。当大门打开重又关上后,他赶紧一个箭步,像追踪进门的隐身人,推门看了看,他当然什么也没看见。

　　第三个人仿佛第二个人的拷贝,因此也是第一个人的拷贝,在三楼梯台上值班。他吸烟很凶,玛格丽特从他身旁经过时,不禁连连咳嗽。吸烟人像被针扎了一下,倏地从长椅上跳起来,不安地东张西望,甚至走近楼梯栏杆朝下看了看。玛格丽特和自己的向导这时已经到了五十单元门口。没按门铃,阿扎泽勒掏出钥匙,悄无声息地把门打开。

　　首先使玛格丽特震惊的是她置身其中的黑暗。什么也看不见,仿佛是在地下。玛格丽特不由抓住阿扎泽勒的披风,唯恐绊倒。这时,上面远远地亮起一星仿佛神灯似的火光,渐渐移近。阿扎泽勒边走边从玛格丽特腋下抽出飞刷,旋即飞刷消失在黑暗中,悄无声息。这时,仿佛步上了宽阔梯阶,玛格丽特似乎觉得梯阶没有尽头。她很诧异:莫斯科一座普通寓所的前厅,怎么安置得下这道非同寻常、没有尽头、看不见却感觉得到的楼梯。但楼梯到了尽头,玛格丽特明白,她站在一个平台上。那盏如豆的灯火已经近在眼前。玛格丽特借着灯光,看到一张男人的脸,这人瘦长,乌黑,手里举的便是那盏神灯。凡是这几天和他不幸相遇的人,即使在这一灯如豆的微弱光线中,也会立刻认出,这是卡罗维耶夫,也就是法戈特。

　　确实,卡罗维耶夫的模样完全变了。闪烁的灯火不是映照着早该扔进污水坑的破夹鼻眼镜,而是映照着一片单眼镜,确实,也是破的。玩世不恭的脸上,两撇小胡子稍稍向上卷起,而且抹了些油。卡罗维耶夫的乌黑也很好解释——他穿着燕尾服,只有他的胸部露出一片洁白。

魔术师,唱诗班指挥,巫师,翻译,其实鬼知道他是谁,总之,卡罗维耶夫深深鞠了一躬,随后举着神灯的手潇洒地往边上一摆,邀请玛格丽特随他进去。阿扎泽勒不见了。

"这个夜晚真怪,"玛格丽特想,"我做好了一切准备,就是没想到会是这样!他们这儿是停电还是怎么啦?最奇怪的是这套寓所的面积。一套莫斯科的住房怎么容得下这许多东西?根本不可能。"

不管卡罗维耶夫的神灯多么暗淡,玛格丽特心中明白,她置身在一个无比宽敞的大厅里,而且还有列柱,乌黑的,乍一看,没有尽头。在一张不大的长沙发边上,卡罗维耶夫收住脚步,把神灯放在一个什么托架上,一摆手,请玛格丽特坐下,然后自己在她边上坐下,胳膊支在托架上,姿势优美。

"请允许我向您自我介绍一下,"卡罗维耶夫尖声尖气地说,"卡罗维耶夫。您奇怪吗,没有电灯?节约,您这么想?不——不——不。要是这样,那就让随便哪个刽子手,哪怕今夜晚些时候有幸吻您膝盖的随便哪位宾客,就在这个托架上,把我脑袋砍了。无非先生不喜欢灯光,所以我们要到最后一刻才开灯。到时候,请您相信,灯光不会不足。甚至要是能暗一些,也许更好。"

卡罗维耶夫很讨玛格丽特的喜欢,他那叽叽呱呱的闲聊对她起了镇静作用。

"不,"玛格丽特回答,"我最奇怪的是,哪里会有这么大的房子。"她一摆手,示意大厅的宽敞。

卡罗维耶夫得意地微微一笑,鼻子两旁的皱纹变成两道颤动的阴影。

"这最简单不过!"他回答,"凡是熟悉五维空间的人,都可以毫不费力地把住房扩大到理想的程度。我还可以告诉您,尊敬的女士,鬼知道可以扩大到什么程度!不过,"卡罗维耶夫继续叨叨着,"我就知道有些人不仅对五维空间毫无概念,而且,一般地说,对什么都毫无概念,但他们在扩大自己住房面积上,创造了一个又一个名副其实的奇迹。比如,人家告诉我,有位公民在土堤街拿到一套三室房,他根本不懂五维空间或者诸如此类的东西,只是用墙把其中一个房间一隔为二,一下子就把三室变成了四室。

"随后他把这套房换成了莫斯科不同地区的两套房——一套三室,一套两室。您得承认,这就成了五室。他又把三室房换成了两套两室房,您瞧,他就有了六室,确实,是零零落落分散在莫斯科各个地区的六室。他已经准备使出最后、也是最精彩的一招,在报上登个启事,把分散在莫斯科各个地区的六室换成土堤街的一套五室房,不料因为种种并不取决于他的原因,他的活动终止了。也许现在他好歹也算是一室户,但我敢肯定,绝对不在莫斯科。您倒瞧瞧,这人多会钻营,而您还在谈论五维空间。"

玛格丽特虽说根本没有谈论过五维空间,而是卡罗维耶夫自己扯上了这个话题,但听了此人在换房上玩弄的种种花样,也开心地哈哈大笑。于是,卡罗维耶夫说:

"不过,还是说正事,说正事,玛格丽特·尼古拉耶夫娜。您是非常聪明的女人,当然,您已经猜到我们的主人是谁。"

玛格丽特的心怦地一跳,她点了点头。

"这不,好,好,"卡罗维耶夫说,"我们最讨厌吞吞吐吐、躲躲闪闪。每年先生都要开一次舞会,名叫逾越舞会,或者百王舞会。那真是宾客如云!"卡罗维耶夫突然捂住腮帮,仿佛牙疼似的,"不过我希望您能亲眼看到这一切。您瞧，先生是独身，当然，这您自己也明白。但需要一位女主人，"卡罗维耶夫两手一摊，"您得承认，没有女主人……"

玛格丽特尽量一字不漏地听卡罗维耶夫说着，她心里发冷，对幸福的期望使她头晕。

"历来有个传统，"卡罗维耶夫继续说，"女主人的名字一定得是玛格丽特，这是其一。第二，她一定得是当地人。我们呢，您也看到，是在旅行，眼下是在莫斯科。我们在莫斯科发现了一百二十一个玛格丽特，不知您是否相信，"这时，卡罗维耶夫绝望地一拍大腿，"竟没有一个合适。终于，这福分……"

卡罗维耶夫粲然一笑，深深鞠了一躬，又是一股冷气从玛格丽特心底升起。

"简单说吧！"卡罗维耶夫提高嗓门，"干脆，您不会拒绝承担这个义务吧？"

"不会。"玛格丽特坚定地回答。

"当然！"卡罗维耶夫说，随即举起神灯，"请跟我来！"

他们在列柱中间穿行了很久，终于到了另一个大厅，这里不知为什么有股浓重的柠檬味，还能听到窸窸窣窣的声音。不知什么碰了一下玛格丽特的脑袋。她打了个寒战。

"别怕，"卡罗维耶夫亲热地安慰说，挽起玛格丽特的手臂，"这是别格莫特为晚会布置的各种玩意儿，没别的。总的来说，我斗胆向您禀告：永远都别害怕什么。这不明智。舞会将十分豪华，这我不必瞒您。我们将会看到许多当年拥有非凡权力的王公贵族。但说实在的，一想到他们的能力比起鄙人有幸侍奉的主人，是何等渺小，我就觉得可笑，我甚至要说，可悲。何况您本人也有王室血统。"

"我怎么会有王室血统？"玛格丽特惊讶地小声问，和卡罗维耶夫挨得更近了。

"哎呀,王后,"卡罗维耶夫俏皮地尖声说,"血统问题可是世界上最复杂的问题!要是详细问问那些年届耄耋的老奶奶,特别是其中那些口碑甚佳的温顺的老奶奶,准会发现许多惊人的秘密,尊敬的玛格丽特·尼古拉耶夫娜,我绝对没错,要是我把血统比作一副洗得非常巧妙的牌。对有些东西来说,无论门第隔阂,无论国家边境,都不起作用。我还可以向您透露:要是有人告诉一位十六世纪的法国王后,她的非常漂亮的曾孙曾孙曾孙的曾孙女,在许多年后将由我挽着胳膊在莫斯科走进舞会大厅,她一定非常惊讶。不过,我们到了!"

这时,卡罗维耶夫吹灭神灯,神灯旋即在他手中消失。于是玛格丽特看到地板上有一线光亮,那是面前乌黑的房门下漏出来的。卡罗维耶夫轻轻敲了敲门。玛格丽特突然异常激动,她牙齿打架,脊背一阵发凉。门开了。原来是个不大的房间。玛格丽特看到一张宽大的橡木床,床上扔着几条弄皱的肮脏床单和一只枕头。床前立着一张四脚雕花的橡木桌,桌上放着一个枝形烛台,烛台七只鹰爪形的金色烛碗上燃着粗大的蜡烛。此外,桌上还放着一张很大的国际象棋棋盘,棋盘上的棋子做工异常精致。床前一块小小的破地毯上,放着一张低矮的长凳。另一张桌上放着一只金杯和一个像一条条蛇的枝形烛台。房间里有股硫黄和焦油的气味。两个枝形烛台的阴影在地板上纵横交错。

玛格丽特立刻认出了阿扎泽勒。现在他穿着燕尾服,站在床脚侧面。一身礼服的阿扎泽勒和亚历山德罗夫公园里出现在玛格丽特面前的那个强盗,已经迥然不同。他非常优雅地向玛格丽特鞠了一躬。

一个裸体魔女,那个让杂耍剧院小吃部经理大为尴尬,那场著名的演出后幸好被雄鸡惊走的赫勒,坐在床前的地毯上,搅拌锅里的什么东西，锅里冒出硫黄的蒸气。

除了这两位，房间里还有一只硕大无比的黑猫，蹲在棋桌前的高凳上，右爪拿着象棋中的马。

赫勒欠身向玛格丽特行礼。黑猫跳下高凳，也行了个礼。并拢右后爪时，它掉了马，旋即钻到床下找马去了。

这一切都是惊呆的玛格丽特，在蜡烛诡诈的阴影里恍惚看见的。她的目光被大床吸引着。床上坐的，正是不久前可怜的伊凡在牧首塘畔极力向其证明没有魔鬼的那位。现在，"没有"的魔鬼就在床上。

两只眼睛死死盯住玛格丽特的脸。右眼，眼底闪着金光，足以把任何人的灵魂看穿；左眼，空洞，乌黑，就像窄小的针鼻，又像一切魔鬼栖身的阴司入口。沃兰德的脸歪向一边，右嘴角有些下斜。高高的、光秃的额头上刻着几道和剑眉平行的深深皱纹。脸上的皮肤仿佛给太阳永远晒黑了。

沃兰德四仰八叉地斜倚在床上，身上仅仅穿着一件长长的睡衣，睡衣很脏，左肩还打了补丁。他把一条赤裸的腿蜷在身下，另一条腿伸在低矮的长凳上。赫勒正把一种热气腾腾的膏药涂在这条黑腿的膝盖上。

玛格丽特还看到沃兰德敞开、没毛的胸前挂着一只系在金链上的精雕细刻的乌玉甲虫，虫背上镌有古代文字。沃兰德身边的床上立着一个底座笨重的地球仪，模样奇特，仿佛是活的，半边披着阳光。

沉默持续了几秒钟。"他在琢磨我。"玛格丽特想，竭力克制双脚的抖动。

沃兰德终于开口了，他微微一笑，那只金光闪烁的眼睛似乎一下子燃烧起来：

"欢迎您，王后，请原谅我这一身家常便服。"

沃兰德的声音异常低沉，有些字听起来嘶哑、拖沓。

沃兰德从床上拿起一把长剑，弯腰用剑在床下挥了几下，说："出来吧！这棋不下了，来客人了。"

"千万别这样。"卡罗维耶夫像提台词似的，在玛格丽特耳边不安地说。

"千万别这样……"玛格丽特赶紧接口。

"阁下……"卡罗维耶夫又朝她耳朵里嘀咕。

"千万别这样，阁下。"玛格丽特控制住自己，轻声然而清楚地回答。接着，微微一笑，又说："我恳求您不要中断棋局。我想如果象棋杂志能把这盘棋公开发表，一定会付不错的报酬。"

阿扎泽勒赞赏地轻轻干咳一声。沃兰德凝神看了看玛格丽特，像是自言自语：

"是啊，卡罗维耶夫说得对！牌洗得太妙了！血统！"

他招招手，让玛格丽特过去。玛格丽特去了，甚至没有感觉到光脚底下的地板。沃兰德把自己岩石般沉重、火焰般炽热的手搭到玛格丽特肩上，往自己面前一拉，让她坐到身边的床上。

"既然您这样可爱、殷勤，在我意料之中，那我们就免了客套。"他又俯身朝床下喊了一声，"这出床下的闹剧还要演多久？出来，该死的小丑！"

"我找不到马，"黑猫用掐紧的假嗓从床下回答，"这马跑了，倒是有只青蛙。"

"你是不是以为你在集市上卖艺？"沃兰德假装生气，"床下根本没青蛙！把这些廉价的戏法留到杂耍剧院去变吧。要是你再不出来，就算你输了，该死的逃兵。"

"我决不认输，阁下！"黑猫大叫，旋即从床下钻出，爪子里拿着马。

"我来给您介绍一下……"沃兰德刚说了一句，便自己打断自己,"不,我见不得这个怪模怪样的小丑。您瞧瞧他从床下钻出来的尊容。"

这时,一身灰尘的黑猫正站着向玛格丽特鞠躬致意。现在它的脖子上戴着燕尾服的白领结,胸前挂着系有皮带的女式珠母望远镜,此外,黑猫的胡子染成了金色。

"这算什么!"沃兰德一声大喝,"你干吗把胡子染成金色?既然你不穿裤子,还戴什么见鬼的领结?"

"猫不兴穿裤子,阁下,"黑猫一脸自尊地回答,"您总不会再让我穿上靴子吧?穿靴子的猫童话里才有,阁下。但您见过在舞会上有谁不戴领结吗?我不想贻笑大方,也不想让人掐着脖子轰出舞会!人人都尽量打扮自己。您可以认为,这话也是指望远镜说的,阁下!"

"那胡子呢?……"

"我不明白,"黑猫冷冷地表示异议,"为什么今天阿扎泽勒和卡罗维耶夫刮胡子时可以扑粉?白粉比金粉好在哪里?我扑了点金粉,就这么回事!要是我刮了胡子,那就另当别论!刮了胡子的猫,确实不成体统,这我一千次承认。总之,"这时黑猫似乎气得声音都抖了,"这是故意对我挑刺,看来我正面临一个严肃的问题:我要不要参加舞会?您对这个问题怎么说,阁下?"

黑猫气得鼓起肚子,似乎再有一秒钟,他就气炸了。

"哎呀,骗子,骗子,"沃兰德摇着头说,"每次他要输棋,他都故意岔开,就像最蹩脚的江湖骗子。请你马上坐下,别再胡说。"

"我这就坐下,"黑猫一面回答,一面坐下,"但我反对您刚才的说法,我的话绝不是胡说,像您在女士面前说的,那是严格的三段论法,连塞克斯图斯·恩丕里柯[1]、乌尔提亚努斯·卡佩拉[2]这样的名

---

[1] 塞克斯图斯·恩丕里柯,公元二世纪古希腊医生、哲学家,古典怀疑论代表。
[2] 乌尔提亚努斯·卡佩拉,公元五世纪古罗马作家、哲学家。

家，也许还有亚里士多德本人，都会给予应有的评价。"

"将。"沃兰德说。

"没什么大不了，没什么大不了。"黑猫应声回答，拿起望远镜看着棋盘。

"这样吧，"沃兰德转身对玛格丽特说，"夫人，我来给您介绍一下我的随从。这只装疯卖傻的黑猫叫别格莫特。阿扎泽勒，卡罗维耶夫，您已经认识了。我再介绍我的侍女赫勒。机灵，聪明，没有她办不成的差事。"

美女赫勒满面笑容，转过绿莹莹的眼睛看着玛格丽特，两手不住捧起膏药，把它抹在沃兰德膝盖上。

"这就介绍全了，"沃兰德说着皱起眉头——赫勒特别使劲地按了按他的膝盖，"您看，就这么几个，有男有女，都很诚实。"他不再说话，一手转着自己面前的地球仪。这个地球仪制作精巧，上面的蓝色海洋波浪滚滚，帽状的极地像是覆盖着真正的冰雪。

这时棋盘上一片混乱。披着白披风的国王灰心丧气，在方格中原地踏步，绝望地举起双手。三个白兵——举着斧钺的雇佣兵——慌张地望着指挥他们冲锋的军官，原来军官挥剑所指的前方黑白两个格子里，沃兰德的两个黑棋骑兵跨着连连刨蹄子的烈马，拦住了去路。

玛格丽特感到非常有趣和惊讶：棋子都是活的。

黑猫放下望远镜，在自己国王背上轻轻一推。国王绝望地用双手捂住了脸。

"情况不妙，亲爱的别格莫特。"卡罗维耶夫刻毒地轻轻说。

"情况严重，但绝不是没有希望，"别格莫特回答，"何况，我对最后胜利充满信心。关键是要好好分析形势。"

他进行分析的方法相当古怪，接连不断地做鬼脸，朝自己国王挤眉弄眼。

"没用。"卡罗维耶夫评论。

"哎呀!"别格莫特大叫,"鹦鹉全飞了,我早就警告过你们!"

果然,远处的什么地方传来许多翅膀扇动的声音。卡罗维耶夫和阿扎泽勒冲了出去。

"啊,让你们舞会上的花样都见鬼去!"沃兰德嘟哝,眼睛没离开自己的地球仪。

卡罗维耶夫和阿扎泽勒刚离开,别格莫特挤眉弄眼的幅度更大了。白棋国王终于领会了棋手的意图,他突然脱下披风,扔在格子里,从棋盘上逃走。军官把国王扔下的披风披在自己身上,站到国王的位置。

卡罗维耶夫和阿扎泽勒回来了。

"胡说,老是这样。"阿扎泽勒抱怨,斜了别格莫特一眼。

"我是听到了。"黑猫回答。

"怎么啦,还要拖多久?"沃兰德问,"将。"

"我一定听错了,我的老师,"黑猫回答,"没将,也不可能将。"

"我再说一遍,将。"

"阁下,"黑猫假惺惺地惊叫,"您累糊涂了,没将!"

"国王在 D2 格上。"沃兰德说,看也不看棋盘。

"阁下,我很惊讶,"黑猫大叫,装出一脸惊讶的样子,"这个格子上没有国王。"

"什么?"沃兰德莫名其妙,回头去看棋盘。棋盘上,站在国王格子里的军官扭过头去,用手遮住脸。

"哎呀,你这卑鄙的家伙。"沃兰德若有所思地说。

"阁下,我只好再次求助逻辑推理,"黑猫把两只爪子按在胸口上说,"如果棋手叫将,这时棋盘上早就没有国王,这种将应当认为无效。"

"你认不认输?"沃兰德大叫,声音十分可怕。

"让我想想。"黑猫驯顺地回答,前肘支在桌上,两只爪子捂住耳朵考虑。他考虑了很久,最后才说:"认输。"

"打死这顽固的畜生。"阿扎泽勒嘀咕。

"对,认输,"黑猫说,"但我认输完全是因为旁观者恶意中伤,在这种气氛里,我没法下棋!"他站起来,于是棋子一窝蜂地钻进盒子。

"赫勒,时候到了,"沃兰德说,赫勒从房间里骤然消失,"这腿疼得厉害.偏偏又得张罗这舞会。"

"让我来吧。"玛格丽特轻声请求。

沃兰德凝神看了她一眼,把膝盖挪到她面前。

岩浆般炽热的膏药烧灼双手,但玛格丽特眉头都没皱一下,把它抹到沃兰德的膝盖上,尽量不使他感到疼痛。

"我的左右都说这是关节炎,"沃兰德目不转睛地看着玛格丽特,"但我很怀疑,总觉得这膝盖疼的病是一位迷人的魔女给我留下的纪念。一五七一年在布罗肯山的魔鬼舞会[1]上,我对她一见钟情。"

"哎呀,这怎么会呢!"玛格丽特说。

"小事一桩!三百年后会好的。很多人给我介绍过许多药物,但我还是一如既往,只用奶奶的草药。这个讨厌的老太婆,我奶奶,传下的药草可真灵验!顺便问一下,您有没有什么病痛?也许有什么事情使您伤心,苦闷?"

"不,阁下,没有,"聪明的玛格丽特回答,"现在,在您这儿,我感觉非常好。"

"血统真是了不起的玩意儿。"沃兰德不知为什么高兴地说,接着话锋一转,又说,"我看您对我的地球仪很感兴趣。"

---

[1] 德国民间迷信,据说每年四月三十夜晚,魔女全都乘着扫帚柄、山羊、叉棍飞往布罗肯山,参加魔鬼举行的舞会。是夜被称为瓦尔普吉斯之夜。

"噢,是的,我从没见过这样的好东西。"

"是样好东西。坦率地说,我不喜欢电台广播的新闻。播音的总是一些念不清地名的女孩子。另外,有三分之一的播音员口齿不清,像是故意挑出来的。我这个地球仪就方便多了,何况我得准确了解事态的发展。比如,您看到这块海浪拍岸的地方了?瞧,一片火海。那里在打仗。要是您把眼睛凑近些,就会看到许多细节。"

玛格丽特朝地球仪俯下身,果然看到有一小块地方在扩大,着色,最后像是变成了一个地图模型。她看到一条带状的河流,河流边上的一个什么村庄。一座豌豆大小的房屋迅速膨胀,变成火柴盒似的建筑。突然这房屋的屋顶随着一团黑烟无声地飞向空中,墙壁倒坍,顷刻间,两层小楼除了一片冒黑烟的废墟,什么都没剩下。玛格丽特又把眼睛往前凑了凑,看到一个小小的女人倒在地上,身边的血泊里横着一个手脚摊开的婴儿。

"死了,"沃兰德笑着说,"他都没来得及造孽。亚巴顿[1]办事无可挑剔。"

"要是我的话,我不会站在亚巴顿敌对的那方,"玛格丽特说,"他站在哪方?"

"我和您越谈,越觉得您聪明,"沃兰德殷勤地回答,"您尽管放心。他绝对公正,对交战双方抱有同样的同情心。所以,对交战双方来说,结果总是一样。亚巴顿。"沃兰德轻轻唤了一声,旋即墙壁里走出一个戴墨镜的清瘦人影。这副墨镜不知为什么使玛格丽特感到恐怖,她轻轻惊叫,把脸埋在沃兰德腿上。"噢,别怕!"沃兰德喊道,"当代人真是太神经质了。"他挥手一掌,打在玛格丽特背上,一阵铮铮的金属声在她全身掠过。"您不是看到了,他戴着墨镜。无论在什么

---

1 《圣经》神学语词。亚巴顿指冥界使者。

人面前,他从不过早现身,以前不会,将来也不会。何况,说到底,我在这里。您是我的贵客!我无非想让您见识一下。"

亚巴顿站着,纹丝不动。

"能让他摘一下墨镜吗?"玛格丽特问,哆哆嗦嗦地朝沃兰德靠了靠,但也是出于好奇。

"这可不行。"沃兰德严肃地回答,随即朝亚巴顿一挥手,后者消失。"你想说什么,阿扎泽勒?"

"阁下,"阿扎泽勒回答,"请允许我禀告。我们这儿来了两个外人:一个是美人,哭哭啼啼地恳求把她留在女主人身边;另外,跟她一起来的,对不起,还有她的骟猪。"

"美人总有怪癖。"沃兰德说。

"这是娜塔莎,娜塔莎。"玛格丽特高兴地大叫。

"那就把她留在女主人身边。把骟猪赶到厨师那里去!"

"宰了?"玛格丽特大吃一惊,"请您饶恕他,阁下,这是尼古拉·伊凡诺维奇,住我们楼下。这里有误会,您瞧,娜塔莎给他也抹了润肤霜。"

"哪能呢,"沃兰德说,"干吗宰它?谁宰它?无非让它跟厨师去坐一会儿,没别的意思,您得同意,我总不能让它闯进舞会大厅!"

"当然……"阿扎泽勒说,随即报告,"午夜快到了,阁下。"

"啊,好吧。"沃兰德转身对玛格丽特说,"那就有劳您了!我预先向您表示感谢。不要慌张,不要害怕。除了水,什么也别喝,否则,您会全身乏力,难以支撑的。去吧!"

玛格丽特从地毯上站起来,于是门口出现了卡罗维耶夫。

第二十三章　撒旦的盛大舞会

午夜临近，必须抓紧时间。玛格丽特影影绰绰看见了什么，记住了烛光和一个奇异的宝石浴池。玛格丽特一到池中，赫勒和辅助她的娜塔莎，便把一种温热、黏稠的红色液体浇在她身上。玛格丽特感到嘴唇上有股咸味，暗暗明白那是用血给她洗澡。血红的法衣不一会儿换成了粉红的宫衣，玛格丽特也随即被玫瑰油浓重的香味熏得昏昏沉沉。随后玛格丽特被扔到一张水晶卧榻上，用一种宽大的绿叶擦亮皮肤。这时黑猫钻进来帮忙。它蹲在玛格丽特脚旁，就像街上擦靴子的，使劲擦她的双脚。

玛格丽特不记得是谁用白玫瑰花瓣为她做了一双鞋，也不记得这鞋怎么自己穿到她脚上，扣上了金色环扣。一股不知什么力量把她提起来，让她坐到镜子前，突然她头上一亮，出现了钻石王冠。不知从哪儿冒出了卡罗维耶夫，把系在沉重项链上的一只沉甸甸的、镶在椭圆框内的黑毛狮子狗雕像，挂在玛格丽特胸前。这颈饰成了女王极大的负担。项链立刻擦痛颈脖，雕像使她难以直立。尽管黑毛狮子狗项链带来种种不便，但玛格丽特毕竟得到某种补偿。这就是卡罗维耶夫和别格莫特旋即对她表示的那份敬重。

"没办法！没办法！没办法！"卡罗维耶夫站在浴室门口，连声喃喃着，"没办法，得戴，得戴，得戴。请允许我，王后，给您最后一个忠告。今夜的来宾形形色色,噢,真是形形色色,但对谁,玛戈王后,都不要过于青睐!如果有哪位使您不快……我想您当然不会在脸上有所表示……不,不,连想都不能想!他会发现的,立刻就会发现的。应当爱他,爱他,王后。舞会的女主人将为此得到百倍的报偿!还有,对谁都不能毫无表示。哪怕微微一笑,如果没时间说话,哪怕稍稍点个头都行,千万不能不理不睬。否则,他们会扫兴的……"

这时,玛格丽特在卡罗维耶夫和别格莫特陪同下,步出浴室,进入一片完全的黑暗。

"我,我,"黑猫悄声说,"我这就给信号!"

"给吧!"卡罗维耶夫在黑暗中回答。

"舞会开始!"黑猫刺耳地尖叫,旋即玛格丽特惊叫着,把眼睛闭了足足有几秒钟。舞会在灿烂的灯光、乐声和花香中轰然降临。玛格丽特被卡罗维耶夫挽着手臂向前走去,发现自己置身在一片热带森林中。红胸绿尾的鹦鹉在藤蔓上蹦来跳去,忙不迭地高声鸣叫:"我很高兴!"森林很快到了尽头,林中仿佛浴室似的闷热,立刻被舞会闪光的黄宝石圆柱大厅的凉爽所取代。这个大厅也像刚才的森林一样空空荡荡,只有圆柱边上一动不动地伫立着缠有银色头巾的裸体黑人。玛格丽特和她的随从(包括不知哪里冒出来的阿扎泽勒)飘入大厅时,他们的脸因为激动变成了紫褐色。这时,卡罗维耶夫松开玛格丽特的手臂,轻轻说了一句:

"朝郁金香笔直走!"

一堵白色郁金香组成的矮墙,在玛格丽特面前倏地升起。她在墙后看到无数带罩小灯,以及灯前的白色胸脯和黑色燕尾服肩膀。玛格丽特恍然大悟,舞会的乐曲声原来来自这里。一阵嘹亮的小号声突然向她袭来,接着奔泻而出的激越的小提琴声,仿佛鲜血似的流过她全身。一支一百五十人的大型乐队正在演奏波罗涅兹舞曲。

高高伫立在乐队前面的穿燕尾服的人看见玛格丽特,脸色发白,笑逐颜开,突然双手一挥,让整个乐队站了起来。乐队一秒钟也没停止演奏,站着,仍让玛格丽特沐浴在美妙的乐声中。高出乐队的人转过身,两手分开,深深鞠了一躬。玛格丽特微笑着向他挥手致意。

"不,这不够,不够,"卡罗维耶夫轻声说,"他得整整一夜不睡觉。请您对他喊一声:'向您致敬,华尔兹之王!'"

玛格丽特喊了一声,使她惊讶的是,她的声音竟像洪钟一样,盖过了乐队的演奏。那人幸福得哆嗦一下,左手按在胸口上,表示感谢,右手继续朝乐队挥舞白色指挥棒。

"不够,不够,"卡罗维耶夫轻声说,"请再往左面看看几位首席小提琴手,向他们点头致意,要让他们每个人都觉得,您已经认出他了。这里全是世界级的大明星。请对这位,坐在第一个乐谱架后面的这位,做个表示——这是维耶坦。对,很好,现在往前走。"

"这指挥是谁?"玛格丽特一面飘离,一面问。

"约翰·施特劳斯,"黑猫大叫,"要是哪个时候,哪次舞会,演奏的是这样一支乐队,哪怕把我吊死在热带花园的藤蔓上,我也情愿。是我请来了这支乐队!请注意,没人托病,没人拒绝。"

第二个大厅没有圆柱,取代圆柱的是两堵花墙,一边是大红、粉红和乳白的各色玫瑰,另一边是日本重瓣茶花。花墙之间喷泉飞舞,淙淙有声,三个酒池里源源不断地升起香槟酒的气泡,其中一个酒池呈紫色,另一个是红宝石的,还有一个是天然水晶的,全都晶莹剔透。酒池旁几个缠红头巾的黑人奔来跑去,正用长柄银勺把酒池里的酒舀进扁平的大樽。玫瑰墙上有个通道,墙内舞台上,一个穿红色燕尾服的人正在拼命指挥。他面前的爵士乐队把乐曲演奏

得山响,简直让人无法忍受。指挥一见玛格丽特,便深深地鞠躬行礼,两手几乎触及地板,随后挺直身体,尖厉地叫了一声:

"哈利路亚!"

他在自己膝盖上拍一下,又两手交叉在另一个膝盖上拍两下,接着从边上的乐师手里夺过金钹,敲在圆柱上。

玛格丽特飘走时,看到超级爵士乐队指挥,为了和玛格丽特背后传来的波罗涅兹舞曲一争高下,正拿金钹挨个击打爵士乐师的脑袋,挨打的乐师一个个矮下身子,滑稽地扮个恐惧的鬼脸。

终于到了平台上。玛格丽特明白,这就是黑暗中卡罗维耶夫举着神灯迎接她的地方。现在站在垂着一串串葡萄似的水晶吊灯的光辉下,眼睛都很难睁开。玛格丽特站到指定位置,她左手下正好有个低矮的紫晶圆柱。

"要是太累,可以用手在圆柱上撑一会儿。"卡罗维耶夫轻轻说。

一个黑人把绣有金色狮子狗的垫子扔到玛格丽特脚下。不知听从谁的安排,她膝盖一弯,右脚踩到垫子上。

玛格丽特试着朝周围看了看。卡罗维耶夫和阿扎泽勒垂手分立两旁。阿扎泽勒边上还有三个年轻人,他们的身影使玛格丽特模糊地想起亚巴顿。背后袭来一股寒气。玛格丽特回头一看,发现后面的大理石墙上,喷出一股嗞嗞作响的葡萄酒,洒入冰凉的酒池。她感到左脚边有样暖烘烘、毛茸茸的东西。这是别格莫特。

玛格丽特站在高处,她脚下是道向下延伸的无比宽大的楼梯,上面铺着地毯。楼梯底下,远远地,仿佛透过倒置的望远镜,玛格丽特看到一个气势雄伟的门厅,边墙上筑有异常高大的壁炉,阴冷漆黑的炉口足以宽敞地开进一辆五吨卡车。光辉灿烂,令人目眩的门厅里和楼梯上,空无一人。现在传到玛格丽特耳朵里的小号声,已经相当远了。这样一动不动地站了大约一分钟。

"客人在哪儿?"玛格丽特问卡罗维耶夫。

"会来的,王后,会来的,马上就来。来宾绝不会少。说实在的,我宁可去劈柴,也不想站在这里接待他们。"

"劈柴算什么,"爱说话的黑猫马上接口,"我都愿意去当电车售票员。世上再没有比这更窝囊的工作。"

"一切都得预先准备,王后,"卡罗维耶夫解释说,一只眼睛透过碎裂的单眼镜倏地闪出光亮,"要是第一个到场的来宾跑来跑去,不知道他该怎么办,他合法的墨盖拉[1]一味埋怨他俩来得太早,那就糟透了。这样的舞会应当扔进污水坑,王后。"

"一定扔进污水坑。"黑猫力表赞同。

"再过十秒便是午夜,"卡罗维耶夫又说,"舞会马上开始。"

玛格丽特觉得这十秒无比漫长,显然时间已经过了,却什么也没发生。就在这时下面的大壁炉里轰然一响,从中蹦出一具绞刑架,架上吊着个晃晃悠悠、已经腐烂一半的尸体。这尸体掉下绞索,摔到地上,顿时化作一个穿燕尾服和漆皮鞋的风流倜傥的黑发男子。接着,又从壁炉里飞出一口半朽的小棺材,棺材盖迸裂,从里面滚出一具女尸。黑发男子殷勤地飞步上前,向她伸出弯曲的胳膊,女尸当即变成轻佻风骚的裸体女人,穿着黑皮鞋,头上插几根黑羽毛。于是这一男一女快步登上楼梯。

"第一批来宾!"卡罗维耶夫大声说,"扎克先生和他的夫人。我这样向您介绍,王后,一位极具魅力的男子。雄心勃勃的伪币制造者、叛国犯,但又是相当不错的炼金师,他之所以出名,"卡罗维耶夫在玛格丽特耳边轻轻说,"是因为他毒死了国王的情妇。这可不是每个人都能办到的!瞧,他多英俊!"

---

[1] 希腊神话中复仇三女神之一。此处指泼妇。

脸色发白的玛格丽特张大嘴巴往下看着。她看见绞刑架和棺材都在门厅的一个边门里消失了。

"我很高兴!"黑猫冲着拾级而上的扎克先生大叫。

这时底下壁炉里出现一具没有骷髅、缺条胳膊的尸骨,刚一倒地,便化作一个穿燕尾服的男子。

扎克先生的夫人已经在玛格丽特面前单膝跪下,她激动得脸色发白,连连亲吻玛格丽特的膝盖。

"王后……"扎克先生的夫人话都说不清了。

"王后十分高兴。"卡罗维耶夫高声说。

"王后……"美男子扎克先生轻轻问候。

"我们十分高兴。"黑猫大声回答。

三位年轻人,阿扎泽勒的同伴,毫无生气,却又十分殷勤地笑着,把扎克先生和夫人挤到边上,几个手捧香槟的黑人站在那里迎候宾客。一个穿燕尾服的男子顺着楼梯飞也似的跑上来。

"罗伯特伯爵,"卡罗维耶夫对玛格丽特轻轻说,"仍像当年那样潇洒。请注意,王后,说来好笑,他的情况恰恰相反:他是王后的情夫,毒死了自己的妻子。"

"我们非常高兴,伯爵!"别格莫特大叫。

壁炉里接连跌出三口棺材,棺材四分五裂,接着又从壁炉漆黑的炉口里跳出一具黑衣尸体,他被紧随其后的另一具尸体在背上砍了一刀。下面响起一声惨叫。壁炉里又跑出一具几乎完全腐烂的尸体。玛格丽特眯起眼睛,不知谁的手立刻把一个装有白色药粉的小瓶送到她鼻子下。玛格丽特仿佛觉得这是娜塔莎的手。楼梯上的宾客已经络绎不绝。远远看去,现在每个梯阶上都成双成对地走着似乎一模一样的穿燕尾服的男子和裸体女人,她们的区别仅仅在于头上羽毛和脚上鞋子的颜色不同。

一位左脚穿着古怪木靴的太太,一瘸一瘸地朝玛格丽特走来。她像修女似的垂下眼睛,瘦瘦的,神态十分谦恭,颈脖上不知为什么系着一条宽大的绿带子。

"这个系绿带子的是谁?"玛格丽特机械地问。

"一位极其迷人、极有名望的太太,"卡罗维耶夫轻声说,"我这样向您介绍:托凡娜夫人,在那不勒斯和巴勒莫[1]迷人的少妇,尤其是讨厌自己丈夫的少妇中间,大大有名。不是常有这种情况,王后,妻子讨厌丈夫。"

"是的。"玛格丽特喑哑地回答,同时对两个穿燕尾服的男子微笑着。他们一个接一个地向她行礼,吻她的膝盖和手。

"这不,"卡罗维耶夫趁机对玛格丽特耳语说,又不知对谁喊了一声,"公爵,请把香槟干了!我很高兴!是的,正因为这样,托凡娜夫人非常理解这些可怜的少妇的处境,卖给她们一种装在小瓶子里的水。妻子把这种水倒进丈夫的汤里,丈夫喝了汤,谢过温柔的妻子,心情极好。确实,几小时后,他接连不断地想喝水,接着病倒了,到第三天,让自己丈夫喝汤的美艳的那不勒斯少妇,已经像春风一样自由了。"

"她脚上穿的什么?"玛格丽特问,一面不停地让超越托凡娜夫人的宾客吻手。"还有,这脖子上的绿带子是怎么回事?脖子太憔悴?"

"我很高兴,公爵!"卡罗维耶夫大声招呼,同时又对玛格丽特耳语说,"脖子很漂亮,但她在监狱里遇到了麻烦。她脚上穿的,王后,是西班牙木靴[2],系带子是因为狱卒们得知,大约五百名婚姻失败的丈夫,永远离开了那不勒斯和巴勒莫,盛怒之下,便在狱中把

---

1 意大利城市。
2 中世纪西班牙宗教裁判所使用的一种刑具,靴中有钉。

托凡娜夫人吊死了。"

"我太幸福,黑色王后,居然能得到这样崇高的荣誉。"托凡娜像修女似的轻声说,打算单膝跪下。但西班牙木靴使她无法如愿。卡罗维耶夫和别格莫特把她扶起。

"我很高兴。"玛格丽特回答,同时把手伸给其他宾客。

现在,整道楼梯涌动着潮水般的宾客。玛格丽特已经看不见门厅里的情况。她机械地抬手放手,单调地朝宾客咧嘴微笑。平台上已经一片嗡嗡声,玛格丽特刚才离开的舞会大厅,传来海浪似的音乐。

"瞧,这是个乏味的女人,"卡罗维耶夫大声说,不再耳语,知道在这片嗡嗡声中他的话已经听不清了,"喜爱舞会,但又老想诉苦,怪自己的手帕把她害苦了。"

玛格丽特在拾级而上的宾客中一眼发现了卡罗维耶夫所指的女人。这是个二十岁左右的少妇,身材极好,但东张西望的眼睛使人讨厌。

"什么手帕?"玛格丽特问。

"有位侍女服侍她,"卡罗维耶夫解释说,"都三十年了,天天夜里都把手帕放在她床头柜上。只要她一醒,眼前就是手帕。她几次把它放进炉子烧掉,扔进河里,但都没用。"

"什么手帕?"玛格丽特轻声问,把手抬起又放下。

"一条蓝边手帕。事情是这样的:她在咖啡馆当招待,有一次老板把她叫进仓库。九个月后她生下一个男孩。她把孩子抱进树林,用手帕堵住他的嘴,然后把孩子埋了。在法庭上,她说她没法养活孩子。"

"那咖啡馆老板呢?"玛格丽特问。

"王后,"脚下的黑猫突然尖声说,"请允许我问一下,老板跟这有什么关系?他可没去树林里闷死孩子!"

玛格丽特不停地微笑,让宾客吻她的右手,同时左手尖利的指甲掐住别格莫特的耳朵,轻轻对它说:

"坏蛋,要是你再敢插嘴……"

别格莫特仿佛不是在舞会上,声嘶力竭地惨叫:

"王后……耳朵会肿的……耳朵肿了,在舞会上多煞风景……我说的是法律……从法律角度……不说了,不说了……就当我是鱼,不是猫,请放开我的耳朵。"

玛格丽特松手放了它的耳朵。那双讨厌、忧郁的眼睛已经在她面前。

"我太幸福,王后陛下,我能应邀参加逾越舞会。"

"我也很高兴看见您,"玛格丽特回答,"很高兴。您喜欢香槟吗?"

"您这是做什么,王后?!"卡罗维耶夫绝望地、但又几乎不动声色地在玛格丽特耳边说,"会堵路的!"

"我喜欢香槟,"女人用恳求的口吻回答,突然她机械地连声重复,"弗莉达,弗莉达,弗莉达!我叫弗莉达,噢,王后。"

"那您今天就喝个够,弗莉达,什么也别想。"玛格丽特说。

弗莉达向玛格丽特伸出双手,但卡罗维耶夫和别格莫特非常机灵地挽住弗莉达的胳膊,她旋即在一群宾客中消失。

现在下面上来的宾客就像一堵堵墙,仿佛他们在攻打玛格丽特伫立的平台。许许多多裸体女人在穿燕尾服的男子中间步步升高。她们黝黑、白皙、咖啡豆色,抑或乌黑的身体,波浪似的朝玛格丽特涌来。灿烂的灯光下,各种各样的宝石在红色、黑色、栗色、亚麻色的头发中闪烁、舞蹈,投射出绚丽的光彩。又仿佛有人向冲锋的男子洒下一片光雨——星星点点的钻石领扣熠熠生辉。现在每一秒玛格丽特膝盖上都感到嘴唇的接触,每一秒都要让宾客吻手,她脸上始终挂着僵化的微笑。

"我很高兴,"卡罗维耶夫单调地唱着,"我们很高兴,王后很高兴。"

"王后很高兴。"背后的阿扎泽勒瓮声瓮气地说。

"我很高兴。"黑猫不时喊叫。

"侯爵小姐,"卡罗维耶夫喃喃地介绍说,"为了遗产,她毒死了父亲,两个兄弟和两个姐妹!王后很高兴!明金娜[1]夫人,哎呀,多漂亮!有点儿神经质。干吗要用烫发钳烫使女的脸!这样人家当然要宰了她!王后很高兴!王后,请注意:鲁道夫国王[2],既是术士,也是炼金师。又是一个炼金师——他上了绞刑架。啊哈,瞧,她来了!她在斯特拉斯堡[3]的妓院真是妙极了!我们很高兴。莫斯科的女裁缝,我们大家都很喜欢她,因为她会不断翻花样。她有家服装店,居然异想天开地在试衣室的墙上打了两个洞……"

"太太们不知道?"玛格丽特问。

"全都知道,王后,"卡罗维耶夫回答,"我很高兴。这个二十岁的男孩从小就与众不同,一脑子稀奇古怪的念头,是个喜欢胡思乱想的怪人。有位姑娘爱上他,他竟把她卖给了妓院。"

滚滚洪流自下而上。这洪流望不到尽头,而源头,那个巨大的壁炉,仍然喷涌不息。一个多小时过去了,玛格丽特觉得她的项链比原先更重,右手也变得不大灵便。现在每次抬手,玛格丽特都会皱一下眉头。卡罗维耶夫风趣的介绍已经不再引起她的兴趣。无论吊眼的蒙古面孔,还是白面孔黑面孔,对她都无所谓,有时甚至变

---

[1] 沙皇亚历山大一世的弄臣阿拉克切耶夫的情妇。
[2] 指鲁道夫一世(1218—1291),神圣罗马帝国哈布斯堡皇朝创建人。
[3] 法国城市。

成模糊的一片，面孔之间的空气不知为什么开始颤抖和流动。一阵针刺般的剧痛突然穿透玛格丽特的右臂，她咬咬牙，把臂肘搁到紫晶圆柱上。仿佛翅膀扑打墙壁的沙沙声，现在正从身后的大厅里传来，可想而知，无数宾客在那里翩翩起舞。玛格丽特甚至觉得，这座奇特的大厅里，厚重明净的大理石镶花地面，也在阵阵律动。

无论是盖乌斯·恺撒·卡利古拉[1]，还是麦瑟琳娜[2]，都已无法引起玛格丽特的兴趣，正像任何一个国王、公爵、情夫、自戕者、下毒犯、受绞刑者、拉皮条的女人、狱吏、赌棍、刽子手、告密者、叛徒、疯子、暗探、奸污幼女犯，都已无法引起她的兴趣一样。他们的名字在她头脑里乱作一团，他们的脸粘在一起，成了一张巨大的烙饼。只有一张长着一圈名副其实的红胡子的脸——马留塔·斯库拉托夫[3]的脸——痛苦地留在她的记忆中。玛格丽特两腿发软，她担心自己随时都会哭出来。使她最痛苦的是一次次被吻的右腿膝盖。这膝盖肿得厉害，皮肤发青，尽管娜塔莎拿海绵的手已经几次出现在膝盖边上，替她抹上一种异香扑鼻的药物。过了将近三小时，玛格丽特绝望地往下一看，不禁高兴得一阵战栗——洪流似的宾客渐渐稀少了。

"宾客光临舞会的规律全都一样，王后，"卡罗维耶夫轻声说，"现在开始退潮了。我发誓，我们只要再忍耐几分钟就行。这不，一群布罗肯山的荡子。他们总是最后到。对，这是他们。两个喝醉的吸血鬼……没了？啊，不，瞧，还有一位。不，两位！"

楼梯上来了最后两位宾客。

"这好像是张新面孔，"卡罗维耶夫眯起眼睛说，透过单眼镜打

---

1 盖乌斯·恺撒·卡利古拉（12—41），古罗马皇帝，暴君，后为反对派所杀。
2 麦瑟琳娜（20—48），古罗马皇帝克劳狄的妃子，荒淫无度。
3 马留塔·斯库拉托夫（？—1572），伊凡雷帝的禁卫军将领，以残暴著称。

量来宾,"啊,对,对。阿扎泽勒曾经拜访过他。他很怕一个人揭发他。阿扎泽勒和他一起喝白兰地,悄悄教给他一个摆脱那人的办法。于是他让一个听命于他的熟人在办公室墙上喷了毒药。"

"他叫什么名字?"玛格丽特问。

"啊,说真的,连我自己都还不知道,"卡罗维耶夫回答,"得问问阿扎泽勒。"

"跟他一起来的是谁?"

"就是那个对他唯命是从的下属。我很高兴!"卡罗维耶夫对最后两位来宾表示欢迎。

楼梯空了。出于谨慎又等了一会儿。但壁炉里再也没有宾客出来。

一秒钟后,玛格丽特不知不觉已经到了浴室里,她倒在地上,手脚痛得她直哭。赫勒和娜塔莎一面安慰她,一面又扶她去洗鲜血淋浴,又替她浑身按摩,玛格丽特重又精神抖擞。

"还有事情,还有事情,玛戈王后,"重又来到身旁的卡罗维耶夫轻轻说,"得去大厅里转一圈,千万别让可敬的来宾感到怠慢。"

于是玛格丽特重又飘然离开浴室。郁金香后面,原先华尔兹之王指挥乐队演奏的舞台上,现在一支猿猴爵士乐队正在大显身手。一只高大笨重、长着毛茸茸络腮胡子的大猩猩,手里拿着小号,蹦蹦跳跳地指挥着。坐成一排的猩猩吹着金光闪闪的小号。它们肩上坐着拉手风琴的快乐黑猩猩。两只阿拉伯狒狒披着狮子般的鬣毛在两架钢琴上演奏,但钢琴声在长臂猿、山魈、长尾猴萨克斯管、小提琴和定音鼓的轰鸣中,根本听不见。镜子般的地面上,成双成对,仿佛连成一体的无数舞伴,动作惊人地轻盈和清晰,朝着一个方向旋转,仿佛是堵墙在推进,决意扫除前进道路上的一切。活的绸缎蝴蝶在舞蹈大军上空翻飞,天花板上撒下朵朵鲜花。每当灯光熄灭,圆柱顶部便会亮起无数萤火虫的尾光,星星点点的磷火在空气中浮动。

随后，玛格丽特来到一个围有柱廊的罕见的大池旁。巨型黑色塑像涅普顿[1]嘴中喷出一股粉红色液体。池中悠悠升起香槟酒醉人的芳香。这里一片无拘无束的欢乐景象。女士们哈哈笑着，甩掉鞋子，把手提包交给自己的男伴或者手捧浴巾奔来跑去的黑人，接着，一声大喊，飞燕似的扎进酒池。飞扬的泡沫高高升起。水晶池底灯光熠熠，照亮满池香槟，池里可以看见银光闪耀的游泳的身体，跳出酒池的女士个个酩酊大醉。柱廊下回荡着银铃般的笑声和洪钟般的大笑，乱哄哄的犹如澡堂。

在这片混乱中，玛格丽特记住了一张烂醉的女人脸和呆滞的，却又在呆滞中苦苦哀求的眼睛，想起了她的名字——"弗莉达"！香槟的酒味熏得玛格丽特有些头晕，她正想离开，不料黑猫在酒池里玩了个把戏，把玛格丽特留住了。别格莫特在涅普顿嘴边念念有词，旋即满池荡漾的香槟哧哧叫着，哗地退走了。涅普顿开始喷出不会嬉戏、不会冒泡的黄色液体。女士们大声尖叫：

"白兰地！"大家纷纷从池边逃到圆柱后面。几秒钟后，酒池已经放满，黑猫在空中连翻三个筋斗，一头扎进跃动的白兰地。过了一会儿，它钻出来，连连喷着鼻子，戴着泡胀的领结，失去了胡子上的金粉和自己的望远镜。敢于仿效别格莫特的，只有那个花样百出的女裁缝和她的男伴——一个不知姓名的年轻黑白混血儿。他们双双跃进白兰地，但这时卡罗维耶夫挽起玛格丽特的胳膊，陪她离开了游泳的宾客。

玛格丽特似乎觉得她飞过什么地方，看到巨大的石头水池里牡蛎堆积如山。随后她又在一片玻璃地板上飞行，地板下燃烧着地狱的炉子，白衣的魔鬼厨师在炉子间来回忙活。随后她又糊里糊涂地

---

[1] 罗马神话中的海神。

在什么地方看到许多阴暗的地下室，那里亮着什么灯，姑娘们把炭火上吡吡作响的牛肉送上餐桌，大家举起带把大杯为她的健康干杯。看到舞台上有几只白熊拉着手风琴，跳着喀马林舞。看到一个待在壁炉里不怕火烧的蝾螈魔术师……她又一次感到浑身乏力。

"还得最后出场一次，"卡罗维耶夫担心地轻轻对她说，"随后我们就自由了。"

她在卡罗维耶夫陪同下，重又来到舞会大厅。现在大厅里已经不再跳舞，无数宾客拥挤在圆柱之间，空出了大厅中央。玛格丽特不记得，是谁把她扶上了突然出现在空空的大厅中央的一个高台。上了高台，她惊讶地听到什么地方敲响了午夜钟声，可午夜，按她的估计，早已过去。随着不知哪里传来的最后一下钟声，沉默骤然降临大厅。于是玛格丽特重又看见了沃兰德。他在亚巴顿、阿扎泽勒和几个酷似亚巴顿的黑衣青年的簇拥下缓缓走来。现在玛格丽特看到，在她高台对面也为沃兰德准备了一个高台。但他没有用它。玛格丽特深感震惊的，是沃兰德在这一盛大舞会上最后露面时，仍是刚才卧室里的模样。他的肩上仍是那件打补丁的肮脏长睡衣，脚上仍是夜晚穿的踩歪的便鞋。沃兰德手执长剑，但这把出鞘的长剑，他只是拄着当拐杖用。沃兰德一瘸一拐地走到自己的高台旁停下，旋即阿扎泽勒捧着一个盘子站到他面前。在这个盘子上，玛格丽特看到一颗磕掉门牙的人头。依然肃静无声，只有一次远远传来这种情况下无法理解的大门的铃声。

"米哈伊尔·亚历山德罗维奇。"沃兰德声音不高地招呼盘中的人头，死者应声抬起眼皮，玛格丽特不禁一阵寒战——她在死者脸上居然看到一双活人充满思想和痛苦的眼睛。"一切都兑现了，不是吗？"沃兰德看着人头上的眼睛说，"您的脑袋被一位妇女碾掉，会没开成，我住在您府上。这是事实。而事实是世界上最顽固的东西。

不过现在我们感兴趣的是以后的事情，不是这些已经证明的事实。您总是极力鼓吹这样一种理论：人掉了脑袋，生命也就随着终止，他化作灰烬，不复存在。当着这些宾客的面——尽管他们恰好证明截然相反的理论——我很乐意告诉您，您的理论冠冕堂皇，机智巧妙。不过您要知道，所有的理论都难分高下。甚至还有这样一种理论：一个人信仰什么，就会得到什么。那就让这种理论成为事实！您不复存在，我将高兴地用您变成的酒樽为存在干杯。"

沃兰德举起长剑。这时人头表面开始发黑、收缩，接着便一块块碎落，眼睛消失，不一会儿，玛格丽特在盘子上看到一个金足的浅黄色骷髅，骷髅眼眶里仿佛闪烁着两颗绿宝石，牙齿犹如珍珠。铰链连接的颅骨自动打开。

"马上就到，阁下，"卡罗维耶夫发现沃兰德询问的目光，忙说，"他会来见您的。我在这死一样的寂静里，听到了他漆皮鞋的走动声，他放杯子的声音，这是他这辈子喝的最后一杯香槟。瞧，他来了。"

大厅里出现一位单身宾客，径直朝沃兰德走来。从外表看，他和其他众多男宾没什么区别，只是这位来宾非常激动，走路摇摇晃晃，这从远处都能看出。他双颊绯红，眼睛不安地东张西望。突然，这位来宾惊呆了，这也十分自然：眼前的一切使他震惊，而最主要的当然是沃兰德的衣服。

来宾受到分外亲切的接待。

"啊，亲爱的迈格尔男爵。"沃兰德笑呵呵地欢迎这位目瞪口呆的来宾，随即对全体宾客说，"我荣幸地向诸位介绍，尊敬的迈格尔男爵，文化娱乐委员会工作人员，专职接待外宾，向他们介绍首都的名胜古迹。"

玛格丽特猛地一怔，她突然认出了这位迈格尔。在莫斯科的剧院和餐厅里，他曾几次落入她的眼帘。"等等……"玛格丽特想，"这么说，他也死了，是吗？"但事情马上清楚了。

"亲爱的男爵热情好客，"沃兰德高兴地笑着说，"听说我到了莫斯科，马上给我来了电话，向我提供自己的专业服务，也就是介绍莫斯科的名胜古迹。当然，能把他请来，我不胜荣幸。"

这时，玛格丽特看到阿扎泽勒把盛有骷髅的盘子交给了卡罗维耶夫。

"对了，顺便说一下，男爵，"突然，沃兰德压低声音，亲切地说，"到处都说您好奇心十足。还说这好奇心结合您并不逊色的口才，已经引起大家注意，有人恶狠狠地管您叫告密者和暗探。甚至有人估计，不出一个月您就会惨遭不测。所以，为了解除您等待的痛苦，我们决定帮您一把，利用眼下的机会，因为您执意要来我这里做客，想在暗中查访需要查访的一切。"

男爵的脸色顿时变得比亚巴顿更加惨白，尽管亚巴顿天生的惨白已属罕见。接着发生了一件怪事。亚巴顿站在男爵面前，把墨镜摘了一秒钟。就在这一刹那，阿扎泽勒手中的什么东西倏地一闪，响起鼓掌般轻轻的拍打声，男爵仰面向后倒去，鲜血从他胸中喷出，染红了浆白的衬衫和坎肩。卡罗维耶夫用骷髅杯接住喷射的鲜血，随后把盛满鲜血的杯子献给沃兰德。这时，男爵的尸体已经倒在地上。

"为你们的健康干杯，诸位。"沃兰德声音不高地说，举起杯子用嘴唇抿了一口。

这时，沃兰德身上发生了奇妙的变化，补过的睡衣和踩歪的鞋子不见了，他已披上黑色披风，腰间佩着寒光闪闪的长剑。他快步走近玛格丽特，把杯子递到她面前，吩咐说：

"喝吧！"

玛格丽特头晕目眩，身体晃了一晃，但杯子已经在她唇边，不知谁的声音——她无法分辨究竟是谁的声音——朝她两只耳朵悄悄说：

"别怕，王后……别怕，王后，血早已渗入地下。那流血的地方已经长出成串的葡萄。"

玛格丽特闭着眼睛喝了一口，旋即一股甜美的热流流遍全身，耳朵里响起一片高亢的声音。她似乎觉得那是无数公鸡震耳欲聋的歌唱，抑或不知什么地方正在演奏进行曲。成群的宾客失去自己的面貌。无论穿燕尾服的男子，还是女士，一起化作灰烬。玛格丽特眼睁睁地看着大厅渐渐腐朽，散发出一股死尸的气味。圆柱坍塌，灯光熄灭，一切都在萎缩消失。什么喷泉、郁金香、日本茶花，全都荡然无存。原先是什么，还是什么——珠宝商遗孀朴素的客厅。朝客厅的一扇门稍稍打开，门缝里漏出一道光亮，于是玛格丽特走进这扇稍稍打开的门。

第二十四章 救出大师

沃兰德卧室里的一切都和舞会前一样。沃兰德穿着睡衣坐在床上，只是赫勒不再为他治疗腿伤，她在原先下棋的桌子上准备晚餐。卡罗维耶夫和阿扎泽勒脱了燕尾服，坐在桌旁，他们身边自然蹲着黑猫，它舍不得解下脖子上的领结，尽管领结已经变成肮脏的抹布。玛格丽特摇摇晃晃走到桌旁，两手撑住桌子。沃兰德仍像原先那样向她招招手，让她过去坐在自己身边。

"怎么，把您累坏了？"沃兰德问。

"噢，不，阁下。"玛格丽特回答，声音刚刚可以听见。

"贵人难当。"[1]黑猫插话，给玛格丽特用细长的高脚杯斟了一杯无色透明的液体。

"这是伏特加？"玛格丽特有气无力地问。

黑猫感到委屈，从椅子上跳起来。

"得了吧，王后，"它声嘶力竭地大叫，"难道我敢这样放肆，给王后斟伏特加？这是纯酒精！"

玛格丽特微微一笑，抬手想把酒杯推开。

"大胆喝吧。"沃兰德说。玛格丽特立刻把酒杯拿在手里。"赫勒，

---

1 原文为法语。

你也坐下。"沃兰德盼咐,又回头对玛格丽特做了解释,"月圆夜是节日夜,每逢月圆我都和我的随从一起共进晚餐。总之,你们感觉怎样?这劳神的舞会开得好吗?"

"绝了!"卡罗维耶夫尖声尖气地说,"来宾全都入迷了,陶醉了。倾倒了!得体,妥当,有魅力,极有魅力。"

沃兰德默默举起酒杯和玛格丽特碰了一下。玛格丽特驯顺地喝光酒精,心想她这就要死了。然而没有发生任何不快。一股生气勃勃的暖流流进她的体内,后脑勺被什么东西柔和地敲了一下,她重又感到自己精力充沛,仿佛美美睡了一觉后刚刚起床,同时,她感到狼一样的饥饿。想起从昨天上午起,她没吃过任何东西,饥饿感更像火一样熊熊燃烧起来。她开始贪婪地吞吃鱼子。

别格莫特切下一片菠萝,撒了些盐,又撒了些胡椒,吃了,随后神气活现地一口干了第二杯酒精,大家乐得连连鼓掌。

玛格丽特喝过第二杯后,烛台上的烛火渐渐明亮,壁炉里的火焰也更显旺盛。玛格丽特丝毫没有感到醉意。她一面用洁白的牙齿嚼着牛肉,享受牛肉中渗出的肉汁,一面注视着别格莫特在牡蛎上抹芥末的动作。

"你最好在上面再放些葡萄。"赫勒轻轻说,捅了一下黑猫。

"请别教训我,"别格莫特回答,"我是酒席上的常客,常客,别担心!"

"哎呀,这样用餐真太美了,傍着壁炉,随随便便,"卡罗维耶夫的声音又尖又颤,"跟几个亲近朋友在一起……"

"不,法戈特,"黑猫表示异议,"舞会有独特的美妙和气派。"

"舞会既不美妙,也没气派。这些傻乎乎的熊,还有酒吧里的老虎,叫得我头都疼了。"沃兰德说。

"是,阁下,"黑猫说,"要是您认为没气派,我也马上认为没气派。"

"有你好的!"沃兰德回答。

"我开开玩笑,"黑猫乖乖地说,"至于老虎,我说应当油炸,吃掉。"

"老虎不能吃。"赫勒说。

"您这么想?那就请您洗耳恭听。"黑猫回答,接着得意地眯起眼睛,说它有一次在沙漠里颠沛了十九天,唯一可以充饥的就是它打死的老虎。大家兴致勃勃地听着这一妙趣横生的叙述,但别格莫特刚说完,大家便齐声高喊:

"撒谎!"

"这篇谎言妙就妙在,"沃兰德说,"它从头到尾没一句真话。"

"哎呀,是吗?撒谎?"黑猫大叫,大家都以为它要抗议,不料它只是轻轻说了一句,"历史会给我们做出评判的。"

"请问,"两杯以后,变得活跃的玛戈问阿扎泽勒,"是您开枪打死了他,这个从前的男爵?"

"自然,"阿扎泽勒回答,"怎么能不打死他?他死有余辜。"

"我吓坏了!"玛格丽特大声说,"这太突然。"

"这说不上什么突然。"阿扎泽勒表示异议。卡罗维耶夫阴阳怪气地从旁帮腔:

"怎么能不吓坏?连我都两腿打战!砰!男爵倒下!"

"我险些歇斯底里发作!"黑猫舔着勺子上的鱼子说。

"我不明白,"玛格丽特说,眼睛里跳动着水晶酒杯金色的反光,"难道外面听不到音乐,听不到舞会的喧闹?"

"当然听不到。王后,"卡罗维耶夫解释,"这事情就是要做得不让外面听到。做得干净利落。"

"是啊,是啊……要不楼梯上那个人……这不,我和阿扎泽勒打那儿经过……我想他在监视你们这个单元……"

"对,对!"卡罗维耶夫大叫,"对,亲爱的玛格丽特·尼古拉耶夫娜!您证实了我的怀疑。对,他是在监视这个单元。我原先以为,他是个无所事事的编外副教授,或者害单相思的可怜虫,在楼梯上傻等,可惜不是,不是!不知怎的,我心里很不痛快!啊!他在监视这个单元!门口那个也是!还有大门门洞里那个也是!"

"要是真来逮捕你们,那是什么结果?"玛格丽特问。

"肯定会来,迷人的王后,肯定!"卡罗维耶夫回答,"我有预感,会来,当然不是现在,但到时候一定会来。不过我想,来了也没什么好结果。"

"哎呀,这个男爵倒下时,我真是吓坏了,"玛格丽特说,虽然直到现在,她还在为生平第一次看到枪杀感到后怕,"大概您的枪法很准?"

"可以吧。"阿扎泽勒回答。

"几步之内?"玛格丽特对阿扎泽勒提了个不太明确的问题。

"得看打什么,"阿扎泽勒在行地回答,"用锤子砸评论家拉通斯基的玻璃窗是一回事,一枪打中他的心脏完全是另一回事。"

"打中心脏!"玛格丽特高声说,不知为什么用手捂住自己心脏。"打中心脏!"她喑哑地又说一遍。

"评论家拉通斯基是怎么回事?"沃兰德问,朝玛格丽特眯起眼睛。

阿扎泽勒、卡罗维耶夫和别格莫特不知为什么害羞地垂下了头,玛格丽特红着脸回答:

"是有这么个评论家。昨天晚上我把他家里的东西全砸了。"

"竟是这样!为什么?"

"他,阁下,"玛格丽特解释说,"毁了一位大师。"

"那又何必您亲自动手？"沃兰德问。

"让我去干，阁下！"黑猫跳起来，高兴地大叫。

"你坐着吧，"阿扎泽勒嘟哝着站起来，"我这就去跑一趟……"

"不！"玛格丽特大声说，"不，求求您，阁下，不要这样。"

"那就算了，算了。"沃兰德回答，阿扎泽勒在自己位子上坐下。

"我们说到哪儿啦，尊贵的玛戈王后？"卡罗维耶夫说，"哎呀，对，心脏。他打心脏，"卡罗维耶夫伸出长长的手指指着阿扎泽勒，"可以选择任何一个心房或者心室。"

玛格丽特没立刻明白，待到明白，简直惊讶极了。

"心房和心室不都看不见吗？！"

"亲爱的，"卡罗维耶夫的声音又尖又颤，"难就难在看不见！这才叫本领！看得见的东西谁都能打中！"

卡罗维耶夫从桌子抽屉里取出一张黑桃七，把纸牌递给玛格丽特，请她用指甲在一个黑桃上做个记号。玛格丽特画了右上角的黑桃。赫勒把纸牌藏到枕头下面，喊了一声：

"好！"

阿扎泽勒背朝枕头坐着，从燕尾服裤袋里取出一支黑色自动手枪，把枪管搁在肩上，头也不回，砰地就是一枪，看得玛格丽特又高兴，又害怕。从打穿的枕头下拿出那张七。只见玛格丽特做记号的黑桃被打了个窟窿。

"我可不想在您手里有枪时遇见您。"玛格丽特撒娇似的朝阿扎泽勒接连看了几眼。她历来钦佩身怀绝技的高手。

"尊贵的王后，"卡罗维耶夫尖声说，"我劝任何人都别遇见他，哪怕他手里没枪！我以唱诗班指挥和领唱的名义保证，谁也不会祝贺遇见他的家伙。"

黑猫在阿扎泽勒出手时一直皱着眉头坐着，这时突然宣布：

"我来打破这项纪录。"

阿扎泽勒冲着这话愤愤地说了句什么。但黑猫不予理睬,而且要的不是一支,而是两支手枪。阿扎泽勒从后面另一个裤袋里又拔出一支,轻蔑地撇着嘴,把两支枪一起给了吹牛的家伙,又在黑桃七上做了两个记号。黑猫朝枕头背转身,准备了好长时间。玛格丽特用手指塞住耳朵,眼睛看着壁炉架上打盹的猫头鹰。黑猫双枪齐发,赫勒当即尖叫。中弹的猫头鹰倒在地上,打穿的座钟停止走动。赫勒的一只手鲜血直流,她吼叫着一把抓住黑猫的毛,黑猫还以颜色,抓住她的头发。他们扭作一团,在地板上打滚。一只酒杯掉下桌子,打得粉碎。

"替我拉开这个发疯的妖精!"黑猫号叫,一面抵挡骑在它身上的赫勒。打架的被拉开了。卡罗维耶夫朝赫勒受伤的手指上吹了口气,伤口愈合。

"旁边吵吵嚷嚷的,我没法瞄准!"别格莫特喊叫着,竭力想把揪下的一大撮毛重新植在背上。

"我敢打赌,"沃兰德笑着对玛格丽特说,"它这是故意胡闹。它的枪法很好。"

赫勒和黑猫和解,为了表示和解,相互吻了一下。从枕头下拿出纸牌,做了检查。除了被阿扎泽勒打穿的那个黑桃,其余的黑桃全都完整无缺。

"这不可能。"黑猫断言,对着烛台上的烛火颠来倒去地照着纸牌。

欢乐的晚餐继续进行。烛台上的蜡烛流下行行烛泪,房间里像浪涛似的涌动着壁炉释放的干燥芬芳的热气。饱餐后的玛格丽特怡然自得,她望着阿扎泽勒雪茄上升起的蓝灰色烟圈,怎么慢慢朝壁炉飘去;黑猫怎么举起长剑,变着法子把烟圈一个个套住。她哪里也不想去，尽管她估计时间已经很晚了。从种种迹象看，已近早晨六点。趁餐桌上安静的机会，玛格丽特怯生生地对沃兰德说：

"也许，我该走了……不早了。"

"您去哪儿那么着急?"沃兰德客气而又略显生硬地问。其他几位没作声，装出一副被雪茄烟圈吸引的样子。

"是的，该走了。"玛格丽特说，被这一场面弄得十分尴尬。她转过身，似乎在寻找披肩或者斗篷。赤裸的身体突然使她觉得难堪。她从桌旁站起来。沃兰德默默拿起自己那件油污的旧睡衣，卡罗维耶夫接过，把它披在玛格丽特肩上。

"谢谢您，阁下。"玛格丽特用几乎听不见的声音说，旋即用询问的目光看了看沃兰德。沃兰德对她微微一笑，客气而又冷漠。一种难言的凄凉，不知为什么突然向玛格丽特袭来。她感到自己受骗了。看来谁也不会对她在舞会上所做的一切给予任何奖赏，正像谁也无意挽留她一样。她十分清楚，既然到了这里，她就无处可去。只能回家，这念头一闪而过，但它引爆了她内心的绝望。是不是得我自己求告？阿扎泽勒在亚历山德罗夫公园的这一建议，使她怦然心动。"不，决不。"她暗自下定决心。

"再见，阁下。"她说，心想："只要离开这里，我就投河自尽。"

"请先坐下。"沃兰德突然用命令的口吻说。玛格丽特脸色都变了，当即坐下。"也许，临走前您有什么话要说？"

"不，不，阁下，"玛格丽特骄傲地回答，"要是您需要我，我仍乐意为您效劳。我一点儿不累，在舞会上非常愉快。所以，如果舞会继续下去，我仍乐意让几千名上绞刑架的囚徒和杀人犯吻我的膝盖。"玛格丽特像是透过雾幕看着沃兰德，她的双眼满是泪水。

"对！您做的完全正确！"沃兰德的声音洪亮而又恐怖，"应当这样！"

"应当这样!"仿佛回声,沃兰德的随从一起响应。

"刚才我们是在考验您,"沃兰德接着说,"任何时候,任何事情,都不要求人。任何时候,任何事情,尤其不要求那些比您强的人。凡是他们自己提出的,他们自己会办!坐下,骄傲的女人!"沃兰德拽下披在玛格丽特身上的沉重睡衣,于是,她又坐到他身边的床上。"好吧,玛戈,"沃兰德接着说,声音相当柔和,"凭您今天在我这里当了一回女主人,您想得到什么回报?凭您赤身裸体主持这次舞会,您又希望得到什么奖赏?您觉得应当怎样酬谢您的膝盖?刚才被您称作'上绞刑架的囚徒'的我那些客人,使您受到多少损失?说吧!现在放心大胆地说吧,因为是我提出的。"

玛格丽特的心怦怦直跳,她沉重地叹了口气,考虑着什么。

"嗯,想要什么,勇敢些!"沃兰德鼓励她,"唤醒您的想象力,让它振翅飞翔!单凭您目击了处死男爵这个不可救药的败类,就该受到奖赏,何况这位目击者还是一位女人。不是吗?"

玛格丽特激动得喘不过气来,她正想说出念念不忘、早已在心中准备停当的话,却突然脸色发白,张开嘴,瞪大了眼睛。"弗莉达!弗莉达!弗莉达!"一个萦绕不去、苦苦哀求的声音在她耳边喊叫,"我叫弗莉达!"于是玛格丽特结结巴巴地说:

"那我,就是说,可以求您一件事?"

"是要我,要我,我的夫人,"沃兰德回答,深表理解地笑了笑,"要我办一件事!"

啊,沃兰德重复了玛格丽特本人的说法,却又多么机敏、多么明确地强调了"一件事"!

玛格丽特又叹了口气,便说:

"我希望不要再把弗莉达闷死自己孩子的手帕,放在她床头柜上。"

黑猫两眼朝天,重重叹了口气,但什么也没说,显然它对舞会上被揪了耳朵,还耿耿于怀。

"您从这个傻女人手里收取贿赂的可能,"沃兰德苦笑着说,"当然应当完全排除,这和您王后的尊严格格不入。既然这样,我真不知道该怎么办。也许,只有一个办法:弄些破布把我卧室的缝隙全都堵上!"

"您说什么,阁下?"玛格丽特十分惊讶,这话确实莫名其妙。

"完全同意,阁下。"黑猫插话,"就得用破布堵上!"黑猫恼火地一爪打在桌上。

"我说仁慈,"沃兰德对自己的话做了解释,那只闪着金光的眼睛一眨不眨地盯着玛格丽特,"有时仁慈会非常突然,非常狡黠地从最细小的缝隙里钻进来。所以我说得用破布堵上。"

"我也这么说!"黑猫大叫,为了以防万一,避开玛格丽特,用两只在粉红色润肤霜里抹了一把的爪子,捂住两只尖尖的耳朵。

"滚!"沃兰德对黑猫说。

"我还没喝咖啡,"黑猫回答,"怎么能走?难道节日夜的餐桌上,还把客人分成两等?一种是头等客人,另一种就像愁眉苦脸的守财奴、小吃部经理说的,是二等货?"

"住嘴。"沃兰德命令,接着又问玛格丽特,"看来,您这个人非常善良,非常高尚?"

"不,"玛格丽特大声回答,"我知道跟您说话必须十分坦率,所以我坦率地告诉您,我是个轻率的人。我为弗莉达求情,只是因为我一不小心,给了她一个切实的希望。她正等着,阁下,她相信我有这个权力。要是她最终受骗,我的处境就太可怕了。我将终生不得安宁。毫无办法!事情已经这样。"

"啊,"沃兰德说,"这可以理解。"

"那您会这样做吗?"玛格丽特轻轻问。

"决不,"沃兰德回答,"是这么回事,亲爱的王后,这儿发生了小小的误会。神鬼各司其职。我不否认,我们的能力确实很大,远远超过某些短视的人的估计……"

"对,远远超过。"黑猫忍不住又插一句,显然对这种能力感到自豪。

"住嘴,见鬼!"沃兰德喝住黑猫,又转而对玛格丽特说,"无非像我刚才说的,去办我不该办的事,有什么意思?所以这事我不办,您可以自己去办。"

"难道这事由得了我?"

阿扎泽勒嘲讽地朝玛格丽特斜了斜那只原本斜视的眼睛,悄悄摇了摇棕红的脑袋,喷了喷鼻子。

"您就快办,真遭罪。"沃兰德嘟哝说,随即一转地球仪,开始注视那上面的什么部位,看来在和玛格丽特谈话的同时,他还在考虑另一件事情。

"说呀,弗莉达。"卡罗维耶夫从旁提示。

"弗莉达!"玛格丽特一声尖叫。

房门倏地打开,一个披头散发、赤身裸体、但已毫无醉意的女人,瞪着疯狂的眼睛闯进房间,朝玛格丽特伸出双手。玛格丽特庄严宣布:

"你被宽恕。今后不会再放手帕了。"

弗莉达一声惊叫,扑倒在地上,在玛格丽特面前摊开双手,成了十字形。沃兰德一挥手,弗莉达随即消失。

"谢谢您,再见。"玛格丽特说着站了起来。

"好吧,别格莫特,"沃兰德说,"我们不需要在节日夜,因为有人不会办事,就占什么便宜。"他朝玛格丽特转过身,"这个不算,因为我还什么都没做。您想让我为您自己做些什么?"

一阵沉默,终于沉默中听到卡罗维耶夫在玛格丽特耳边轻轻说:

"尊贵的夫人,这次请您千万明智一些!要不弗尔图娜[1]就溜了!"

"我希望现在,立刻把我的心上人,我的大师还给我。"玛格丽特说,她的脸被痉挛扭歪了。

顿时,房间里吹来一阵风,烛台上的烛火倒伏,沉重的窗帘分向两边,窗户洞开,远方高高的天空上露出一轮午夜的,而非清晨的月亮。一方浅绿的月光从窗台投向地板,月光中出现了对伊凡自称大师的深夜客人。他穿着医院的衣服——睡衣、便鞋,戴着那顶从不离身的黑色小帽。他许久未刮的脸不住痛苦地抽搐,疯子般惊恐的眼睛斜睨着烛火。如水的月光在他周围奔流直下。

玛格丽特立刻认出了他,一声呻吟冲口而出。她两手一拍,跑到他面前,吻他的额头、嘴巴,把脸紧贴在他胡子拉碴的面颊上揉搓,久忍的泪水现在像小溪一样在她脸上流淌。她只说了一个字,毫无意义地连声重复:

"你……你……你……"

大师推开她,喑哑地说:

"别哭,玛戈,别折磨我。我病得很重。"他像是打算跳窗逃走,一手抓住窗台,神色恐惧地打量着在座的几位,狂叫:"我怕,玛戈!我又有幻觉了。"

玛格丽特哭得喘不过气来,轻声哽咽说:

"不,不,不。什么也别怕!我在你身边!我在你身边!"

卡罗维耶夫不知不觉中,把一张椅子麻利地推到大师身旁,大

---

[1] 罗马神话中的命运女神。

师坐下，玛格丽特双膝跪下，依偎在病人怀里，终于安静了。激动中，她竟没发现，不知怎的突然间她已不再赤身裸体，现在披着一袭黑缎斗篷。病人垂下头，用忧郁、病态的眼睛看着地面。

"是啊，"沉默片刻后，沃兰德说，"把他整垮了。"沃兰德命令卡罗维耶夫："叉士，请给这个人喝点什么。"

玛格丽特声音发抖，竭力说服大师：

"喝吧，喝吧。你怕？不，不，相信我，他们是为你好。"

病人接过杯子，一饮而尽，但他手一抖，空杯子掉在他脚边，摔得粉碎。

"摔得好！摔得好！"卡罗维耶夫对玛格丽特耳语说，"瞧，他已经清醒。"

确实，病人的目光已经不像原来那样古怪、惶恐。

"这是你，玛戈？"月光中的客人问。

"别怀疑，是我。"玛格丽特回答。

"再来一杯！"沃兰德命令。

喝下第二杯后，大师的眼睛变得灵活和理智了。

"瞧，这就是另一回事，"沃兰德眯着眼睛说，"现在咱们谈谈。您是谁？"

"我现在谁也不是。"大师回答，一丝笑容扭曲了他的嘴唇。

"您这是从哪里来？"

"疯人院。我有精神病。"来人回答。

玛格丽特受不了这话，又失声痛哭，随即擦干眼泪大叫：

"这话太可怕！太可怕！他是大师，阁下，这我可以告诉您。治好他，他值得您这样做。"

"您知道您现在在跟谁说话？"沃兰德问来人，"您在谁这儿？"

"知道，"大师回答，"在疯人院里，我的邻居恰好就是那孩子，流浪汉伊凡。他对我说了您的一些事情。"

"可不是,可不是,"沃兰德回答,"我很高兴在牧首塘畔见过这位年轻人。他险些把我自己弄疯了,硬要向我证明我不存在!但您总相信,这确实是我吧?"

"应当相信,"来人说,"当然,要是把您看成幻觉的产物,那就心安理得多了。请您原谅。"大师自觉失言,赶紧道歉。

"好吧,要是心安理得多了,那就这样。"沃兰德客气地回答。

"不,不,"玛格丽特惊恐地说,连连推着大师的肩膀,"你别糊涂!你面前的确实是他!"

这时黑猫又插话了:

"我倒确实像是幻觉。请您注意我月光下的侧影。"黑猫钻进那片月光,还想说什么,但大家请它不要作声,黑猫连声回答:"好,好,我不说话。我就当个沉默的幻影。"立刻住口。

"请问,为什么玛格丽特称您为大师?"沃兰德问。

来人苦笑一下,说:

"这是她的弱点,情有可原。她对我写的小说评价太高。"

"小说写了什么?"

"写了本丢·彼拉多。"

顿时,烛火重又摇曳跳动,桌上的餐具叮当作响,沃兰德哈哈大笑,声若巨雷,但这笑声并未使谁害怕或者惊讶。别格莫特不知为什么还鼓掌了。

"写什么,写什么?写谁?"笑过以后,沃兰德问,"现在?这太让人吃惊!难道您就不能另外找个题材?请让我看看。"沃兰德伸出摊开的手。

"很遗憾,我没法拿给您看,"大师回答,"因为我把它扔进炉子烧了。"

"对不起，我不信，"沃兰德回答，"这不可能。手稿是烧不掉的。"他转身对别格莫特说："别格莫特，把小说拿来。"

黑猫当即跳下椅子，于是大家看到，原来它就坐在一沓手稿上。黑猫毕恭毕敬地把上面一个本子递给沃兰德。玛格丽特激动得热泪盈眶，浑身发抖，大叫：

"就是它，手稿！就是它！"

她冲到沃兰德面前，欣喜若狂地说：

"你无所不能，无所不能！"

沃兰德接过呈给他的本子，转过来，把它放到一边，随即默默地，面无笑容，盯住了大师。但大师不知为什么一脸忧伤和不安，他从椅子上站起来，反剪双手，望着远方的明月，一面打战，一面念念有词：

"即使深夜，即使月光下，我也不得安宁，为什么要来惊扰我？噢，诸神啊，诸神……"[1]

玛格丽特一把抓住他的睡衣，依偎在他身上，伤心得直掉眼泪：

"上帝，为什么你吃了药，还不见好？"

"没关系，没关系，没关系，"卡罗维耶夫在大师身边转来转去，"没关系，没关系……再来一杯，我陪您一起喝。"

杯子在月光中眨了眨眼，倏地一亮。这一杯果然起了作用。大师被安顿在椅子上坐了，病人脸上出现安详的表情。

"现在一切都清楚了。"沃兰德说着，用长长的手指在手稿上敲了一下。

"完全清楚了。"黑猫跟着说，忘了自己刚才的保证——做个沉默的幻影。"现在这部作品的主线我已经一清二楚。你说呢，阿扎泽

---

[1] 这是大师所写的小说中彼拉多在处死约书亚后的独白。

勒?"它问默不作声的阿扎泽勒。

"我说,"阿扎泽勒瓮声瓮气地说,"最好把你扔进河里淹死。"

"行行好,阿扎泽勒,"黑猫回答,"也别让我的主人动这个念头。相信我,要是这样,我会天天夜里像可怜的大师一样,披着月光来找你,向你点头,向你招手,让你跟我走。你会好过吗,噢,阿扎泽勒?"

"玛格丽特,"沃兰德重又加入谈话,"您需要什么,全都说吧。"

玛格丽特的眼睛像火一样燃烧起来,她恳求沃兰德说:

"让我跟他私下商量一下?"

沃兰德点了点头。玛格丽特凑到大师耳边,对他悄悄说了什么。只听大师回答:

"不,太晚了。这辈子我已经什么都不想了。除了见到你。但我还是劝你——离开我。跟着我,你也完了。"

"不,我不离开。"玛格丽特回答,接着转身对沃兰德说,"我求您让我们重新回到阿尔巴特街那个巷子的地下室去,让电灯重放光明,让一切恢复原状。"

这时,大师笑了,他搂住玛格丽特鬓发散乱的脑袋说:

"哎呀,您别听这个可怜的女人胡说,阁下。这个地下室早就有人住了,再说,让一切恢复原状,根本不可能。"他把脸贴在自己情侣头上,搂住玛格丽特,喃喃自语:"可怜的女人,可怜的女人……"

"您说不可能?"沃兰德说,"倒也不错,不过我们试试。"他叫了一声:"阿扎泽勒!"

旋即,天花板上掉下一个惊慌失措、近乎精神错乱的公民,只穿内衣,但不知为什么手里提着皮箱,还戴顶帽子。他吓坏了,浑身颤抖,站都站不住。

"莫加雷奇?"阿扎泽勒问天上掉下的人。

"阿洛伊济·莫加雷奇。"那人颤抖着回答。

"是您读过拉通斯基批判这个人的文章,写了告密信,说他私藏非法书籍?"阿扎泽勒问。

掉下的人脸色发青,流下悔恨的眼泪。

"您想占他的房子?"阿扎泽勒尽可能诚恳地问。

房间里响起狂暴的猫叫声,玛格丽特也高声号叫:

"让你知道我魔女的厉害,厉害!"指甲抠进阿洛伊济·莫加雷奇的面孔。乱作一团。

"你干什么?"大师痛苦地喊着,"玛戈,别丢脸!"

"我抗议,这不丢脸。"黑猫大叫。

玛格丽特被卡罗维耶夫拉开。

"我装了澡盆,"满脸是血的莫加雷奇喊叫着,上下牙齿打架,惊恐中还在胡言乱语,"光是粉刷……白矾……"

"这不很好吗,装了澡盆,"阿扎泽勒赞许说,"他也要洗澡。"接着一声怒吼:"滚!"

他把莫加雷奇倒提起来,从敞开的窗户里扔出沃兰德的卧室。

大师目瞪口呆,轻轻说:

"这比伊凡说的还要干净利索!"他震惊不已地四下环视,终于开口对黑猫说,"对不起……你……您……"他慌神了,不知该怎么称呼黑猫,称"你"还是称"您","您就是那只坐电车的猫?"

"是我,"深感荣幸的黑猫确认,"您跟猫说话那么客气,听着也高兴。对猫不知为什么一般都称'你',尽管从来没有一只猫,跟什么人喝过结拜酒。"

"不知为什么,我似乎觉得您不大像猫,"大师犹豫不决地回答,"反正,医院里会发现我不见了。"他怯生生地向沃兰德表示。

"他们能发现什么?"卡罗维耶夫安慰说,他手里突然出现一沓什么东西,"您的病史?"

"是的。"

卡罗维耶夫一甩手把病史扔进壁炉。

"证件没了,人也没了,"卡罗维耶夫满意地说,"这是您那幢房子的户口簿?"

"是的……"

"那上面写着谁啦?阿洛伊济·莫加雷奇?"卡罗维耶夫朝户口簿上一吹,"得,这人没了,请注意,从来没有。要是房东觉得奇怪,您就说阿洛伊济是他做梦梦见的。莫加雷奇?哪个莫加雷奇?什么莫加雷奇不莫加雷奇的,从来就没这人。"系着绳子的户口簿旋即从卡罗维耶夫手里蒸发,"户口簿已经在房东的桌子里。"

"您说得对,"大师说,卡罗维耶夫办事的干净利索使大师震惊,"证件没了,人也没了。就是,我也没了,我没证件。"

"我很抱歉,"卡罗维耶夫喊叫,"这就是幻觉,瞧,您的证件。"卡罗维耶夫把证件交给大师,随后眼睛往上一翻,美滋滋地对玛格丽特耳语说:"这是您的财产,玛格丽特·尼古拉耶夫娜。"他给了玛格丽特边缘烧焦的练习本、干枯的玫瑰、照片,还分外小心地给了她存折:"一万卢布,是您的,玛格丽特·尼古拉耶夫娜。我们不要别人的东西。"

"我宁可烂掉爪子,也不碰别人的东西。"黑猫把毛一竖,高傲地说。它在箱子上跳来蹦去,尽量把惹祸的小说原稿全部塞进皮箱。

"您的证件也一起给您。"卡罗维耶夫说着把证件交给玛格丽特。随后转身,毕恭毕敬地报告沃兰德:"完了,阁下!"

"不,没完,"沃兰德回答,眼睛离开地球仪,"我亲爱的夫人,您让我怎么安顿您的女仆?我这儿用不着她。"

这时,娜塔莎从敞开的门里跑进来,仍然赤身裸体,她两手一拍,冲着玛格丽特大叫:

"祝您幸福,玛格丽特·尼古拉耶夫娜!"她朝大师连连点头,接着又对玛格丽特说:"我原先就全知道,知道您去哪儿。"

"仆人全知道,"黑猫插话,意味深长地举起一只爪子,"以为他们是瞎子,那是一个错误。"

"你想去哪儿,娜塔莎?"玛格丽特问,"回小楼去吧。"

"亲爱的,玛格丽特·尼古拉耶夫娜,"娜塔莎跪下恳求,"您求求他们,"她朝沃兰德斜睨了一眼,"让我仍做魔女。我不想再回小楼!无论工程师还是技术员,我都不嫁!昨天舞会上扎克先生已经向我求婚了。"娜塔莎松开拳头,里面是几枚金币。

玛格丽特朝沃兰德投去询问的目光。沃兰德点了点头。于是娜塔莎扑上去搂住玛格丽特的脖子,响亮地吻了她几下,得意地大叫一声,从窗口飞走了。

娜塔莎的位子上出现了尼古拉·伊凡诺维奇。他恢复了原先的人样,但他异常阴沉,也许还很恼火。

"此人我很乐意放,"沃兰德厌恶地看着尼古拉·伊凡诺维奇说,"非常乐意,他在这里纯属多余。"

"我恳求您给我出张证明,"尼古拉·伊凡诺维奇古怪地四下张望着说,但相当坚决,"证明昨天我在哪里过夜。"

"目的?"黑猫严厉地问。

"好对民警局和妻子有个交代。"尼古拉·伊凡诺维奇明确回答。

"我们一般不开证明,"黑猫皱起眉头,"不过对您,好吧,我们可以破例。"

尼古拉·伊凡诺维奇还没回过神来,赤身裸体的赫勒已经坐到打字机旁,黑猫向她口授:

"兹证明出示证明者尼古拉·伊凡诺维奇昨夜确实参加了撒旦的舞会,他是作为交通工具……括号,赫勒!括号里加上'骗猪',被人骑来的。签名:别格莫特。"

"日期?"尼古拉·伊凡诺维奇尖声问。

"我们不打日期,打上日期证明就无效了。"黑猫看也不看,签了证明,不知从哪儿取出图章,一本正经地朝图章上哈了哈气,在证明上盖了"银货两讫",把证明给了尼古拉·伊凡诺维奇。刹那间,尼古拉·伊凡诺维奇无影无踪地消失了,他的位子上又出现一个不速之客。

"这又是什么人?"沃兰德厌恶地问,抬手遮住烛光。

瓦列努哈耷拉着脑袋,叹了口气,轻轻说:

"放我回去吧。我不当吸血鬼。那天我和赫勒险些没把里姆斯基吓死!我对血没有嗜好。放我回去吧。"

"这又是什么胡话?"沃兰德皱着眉头问,"哪个里姆斯基?这又是什么名堂?"

"不用费神,阁下。"阿扎泽勒回答,接着转身训斥瓦列努哈,"不许在电话里撒野。不许在电话里撒谎。懂了?以后再也不这么干了?"

瓦列努哈高兴得脑子全糊涂了,脸上绽出笑容,他前言不搭后语地喃喃着:

"衷心……我这是想说,阁下……午餐后立刻……"瓦列努哈双手按住胸口,哀求似的望着阿扎泽勒。

"算了,回家。"阿扎泽勒回答,瓦列努哈倏地不见了。

"现在请诸位让我跟他们两个单独待一会儿。"沃兰德命令,指着大师和玛格丽特。

沃兰德的命令立刻执行。沉默片刻后,沃兰德对大师说:

"这么说,还是回去,去阿尔巴特街的地下室?那谁来写书?您的想象力呢，灵感呢？"

"我已经没什么想象力，也没什么灵感，"大师回答，"周围的一切都不再引起我的兴趣，除她以外，"他又把双手放到玛格丽特头上，"我已经给整垮了，万念俱灰，所以只想回地下室。"

"那您的小说呢，彼拉多呢？"

"我恨这部小说。"大师回答，"为了这部小说，我遭遇了太多的不幸。"

"我求求您，"玛格丽特苦苦央求，"别这么说。你为什么折磨我？你知道我把我的一生都献给了这部作品。"玛格丽特又对沃兰德说："别听他的，阁下，他太不幸。"

"总得写点什么吧？"沃兰德说，"要是您已经写完这个总督，那么作为开始，哪怕写写这个阿洛伊济也好。"

大师微微一笑。

"这种东西拉普申尼科娃是不会发表的，再说这种东西也没意思。"

"那你们怎么过日子？要知道，你们将潦倒一生。"

"心甘情愿，心甘情愿！"

大师回答，把玛格丽特拉进怀里，搂住她的肩膀："等她开窍了，会离开我的……"

"我看未必，"沃兰德含糊地小声说，"这么说，一个写过本丢·彼拉多故事的人要回地下室了，准备在那里守着孤灯潦倒一生？"

玛格丽特离开大师，十分激动地说：

"我做了我能做的一切，还悄悄对他说了一个最诱人的办法，但他拒绝了。"

"您在他耳边悄悄说的我全知道，"沃兰德表示异议，"但这不是最诱人的，我可以告诉您，"他对大师微微一笑，"您的小说一定会给您带来意外的礼物。"

"这太可悲。"大师回答。

"不，不，这不可悲。"沃兰德说，"不会再有什么可怕的事情。玛格丽特·尼古拉耶夫娜，该办的都办了。您对我有什么不满意的?"

"哪里话，噢，哪里话，阁下!"

"那就请您收下我的这件东西，做个纪念。"沃兰德说着，从枕头下取出一枚不大的金马掌，上面镶满钻石。

"不，不，不，这怎么可以!"

"您想和我争论?"沃兰德微微一笑。

玛格丽特的斗篷上没口袋，她把马掌放在一块餐巾里，打了个结。这时，不知什么使她猛地吃了一惊，她回头望了望窗外皎洁的月亮，说:

"有件事我不明白……为什么一直是午夜，午夜? 按说早该是早晨了。"

"节日的午夜，谁都乐意稍作挽留，"沃兰德回答，"祝你们幸福。"

玛格丽特祈祷似的向沃兰德伸出双手，但没敢朝他走去，只是激动地轻轻说:

"别了! 别了!"

"再见。"沃兰德说。

于是玛格丽特披着黑斗篷，大师穿着医院的睡衣，来到珠宝商遗孀的单元走廊上。走廊上燃着一支蜡烛，沃兰德的随从正在等候他们。离开走廊时，赫勒提着装有小说和玛格丽特·尼古拉耶夫娜小小财产的箱子，黑猫在一旁帮着赫勒。到了门口，卡罗维耶夫深深鞠了一躬，旋即消失。另外三位送他们一路下楼。楼梯上空空的。他们经过三楼平台时，不知什么柔和地响了一声，但谁也没在意。

到了六号门门口,阿扎泽勒往门廊上吹了口气,门开了。他们来到没有月光的院子里,看见门廊上睡着一个穿靴子、戴便帽的人,看那模样,睡得很死。门旁停着一辆熄了灯的黑色大轿车,前窗玻璃上,隐约可以看见白嘴鸦的身影。

已经准备上车了,玛格丽特突然绝望地轻轻叫了一声:

"上帝,我丢了马掌!"

"上车吧,"阿扎泽勒说,"在车里等我。我去去就来,看看是怎么回事。"他回进大门。

事情原来是这样的:在玛格丽特和大师一行出门前,珠宝商楼下的四十八单元里走出一个干瘦的女人,一手拿着牛奶桶,一手拿着菜袋子。此人便是星期三在公园旋转门旁洒了葵花籽油,让柏辽兹送命的安奴什卡。

没人知道,大概永远不会有人知道,这个女人在莫斯科究竟是干什么的,靠什么过日子。众所周知的只有一条,那就是天天可以在煤油商店,或者菜市场,或者公寓门洞里,或者楼梯上,更多的时候是在这个安奴什卡居住的四十八单元的厨房里,看见她不是拿着牛奶桶,便是拿着菜袋子,要不又拿牛奶桶又拿菜袋子。此外,比什么都清楚的是,她无论待在哪里,或者出现在哪里,哪里就立刻生出风波。另外,她有个绰号——"瘟神"。

瘟神安奴什卡不知为什么总是起得特别早。今天更是莫名其妙地刚过十二点就起床了。钥匙在门上一转,安奴什卡的鼻子探了出来,接着整个身体也出来了。她关上身后的门,正打算去什么地方,突然楼上的门砰地一响,不知什么人从楼梯上滚下来,把安奴什卡撞到一边,后脑勺在墙上狠狠碰了一下。

"你光穿条衬裤去见鬼吗?"安奴什卡抱住后脑勺尖叫。那个只穿衬裤、提着箱子、戴顶便帽的人,闭着眼睛,像说梦话似的怪声怪气地回了安奴什卡一句：

"热水器！白矾！光粉刷就得多少钱。"随后，又哭着大喊："滚！"但他没从楼梯上冲下去，反而回上来，跑到被经济学家踢碎玻璃的窗户前，两脚朝天飞了出去。安奴什卡甚至忘了后脑勺的疼痛，哎呀一声，赶紧朝窗户冲去。她肚子贴住窗台，朝院子里伸出脑袋，以为会在亮着路灯的柏油路面上，看到摔死的人和箱子。但院子的柏油路面上什么也没有。

只能设想梦游的怪人像鸟一样从公寓里飞走了，没有留下任何痕迹。安奴什卡画个十字，暗想："哎呀，这五十单元真是不假！怪不得人家都说呢！哎呀，这个单元！"

她还没想好，楼上的门又砰地一响，又有什么人滚下来。安奴什卡贴在墙上，看到一个相当有身份的公民，蓄着稀疏的络腮胡子，只是脸长得有些像小猪，从她边上一溜烟似的跑过，跟第一个人一样，从窗户里跳下去，同样不怕在柏油路面上摔死。安奴什卡已经忘了自己出门的目的，待在楼梯上，连连画着十字，哎呀哎呀叫着，不停地自言自语。

不一会儿，又有人跑下楼梯。这第三个人没留胡子，一张圆脸刮得光光的，穿着托尔斯泰式短衫，也是这样从窗口飞走了。

应当说安奴什卡还是有一点值得称道的，她很好奇，于是决定再等一下，看看还会不会出现什么新的奇迹。楼上的门又开了，现在下来的有整整一帮人，但不是跑着，而是像常人一样走着。安奴什卡赶紧离开窗户，回到楼下，利索地开了门，躲到门后。在她留下的细细的门缝里闪烁着她近乎疯狂的好奇的眼睛。

一个也许是病人，也许不是病人，反正古怪、苍白、蓬乱的络腮胡子，戴着黑色小帽，穿着什么睡衣，蹒跚地走下来，他被一位披着黑色僧袍的太太小心搀扶着。安奴什卡在昏暗中似乎觉得，太太不知是光脚,还是穿着什么透明的、显然进口的、碎块图案的皮鞋。呸,去你的!哪儿穿鞋啦!太太全身光光的!对呀,僧袍就披在光光的身上!"哎呀,这个单元!"安奴什卡心里乐得直唱歌,她已经尝到明天向左右邻居摇唇鼓舌的滋味。

这位衣着古怪的太太后面,还跟着个赤裸裸的太太,手里拎着一只小箱子,小箱子边上一只大黑猫蹿前蹦后地跑着。安奴什卡擦擦眼睛,险些叫出声来。

走在最后的是个矮小、瘸腿的外国人,斜眼,没穿上装,身上是件白色的燕尾服坎肩,系着领带。这帮人——从安奴什卡旁边走过,下楼去了。这时,什么东西啪的一声掉到平台上。听到脚步声渐渐消失,安奴什卡像蛇一样从门后溜出来,把牛奶桶放在墙边,趴在平台上慢慢摸索。突然,她的手摸到餐巾,包着件沉甸甸的东西。打开小包,安奴什卡乐得眼睛都翻上去了。她把宝物举到眼前,顿时,这双眼睛像恶狼似的闪射出贪婪的光亮。安奴什卡脑海里风暴大作:"我什么都不知道!什么都没看见!……去找侄子商量?要不把它锯成几块……宝石可以抠出来……一颗颗卖:到彼得罗夫卡卖一颗,再到斯摩棱斯克街卖一颗……反正,我什么都不知道,什么都没看见!"

安奴什卡把捡到的东西藏进怀里,拎起牛奶桶,正想回寓所,然后再去市里溜达,不料眼前突然冒出那个没穿上装、胸脯洁白的外国人——鬼知道他是打哪里钻出来的——轻轻说:

"把马掌和餐巾给我。"

"什么马掌餐巾?"安奴什卡问,装得极像,"我不知道什么餐巾不餐巾的。您怎么啦,公民,喝醉了不是?"

白胸脯伸出像公共汽车扶手那样坚硬、冰冷的手指,二话不说,一把掐住安奴什卡的脖子,完全断绝了空气进入她胸膛的通道。牛奶桶从安奴什卡手里掉到地上。没穿上装的外国人掐了她好一会儿，这才从她脖子上松手。安奴什卡张嘴吸了一大口气，赶紧赔起笑脸。

"哎呀，您说马掌呀，"她说，"这就给您！原来是您的马掌？刚才我一看餐巾里包着个……我就有意收起来，免得别人捡走，要不您想找都没处找去！"

外国人接过马掌和餐巾，双脚一并，和安奴什卡紧紧握手，还带着浓重的外国口音，热情洋溢地向她表示感谢：

"我向您致以深深的谢意，太太。这马掌是个纪念，我非常珍惜。既然您为我保存了，请允许我谢您两百卢布。"他旋即从坎肩口袋里取出两百卢布，给了安奴什卡。

安奴什卡绝望地微笑着，连声大叫：

"哎呀，太谢谢您啦！谢谢！谢谢！"[1]

慷慨的外国人一下子掠过所有楼梯，到了底层，但在彻底消失前，从楼下喊了一声，丝毫没有外国口音：

"你这个死妖婆，要是再捡到别人的东西，得交民警局，别往怀里揣！"

楼梯上这些接二连三的怪事，把安奴什卡闹得脑袋嗡嗡直响，一片混乱，但她还是为惯性所驱使，一股劲地大叫：

"谢谢！谢谢！谢谢！"其实，外国人早就不见了。

院子里的轿车也不见了。阿扎泽勒把沃兰德的礼物交还给玛格丽特，向她告别，还问她这车坐起来是否舒服；赫勒在玛格丽特脸上响亮地亲了几下；黑猫吻了她的手。随后送行的三位朝呆坐在轿车角落里一动不动的大师挥挥手，又朝白嘴鸦挥挥手，旋即消融在空气中，省去了走楼梯的辛苦。白嘴鸦打开车灯，从门洞下睡得死

---

[1] 原文为法语。

死的便衣旁驶出大门。黑色轿车的车灯，立刻就在喧闹不眠的花园街的其他众多车灯中消失了。

一小时后，阿尔巴特街那条巷子的小屋地下室里，在罩着灯罩的台灯灯光下，玛格丽特坐在桌旁轻轻哭泣，在经历了非同寻常的心灵震撼后，她找回了幸福。屋里的一切仍是去年可怕的秋夜前的模样：桌上铺着丝绒桌布，台灯边上放着插有铃兰的花瓶。玛格丽特面前放着被火烧得边缘残缺的练习本，旁边还有高高一沓完整的练习本。小屋一片寂静。毗邻的小间里，长沙发上，大师盖着医院的睡袍，已经沉沉入睡。他均匀的呼吸没有丝毫响声。

哭够以后，玛格丽特拿起完整的练习本，找到她在克里姆林宫墙下遇见阿扎泽勒前反复阅读的地方。玛格丽特毫无睡意。她温柔地抚摸手稿，仿佛抚摸自己宠爱的猫，又在手里颠来倒去摆弄，从各个角度仔细欣赏，一会儿停在扉页上，一会儿翻到最后一页。突然她产生了一个可怕的想法：这一切都是巫术，眼前的练习本立刻就会消失，她仍在自己小楼的卧室里，醒来后她只能去投河。但这是最后一个可怕的想法，是她内心久经煎熬的回声。什么也没消失。无所不能的沃兰德，果然无所不能，现在玛格丽特可以尽情地翻弄这些练习本，欣赏它们，亲吻和反复阅读本子上的文字，直到天明：

"从地中海袭来的黑暗笼罩了总督憎恶的城市……对，黑暗……"

第二十五章　总督如此拯救加略人犹大

从地中海袭来的黑暗笼罩了总督憎恶的城市。圣殿和威严可怖的安东尼塔楼间的吊桥不见了。无底的漆黑从天而降，淹没了赛马场上方的双翼天使、设有枪眼的哈斯莫尼宫、集市、板棚、小巷、池塘……耶路撒冷——伟大的城市——骤然消失，仿佛它从未在世上存在过。一切都被黑暗吞噬，耶路撒冷和它近郊的一切生命魂飞魄散。尼散月十四日的傍晚，从地中海方向袭来的正是这样一片奇怪的黑云。

黑云已经用腹部压住刽子手仓促刺杀死刑犯的秃山，压住耶路撒冷的圣殿，又像滚滚浓烟向圣殿所在的山冈下涌去，淹没下城。黑云涌进家家户户的小窗，把人们从弯曲的街道赶入房屋，但它并不急于释放自己的水分，只是频频闪光。每当雷电撕碎烟雾似的黑色混沌，雄伟的圣殿便披着无数闪光的鳞片，从一团漆黑中飞向天空。但雷电稍纵即逝，圣殿重又沉入黑暗的深渊。它一次次飞升，又一次次沉沦，每次沉沦都伴随着天崩地裂般的轰隆声。

远方的闪电又从黑暗的深渊中频频唤出与圣殿遥遥相对、耸立在西山上的大希律宫，可怕的盲目的金色塑像高举双手，一次次飞向漆黑的天空。但这些天火同样稍纵即逝，沉闷的雷声一次次把金色塑像驱入黑暗。

突然，下起暴雨，狂风大作。花园里，大理石长凳边上，中午总督和大祭司密谈的地方，随着一声炮击似的雷鸣，一棵柏树像芦苇似的断裂了。飞溅的雨水和冰雹刮到柱廊凉台上，夹杂着折断的玫瑰花、玉兰叶、树枝和沙石。狂风恣意摧残花园。

此刻，柱廊凉台上只有一人，此人便是总督。

现在，总督不是坐在圈椅上，而是躺在卧榻上，边上放着一张摆满佳肴和成罐美酒的不大的矮桌。矮桌另一侧的卧榻空着。总督脚边有一汪没有擦去的红葡萄酒，就像血，还有好些瓦罐碎片。雷雨前替总督安排餐桌的仆人，不知为什么被总督的目光弄得心慌意乱，以为出了什么差错。总督看着生气，把瓦罐狠狠摔到彩石地上，说：

"上菜为什么不看我的脸？难道你偷了东西？"

非洲黑人的脸变成土灰色，眼里透出死一样的恐怖，他浑身战栗，险些打碎另一个瓦罐。但总督的暴怒不知为什么来得突然，去得也突然。非洲人正要俯身收拾地上的碎片，擦去那汪红葡萄酒，总督却朝他挥挥手，他便逃一样退下。于是那汪红葡萄酒仍在地上。

现在狂风肆虐，非洲人候在安放白色俯首裸女塑像的壁龛旁，既怕进去不是时候，又怕万一总督唤他，无法听见。

总督斜倚在卧榻上，在暴雨如注的黑暗中自斟自饮，慢慢抿着。他时而伸手取一块面包，把它掰碎，一小块一小块咽下去，时而嘁嘁牡蛎，嚼嚼柠檬，再抿上一口葡萄酒。

如果不是大雨咆哮，如果不是像要砸扁宫殿屋顶的隆隆雷声，如果不是冰雹不住击打凉台台阶，那就可以听到总督在轻轻地自己和自己交谈。如果稍纵即逝的闪闪天火，能够变成长久的电光，旁观者便能看到总督由于失眠和饮酒显得红肿的眼睛，看到他脸上的焦躁。总督不仅注视着沉浸在那汪红葡萄酒里的两朵白玫瑰，还常常转过脸去，望着花园里飞溅的雨水和沙子——他在等人，焦急地等着。

过了一会儿，总督眼前的雨幕开始稀疏了。肆虐的狂风终于渐趋平息。树枝不再噼啪折落。雷鸣闪电也慢慢沉寂。耶路撒冷上空已经不再覆盖四周泛出白光的紫色云层，而是飘浮着雨后普通的灰云。雷雨渐渐朝死海移去。

现在已经可以单单听到雨声，听到雨水顺着水槽，沿着总督白天下到广场宣布判决所走的石阶，奔流直下的哗哗声。终于响起至今被淹没的喷泉声。天色放亮。朝东方迅速远去的灰色雨幕上出现了一些蓝色窗口。

这时，远远地，透过渐沥的雨声，总督耳朵里传来隐约的军号声和几百只马蹄的嘚嘚声。听到这声音，总督动了动，精神为之一振，骑兵团从秃山回来了，从声音判断，现正经过宣判的广场。

终于，总督听到了等候已久的脚步声，啪嗒啪嗒的声音已经到了通向凉台前花园顶层平台的石阶上。总督伸长脖子，两眼炯炯发光，显得十分高兴。

两只大理石狮子中间先是出现戴风帽的脑袋，随后，露出披风湿透的身体。他就是宣判前在王宫密室里和总督悄悄耳语，行刑时坐在三腿凳上玩弄树枝的人。

戴风帽的人踩着水洼，径直穿过花园平台，走到凉台彩石地上。他举起一只手，悦耳地大声说：

"祝总督健康长寿，万事如意。"来人说的是拉丁语。

"诸神！"彼拉多惊呼，"您都浑身湿透了！这风雨有多大？啊？请您立刻去我内宫，换身衣服，有劳了。"

来人掀下风帽，露出湿淋淋的、头发贴住前额的脑袋。他刮过的脸上绽出礼貌的笑容，表示他无须更衣，并请总督相信，稍稍淋点雨对他绝无妨碍。

"我不想听这些。"彼拉多回答，两手一拍，唤来候在外面的仆人，吩咐为来人更衣，随后立刻送上热菜。擦干头发，更衣，换鞋，反正，身上拾掇干净，来人用了不长时间，很快他又在凉台上出现了，穿着干爽的平底鞋，披着深红的军人披风，头发梳得整整齐齐。

这时，太阳重又回到耶路撒冷，在最后离去、沉入地中海前，向总督憎恶的城市洒下一片告别的余晖。凉台台阶染成了金色，喷泉重又生气勃勃地尽情欢唱。鸽子飞落在沙地上，咕咕叫着，跳过断枝败叶，在潮湿的沙地上频频啄食。那汪红葡萄酒已经擦掉，瓦罐碎片也已收拾干净。桌上的牛肉冒出热气。

"我听候总督吩咐。"来人走到桌前。

"您先坐下，把酒喝了，要不，什么也不会听到。"彼拉多客气地说，指了指另一张卧榻。

来人在卧榻上躺下，仆人在他杯中斟上浓浓的红葡萄酒。另一个仆人小心翼翼地从彼拉多身后探出半个身子，斟满总督的杯子。随后，总督一挥手，支走两个仆人。来人边吃边喝，彼拉多抿着葡萄酒，不时眯起眼睛打量自己的客人。来见彼拉多的是个中年人，长着一张非常讨人喜欢的、整洁的圆脸和圆圆的肉鼻子。他的头发很难说是什么颜色。现在头发渐渐干了，颜色变得越来越淡。来人属于哪个民族，同样很难确定。他脸上的基本表情也许是仁慈，不过这种表情被来人的眼睛，或者准确地说，不是眼睛，而是来人看人的方式给破坏了。通常他总把自己的小眼睛藏在半睁半闭、有些古怪、像是浮肿的眼皮底下，这时，两道细小的眼缝中闪烁着没有恶意的狡黠。应当认为总督的客人喜欢幽默。但有时他又会从这两道眼缝中驱散这种闪烁发光的幽默，完全睁开眼皮，突然直勾勾地盯住对方，似乎想在对方鼻子上迅速看清一个难以觉察的污点。但这不过是一刹那的事，随后，眼皮重又垂下，细小的眼缝里重又闪烁着仁慈和狡黠的智慧。

来人没有拒绝再喝一杯，还津津有味地吞下几个牡蛎，尝了点素菜，吃了块牛肉。

饱餐以后，他称赞了葡萄酒：

"真是上品葡萄，总督，这是不是'法隆'？"

"'采库巴'，三十年陈酿。"总督客气地回答。

客人把一只手按在心口上，表示不想再吃什么，说他饱了。于是彼拉多斟满自己的酒杯，客人依此行事，两人都从自己酒杯里往盛肉的瓷盘内倒了些酒，然后总督举起酒杯大声说：

"为我俩，为你，恺撒陛下，罗马人之父，人中豪杰，干杯！"

两人干杯。非洲人撤去桌上的菜肴，只留下水果和酒罐。总督又是一挥手，支走了两个仆人，柱廊下只剩他和他的客人。

"那么，"彼拉多声音不高地说，"对于本城的民心，您能告诉我什么？"

总督不由把目光投向山下，那里，花园的层层平台后面，被夕阳染成一片金色的列柱和扁平的屋顶正在渐渐黯淡。

"我以为，总督，"客人回答，"耶路撒冷的民心眼下令人满意。"

"这么说，可以保证不会再有骚乱的威胁？"

"可以保证的，"客人回答，不时奉承地抬眼看着总督，"在这个世界上只有一点——伟大恺撒的威力。"

"愿诸神赐他健康长寿，"彼拉多立刻接口说，"天下太平。"他顿了顿，又说："那么，您以为军队现在可以撤走了？"

"我以为闪击大队可以撤走。"客人回答，接着又补充一句，"最好临走前能列队绕城一圈。"

"绝好的主意，"总督表示赞赏，"后天我就让他们撤走，我自己也要离开这里,我以十二神祭,以祖先在天之灵发誓,只要今天能走,哪怕付出再大的代价,我也情愿。"

"总督不喜欢耶路撒冷?"客人和善地问。

"得了吧,"总督笑着大声说,"世上再没比耶路撒冷更使人绝望的地方,我都不想说自然条件!我每次来这里,每次都要发病。不过这还不算什么。坏就坏在这些节日——术士、巫师、耍魔术的,还有成群结队的朝圣者……宗教狂,宗教狂!今年他们又突然开始等待弥赛亚,单是这个弥赛亚就惹出多少麻烦!你每分钟都等着出事,生怕看到最让你烦心的流血。没完没了地调动军队,批阅形形色色的告密信,何况其中一半是告你本人的!这太无聊,您说是吗?噢,要是没有这皇家职务!……"

"是的,这里的节日确实难办。"客人深表同意。

"我真希望节日快些过去,"彼拉多坚决地说,"到时候我就可以回该撒利亚了。您相信吗,希律王这座荒诞的建筑,"总督顺着柱廊一摆手,显然他指的是王宫,"简直让我发疯。我没法在宫里睡觉。世上没有比这更古怪的建筑。不过我们还是说正事吧。首先,这个该死的巴拉巴不使您担心?"

这时客人倏地朝总督脸上投去他独特的目光,但总督忧郁地望着远方,双眉紧蹙,静观他脚下在黄昏中渐渐黯淡的城区。客人的目光也随着黯淡,眼皮重又垂下。

"应当认为,巴拉巴现在不构成危险,就像羔羊,"客人说,他的圆脸上现出皱纹,"现在他不便肇事。"

"太出名了?"彼拉多苦笑着问。

"总督对问题的理解总是切中要害!"

"但不管怎样,"总督不无担心,那根细长的、戴黑宝石戒指的手指举了起来,"应当……"

"噢，总督尽管放心，只要我在犹太，巴拉巴每走一步都会有人盯着。"

"那我就放心了，其实，有您在这里，我一向都很放心。"

"总督过奖！"

"现在请您告诉我行刑的情况。"总督说。

"总督感兴趣的究竟是什么？"

"民众方面是否有愤怒的表示，这是主要的，当然。"

"丝毫没有。"客人回答。

"很好，您亲自确认，都死了？"

"总督可以绝对相信这一点。"

"您再说说……上十字架前给他们喝水了？"

"给了，但他，"这时客人闭上眼睛，"拒绝喝水。"

"谁拒绝喝水？"彼拉多问。

"请原谅，大人！"客人大声说，"我没说名字？拿撒勒人。"

"疯子！"彼拉多说，不知为什么做了个鬼脸，左眼下的肌肤抽搐起来。"让太阳活活晒死。为什么拒绝法律规定的待遇？他是怎么说的？"

"他说，"客人回答，重又闭上眼睛，"谢谢，判他死刑，他不怪罪。"

"不怪罪谁？"彼拉多喑哑地问。

"这他没说，大人。"

"他是否企图向士兵宣讲什么？"

"不，大人，这次他很少说话。他只是说，在人的所有缺陷中，他认为胆怯是最主要的缺陷之一。"

"说这些干什么？"客人突然听到一个裂帛似的声音。

"这无法理解，反正，他的言行都很古怪，其实平时他也很古怪。"

"古怪在哪里?"

"他总想窥视周围人的眼睛,一会儿看看这个,一会儿看看那个,总是不尴不尬地笑着。"

"没别的?"一个嘶哑的声音问。

"没别的。"

总督笃地放下酒杯,给自己斟满。喝干后,他说:

"问题在于,我们尽管无法发现——至少,眼下是这样——他的什么崇拜者或者信徒,但也无法保证,根本没有这种人。"

客人注意听着,低下了头。

"所以,为了避免发生意外,"总督接着说,"我请您立刻悄悄处理掉三具尸体,秘密埋葬,不留痕迹,以后再也不要有他们的任何传闻。"

"遵命,大人,"客人说着站起来,"事关重大,执行也很复杂,请允许我立即启程。"

"不,请再坐一会儿,"彼拉多说,用手势阻止自己的客人,"还有两个问题。第一个——您在犹太总督机密署长这个异常艰巨的岗位上勋劳卓著,到了罗马,我将乐意为您请功。"

客人脸上泛起红晕,他站起来,向总督鞠了一躬,说:

"我身负皇家重任,只是履行职责而已!"

"不过,"总督继续说,"万一朝廷对您另有重用,我想请您婉言谢绝,仍在这里任职。无论怎样,我也不愿和您分手。就让朝廷用别的方式褒奖您!"

"在您麾下效力,卑职深感荣幸,大人。"

"这样,我很高兴。现在谈谈第二个问题。这关系到那个,他叫什么来着⋯⋯加略人犹大。"

客人又倏地朝总督投去自己独特的目光,旋即合乎礼仪地把它熄灭。

"听说,"总督压低声音继续说,"他似乎拿到一笔钱,因为他在自己家里那么热情地接待了这个疯癫的哲人。"

"将要拿到一笔钱。"机密署长轻轻纠正彼拉多。

"数字大吗?"

"这谁也不知道,大人。"

"连您也不知道?"总督说,他的惊讶分明是一种恭维。

"可惜,连我也不知道,"客人平静地回答,"但他将在今晚拿到这笔钱,我知道。今天有人叫他去该亚法府上。"

"咳,贪财的加略老头,"总督笑着说,"是老头吗?"

"总督从不出错,但这次没说对,"客人殷勤地回答,"这个加略人还很年轻。"

"竟是这样!您能替我介绍一下他的情况吗?宗教狂?"

"噢,不是,总督。"

"好吧。还有什么?"

"非常漂亮。"

"还有呢?也许,有什么嗜好?"

"很难对偌大一个城市的居民了解得那么准确,总督……"

"噢,不,不,阿夫拉尼!不要抹杀自己的成绩!"

"他确有一种嗜好,总督,"客人做了一个小小的停顿,"嗜好钱财。"

"他是做什么的?"

阿夫拉尼两眼朝天,想了想,回答说:

"他在一个亲戚的钱庄里当伙计。"

"啊,是这样,这样,这样,这样。"总督住口,朝四周看了看,凉台上有没有外人,随后轻轻说,"是这么回事,我今天得到消息,说今夜有人要杀他。"

客人倏地朝总督投去自己独特的目光,甚至还让这目光稍稍滞留了一下,随后回答:

"总督,刚才您对我过奖了。我看我不配大人为我请功。我没有这方面的消息。"

"您完全应当得到最高的奖赏,"总督回答,"但确有这样的消息。"

"我斗胆问一句,这消息是谁提供的?"

"请允许我暂时不做说明,何况这消息是偶然得到的,不太清楚,也不太可靠。但我必须预见一切。这是我的职责所在,特别是我必须相信自己的预感,因为预感还从没欺骗过我。消息是这样的:拿撒勒人的一位秘密朋友,被这个钱庄伙计的无耻叛卖激怒了,和几个同伴商定今夜杀他,把他叛卖所得的钱扔给大祭司,附上字条:'罪恶钱财,悉数归还!'"

机密署长没把深感意外的目光再次投向总督,他眯着眼睛继续听彼拉多说下去:

"您想想,大祭司在节日的夜晚,收到这样一份礼物会愉快吗?"

"何止是不愉快,"客人微微一笑,回答,"但我以为,总督,这会引发莫大的丑闻。"

"我也是这个看法。所以我请您关注这件事情,就是说采取一切措施保护加略人犹大。"

"卑职遵命,大人,"阿夫拉尼说,"我请大人放心,歹徒的阴谋极难得逞,您想,"客人说着转过身,"要查出一个人的行踪,杀死他,弄清他拿了多少钱,再设法把钱还给该亚法,这一切都在一夜之间完成?今天?"

"尽管如此,今天他必死无疑,"彼拉多固执地说,"我有预感,我对您说！预感还从没欺骗过我。"一阵痉挛从总督脸上掠过，他短促地搓搓手。

"遵命。"客人顺从地回答。他站起来，挺直身体，突然严肃地问："他必死无疑，大人？"

"对，"彼拉多回答，"全部希望都寄托在您惊人的能力上。"

客人整了整披风下沉重的皮带，说：

"卑职告辞，祝大人健康长寿，万事如意。"

"啊，对了，"彼拉多小声惊叫，"我真是健忘！我不是欠您钱吗！……"

客人诧异了。

"总督，您确实不欠我什么钱。"

"怎么不欠！我来耶路撒冷时，记得吗，有群乞丐……我还想丢几个钱给他们，恰好身上没有，我就从您那儿拿了。"

"噢，总督，才几个小钱！"

"几个小钱也得记住。"

彼拉多转过身，撩起搭在他身后圈椅上的披风，取出一个皮袋，把它递给客人。客人鞠了一躬，接过皮袋藏在披风下面。

"那么掩埋尸体，还有加略人犹大这件事，今天夜里我就等您报告，您听见了，阿夫拉尼，今天。我会命令卫队，只要您一来，立刻叫醒我。我等您！"

"卑职告辞。"机密署长说完，转身离开凉台。可以听到他从平台潮湿的沙地上走过的吱吱声，随后是他的皮靴踩在两只狮子间的大理石梯阶上的笃笃声。接着他的两条腿，然后身体，像被一段段截去，最后，连风帽也不见了。这时，总督才发现，太阳已经沉没，周围一片暮色。

第二十六章 掩埋

也许，这暮色正是总督的外表发生剧烈变化的原因。他似乎一下子衰老了，弯腰曲背，忐忑不安。有一次他回头朝搭着披风的空圈椅瞟了一眼，不知为什么浑身一颤。节日的夜晚渐渐降临，摇曳的影子玩弄着自己的游戏，想必疲劳过度的总督恍惚觉得有人坐在空圈椅上。总督害怕，掀了掀风衣，接着随手一扔，在凉台上奔跑起来，一会儿连连搓手，一会儿跑近桌子抓起酒杯，一会儿收住脚步，惘然盯着彩石地上的镶嵌图案，似乎想在图案里辨认出什么古老的文字。

今天，烦躁已经第二次袭击他了。总督揉搓着太阳穴，早晨极度的偏头痛还隐隐留下些许酸胀的回忆。他竭力琢磨他内心痛苦的原因，尽管很快有所领悟，却又尽量欺骗自己。他很清楚，今天白天他无可挽回地犯了一个错误，现在他想纠正错误，采取了若干微小、稀松、主要是为时已晚的行动。总督欺骗自己，竭力使自己相信，刚才采取的这些行动，晚上的行动，也和早上的宣判同样重要。但这事总督毕竟很难做到。

奔跑中，他突然转身停下，吹了声口哨。昏暗中应声响起低沉的犬吠，随即一条高大的尖耳朵灰毛狼狗，戴着挂有镀金牌子的项圈，从花园蹿上了凉台。

"班加，班加。"总督有气无力地叫着。

狗人立起来，前爪往主人肩上一搭，险些把他扑倒，接着又在他脸上舔了一下。总督坐到圈椅上，班加吐出舌头，频频喘气，在主人脚边躺下，眼中的喜悦分明表示，勇猛无畏的狼狗在这个世界上唯一惧怕的雷雨已经停息，此刻它重又和它爱戴、敬重、威武盖世的主人，至高无上的主宰，紧挨在一起，因此，它也是尊贵、显赫，可以傲视世界的生灵。但刚在自己主人脚边躺下，甚至没朝他看一眼，仅仅望着暮色渐浓的花园，狗立刻意识到，它的主人遇到了不幸。于是它改变姿势，站起来，绕到桌边，把前爪和脑袋搭在总督膝盖上，披风下摆顿时蹭上两行潮湿的沙子。想必，班加的举动是想表示它在安慰自己的主人，决心分担他的不幸。斜睨主人的眼睛和警觉竖起的耳朵，也表示同样的意思。这样，他俩，一狗一人，惺惺相惜，双双在凉台上迎来了节日的夜晚。

此刻，总督的客人正忙于各种安排。他离开凉台前的花园顶层平台，顺着石阶来到下面一层平台，往右一拐，朝坐落在宫内的军营走去，军营中驻扎着节前随同总督一起来到耶路撒冷的两个骑兵中队和这位客人指挥的总督机密署卫队。客人在军营逗留的时间不长，仅仅十分钟，但这十分钟刚过，军营大院里立刻驶出三辆马车，车上装了许多挖掘工具和一大桶水，车后跟着十五名披灰色披风的骑兵。在他们护卫下，三辆马车从后门驶出王宫，一路向西，出了城门，先是拐上去伯利恒大道的小路，随后沿大道往北，到了希伯伦门外的十字路口，最后驶上白天押解死刑犯所走的雅法大道。这时天已经黑了，地平线上升起一轮明月。

三辆马车在骑兵队的护卫下刚刚驶走，总督的客人也骑马离开王宫，身上换了一件旧的黑色长袍。客人没去城外，而是直奔城内。过了一会儿，他到了城北与圣殿毗邻的安东尼堡门口。客人在堡内逗留的时间极短，随后他的身影在下城弯曲杂乱的街道上出现了。客人来到这里时，胯下已经是匹骡子。

客人熟悉城内地形，轻易地找到了他要找的街道。这条街道称作希腊街，因为街上有几家希腊铺子，其中一家经营地毯。正是在这家铺子前，客人收缰下了骡子，把它拴在门前的铁环上。铺子已经关门。客人走进紧挨铺子的边门，来到三面都是板棚的不大的天井里。他拐过屋角，停在屋子缠满常春藤的石头露台前，朝四面看了看。小屋和板棚里都是黑洞洞的，还没点灯。客人轻轻唤了一声：

"尼扎！"

门吱的一声开了，暮色中，露台上出现一个没戴头巾的少妇。

她在露台栏杆上探出身子，不安地张望，想知道谁来了。认出来人后，她热情地朝他微笑着，连连点头，招了招手。

"你一个人？"阿夫拉尼轻轻地用希腊语问。

"一个人，"露台上的女人轻轻说，"当家的一早去了该撒利亚。"这时女人回头朝屋里看了看，小声补充说："不过，女仆在家。"她做了个手势——"进来吧"。阿夫拉尼四顾无人，踏上石头台阶。随后两人一起在屋里消失了。

在这个女人家里，阿夫拉尼逗留的时间更短，绝不超过五分钟。随后他从屋里出来，走下台阶，把风帽拉得低低的，几乎遮住眼睛，来到街上。这时周围的房屋已经开始点灯，满街都是节日前熙来攘往的人群。阿夫拉尼骑着骡子，消失在行人和骑士的洪流中。他后来的行踪无人知道。

阿夫拉尼称作尼扎的女人单独在屋里更衣，一副急于出门的样子。不管在黑暗的房间里寻找需要的东西多么费劲，她都没点灯，也没呼唤女仆。只是她穿好衣服，戴上黑头巾后，屋里才传出她的声音。

"有人问起我，就说我到埃南塔家串门去了。"

黑暗中响起女仆苍老的埋怨声：

"去埃南塔家？哎呀，这个埃南塔！你丈夫不是不许你去她家吗！她拉皮条，你的埃南塔！看我不告诉你丈夫……"

"得，得，得，住嘴吧。"尼扎说着像影子一样出了家门。她的平底鞋在院子的石板上啪啪作响。女仆嘟哝着关了朝露台的门。尼扎去了街上。

也是这个时候，下城一条不太整齐、层层下行的石阶通往池塘的小巷中，从一幢背面临街、窗朝院子的陋屋的栅栏门里，走出一个年轻人。窄小的络腮胡子修得整整齐齐，洁白的头巾垂到肩上，穿一件底下缀有流苏的新的青色节日长袍，脚上一双新的平底鞋吱吱作响。鹰钩鼻美男子换上节日盛装，兴冲冲地一路向前，赶过急于回家享用节日晚餐的行人，顾盼着暮色中一个接一个亮起灯光的窗户。年轻人走的那条路经过集市一侧，直通坐落在圣殿山下的大祭司该亚法的府第。

过了一会儿，有人看见他走进该亚法府第的大门。又过了一会儿，他离开了这座府第。

造访这座已经灯火通明、一派忙碌的节日气氛的府第后，年轻人变得更加精神、更加高兴，他加快步子，急于赶回下城。在街道通向集市广场的角落上，熙熙攘攘的人群中，他被一个仿佛跳舞似的、步履轻盈的女人超过，女人的黑头巾正好遮住眼睛。赶上年轻美男子时，这女人一掀头巾，朝他瞟了一眼，但她不仅没有放慢脚步，反而走得更快，似乎想躲开她赶上的人。

年轻人发现了这女人，不，他认出了她。他猛地一颤，停下，困惑地盯着她的背影，随即追上去。年轻人险些把一个捧瓦罐的行人撞倒，很快赶上了女人，他激动地喘着粗气，唤了声：

"尼扎!"

女人转过身，眯起眼睛，一脸冷冷的懊丧，她用希腊语干巴巴地回答：

"哎呀，原来是你，犹大？我没马上认出来。不过，这反倒好。按我们希腊迷信的说法，谁没给认出来，谁就发财……"

犹大十分激动，心怦怦乱跳，就像蒙在黑布底下的小鸟，他生怕行人听到，断断续续地低声问：

"你这是去哪儿，尼扎？"

"你要知道这个干什么？"尼扎反问，一面放慢脚步，高傲地看着他。

犹大的语气突然变得孩子似的，他不知所措地轻声说：

"那又怎么啦？……咱们不是约得好好的。我正想去你家呢。是你说的，你整个晚上都在家……"

"哎呀，不行，不行。"尼扎回答，任性地噘起下嘴唇，犹大觉得她的脸——他有生以来见过的最漂亮的脸，变得更加娇艳。"我闷得慌。你们过节，我有什么好干的？坐着听你在露台上长吁短叹？还生怕女仆把这事告诉我丈夫。不，不，我还不如去城外听夜莺唱歌。"

"去城外？"犹大心慌意乱地问，"你一个人？"

"当然一个人。"尼扎回答。

"那让我陪你去。"犹大请求，激动得喘不过气来，脑子一片模糊。他忘了世上的一切，用恳求的目光看着尼扎蓝色的、现在像是乌黑的眼睛。

尼扎什么也没回答，反而加快了脚步。

"你怎么不说话，尼扎？"犹大可怜巴巴地问，尽量跟上她的步子。

"和你一起去,我就不寂寞了?"尼扎突然问,停下。犹大脑袋里嗡地一响。

"那好,"尼扎终于心软了,"走吧。"

"去哪儿,去哪儿?"

"等一下……先去这个院子里约个地方,要不我怕熟人看见,说我和情人一起逛街呢。"

随即,集市上不见了尼扎和犹大。他们躲在一个院子的门洞里悄悄商量。

"你去橄榄园,"尼扎耳语说,拉下头巾,遮住眼睛,朝提着水桶走进院子的人背转身,"到客西马尼,过汲伦溪,听明白了?"

"是,是,是。"

"我先走,"尼扎又说,"你别跟在我后面,得和我分开。我先去……你过了汲伦溪……知道山洞在哪儿吗?"

"知道,知道……"

"你从榨油机旁上山,转弯就是山洞。我在那里等你。只是你千万别跟着我,得有耐心,在这里等一会儿。"尼扎说着便出了门洞,似乎根本没和犹大说过话。

犹大独自站了一会儿,尽量把散乱的思想集中起来。其中一个问题,是他怎么解释他不和家人共进晚餐。犹大站在那里胡编乱造,他过于激动,未能想出什么像样的理由,他的两条腿自行,无须他的意愿,把他带出了门洞。

现在他改变路线,不再急于去下城,反而回头朝该亚法府第走去。现在犹大对周围的一切几乎视而不见,城里已经一派节日气象。犹大四周的窗户不仅灯火辉煌,而且传出赞美诗的歌声,最后的迟归者也已赶着毛驴回家,连连鞭打或者吆喝牲口。两条腿驱使着犹大,他没发现长满苔藓、威严可怖的安东尼塔楼飞也似的在他身边掠过,没听见城堡里军号的吼叫,也没注意罗马骑兵巡逻队手中的火把,惶惶不安地照亮了他走的路。过了塔楼,犹大一转身,看到圣殿上空高高亮起两盏巨大的五烛灯,但犹大看得糊里糊涂,他似乎觉得耶路撒冷上空亮起十盏从未见过的巨大神灯,正和原来唯一的神灯——冉冉升起的月亮神灯——比试辉煌。现在犹大什么都不管了,只顾朝客西马尼门跑去,想尽快出城。有时他仿佛觉得他前面,行人的脊背和面孔之间,隐约有个舞蹈的身影,带领他一路向前。但这是幻觉,犹大明白尼扎和他拉开了很长距离。犹大跑过几个钱庄,终于到了客西马尼门。尽管心急火燎,他还是不得不在城门里停下。城里进来一队骆驼,随后又是一队巡逻的叙利亚士兵,气得犹大在心里直骂……

但一切都会结束。迫不及待的犹大已经到了城外。他在自己左面看到一片小小的墓地,墓地边上有几个朝圣者的条纹布帐篷。月色溶溶,犹大穿过一条满是尘土的泥路,直奔汲伦溪,打算涉水过去。溪水在犹大脚下潺潺作响。他在一块块石头上跳来跳去,终于到了对面的客西马尼。看见林苑上山的路上渺无人影,他高兴极了。不远处已经露出橄榄园破败的大门。

从闷热的城里出来,犹大感到这里春夜的气息令人陶醉。越过橄榄园的围墙,飘来客西马尼林苑内桃金娘和金合欢的阵阵清香。

园门无人看管,门内没有人影。几分钟后,犹大已经在粗大茂盛的橄榄树投下的神秘阴影中奔跑。这是上山的路,犹大跑得气喘吁吁,不时从阴影中踏上一张张图案复杂的月光地毯。这使他想起尼扎醋劲十足的丈夫开的铺子里,他见过的那些地毯。过了一会儿,犹大左面一片林中空地上,闪过装有沉重石轮的榨油机和一堆木桶。果园里没人,这里傍晚便已收工。现在,阒无人影的果园里,夜莺美妙的歌唱响彻犹大上方。

犹大的目的地近在咫尺。他知道右面黑暗中立刻就会传来山洞内仿佛悄悄耳语似的滴水声。果然，他听到了这声音。空气越来越凉爽。

于是他放慢脚步，轻轻唤了一声：

"尼扎！"

但出来的不是尼扎，粗大的树干后面跳到路上的是个矮壮的男人身影，他手中的什么东西倏地一亮，旋即熄灭。

犹大往后一闪，发出轻轻的惊叫：

"哎呀！"

第二个人当即截断他的退路。

第一个人，站在前面的那个，问犹大：

"刚才拿了多少钱，想活命就快说！"

一丝希望在犹大心中燃起。他不顾一切地大叫：

"三十块银币！三十块银币！我拿到的全在身上。这就是！给，饶我一命！"

前面的人倏地从犹大手中夺过钱袋。就在同一瞬间，犹大背后闪电似的飞起一把钢刀，朝偷情人后背砍去。犹大往前直摔，伸出手指弯曲的双手。前面的人挺起钢刀接住犹大，乘势把刀刺进他的心脏，直至刀柄。

"尼……尼……"犹大呼喊，但不是高昂、清晰、年轻的嗓音，而是低沉、责怪的惨叫，他再也没有发出任何声响。他的身体重重地摔到地上，激起地面沉闷的回声。

这时，路上出现了第三个人影。这第三个人影披着戴风帽的披风。

"快！"第三个人命令。两个凶手把钱袋和第三个人取出的字条迅速包进一张皮革，用绳子捆了个十字。第二个人把小包塞进怀里，随后两个凶手离开坡道，朝两边窜去，橄榄树间的黑暗立刻吞噬了他们。第三个人在死者边上蹲下，看了看他的脸。阴影中这脸看起来白得就像粉笔，似乎兴奋而又漂亮。几秒钟后，路上已经阒无人影，犹大的尸体孤零零地横着，两手摊开。他的左脚伸在一片月光中，清楚地显露出平底鞋的每一根皮带。

这时，夜莺的歌唱响彻客西马尼林苑上空。两个截杀犹大的凶手去了哪里，无人知道，但戴风帽的第三个人，行踪清楚。离开坡道后，他迅速钻进橄榄树林朝南跑去，在远离正门的南墙墙脚，石头坍塌的地方，翻过院墙，很快到了汲伦溪畔。他走进溪水，顺水蹚了一会儿，终于隐隐看到两匹马和边上马夫的轮廓。两匹马也站在山溪里。溪水奔流，冲洗着马蹄。马夫骑在一匹马上，戴风帽的人纵身上了另一匹马，两人在溪水里缓缓而行，乱石在马蹄下发出咯吱咯吱的响声。然后两名骑士驶出溪水，上了耶路撒冷的堤岸，在城墙下小步走着。这时马夫开始突前，疾驰着，很快从视野中消失，戴风帽的人勒住马，翻身下到空荡荡的路上，脱了披风，把里子翻到外边，又从披风下取出一顶没有羽毛的扁平头盔，把它戴上。现在跃上马背的已是身着军人披风、腰佩短剑的骑兵军官。他一抖缰绳，烈性军马小跑起来，轻轻颠簸着骑士。现在路途已经不远，骑士很快到了耶路撒冷南门。

城门洞里舞动和跳跃着火把不安的火光。闪击军团第二中队的哨兵正坐在石凳上掷骰子。一见骑马进城的军官，士兵们赶紧跳起来，军官朝他们一挥手，径自进城去了。

城里一片节日灯火。所有窗户都跳跃着熠熠烛光，四面八方传来的赞美诗的歌声交汇成不协调的合唱。偶尔张望临街的窗口，骑士看到家家户户都围坐在节日的餐桌旁，桌上摆着羊羔肉、苦菜和一只只斟满葡萄酒的酒杯。骑士用口哨轻轻吹着什么曲子，让马不紧不慢地小跑着穿过下城空荡荡的街道,朝安东尼塔楼驰去,偶尔抬头望望圣殿上空熊熊燃烧的两盏举世无双的五烛巨灯,或者挂在五烛巨灯上空的月亮。

大希律王宫丝毫没有参与逾越节前夜的欢乐。罗马军团的几位大队军官和军团副司令居住的王宫朝南的配殿里已经掌灯,那里多少还能感到生活的律动。但王宫的前半部,身不由己的总督独自居住的正殿,连同柱廊和金色塑像,似乎都在明晃晃的月光下成了瞎子。这里,王官内部,笼罩着黑暗和寂静。总督正像他对阿夫拉尼说的,无意回到宫中安歇。他吩咐仆人在凉台上,也就是刚才用餐、上午进行审讯的地方,为他准备卧具。总督躺在铺好的卧榻上,但毫无睡意。一无遮拦的月亮高挂在晴空中,总督目不转睛地望着月亮,足足望了几小时。

大约午夜时分,睡梦终于对总督起了怜悯。他使劲打个哈欠,解下披风,把束住衬衫的皮带,连同皮带上插在鞘里的钢刀,一起放到卧榻旁的圈椅上,脱下平底鞋,挺直身体。班加立刻爬上卧榻,在他身旁躺下,头靠头,总督把手搭在爱犬脖子上,终于闭上了眼睛。只是这时班加才蒙眬睡去。

卧榻放在一根圆柱投下的阴影里,但毕竟有道月光从台阶一直伸到卧榻前。总督刚和周围现实失去联系,便立刻踏上这条月光路,径直朝天上的月亮走去。他甚至在梦中都幸福得哈哈大笑,青色透明的月光路上,一切都是那么美好、独特。他由班加陪伴,身边走着流浪哲人。他们争论一个非常复杂和重要的问题,而且谁也不能说服谁。无论谈什么,他们都无法取得一致,正因为这样,他们的争论才分外有趣,无有穷期。不言而喻,今天的行刑纯粹是场误会——瞧,想出人人善良之类绝顶荒谬玩意儿的哲人,不就走在身边,所以他还活着。当然处死这样的人,连想想都可怕。没有行刑！没有！沿着月光阶梯步步上升的旅行之所以无比美好，原因就在这里。

富余的时间应有尽有，雷雨要到傍晚才会降临，至于胆怯，毫无疑问是人最可怕的缺陷之一。拿撒勒人约书亚是这么说的。不，哲人，我反对，胆怯是人最可怕的缺陷，不是什么之一。

这不，比如，我这个现任犹太总督，原先的罗马军团指挥官，当初，在圣女谷，日耳曼人险些把巨人鼠见愁折磨至死的时候，没有胆怯。不过，饶了我吧，哲人！难道您，以您的智慧，会以为犹太总督愿意为一个对恺撒大帝犯有罪行的人，毁掉自己的前程？

"是的，是的。"彼拉多在梦中呻吟、呜咽。

是的，他宁肯毁掉自己的前程。上午他还不肯毁掉，而现在，深夜，权衡一切以后，他宁肯毁掉这一前程。只要这个绝无过错的发疯的幻想家和医生能够免于死刑，一切他都在所不惜！

"从今以后我们就永远在一起了。"衣衫褴褛的流浪哲人梦中对他说，这人不知怎的和金矛骑士一起走在月光路上。

"一个人到哪里，另一个人也就立刻跟到哪里！只要提到我，也就立刻提到你！只要提到我这个不知父母是谁的弃儿，也就立刻提到你这个占星王和磨坊主女儿——美人皮拉的儿子。"

"是啊，你可千万别忘了我，你要为我这个占星家的儿子祈祷。"彼拉多在梦中请求。看到与他同行的加利利乞丐点头同意，残酷的犹太总督在梦中高兴得又哭又笑。

这一切确实美好，唯其美好，总督的苏醒也就更加可怕。班加冲着月亮猞猁狂吠，光滑得像碾上一层油似的青色道路在总督眼前骤然消失。他睁开眼睛，首先想到的便是已经行刑。总督先是习惯地抓住班加的项圈，然后他用病态的眼睛寻找月亮，看见月亮已经稍稍偏西，变成了银白色。月光不时被凉台上近在眼前的一簇跃动的，令人不快、不安的火光遮蔽。中队长鼠见愁手中燃烧着冒黑烟的火把。举火把的人怀着恐惧和憎恶，斜睨准备扑上来的猛犬。

"别动，班加。"总督说着咳了一声，听起来就像病人。他用手遮住火光，又说："即使深夜，即使月光下，我也不得安宁。噢，诸神！您干的也不是好差事，马克，您摧残士兵……"

马克惊诧地看着总督，总督终于清醒了。为了掩饰蒙眬中的失言，便说：

"别生气，中队长，我的处境，再说一次，比您还糟。您有什么事？"

"机密署长求见。"马克平静地报告。

"叫他进来，进来。"总督清了清嗓子命令说，随即垂下赤裸的双脚，估摸着寻找鞋子。火光在柱廊中摇曳，响起中队长踩在彩石地上的靴子声。中队长去了花园。

"即使月光下，我也不得安宁。"总督咬牙切齿地对自己说。

中队长走后，凉台上出现了戴风帽的人。

"班加，别动。"总督轻轻说，按下狼狗的脑袋。

开始报告前，阿夫拉尼习惯地环顾四周，随后退到阴影中，确信凉台上只有班加，别无他人，便轻轻说：

"请把我交付法庭审判，总督。您果然英明。我未能保护好加略人犹大，他被人杀了。请将我革职查办。"

阿夫拉尼仿佛觉得，盯住他的有四只眼睛——两只狗眼和两只狼眼。

阿夫拉尼从披风下取出沾血后发硬的钱袋，上面封着两个火漆印。

"这就是凶手扔进大祭司府第的钱袋。钱袋上的血是加略人犹大的血。"

"里面有多少钱,啊?"彼拉多俯向钱袋问。

"三十块银币。"

总督冷冷一笑,说:

"不多。"

阿夫拉尼默不作声。

"尸体在哪里?"

"这我不知道,"永远戴着风帽的人镇定自若地回答,"天亮后,我们马上查找。"

总督一颤,放下手中怎么也系不好的鞋带。

"但您肯定知道,他已经死了?"

总督得到的是干巴巴的回答:

"总督,我在犹太任职已经十五年。我是在瓦列里乌斯·格拉图斯手下开始当差的。我说某人被杀,不一定非得看到尸体。现在我向您报告,那个叫犹大的加略人几小时前已经遇难。"

"原谅我吧,阿夫拉尼,"彼拉多回答,"我还没有真正苏醒,这才问了这个问题。我睡眠很差,"总督苦笑一下,"总是梦见一道月光。太可笑了,想想吧.似乎我就走在这道月光上。总之,我想知道您对这件事情的估计。您打算在哪里寻找尸体?请坐下说话,机密署长。"

阿夫拉尼鞠躬致谢,把圈椅挪近卧榻,坐下,佩剑发出撞击的声响。

"我打算在客西马尼林苑的榨油机附近寻找。"

"对,对。不过为什么恰恰要去那里寻找?"

"大人,按我的设想,犹大被杀不可能在耶路撒冷城内,也不可能在离城很远的地方,必定是在耶路撒冷近郊。"

"我看您是这一行中少有的高手。我不知道罗马的情况怎样,但在几个属地中无人能与您匹敌。您倒是解释一下，为什么？"

"我无法设想，"阿夫拉尼声音不大地说，"犹大会在城内惨遭毒手，街上不可能秘密杀人。也就是说，应当把他骗进什么地下室。但卫队已经查过下城，如果这样，必定找到尸体。但城里没有尸体。这我可以向您保证。如果他在离城很远的地方被杀，这个钱袋不可能那么快就被扔进大祭司府第。他一定死在近郊。有人把他骗到了城外。"

"我不明白这究竟是怎么干的？"

"对，总督，这是整个案件中最困难的问题，我都不知道能否解决这个问题。"

"确实神秘莫测！逾越节前夜，一个教徒不知为什么去了城外，舍弃节日的晚餐，又在那里死于非命，究竟是谁，又是用什么办法把他骗出去的？会不会是女人干的？"总督灵机一动，突然兴奋地问。

阿夫拉尼的回答平静有力：

"绝对不会，总督。这种可能应当完全排除。推理必须合乎逻辑。谁要犹大死？那群思想古怪的流浪汉，也许是个什么帮派，但那里面根本没有女人。结婚要钱，总督，生儿育女也要钱，至于借助女人去杀人，那要很大一笔钱。无论哪个流浪汉都不可能有这么多钱。这个案件中没有女人，总督。我甚至要说，这样解释凶杀只会误事，妨碍侦查，使我糊涂。"

"我看您的推断完全正确，阿夫拉尼，"彼拉多说，"我只是冒昧地说了自己的一种设想。"

"这种设想，哎，并不正确，总督。"

"那究竟是怎么回事，怎么回事？"总督大声问，怀着贪婪的好奇注视着阿夫拉尼的脸。

"我认为问题还在钱上。"

"高论！不过谁会深夜在城外给他钱呢？为什么给？"

"噢，不，总督，不是这样。我只有一种设想，如果错了，那我大概再也找不到别的解释了。"阿夫拉尼俯身凑近总督，小声说，"犹大想把钱藏在秘密的、只有他一个人知道的地方。"

"非常精辟的解释。看来事情就是这样。现在我懂您的意思了——不是人家把他骗到城外，是他自己去了城外。对，对，是这样。"

"对，犹大生性多疑。他想把钱藏好，不让人家知道。"

"您说打算去客西马尼林苑寻找。为什么恰恰是去那里寻找尸体，个中奥妙，坦率地说，我还不太明白。"

"噢，总督，这十分简单。谁也不会把钱藏在通衢大道，或者开阔的空地上。犹大既不会去希伯伦大道，也不会去伯大尼大道。他应当去一个隐蔽、偏僻、周围有树木的地方。这个道理很简单。而这样的地方，除了客西马尼林苑，在耶路撒冷近郊根本没有。他不可能走远。"

"你的理由使我信服。那么，现在怎么办？"

"我立刻下令搜捕在城外截杀犹大的凶手。同时，我已经向您报告了，我去法庭候审。"

"为什么？"

"昨晚我的卫队在他离开该亚法府第后，竟在市场上把他跟丢了。怎么会发生这种事，我不明白。这种差错我平生从未有过。我们谈话后，他立刻受到监视。但在市场附近他去什么地方躲了一下，兜了个奇怪的圈子，连影子都不见了。"

"好吧。我向您宣布，我认为无须把您送上法庭。您做了力所能及的一切，世上没人，"总督微微一笑，"能比您做得更好！您就处分丢失犹大的密探吧。即便这样，我也有言在先，我不希望处分是严厉的,哪怕只在某种程度上。归根结底,为了保护这个坏蛋,我们已经尽力!对,我忘了问您,"总督用手擦了擦前额,"他们究竟用什么办法把钱丢给了该亚法?"

"您知道,总督……这并不很复杂。报仇的人绕到该亚法府第后面,那条小巷的地势比府第后院高。他们把钱袋从围墙上扔了进去。"

"还有字条?"

"对,跟您的预见完全一样,总督。不妨看看。"阿夫拉尼撕掉钱袋上的封印,给彼拉多看了钱袋里的东西。

"得了,您干什么,阿夫拉尼,这也许是圣殿的封印!"

"总督不值得为这种小事操心。"阿夫拉尼回答,包上钱袋。

"难道您有各种印信?"彼拉多哈哈大笑。

"否则不行,总督。"阿夫拉尼毫无笑意,十分严肃地回答。

"我能想见该亚法府第的反应。"

"对,总督,这引起了极大的慌乱。他们马上把我请去了。"

昏暗中甚至都能看见彼拉多的眼睛闪出兴奋的光彩。

"这很有趣,很有趣……"

"我冒昧地表示异议,总督,这并不有趣。这是非常乏味、非常麻烦的案子。我问该亚法府上是否给谁钱了,他们不容置疑地告诉我,绝无此事。"

"哎呀,竟是这样?好吧,没给就没给。缉拿凶手也就更难了。"

"完全正确,总督。"

"阿夫拉尼,我突然有个想法:他会不会是自杀的?"

"噢,不,总督,"阿夫拉尼大吃一惊,甚至仰身靠到了椅背上,"恕我直言,这根本不可能!"

"哎呀,在这个城市里什么都有可能!我敢打赌,过不了多久,这个消息就会在城内不胫而走。"

阿夫拉尼倏地朝总督投去自己独特的一瞥，随后想了想说：

"这也可能，总督。"

总督显然还一时放不下加略人被杀的话题，尽管一切都已清楚，甚至有些异想天开地说：

"我真想看看，他们是怎么杀他的。"

"杀他的手法十分高明，总督。"阿夫拉尼回答，不无嘲讽地看了几次总督。

"您这是从哪里知道的？"

"请您注意这个钱袋，总督，"阿夫拉尼回答，"我敢向您保证，犹大的血流得像泉水。杀人的事，总督，我这辈子见得多了！"

"那他当然起不来了！"

"不，总督，他能起来，"阿夫拉尼玄乎地笑着回答，"只要期待中的弥赛亚的号角在他头上吹响。在这以前，他起不来了！"

"行了，阿夫拉尼！这个问题已经清楚。我们谈谈掩埋的情况。"

"死者都已掩埋，总督。"

"噢，阿夫拉尼，把您送交法庭简直是犯罪。您应当得到最高的奖赏。怎么掩埋的？"

阿夫拉尼说起来。他说他亲自处理犹大问题的同时，机密署卫队的一支分队，由他的助手率领到了秃山。天已经黑了，卫队发现山顶上少了一具尸体。彼拉多不禁一颤，喑哑地说：

"哎呀，我怎么对此没有预感！"

"不用担心，总督，"阿夫拉尼说，仍然继续自己的叙述，"底拾马示和黑拾塔示两具尸体被猛禽啄掉了眼睛，卫队收起这两具尸体后，立刻四处寻找第三具尸体。尸体很快找到了。有人……"

"利未·马太。"彼拉多不是询问，而是肯定地说。

"对,总督……"

利未·马太躲在秃山北坡的岩洞里等待天黑。拿撒勒人约书亚赤裸的尸体就在他身边。卫队举着火把进入山洞,利未绝望了,一脸凶恶。他大叫他没罪,按照法律,任何人,只要愿意,都有权埋葬死刑犯。利未·马太不想交出尸体。他异常激动,颠三倒四地喊着什么,一会儿哀求,一会儿又是威胁又是诅咒……

"只好把他抓起来?"彼拉多阴郁地问。

"不,总督,不,"阿夫拉尼极力劝慰总督,"卫队做了解释,说尸体将被埋葬,无畏的疯子终于安静了。"

利未明白了卫队的来意,不再嚷嚷,但他宣称绝不离开尸体,希望参加掩埋。他说他绝不离开,哪怕把他杀了,甚至为此拿出了带在身上的面包刀。

"把他赶走了?"彼拉多压抑地问。

"不,总督,不。我的助手准许他参加掩埋。"

"您的哪位助手指挥这次行动?"彼拉多问。

"托尔迈。"阿夫拉尼回答,接着不安地问,"也许,他错了?"

"说下去,"彼拉多回答,"他没错。只是我有些心慌,阿夫拉尼,看来,我在和一个永远不犯错误的人打交道。这个人就是您。"

利未·马太上了装运尸体的马车,两小时后,卫队到了耶路撒冷城北一处荒凉的山谷。卫队轮流挖掘,一小时内挖了一个很深的坑,把三具尸体全都埋了进去。

"赤身裸体?"

"不,总督,为了掩埋尸体,卫队带去了几件长袍。尸体的手指给戴上指环。约书亚的指环上刻了一道印记,底拾马示的两道,黑拾塔示的三道。那坑填上了,还压了好些石头。托尔迈认得记号。"

"唉,我要事先想到就好了!"彼拉多皱眉说,"我本应见见这位利未·马太……"

"他就在这里,总督!"

彼拉多瞪大眼睛,看了阿夫拉尼一会儿,随后说:

"谢谢您为这件事所做的一切。请您明天务必让托尔迈来见我,另外请您事先向他宣布,我对他很满意,而您,阿夫拉尼,"这时,总督从桌上的腰带里取出一枚宝石戒指,把它递给机密署长,"请收下这枚戒指,权作纪念。"

阿夫拉尼鞠躬致谢:

"这是莫大的荣幸,总督。"

"进行掩埋的卫队请您给予奖赏。丢失犹大的密探处以口头警告。现在立刻把利未·马太带上来。我要了解约书亚一案的细节。"

"遵命,总督。"阿夫拉尼回答,一面鞠躬告辞,一面退下。

总督两手一拍,高喊:

"来人!柱廊掌灯!"

阿夫拉尼刚走到花园,彼拉多背后几个仆人的手中便已火光摇曳。三盏灯骤然出现在总督面前的桌上,月夜立时退向花园,似乎阿夫拉尼把它带到了那里。现在凉台上来了一个矮小瘦削的陌生人,身旁走着魁伟的中队长。后者发现总督投来的目光,当即退回花园消失了。

总督审视来人,瞪着贪婪和略显惊讶的眼睛。无论是谁,如果一再听到某人的名字,自己又想见他,而这人终于出现时,总是向他投去这样的目光。

来人不到四十岁,皮肤黝黑,衣衫褴褛,身上全是干燥的污秽,两只眼睛像狼似的看着,双眉紧蹙。总之,他模样丑陋,就像拥挤在圣殿回廊上或者喧闹肮脏的下城市场上为数众多的乞丐。

沉默持续了很久,终于被带来见彼拉多的人一个奇怪的动作打破了。他脸色发白,身子一晃,要不是用脏手抓住桌子边沿,肯定跌倒。

"你怎么了?"彼拉多问。

"没什么。"利未·马太回答,做了个像是吞咽的动作。细长、裸露而又肮脏的脖子膨胀,随后瘪了。

"你怎么了?回答呀。"彼拉多又问。

"我累了。"利未回答,阴郁地看了看彩石地。

"坐吧。"彼拉多说,指了指圈椅。

利未不太相信地看了看总督,朝圈椅走去,恐惧地往金色扶手斜了一眼,坐了,但不是坐在圈椅上,而是坐在圈椅旁的彩石地上。

"你倒说说,为什么不坐椅子?"彼拉多问。

"我身上脏,会把椅子弄脏的。"利未说,眼睛看着彩石地。

"这就给你送吃的来。"

"我不想吃。"利未回答。

"干吗撒谎?"彼拉多轻轻问,"你都整整一天没吃东西了,也许还不止一天。好吧,那就不吃。我叫你来,是想看看你身上的那把刀。"

"您手下的士兵带我进来时,把刀卸了。"利未回答,接着阴郁地说,"您把刀还给我吧。我得把它交还主人,这刀是我偷的。"

"做什么用?"

"好割断绳子。"利未回答。

"马克!"总督喊了一声,中队长应声来到柱廊下,"把他的刀给我。"

中队长挎着两个刀鞘,他从其中一个刀鞘里抽出一把肮脏的面包刀,呈给总督,自己立刻退下。

"从谁那儿拿的刀?"

359

"希伯伦门内的一家面包铺，进城往左就是。"

彼拉多看了看宽大的刀刃，用手指试试这刀快不快，不知为什么说：

"不用担心，刀会还给铺子的。现在我还有一件事：请把你带在身上的羊皮纸，记着约书亚言论的，给我看看。"

利未憎恨地朝彼拉多瞥了一眼，恶狠狠地笑了笑，他的脸色变得十分难看。

"您想夺走我的一切？连最后一件东西都不放过？"他问。

"我没对你说交出来，"彼拉多回答，"我说给我看看。"

利未在怀里摸了几下，掏出一卷羊皮纸。彼拉多接到手里，展开，移到两盏灯之间，随后眯起眼睛，仔细研究难以辨认的墨水符号。但很难明白这些歪歪扭扭的文字。彼拉多皱眉，俯在羊皮纸上，用手指指着一行行往下读。他终于理解，纸上记着不连贯的警句、日期、生活琐事和韵文的片段。有些句子彼拉多读通了："没有死亡……昨天我们吃了甜春饼……"

彼拉多紧张得扭歪了脸，眯着眼睛往下读："我们将看见一条生命水的净河……人类将通过透明的水晶看太阳……"

这时，彼拉多猛地一颤。在羊皮纸的最后两行，他认出了："……没有更大的缺陷……胆怯。"

彼拉多卷起羊皮纸，一伸手，把它还给利未。

"拿去吧。"他说，沉默片刻后又说，"我看你是读书人，何苦一个人穿得破破烂烂，到处流浪，连个栖身的地方都没有。我在该撒利亚有个很大的藏书室，我很富有，想收留你，在我门下当差。你可以整理、保管文献，也可以有吃有穿。"

利未·马太站起来回答：

"不，我不去。"

"为什么?"总督沉下脸问,"你不喜欢我,你怕我?"

依然是那种恶意的笑容扭曲了利未的脸,他说:

"不,因为你会怕我。你杀了他,你就很难正眼看我。"

"住口,"彼拉多回答,"你拿些钱去。"

利未否定地摇了摇头,于是总督说:

"我知道你自认是约书亚的门徒,但我要告诉你,他教你的,你什么也没学会。如果不是这样,你一定会接受我的馈赠。请你注意,他临死前说,他不怪罪任何人。"彼拉多意味深长地竖起一根手指,彼拉多的脸在抽搐,"如果他在,他一定会接受馈赠。你残酷,但他不残酷。你现在去哪儿?"

利未突然走近桌子,两手一撑,燃烧着怒火的眼睛盯住总督,小声说:

"你听着,大人,我要在耶路撒冷杀一个人。我告诉你这个,是想让你知道,还会流血。"

"我也知道还会流血,"彼拉多回答,"你丝毫没让我吃惊。你当然是要杀我?"

"我杀不了你,"利未回答,龇牙咧嘴地笑着,"我还没愚蠢到指望杀你,但我要杀加略人犹大,我要为此献出我的余生。"

总督的眼睛顿时露出得意的神色,他勾勾手指,把利未·马太招到跟前,说:

"你不用费心,这你已经做不到了。犹大昨天夜里已经被杀。"

利未倏地从桌旁跳开,发疯似的四下张望,大叫:

"这是谁做的?"

"不要嫉妒,"彼拉多咧开嘴回答,搓搓手,"恐怕除了你,他还有别的崇拜者。"

"这是谁做的?"利未小声重复。

彼拉多回答他：

"这是我做的。"

利未张口结舌，发疯似的看了看总督，总督却说：

"这么做，当然，还远远不够，但毕竟这是我做的。"又说："那么现在你接受馈赠吗？"

利未想了想，态度渐渐缓和了，终于说：

"让你手下给我一小块干净的羊皮纸。"

一小时过去了。利未已经离开王宫。现在打破黎明寂静的，只有花园内哨兵轻轻的脚步声。月亮迅速失去光辉，另一边的天际可以看到一颗惨白的晨星。灯火早已熄灭。总督躺在卧榻上，一只手枕在腮帮下。他睡着了，无声地呼吸着，他身边睡着班加。

第五任犹太总督本丢·彼拉多，就这样迎来了尼散月十五日的黎明。

第二十七章 五十单元的末日

玛格丽特读完这一章的最后一句——"第五任犹太总督本丢·彼拉多，就这样迎来了尼散月十五日的黎明"，天色开始放亮。

可以听到清晨院子里柳树和椴树上麻雀快乐兴奋的交谈。

玛格丽特从圈椅上站起来，伸了伸懒腰，这才感到身体像散了架似的，只想睡觉。应当指出，玛格丽特的神经完全正常。她的思想并不紊乱，她度过的神奇一夜，丝毫没把她弄糊涂。她主持撒旦的舞会，大师奇迹般回到她身边，焚毁的小说重又出现，告密者阿洛伊济·莫加雷奇被赶走后，小巷地下室里，一切重又恢复原状——所有这些回忆都没使她不安。总之，结识沃兰德并未给她带来任何心理障碍。一切似乎都是理所当然。她走到邻室，确认大师安详地沉睡着，关了无用的台灯，自己也在对面靠墙的铺着破旧床单的沙发上躺下。不一会儿，她睡着了，而且这天早上她没做梦。地下室里悄无声息，房东的整幢小楼同样悄无声息，连门外偏僻的小巷里也是一片寂静。

然而此刻，星期六黎明，几辆清洁车缓慢地隆隆行驶，转动刷子打扫宽大的柏油广场时，坐落在广场上的莫斯科某机关，整整一个楼面都在紧张工作。面向广场的窗户射出灿烂灯光，划破晨曦。

整整一个楼面都在忙于沃兰德一案的侦破，整整一夜，十间办公室灯火通明。

坦率地说,从昨天、星期五起,需要立案彻查已经清楚。鉴于行政人员失踪,前天晚上轰动全市的魔术表演所引发的种种丑闻,已经不得不关闭杂耍剧院。但问题在于每时每刻都有一份份新材料送进不眠的楼面。

这个古怪的案件带有十分明显的妖魔作祟的迹象,还夹杂着某些催眠术的把戏和明确无疑的刑事犯罪行为。现在必须把发生在莫斯科不同地点的五花八门的事件统统集中起来,作为一个整体加以侦破。

第一个不得不来这个灯光灿烂的不眠楼面的,是阿尔卡季·阿波罗诺维奇·谢姆普列亚罗夫,声乐委员会主席。

星期五,刚用过午餐,他在位于石桥附近的寓所里,响起了电话铃声,一个男人的声音请阿尔卡季·阿波罗诺维奇接电话。阿尔卡季·阿波罗诺维奇的夫人阴沉地回答,阿尔卡季·阿波罗诺维奇不舒服,躺下休息了,不能接电话。但阿尔卡季·阿波罗诺维奇还是不得不接电话。因为夫人问了对方是哪里,电话里的声音非常简短地回答了他是哪里。

"请等一秒钟……马上去叫……请等一分钟……"平素十分傲慢的声乐委员会主席夫人低声下气地说,旋即像箭似的飞进卧室去叫丈夫。阿尔卡季·阿波罗诺维奇这时正躺在卧榻上,经受地狱般的煎熬,昨晚的演出和夜间的争吵,伴随他萨拉托夫的侄女被夫人赶走,始终在他头脑里萦绕不去。

确实,不是过了一秒钟,但也绝不是过了一分钟,而是过了十五秒,阿尔卡季·阿波罗诺维奇便已左脚趿着鞋子,穿着内衣,到了电话机前,喃喃地说:

"对,我就是……遵命,遵命……"

此刻,他夫人完全忘了不幸被人当众揭露的阿尔卡季·阿波罗诺维奇不忠的卑劣行径,一脸惊恐地朝走廊里探出半个身子,把另一只鞋往前一送一送地轻轻说:

"把鞋穿上,穿上……脚会受凉的。"阿尔卡季·阿波罗诺维奇挥动赤裸的右脚,命令妻子走开,恶狠狠地朝她瞪眼,又服服帖帖地对着话筒回话:

"对,对,对,当然,我明白……我这就来。"

整整一个晚上阿尔卡季·阿波罗诺维奇都是在进行侦破的那个楼面上度过的,谈话非常不愉快,甚至极其难堪,因为不得不毫无隐瞒地陈述这场恶俗的演出和包厢里的殴斗,同时又难免牵扯到叶洛霍夫街的米利采·安德列耶芙娜·波科巴季科,牵扯到萨拉托夫的侄女,牵扯到其他许多隐私,这使阿尔卡季·阿波罗诺维奇感到难以言喻的痛苦。

当然,阿尔卡季·阿波罗诺维奇是个教养有素的文化人,丑恶演出的目击者。作为一个理智的学者,他出色地描绘了戴面具的神秘魔术师和他的两个流氓助手,并且清楚地记得魔术师确实姓沃兰德。他的证词使侦破工作向前大大推进了一步。把阿尔卡季·阿波罗诺维奇的证词和其他人,包括演出后遭殃的某些妇女(唉,除了只穿紫色内衣,让里姆斯基大吃一惊的妇女,还有许多人),包括派往花园街五十单元的通信员卡尔波夫等的证词逐一进行比较后,自然,很快确定了应当去哪里寻找这些奇闻怪事的罪魁祸首。

侦查人员去过五十单元,还不止一次,不仅异常仔细地搜查了各个房间,还一一叩击内中的墙壁,检查过壁炉的烟道,寻找过密室。

但一切都毫无结果,而且每次去那里,每次都未发现人影,尽管十分清楚,寓所里有人。同时,所有这样或者那样应当了解来莫斯科的外国演员的人士，坚决断言，莫斯科没有，也不可能有什么魔术师沃兰德。

他到莫斯科后，根本未在任何地方登记，未向任何人出示自己的护照或者别的什么证件、合同和协议，谁也没听说过他的任何情况。文化娱乐委员会节目科科长基泰采夫以上帝的名义发誓，失踪的斯乔帕·利霍杰耶夫从未把什么沃兰德演出的节目单送他审批，也从未在电话里向他汇报过什么沃兰德抵达的事情。因为他基泰采夫根本不明白，也不知道，斯乔帕怎么会在杂耍剧院安排这样荒唐的演出。侦查人员说，阿尔卡季·阿波罗诺维奇亲眼看到过这位上场的魔术师，对此基泰采夫只是两手一摊，抬眼望着天空。从基泰采夫的眼神里可以看出，并且可以大胆断定，他像水晶一样干净。

至于文化娱乐委员会主席普罗霍尔·彼得罗维奇⋯⋯

顺便插一句，民警刚走进他的办公室，他就立刻回到了他的套装里，这使安娜·理查多夫娜欣喜若狂，也使白白受到惊扰的民警大感不解。再插一句，回到自己座位上，钻进灰色格子套装后，普罗霍尔·彼得罗维奇完全认可了在他失踪的不长时间里，空套装做的所有批示。

⋯⋯普罗霍尔·彼得罗维奇根本就没听说过沃兰德这个名字。

随您怎么想吧，侦查结果简直不可思议：几千名观众，杂耍剧院的全体职工，还有阿尔卡季·阿波罗诺维奇·谢姆普列亚罗夫，一位博学的名人，全都看到过这位魔术师，看到过他的两名该死的助手，但事实上哪里都找不到他的踪影。好吧，请问：他是演完恶俗的魔术后钻进了地洞，还是像某些人断言的那样，根本没来过莫斯科？如果是前者，那么毫无疑问，他在钻进地洞时，把杂耍剧院的头头全部掳了进去；如果是后者，那会不会是倒霉的剧院头头自己作案（想想办公室打碎的窗子和警犬"方块爱司"的表现！），随后远走高飞，逃离了莫斯科？

应当对负责侦破的警方人士给予公正的评价。失踪的里姆斯基找到了，并且速度奇快。警方把"方块爱司"在电影院旁出租车站的表现和几个具体时间，比如，什么时候演出结束，什么时候里姆斯基可能离开剧院，稍一比较，当即向列宁格勒发了电报。一小时后，来了回电（星期五傍晚）：现已查明，里姆斯基住阿斯托利亚饭店四楼四一二房间，四一二为豪华套间，内有闻名全市的灰蓝色镶金家具和高档卫生设备。住在隔壁的是正在列宁格勒巡回演出的莫斯科某剧院剧目组长。

藏在阿斯托利亚饭店四一二房间衣柜里的里姆斯基，一经发现，立刻被捕，并在列宁格勒就地审讯。审讯后，又一份电报到了莫斯科：杂耍剧院财务襄理处于无责任能力状态，不能或不想认真回答问题，反复请求将他关进铁甲囚室，并派武装人员守卫。莫斯科电令列宁格勒，速将里姆斯基押来莫斯科。于是星期五晚上，里姆斯基在武装人员的押送下登上了夜间列车。

也是星期五晚上，找到了利霍杰耶夫的踪迹。在向全国所有城市发出查找利霍杰耶夫的电报后，收到了雅尔塔的回电：利霍杰耶夫曾在雅尔塔逗留，现已乘班机返回莫斯科。

唯一下落不明的是瓦列努哈。这位莫斯科赫赫有名的剧院行政人员仿佛石沉大海，杳无音讯。

与此同时，又不得不应付杂耍剧院以外，莫斯科其他地方发生的种种怪事，不得不对机关人员齐唱《光荣的海》一事有所交代（顺便插一句，斯特拉文斯基教授采用皮下注射，两小时内便使他们恢复了常态），不得不对有人把鬼知道什么玩意儿当钱支付给别人或者机构，有人上当受骗的现象做出解释。

当然，所有这些事件中最讨厌、最恶劣、最棘手的，还是发生在格里鲍耶陀夫大厅里的丑闻：光天化日之下，故世文学家柏辽兹的脑袋竟从棺材里给盗走了。

承办此案的十二个人像用棒针编结毛线一样，把这桩复杂案件分散在莫斯科全市的罪恶线索一一串联起来。

一位侦查员来到斯特拉文斯基教授的医院，第一件事便是请院方提供最近三天内入院病人的名单。这样，发现了尼卡诺尔·伊凡诺维奇·博索伊和掉过脑袋的不幸的报幕员。不过，在他们身上花的时间不多。现在已经不难确定，这两人都是以神秘魔术师为首的同一犯罪团伙的牺牲品。但伊凡·尼古拉耶维奇·流浪汉引起了侦查员莫大的兴趣。

星期五傍晚，伊凡所在的一一七病房的门打开了，病房里进来一位圆脸的年轻人，平和、委婉，完全不像侦查员，实际上却是莫斯科最优秀的侦查员之一。侦查员看到一位苍白、消瘦的年轻人躺在床上，对周围发生的一切毫无兴趣，他的眼神超然物外，忽而望着遥远的什么地方，忽而凝视自己的内心世界。

侦查员殷勤地做了自我介绍，说是想找伊凡·尼古拉耶维奇谈谈前天牧首塘畔的事情。

噢，伊凡会多么高兴，如果侦查员能够早些找他，哪怕，比如说吧，星期三深夜也行。当时，伊凡怀着疯狂的热情，千方百计地希望有人能够听取他对牧首塘事件的叙述。现在他协助抓捕顾问的理想终于实现了，他无须费心劳神地再去追捕凶犯，这是有关部门自己找上门来，向他了解星期三傍晚发生的一切。

谁知，呜呼，在柏辽兹暴死后的这段时间里伊凡完全变了。显然他愿意认真而又礼貌地回答侦查员的所有问题，但他的眼神里，他的语调里，处处都能感到一种冷漠。诗人对柏辽兹的命运已经无动于衷。

侦查员来到前,伊凡躺着打了个瞌睡,他眼前展现出一幅幅画面。他看见一座城市,古怪、离奇,和现实中的完全不同:整块整块的大理石,久经风雨的柱廊,夕阳下闪光的屋顶,乌黑阴森的安东尼塔楼,西山上淹没在花园热带树木中、几乎只露出屋顶的宫殿,树木上方在落日余晖中燃烧的青铜塑像。他看见这座古城城墙下走着罗马帝国全副武装的骑兵。

睡梦中,伊凡眼前不止一次地出现呆坐在圈椅上的人,光洁、发黄的脸上露出极度的烦躁,他披着血红衬里的白披风,两眼憎恶地望着郁郁葱葱的异国园林。伊凡还看见一座光秃秃的黄色山冈,山冈上立着三个空空的十字架。

牧首塘事件对诗人伊凡·流浪汉来说,已经兴味索然。

"请问,伊凡·尼古拉耶维奇,柏辽兹滑到电车下面时,您离公园旋转门多远?"

一丝难以察觉的冷笑,不知为什么骤然掠过伊凡的嘴唇,他回答说:

"我离得很远。"

"这个穿格子衣服的人就在旋转门边上?"

"不,他坐在不远的一把长椅上。"

"您记得清楚吗,柏辽兹摔倒时,他有没有走近旋转门?"

"记得。他没走近旋转门。他摊手摊脚地坐着。"

这是侦查员提出的最后几个问题。问完后,他站起来,伸手和伊凡握别,祝他尽快康复,并且希望不久后能重新读到他的诗作。

"不,"伊凡轻轻回答,"我再也不写诗了。"

侦查员报以礼貌的一笑,冒昧地表示,他相信诗人现在处于某种抑郁状态,但很快就会好转。

"不,"伊凡回答,不是看着侦查员,而是望着远方,望着渐渐暗淡的天空,"我永远好不了。我过去写的诗不是好诗,我现在对这一点有了认识。"

侦查员走了,从伊凡的回忆中获得了非常重要的材料。沿着事件的线索从尾至头追溯,终于找到了这些事件的源头。侦查员毫不怀疑,一切都是从牧首塘畔的凶杀开始的。当然,无论伊凡,还是这个穿格子衣服的人,都没有把不幸的"莫文协"主席推到电车下面,这么说吧,他跌到车轮下,不是什么人动手的结果。但侦查员坚信,柏辽兹钻到(或者滑到)电车下,是被人施了催眠术。

是的,材料已经很多,而且已经知道应该去什么地方抓什么人。但问题在于根本抓不到。三倍该死的五十单元里,应当再说一遍,无疑有人。有时这个单元会接电话,声音时而尖细,时而粗重,有时这个单元还会开窗,还会传出留声机的声音。然而每次进入单元,里面都空无人影。事实上,已经去过那里多次,而且是在白天黑夜的不同时间。甚至还用网在单元里拉过几遍,检查了所有角落。何况,这个单元早已受到监视,不仅从门洞经过院子的那条路,而且连后门都有人把守,屋顶烟囱边上都设了岗哨。是的,五十单元在玩什么把戏,但又拿它毫无办法。于是事情拖到了星期五午夜。这时,迈格尔男爵穿着晚礼服和漆皮鞋,作为客人,得意地走进了五十单元。可以听到开门和男爵进门的声音。整整十分钟后,警方不按门铃,强行闯入单元。然而不仅没有找到寓所的主人,甚至——简直荒唐——没有发现迈格尔男爵的踪影。

于是,如上所述,事情拖到了星期六凌晨。这时有了新的,而且是非常有趣的材料。一架来自克里米亚的六座客机,在莫斯科机场降落。走出机舱的旅客中夹着一位古怪的公民。此人年纪不大,满脸又长又乱的胡子,三天没有梳洗,红肿的眼睛充满恐惧,没有行李,连穿着也有些奇特:戴着毛皮高帽,睡衣外面披着斗篷,脚上一双刚买的蓝色平跟皮鞋。他刚走下飞机舱梯,立刻有人迎了上去。他们早就在等候这位公民,随后,这位令人无法忘怀的杂耍剧院经理斯捷潘·波格丹诺维奇·利霍杰耶夫站到了刑侦人员面前。他提供了不少新材料。现在已经一清二楚,沃兰德对斯乔帕·利霍杰耶夫施了催眠术,乔装成演员混进杂耍剧院,然后把这个斯乔帕从莫斯科一扔,便扔到了天知道多少公里以外。这样,材料是增加了,但破案并未变得轻松,也许,甚至还稍稍增加了难度:既然斯捷潘·波格丹诺维奇成了牺牲品,那么能玩这种把戏的定是高手,把他捉拿归案谈何容易。利霍杰耶夫,应他本人请求,关进可靠的囚室,与此同时,几乎失踪了两天两夜,刚刚回家便遭逮捕的瓦列努哈也站到了刑侦人员面前。

尽管对阿扎泽勒做了不再撒谎的保证,剧院总务还是从撒谎开始了自己的证词。不过,倒也不必对他严加谴责。因为阿扎泽勒禁止他在电话里撒谎、撒泼,而现在剧院总务并不借助这一设备。瓦列努哈转着贼溜溜的眼睛,声称星期四白天他一个人关在自己办公室里喝醉了,随后去了什么地方。什么地方——不记得。随后又在什么地方喝了白酒。什么地方——不记得。随后在什么地方的围墙下醉倒了。什么地方——不记得。刑侦人员向剧院总务指出,这种愚蠢而又轻率的行为妨碍一桩要案的侦破,当然他将为此承担责任。

瓦列努哈突然号啕痛哭,他东张西望,声音颤抖地轻轻说,他撒谎完全是出于恐惧,生怕沃兰德一伙报复,因为他已经尝过落进他们手中的滋味,他请求、恳求、乞求把他关进铁甲囚室。

"呸,见鬼!这些人全都认准了铁甲囚室。"一个审讯人员嘟哝。

"他们被那个浑蛋吓怕了。"找过伊凡的侦查员回答。

刑侦人员尽量安慰瓦列努哈,说即使不进囚室他也将受到保护,这才弄清他根本没在围墙下喝过什么白酒,他是被两个人打昏的,一个红发獠牙,一个又矮又胖……"

"啊,像猫?"

"对,对,对。"剧院总务小声说,吓得屏住呼吸,不住地四下张望,他还进一步交代了这两天两夜中在五十单元当吸血鬼眼线的种种细节,他险些让财务襄理里姆斯基送命……

这时,从列宁格勒列车上押来的里姆斯基被带了进来,已经很难认出,这个吓得浑身颤抖、精神崩溃的白发老头是原先的财务襄理。他怎么也不愿说出真相,态度极其顽固,里姆斯基坚称,那天夜里他根本没在自己办公室的窗户上见过什么赫勒,也没见过瓦列努哈,无非他身体不好,在神志不清的情况下去了列宁格勒。不用说,病态的财务襄理结束自己证词时,也是反复请求把他关进铁甲囚室。

安奴什卡是在阿尔巴特街的百货商店里,打算把一张十美元的票子付给收款员时当场被捕的。安奴什卡供出了从花园街那幢房子的窗口里飞走的几个怪人,还供出了捡到后按她的说法,本想交给民警局的马掌。刑侦人员认真听取了她的证词。

"马掌当真是金的,还镶了许多钻石?"侦查员问安奴什卡。

"我还不认识钻石?"安奴什卡回答。

"您说他给您的是一沓十卢布票子?"

"我还不认识十卢布票子?"安奴什卡回答。

"这些票子什么时候变成美元的?"

"不知道,哪有美元,我从没见过什么美元,"安奴什卡叽叽喳喳地回答,"我没犯法!那是人家奖给我的,我要拿这些钱买花布……"接着乱七八糟说了一通,她不为房管部门负责,是他们让魔鬼住进五楼,闹得大家没法活。

侦查人员连连朝安奴什卡挥动钢笔,让她住口,因为她让在场的人都厌烦透了，当即给她开了绿色的出门证。不一会儿，安奴什卡便令人满意地从大楼里消失了。

然后，一大串人像排队似的进来，其中包括尼古拉·伊凡诺维奇。他刚刚被捕，完全是因为他醋劲十足的太太所干的蠢事——今天清晨她向民警局报告她丈夫失踪了。尼古拉·伊凡诺维奇放到桌上的参加撒旦舞会的滑稽证明，并未使刑侦人员十分惊奇。至于他怎么驮着玛格丽特·尼古拉耶夫娜赤身裸体的女仆，飞到鬼知道什么河里去洗澡，以及在这以前玛格丽特·尼古拉耶夫娜怎么一丝不挂地坐在窗台上，等等，尼古拉·伊凡诺维奇说得不大符合事实。譬如，他没有提及他捧着玛格丽特·尼古拉耶夫娜扔下的衬衫进了她的卧室，也没有提及他把娜塔莎称作维纳斯。按他的说法，是娜塔莎飞出窗口，骑到他身上，驾驭他离开了莫斯科……

"我是屈从暴力，不得不去。"尼古拉·伊凡诺维奇信口雌黄，临了他请求刑侦人员千万别向他太太透露这些经历。刑侦人员慨然应允。

根据尼古拉·伊凡诺维奇的证词可以确定，玛格丽特·尼古拉耶夫娜和她的女仆娜塔莎已经失踪，立刻采取了寻找措施。

星期六早晨就是以这种一刻不停的侦讯为标记的。这时，莫斯科已经闹得满城风雨，不断出现各种极其荒唐的谣言，一丁点儿的事实，被五花八门的杜撰弄得面目全非。据说杂耍剧院散场后，两千名观众出来，都像刚刚出生那样，一个个都是赤裸裸的；花园街破获了一家印制魔幻假钞的工厂；一伙歹徒绑架了文娱系统的五位主任，但警方立刻找到了他们。还有许许多多诸如此类的谣传，我都不想把它们重复一遍。

将近午餐时间，刑侦处的电话铃响了。花园街报告，该死的单元又有了住人的迹象，里面开过窗，传出过钢琴和唱歌的声音，还看到一只猫蹲在窗台上晒太阳。

酷热的下午,四点左右,一大群穿便衣的男人在花园街副三〇二号不远的地方,从三辆汽车上下来。旋即他们分成两组,一组穿过门洞和院子,直奔六号门;另一组打开平时钉死的小门,冲向大楼后门。两个小组顺着不同楼梯同时扑向五十单元。

这时,卡罗维耶夫和阿扎泽勒在餐室里即将用完早餐,卡罗维耶夫脱了节日的燕尾服,穿着平时的服装。沃兰德照例待在卧室里,至于黑猫在哪里——不得而知。但从厨房传出的锅子响声来看,别格莫特肯定是在那里胡闹,跟平时一样。

"楼梯上的脚步声是怎么回事?"卡罗维耶夫问,用小勺搅拌杯子里的清咖啡。

"这是来抓我们了。"阿扎泽勒回答,喝了一小杯白兰地。

"啊,来吧,来吧。"卡罗维耶夫不以为意。

这时,从正门楼梯上来的人已经到了三楼梯台,那里有两个管道工在修理暖气片。来人和管道工交换了一个眼色。

"都在。"一个管道工用小锤敲着水管轻轻说。

于是,走在前面的人公开从大衣里掏出乌黑的驳壳枪,另一位,他边上的,掏出万能钥匙。总之,去往五十单元的便衣拥有应有的全部装备。其中两人口袋里藏有极易张开的薄丝网。一人带着套索,还有一人带着纱布面罩和麻醉剂。

不过一秒钟,五十单元的门打开了,所有的人全都冲进前厅,这时厨房里传出关门声,从后门上来的第二组也已及时赶到。

这次即使不是大获全胜,也不会无功而返。转眼间,来人已经冲进各个房间,然而哪里都不见人影,在餐室里他们发现了显然是刚刚扔下的吃剩的早餐,而在客厅的壁炉架上,水晶水罐旁,蹲着一只硕大的黑猫,两只前爪抱着汽油炉。

进入客厅的人朝这只黑猫默默看了很久。

"对……确实不赖。"有人轻轻说。

"我不淘气,也不惹人,就修汽油炉,"黑猫不友好地皱眉说,"另外,我想我有义务提醒你们,猫是古老的动物,从来不受侵犯。"

"精彩。"又有人轻轻说。接着另一个人清楚地大声说:

"行,不受侵犯的说人话的猫,请上这儿来。"

一张丝网倏地展开,飞过去,令大家诧异的是,撒网人居然失手,仅仅网住了水罐。水罐砰的一声摔得粉碎。

"先输一招,"黑猫大叫,"乌拉!"旋即放下汽油炉,从背后拔出手枪,对准离它最近的人,但黑猫还未开枪,那人手中的驳壳枪已经射出火光,黑猫应声从壁炉架上一头栽到地上,掉了手枪,带下了汽油炉。

"完了,"黑猫有气无力地说,软绵绵地倒在血泊里,摊开爪子,"你们离我远些,就一会儿,让我跟大地告别。噢,我的朋友阿扎泽勒!"黑猫呻吟着,流血不止,"你在哪儿?"黑猫把渐渐失去光彩的眼睛移向餐室,"那么多人对付我一个,你不出手相助。为了一杯白兰地,对,上等白兰地,你抛弃了可怜的别格莫特!行,让我死吧,你的良心不会安宁的,不过,我还是要把这支手枪留给你……"

"撒网,撒网,撒网!"黑猫周围一片不安的催促声。但那网,鬼知道怎么回事,偏偏在什么人的口袋里挂住了,拿不出来。

"黑猫受了致命伤,"黑猫说,"能救它的只有汽油……"它趁周围混乱,凑到汽油炉圆孔上喝了一大口汽油。旋即,左胸的伤口不再流血。黑猫劲头十足地跳起来,抓起汽油炉,往腋下一夹,蹿回壁炉架,又一路撕碎墙纸,沿墙壁爬上去,两秒钟后,它已高高凌驾于来人之上,蹲在金属窗帘架上。

几双手立刻抓住窗帘，把窗帘和窗帘架一起拉下，阳光顿时洒满昏暗的房间，但无论是佯装痊愈的黑猫，还是汽油炉，都没掉下来。黑猫夹着汽油炉，早已跳到房间中央的水晶吊灯上。

"拿折梯！"下面一声呐喊。

"我要求决斗！"黑猫狂叫，在摇晃的水晶吊灯上跳来蹦去，这时它的前爪中又有了手枪，汽油炉被它搁在叉开的灯枝间。黑猫像钟摆似的在来人头上忽东忽西地跳着，朝他们一边瞄准，一边开火。猛烈的枪声震撼了整个单元。地板上掉下许多水晶吊灯的碎片，壁炉上方的镜子布满星星似的窟窿，墙粉飞扬，子弹壳满地跳跃，玻璃窗频频碎裂，打穿的汽油炉洒出汽油。现在活捉黑猫已经无从谈起，来人用驳壳枪又准又狠地朝它头部、腹部、胸部和背部回击，枪声在公寓的柏油院子里引起混乱。

但这场枪战持续的时间不长，才一会儿便自动平息了。问题在于无论对黑猫，对来人，这场枪战都未造成任何伤害。所有参战者，包括黑猫，不仅无一毙命，甚至无一挂彩，全都平安无事。来人中有一位想再彻底检查这一情况，朝该死的畜生头上连打五枪，黑猫麻利地回敬了整整一梭子。还是一样——这次对射未给任何人留下任何印迹。黑猫在摆幅越来越小的吊灯上摇晃，不知为什么连连朝枪口吹气，往爪子上吐唾沫。下面的人一片沉默，脸上现出深深的困惑，这是唯一的一次，要不也是极为罕见的一次——射击居然完全无效。当然，可以设想黑猫的手枪只是玩具手枪，但对来人手中的驳壳枪绝不能这样说。毫无疑问，黑猫起先受伤完全是一种戏法，一种卑鄙的伪装，喝汽油也完全一样。

又做了一次捕捉黑猫的尝试。抛出套索，套索挂住一根烛形灯枝，吊灯坠落，落地的撞击似乎震撼整幢楼房，但这也纯属徒劳。吊灯碎片砸向来人，而黑猫在空中一跃，便高高地在天花板下、壁炉镜子的泥金框架上蹲下。它无意逃跑,甚至恰恰相反,处境比较安全后,振振有词地议论起来。

"我一点儿都不明白,"它对下面的人说,"对我这样凶狠,究竟是为什么……"

黑猫刚开始的议论,被不知哪里传来的低沉声音打断了:

"这屋里是怎么回事?妨碍我工作。"

另一个粗重难听的声音回答:

"当然是别格莫特,见鬼!"

又一个又尖又颤的声音说:

"阁下!今天星期六。太阳快下山了。我们该走了。"

"抱歉,我不能跟你们评理了,"黑猫蹲在镜框上说,"我们该走了。"它扔出手枪,打碎了窗户上的两块玻璃。随后它把汽油往下一洒,汽油立刻自燃起来,升腾的火焰直冲天花板。

这火烧得邪门,真是又快又猛,即使汽油的燃烧一般也不是这样。刹那间,墙纸冒烟,撕落在地上的窗帘起火,玻璃破碎的窗框开始燃烧。黑猫躬身喵地一叫,从镜框跳到窗台,带着汽油炉,蹿出窗户不见了。窗外立刻响起枪声。坐在消防铁梯上,和珠宝商的窗户处于同一高度的便衣,向黑猫频频射击。黑猫从一个窗台跳到另一个窗台,直奔这幢"П"形楼房东面的落水管,又顺着落水管迅速爬上屋顶。

把守烟囱的便衣立刻奋力阻击黑猫,遗憾的是同样无效,黑猫在夕阳洒向城市的光辉中骤然消失。

这时五十单元里,搜捕人员脚下的地板突然起火,烈火中,黑猫刚才佯装跌倒的地方渐渐出现迈格尔男爵的尸体,下巴往上翘着,睁着玻璃似的眼睛。把他拖出火海已经没有可能。客厅里的人在方格地板上跳跃,连连扑打冒烟的肩膀和胸部,退到书房和前厅。餐室和卧室里的人穿过走廊冲了出来。厨房里的人也跑到前厅。客厅里已经一片火海。有人在退却中及时拨通了消防队的电话,朝话筒里简短地喊了一声:

"花园街,副三〇二号!"

继续留在这里已经没有可能。烈火蹿进前厅。呼吸变得困难。

这所鬼屋的破窗户里刚刚冒出几缕黑烟,公寓院子里便响起声嘶力竭的喊声:

"失火了,失火了,我们完啦!"

公寓的各个单元里居民一股劲儿地对着电话筒大叫:

"花园街,花园街,副三〇二号!"

长长的红色消防车从全市各地疾驶而来。当花园街听到惊心的消防车铃声时,公寓院子里乱作一团的人们,看到五楼窗户里,随着滚滚浓烟似乎飞出了三个乌黑的男人和一个裸体女人的身影。

第二十八章　卡罗维耶夫和别格莫特的最后旅程

究竟是真有这些身影,还是花园街这幢公寓屡遭不幸、心惊胆战的住户出现了幻觉?这当然谁也说不准。如果真有这些身影,他们飞到哪里去了?谁也不知道。他们在哪里分手的?又是谁也不清楚。但我们知道,花园街起火后大约十五分钟,斯摩棱斯克市场外宾商店的玻璃门旁出现了一个穿格子衣服的高个子公民,身边带着一只大黑猫。

这位公民灵活地绕过行人,推开了商店大门。旋即,一个矮小、精瘦、极不友好的门卫拦住了他,恼火地说:

"不许带猫进去。"

"对不起,"高个子尖声尖气地说,一只关节粗大的手拢着耳朵,像是耳背,"不许带猫,您说?您哪里看见猫啦?"

门卫眼睛瞪得溜圆,原来,这位公民脚边的黑猫不见了,倒是他背后跟着戴顶破帽子的矮胖子,探头探脑地想往商店里钻,脸确实有点儿像猫。矮胖子怀里抱着汽油炉。

这位顾客不知为什么让本来就态度恶劣的门卫觉得讨厌。

"我们这里只用外币。"他嘶哑地说,恼火地瞪着眼睛,两道蓬乱斑白的眉毛像是给虫蛀过。

"我说,亲爱的,"高个子尖声尖气地说,一只眼睛在夹鼻眼镜后面闪闪烁烁,"您怎么知道我没外币?您只看衣服?千万别这样,亲爱的门卫!要是这样您会出错的,而且大错特错。您回去哪怕把大名鼎鼎的国王[1]哈伦·拉希德的故事[2]再看一遍也好。不过眼下不妨把这个故事暂时放在一边,我告诉您,我会找商店经理狠狠告您的,说您怎样怎样,到时候您就只好丢掉这亮晶晶的玻璃大门边上的职务了。"

"也许我这汽油炉里全是外币。"像猫的矮胖子气势汹汹地插话,使劲往商店里闯。后面的顾客渐渐拥挤起来,他们发火了。门卫憎恨而又怀疑地看着这对宝贝,往边上让了让,于是我们的老相识卡罗维耶夫和别格莫特进了外宾商店。

一到里面,他们先四面看了看,接着卡罗维耶夫大声地——肯定能让商店的每个角落都听到——夸奖说:

"好漂亮的商店!高级,高级。"

柜台上的顾客一齐回过头来,不知为什么惊讶地看了看他,尽管他对商店的夸奖并非言过其实。

货架上陈列着几百种色彩极其丰富的花布,花布后面小山似的堆着各种细布、绉纱和呢绒。再往前去,是一摞摞装皮鞋的盒子。几位妇女坐在低矮的椅子上,右脚穿着走样的旧皮鞋,左脚试着光亮的新皮鞋,审慎地在地毯上一次次跺脚。不知在哪个角落里,留声机播放着歌曲。

卡罗维耶夫和别格莫特穿过这些诱人的柜台,直接朝食品部和糖果部的接合处走去。这里十分宽敞,不像花布部那样,柜台上挤满戴头巾和软帽的妇女。

一个横竖一样宽的胖墩儿,脸刮得发青,架着角质眼镜,头戴

---

[1] 原文为哈里发,即中世纪政教合一的阿拉伯国家和奥斯曼帝国的国家元首。
[2] 《一千零一夜》中写哈伦·拉希德微服私访,遇上假哈里发。

一顶崭新的、没有褶皱的、缎带上没有污渍的礼帽，穿着雪青大衣，戴双棕红皮手套，站在柜台前用命令的口气含糊地说着什么。穿着洁白工作服、头戴蓝色小帽的营业员在为这位雪青顾客服务，从肥厚的、哭泣的、粉红色鲑鱼肉上，剥下蛇皮似的银光闪闪的鱼皮，他手中的刀子极快，很像利未·马太偷走的那把。

"这水产部也好极了！"卡罗维耶夫激动地表示赞赏，"连外国人都讨人喜欢。"他友善地指了指雪青后背。

"不，法戈特，不，"别格莫特若有所思地回答，"你错了，我的朋友。这位雪青绅士不大像外国人，脸上少了点什么，我看。"

雪青后背猛地一颤，不过想必出于偶然，因为一个外国人绝对听不懂卡罗维耶夫和他同伴说的俄语。

"好？"雪青顾客严厉地问。

"极好。"营业员回答，卖弄似的用刀尖在鱼皮下割着。

"好，我喜欢；不好，我不喜欢。"外国人严厉地说。

"那当然！"营业员欣喜地回答。

这时，我们的老相识离开买鲑鱼的外国人，去了糖果柜台。

"今天真热。"卡罗维耶夫对双颊绯红的年轻女营业员说，但没得到她的任何回答。于是卡罗维耶夫问："这橘子什么价？"

"三十戈比一公斤。"女营业员回答。

"什么都贵，"卡罗维耶夫叹了口气，"唉……"他又稍稍考虑了一会儿，还是决定请客，"吃吧，别格莫特。"

矮胖子把汽油炉往腋下一夹，拿起金字塔顶上的橘子，带皮吞下，接着又拿一个。

女营业员吓坏了。

"你们疯了！"她一声吼叫，脸急得煞白，"拿取货单来！取货单！"手里的糖果夹子都掉了。

"心肝,宝贝,美人,"卡罗维耶夫把身子探进柜台,朝女营业员眨着眼睛,嘶哑地说,"我们今天没带外币……有什么办法!不过我对您发誓,下次,最迟星期一,一定把钱还清。我们就在附近,花园街,失火的地方。"

别格莫特吞下第三个橘子,又把爪子伸向巧克力搭成的一座精美建筑,从底下抽了一块,于是整座建筑倒塌,别格莫特把巧克力连同金纸包装一起吞下。

水产柜台的营业员拿着刀子呆住了。雪青的外国人朝两名强盗转过身,这才发现别格莫特错了,那人脸上不是少了点什么,恰恰相反,倒是多了点什么——面颊下垂,两只眼睛骨碌碌乱转。

女营业员的脸色由白变黄,惨烈的喊声响彻整个商店:

"帕洛西奇!帕洛西奇!"

花布部的顾客立刻一窝蜂地朝这声惨叫拥来,这时,别格莫特已经离开诱人的糖果,把爪子伸进标有"刻赤[1] 上等鲱鱼"的木桶,拖出两条鲱鱼,咬掉尾巴,吞下。

"帕洛西奇!"糖果柜台重又响起绝望的喊声,水产柜台一个留西班牙小胡子的营业员也吼了一声:

"你干什么,浑蛋?!"

帕维尔·约瑟福维奇已经朝出事地点赶来了。这是个仪表堂堂的男子,穿着洁白的工作服,就像外科大夫,口袋里插支铅笔。帕维尔·约瑟福维奇显然很有经验。看到露在别格莫特嘴边的又一条鲱鱼尾巴,他当即判明形势,领悟了一切,没和两个无赖多费口舌,便朝远处一挥手,命令说:

"吹哨子!"

---

[1] 俄罗斯港口。

门卫从玻璃门里飞一样冲到斯摩棱斯克市场一角,吹响了不祥的哨子。顾客渐渐围住两个坏蛋,于是卡罗维耶夫出面说话了。

"公民们!"他的声音又尖又颤,"这是干什么?啊?我倒要问问你们!一个穷人,"卡罗维耶夫的声音更颤了,他一指别格莫特,后者立刻哭丧着脸,摆出一副可怜相,"一个穷人成天修汽油炉,他饿了……叫他上哪儿弄外币去?"

平素沉着冷静的帕维尔·约瑟福维奇猛地一声断喝:

"您少来这一套!"旋即,急不可待地又朝远处挥了挥手,门外的哨声越发响亮。

但卡罗维耶夫没被帕维尔·约瑟福维奇的断喝吓倒,仍说:"叫他上哪儿弄去?我问问大家!他累了,又饿又渴!热得不行,苦人儿就拿了个橘子尝尝。这橘子总共才三戈比。可瞧,他们吹哨子报警了,春天林子里的夜莺都没叫得这么响,硬要把警察叫来。那他呢,他倒可以?啊?"卡罗维耶夫说着,一指雪青胖子,后者顿时满脸惊恐。"他是什么人?啊?他是哪里来的?干吗来了?他不来,我们冷清了是不是?我们请过他吗?当然,"原先的唱诗班指挥嘲讽地撇了撇嘴,直着喉咙大叫,"你们看到吗,他穿的是雪青礼服,吃鲑鱼吃得浑身是膘,还浑身装满外币,可我们呢?我苦啊!苦啊!苦啊!"卡罗维耶夫哀号起来,就像老式婚礼上的男傧相。

这些愚蠢、失礼、政治上绝对有害的说法,气得帕维尔·约瑟福维奇浑身发抖,但奇怪的是,从围观者的眼中可以看出,它引起许多人的同情!别格莫特用肮脏的破袖管擦着眼睛,凄惨地说:

"谢谢,忠实的朋友,你为穷人说了句公道话!"发生了奇迹。刚在糖果部买了三块杏仁蛋糕的一个规矩、文静的小老头,衣着简朴,然而整洁的小老头,突然像换了个人。他两眼冒火,脸涨得通红,把装蛋糕的纸袋往地上一扔,用孩子般尖细的声音狂叫:

"对!"随后拖出托盘,撒掉被别格莫特毁坏后残存的埃菲尔巧克力塔,抡起托盘,左手摘下外国人的礼帽,右手把托盘狠狠朝外国人的秃顶砸去。只听轰然一声巨响,仿佛卡车上扔下一块钢板。胖墩儿脸色煞白,仰面朝天跌进刻赤鲱鱼的木桶,鱼露喷泉似的飞起来。这时又发生了奇迹。雪青大衣一跌进木桶,便用地道的俄语大叫,没有丝毫外国腔:

"打死人啦!快叫警察!强盗打死人啦!"显然是因为脑子受到震动,他突然开窍,掌握了他原本不懂的语言。

这时,门卫的哨声戛然而止,骚动的人群中闪出两顶越来越近的警察头盔。但狡黠的别格莫特,像浴室里用小木桶冲洗长凳似的,从汽油炉里往糖果柜台上浇汽油。汽油倏地烧起来。火焰往上直冲,沿着柜台迅速蔓延,吞噬了水果篮上漂亮的纸带。几个女营业员尖叫着赶紧逃出柜台,谁知她们刚刚逃出柜台,窗户上的亚麻布窗帘着火了,地上的汽油也熊熊燃烧。围观的顾客狂呼乱叫,四散逃窜,挤倒了碍事的帕维尔·约瑟福维奇。水产柜台的几个营业员,拿着锋利的刀,鱼贯着迅速朝后门跑去。雪青公民从木桶里挣扎出来,一身鱼露,从鲑鱼上翻过柜台,紧紧跟着他们。出口处的大门玻璃被仓皇逃命的人们挤破,哗啦啦落了一地。两个坏蛋——卡罗维耶夫,馋嘴的别格莫特——已经逃之夭夭,究竟逃往哪里——闹不明白。后来,据斯摩棱斯克市场外宾商店起火时在场的目击者说,两个流氓似乎飞到天花板上,像儿童气球似的爆了。这当然大可怀疑,事情绝不是这样,但我们还是不知为不知吧。

然而我们知道,斯摩棱斯克市场出事后,正好过了一分钟,别格莫特和卡罗维耶夫便双双在林荫路上出现了,说巧也巧,恰恰就在格里鲍耶陀夫姑母的住宅外面。卡罗维耶夫在栅栏边上停下说:

"哈!这不是'莫文协'的房子?我说,别格莫特,我听到过许多关于这幢房子的传闻,全都赞不绝口。所以,请您注意这幢房子,我的朋友!想想都高兴啊,这片屋顶下,培养、成长着整整一批天才。"

"就像温室里的菠萝。"别格莫特说,它想好好欣赏一下这幢圆柱结构的奶黄色房子,便爬上铁栅栏的水泥基座。

"完全正确,"卡罗维耶夫赞同自己形影不离的旅伴的意见,"想到这幢房子里的天才正在成长,他们中间有未来的《堂吉诃德》或者《浮士德》,要不,见鬼,《死魂灵》的作者,心里真是又惊又喜!啊?"

"想想都吃惊。"别格莫特同意。

"对,"卡罗维耶夫接着说,"这幢房子的温室里可望收获一批杰作,它在自己屋顶下集结了几千个决心向墨尔波墨涅、波林尼亚和塔利亚[1]无私奉献一生的苦行者。你想,要是他们中间的什么人一出手,就献给读者一部《钦差大臣》,或者至少是一部《叶甫根尼·奥涅金》,那有多轰动!"

"还十分简单。"别格莫特又同意。

"对,"卡罗维耶夫说,随后忧心忡忡地竖起一根手指,"不过!不过,我说,还要再说一遍——不过!得有个条件,就是得让这些娇嫩的温室植物,不受什么微生物的侵害,根部不受蛀蚀,不致烂死!可惜,菠萝常常烂根!哎呀,这种情况太多了!"

"顺便问问,"别格莫特把圆圆的脑袋伸进栅栏的窟窿里,打听起来,"他们在凉台上干什么?"

"用餐,"卡罗维耶夫解释说,"我还可以告诉你,这里的餐厅确实价廉物美。我呢,和所有的旅游者一样,在继续旅行前,想稍稍

---

[1] 希腊神话中分司悲剧、颂歌和喜剧的女神。

吃点什么,喝上一杯冰镇啤酒。"

"我也是。"别格莫特回答,于是两个坏蛋沿着椴树下的柏油小路,径直朝尚未预感到灾祸的餐厅走去。

一个苍白、无聊的女公民,穿着白袜子,戴着前圆后尖的白帽子,坐在凉台一角,餐厅入口的一张维也纳曲木椅上。入口开在爬满绿叶的花棚上。女公民面前宽大的厨房案桌上放着一本厚厚的账簿似的本子,不知什么原因,凡是进入餐厅的人,都被一一登记在册。正是这个女公民拦住了卡罗维耶夫和别格莫特。

"你们的证件?"她惊讶地看看卡罗维耶夫的夹鼻眼镜,又看看别格莫特的汽油炉和他的破袖管。

"我非常非常抱歉,什么证件?"卡罗维耶夫惊讶地反问。

"你们是作家?"女公民又问。

"当然。"卡罗维耶夫自豪地回答。

"你们的证件?"女公民把问题重复一遍。

"我的美人……"卡罗维耶夫刚想奉承几句。

"我不是美人。"女公民打断他。

"噢,那太遗憾。"卡罗维耶夫大失所望,又说,"好吧,要是您不想当美人,那也很好,您可以不当。这么说吧,为了相信陀思妥耶夫斯基是作家,难道得问他要证件?您可以从他的任何一部小说里随便抽五页看看,即使他没证件,您也会相信您在和一位作家打交道。据我所知,他根本就没证件!你说呢?"卡罗维耶夫问别格莫特。

"我敢打赌,他没证件。"别格莫特回答,把汽油炉放在登记本边上,用手擦擦熏黑的额头。

"您不是陀思妥耶夫斯基。"女公民说,她被卡罗维耶夫弄得稀里糊涂。

"您怎么知道不是,怎么知道?"卡罗维耶夫回敬。

"陀思妥耶夫斯基死了。"女公民说,但又不大自信。

"我抗议!"别格莫特激动地说,"陀思妥耶夫斯基是不会死的!"

"你们的证件,公民们。"女公民说。

"得了吧,说到底,这很可笑,"卡罗维耶夫没气馁,"作家完全不是由证件决定的,得看他是不是写作。您怎么知道我这个脑袋里在构思什么?或者他这个脑袋里在构思什么?"他指了指别格莫特的脑袋,后者立刻脱下帽子,似乎要让女公民看得清楚些。

"请让一下,公民们。"她已经不耐烦了。

卡罗维耶夫和别格莫特往边上让了让,边上走过一个什么作家,穿着灰套装,没戴领带,夏季衬衫的领子翻在上装外面,腋下夹着一份报纸。作家亲切地朝女公民点了点头,边走边在递给他的登记本上花哨地签了个名,随即去了凉台。

"唉,轮不到咱们,轮不到咱们,"卡罗维耶夫伤心地说,"这杯冰镇啤酒让他喝去了,咱们穷人,流浪汉,再想也不管用,咱们的处境可悲,让人为难,我都不知道该怎么办。"

别格莫特痛苦地摊开双手,把帽子戴到圆圆的脑袋上,浓密的黑发很像猫头上的毛。这时,一个不很响亮,然而威风凛凛的声音在女公民头上响起:

"让他们进去,索菲娅·帕夫洛芙娜。"

管登记本的女公民诧异了,爬满绿叶的花棚中出现了海盗白色的燕尾服胸脯和尖尖的络腮胡子。他对两个形迹可疑的流浪汉非常热情,甚至还向他们做了邀请的手势。阿尔奇巴尔德·阿尔奇巴尔多维奇的权威,在他掌管的餐厅里是实实在在可以感觉到的,于是索菲娅·帕夫洛芙娜顺从地问卡罗维耶夫:

"请问贵姓?"

"帕纳耶夫。"后者礼貌地回答,女公民登记了这个姓氏,又朝别格莫特投去询问的目光。

"斯卡比切夫斯基。"后者尖声说,不知为什么指了指自己的汽油炉。索菲娅·帕夫洛芙娜把这个也登记了,随后把登记本推到两位客人面前,请他们在本子上签名。卡罗维耶夫在"帕纳耶夫"后面签上"斯卡比切夫斯基",而别格莫特在"斯卡比切夫斯基"后面签上"帕纳耶夫"。令索菲娅·帕夫洛芙娜大为震惊的是,阿尔奇巴尔德·阿尔奇巴尔多维奇居然赔着笑脸,把客人带到了凉台尽头最阴凉、最舒适的餐桌上。餐桌旁,攀缘植物的窟窿中射进一束欢乐的阳光。索菲娅·帕夫洛芙娜惊讶地眨巴眼睛,久久琢磨着登记本上两位不速之客留下的古怪签名。

阿尔奇巴尔德·阿尔奇巴尔多维奇也使几个服务员大为震惊。他亲自拉开椅子,请卡罗维耶夫坐下,朝一个服务员眨眨眼睛,又对另一个服务员悄悄说了什么,于是两个服务员便围着两位新来的客人忙碌起来。其中一位客人把带来的汽油炉放在地上,紧挨自己褪成棕红色的皮鞋。餐桌上有黄斑的旧台布立刻消失,随着一阵窸窣的响声,空中飞起一块上浆的、像阿拉伯人斗篷那样洁白耀眼的台布。这时,阿尔奇巴尔德·阿尔奇巴尔多维奇已经俯在卡罗维耶夫耳边,轻轻地,但又非常热情地说:

"我为二位点什么菜呢,我有特制的鲟鱼干脊……从建筑师大会上弄来的……"

"您……嗯……给我们随便来点小吃吧……嗯……"卡罗维耶夫友好地嘟哝着,在椅子上摊开手脚。

"我懂。"阿尔奇巴尔德·阿尔奇巴尔多维奇闭上眼睛,意味深长地回答。

看到餐厅经理这样尽心尽力地侍候两位怪客,服务员打消了一切顾虑，赶紧认真工作。一个服务员替刚从口袋里摸出烟头叼到嘴上的别格莫特递上划着的火柴，另一个服务员举着叮当作响的绿色玻璃器皿，飞一样跑来，在刀叉边上摆起一溜儿各式各样又轻又薄的高脚杯。坐在遮阳下用这种杯子喝纳尔赞矿泉水，不，要是我们超前一些，得说，当初坐在遮阳下用这种杯子喝纳尔赞矿泉水，真是舒服透了，格里鲍耶陀夫凉台实在令人难忘。

"我给二位来点鲜嫩榛鸡。"阿尔奇巴尔德·阿尔奇巴尔多维奇仿佛轻轻哼着小曲。夹鼻眼镜破碎的客人完全同意双桅帆船船长的建议，透过无用的镜片赞赏地看着他。

在邻桌上用餐的是小说家彼得拉科夫-苏霍韦和他的快吃完炸猪排的夫人。他以作家特有的观察力发现了阿尔奇巴尔德·阿尔奇巴尔多维奇的殷勤，深感诧异。他的夫人，一位非常可敬的太太，对海盗这样巴结卡罗维耶夫嫉妒了，甚至用勺子敲了几下……似乎在说，这算什么，让我们干坐着……该上冰激凌了！怎么回事？

阿尔奇巴尔德·阿尔奇巴尔多维奇对彼得拉科夫太太报以奉承的一笑，给她派去了服务员，自己并未离开两位尊贵的客人。哎呀，阿尔奇巴尔德·阿尔奇巴尔多维奇可谓绝顶聪明！他的观察力也许并不亚于作家。阿尔奇巴尔德·阿尔奇巴尔多维奇知道杂耍剧院的演出，也听到这几天接连发生的种种怪事，但和其他人不同，他没把"穿格子衣服的"或者"黑猫"之类的话当作耳边风。阿尔奇巴尔德·阿尔奇巴尔多维奇立刻猜到，他眼前的两位客人是谁。猜到后，自然，不会和他们拌嘴。索菲娅·帕夫洛芙娜倒好！竟然昏了头，想把这两位挡在外面！不过，对她能要求什么。

彼得拉科夫太太傲慢地用勺子戳着开始融化的冰激凌，不满地看着两个衣服不伦不类的家伙面前，跟变戏法似的，渐渐摆满美味佳肴。洗得亮晶晶的生菜叶已经翘在新鲜鱼子酱的小盆外……一转眼，特意推来的小桌上出现了冒汗的银质冰桶……

确信一切都已做得非常到位，等到服务员飞也似的端来噗噗作响的盖锅后，阿尔奇巴尔德·阿尔奇巴尔多维奇才让自己离开两位神秘的客人，还在他们耳边先打了招呼：

"抱歉！我去去就来！我得亲自去看看鲜嫩榛鸡。"

他飞也似的离开餐桌，在餐厅内部通道里消失，如果谁能暗中观察阿尔奇巴尔德·阿尔奇巴尔多维奇的行踪，无疑会觉得有些费解。

经理完全不是去厨房看鲜嫩榛鸡，而是去了餐厅仓库。他用随身所带的钥匙打开仓库，把自己关进去，随后从放冰的木柜里小心翼翼，免得弄脏袖口，取出两条沉甸甸的鲟鱼干脊，用报纸包了，再用绳子仔细捆好，放到一边。接着又去隔壁房间检查他丝绸里子的夹大衣和礼帽是否还在原处。在这以后才去了厨房——厨师正在仔细加工海盗答应客人的鲜嫩榛鸡。

应当说，阿尔奇巴尔德·阿尔奇巴尔多维奇的一举一动，没有丝毫离奇或者费解的地方。只有肤浅的观察者才会认为这些举动古怪诡谲。阿尔奇巴尔德·阿尔奇巴尔多维奇的行为，完全是原先一切事态合乎逻辑的延伸。了解近日的种种灾难，主要是阿尔奇巴尔德·阿尔奇巴尔多维奇非凡的嗅觉，告诉格里鲍耶陀夫餐厅经理，他的两位客人的午餐，虽说十分丰盛和奢侈，但时间肯定不长。嗅觉从未欺骗过原先的海盗，这次也没让他误判。

卡罗维耶夫和别格莫特举起第二杯冰凉的上品莫斯科伏特加，正在碰杯时，凉台上出现了满头大汗、情绪激动的新闻编辑博巴·坎达卢普斯基。这位莫斯科赫赫有名的消息灵通人士，旋即坐到彼得拉科夫夫妇身边。在餐桌上放下鼓鼓囊囊的公文包，博巴立刻把嘴唇伸近彼得拉科夫的耳朵，悄悄说了一些非常诱人的东西。

彼得拉科夫太太耐不住好奇心的折磨，也把自己耳朵凑到博巴胖嘟嘟、油腻腻的嘴唇边上。博巴偶尔像做贼似的朝四周看看，没完没了地轻轻嘀咕，可以听清的只有个别词句：

"我用人格担保！花园街，花园街，"博巴的声音压得更低了，"子弹打不进！……子弹……子弹……汽油，着火了……子弹……"

"真该把这些无事生非、散布谣言的家伙，"愤怒的彼得拉科夫太太嚷嚷起来，她的低音还是比博巴希望的稍响，"一个个查查清楚！不过，没关系，早晚会收拾他们的！这些胡说的害虫！"

"哪里是胡说，安东尼达·波尔菲里耶夫娜！"博巴大声说，作家夫人的不信任使他伤心。旋即他又窃窃私语："我告诉你们，子弹打不进……现在一片大火……他们飞走了……飞走了。"博巴喊喊喳喳地说着，怎么也没想到，他说的飞人现在就坐在他旁边，欣赏着他的喊喊喳喳。不过，这种欣赏很快终止了。餐厅内部通道里猛地朝凉台上蹿出三个男人，紧束腰带，裹着绑腿，手握双枪。前面那个一声怒吼：

"不许动！"三人立刻在凉台上开火，瞄准了卡罗维耶夫和别格莫特的脑袋。他俩受到猛烈射击，当即双双消融在空气中，反倒是汽油炉里升起一道火柱，直冲遮阳，仿佛一张周边乌黑的大嘴出现在遮阳上，越张越大。火焰穿过窟窿，烧向格里鲍耶陀夫之家的屋顶。二楼编辑部窗台上的文件夹突然起火，旋即殃及窗帘，这时像是有人在吹火，一根根升腾的火柱呼啦啦地扑向姑母住宅的深处。

几秒钟后，通向林荫路铁栅栏的柏油小路上——星期三晚上第一个跑来报告不幸消息，却不为任何人理解的伊凡，正是从铁栅栏上翻过来的——现在奔跑着尚未用完午餐的作家、服务员、索菲娅·帕夫洛芙娜、博巴、彼得拉科夫、彼得拉科夫太太。

提前出了边门的阿尔奇巴尔德·阿尔奇巴尔多维奇既不逃跑,也不急着去别的地方,就像船长应当最后一个离开燃烧的船只一样。他平静地站着,穿着丝绸里子的夹大衣,腋下夹着两条圆木一样的鲟鱼干脊。

第二十九章 决定大师和玛格丽特的命运

夕阳西下,在一幢大约建于一百五十年前、莫斯科数得着的漂亮大楼顶部,高高凌驾于城市之上的石头回廊上,待着沃兰德和他的随从阿扎泽勒。从下面,大街上,不可能看到他们,因为饰有石膏盆花的柱形护栏为他们遮住了不必要的目光。但他们几乎能把整个城市收入眼底。

沃兰德坐在一张折叠凳上,身着黑色长袍。他宽大的长剑垂直插在回廊两块断裂的石板之间,成了日晷。长剑的影子缓慢而又不停地延长,渐渐伸向撒旦脚上那双黑鞋。一只拳头支着尖尖的下巴,身体在折叠凳上佝偻着,盘起一条腿[1],沃兰德目不转睛地望着无边无际的宫殿、高楼和注定要被拆除的低矮平房。阿扎泽勒卸去现代服饰——套装、圆顶礼帽、漆皮鞋,也像沃兰德一样,穿了一身黑衣服,纹丝不动地站在离自己君主不远的地方,和他一样凝视着脚下的城市。

沃兰德开口了:

"多有趣的城市,不是吗?"

阿扎泽勒动了动,毕恭毕敬地回答:

---

[1] 魔鬼梅菲斯特塑像造型。

"阁下，我更喜欢罗马！"

"是啊，各有所好。"沃兰德回答。

过了一会儿，又响起他的声音：

"那边的烟是怎么回事，林荫路上的？"

"格里鲍耶陀夫着火了。"阿扎泽勒回答。

"是不是这对形影不离的宝贝，卡罗维耶夫和别格莫特去过那里？"

"毫无疑问，阁下。"

又是一阵沉默，回廊上的两个妖魔看到大片大片楼房高层朝西的窗户上，歪歪扭扭地燃起耀眼的太阳。沃兰德的右眼也像窗户一样燃烧着，尽管他是背朝太阳。

这时，不知什么使沃兰德转身，把注意力从市区转到自己背后的圆形塔楼上。塔楼里走出一个人，破旧的长衫上沾着泥巴，脚上穿着自制的平底鞋，神色忧郁，一脸黑色的络腮胡子。

"哈！"沃兰德大声说，嘲讽地看着来人，"真没想到会在这里看见你！你来干什么，意料中的不速之客？"

"我来找你这个邪恶鬼和阴暗王。"来人回答，紧蹙的双眉下，两只不友好的眼睛看着沃兰德。

"既然你来找我，怎么不问我好，原先的税吏？"沃兰德严峻地说。

"因为我不希望你好。"来人放肆地回答。

"但你只能面对现实，"沃兰德反唇相讥，一丝冷笑扭曲了他的嘴唇，"你一到这屋顶上，立刻就干了件蠢事，我可以告诉你蠢在哪里——蠢在你的语气里。听你的语气，似乎你不承认阴暗，也不承认邪恶。你能不能费心想想这个问题：要是不存在恶，你的善能有什么作为？要是大地上没有阴暗，大地会是什么模样？要知道，阴暗是物和人的影子。瞧，这是我长剑的影子。还有树木和生灵的影子。你是不是想净化大地，清除所有树木、所有生灵，满足你享受一片光明的幻想？你呀，愚蠢。"

"我不和你争辩，老奸巨猾的诡辩家。"利未·马太回答。

"你也没法和我争辩，原因我已经说了——你愚蠢。"沃兰德回敬了一句，随后又问，"简单说吧，别累着我，干什么来了？"

"他派我来的。"

"他让你转告什么，奴隶？"

"我不是奴隶，"利未·马太回答，火气越来越大，"我是他的门徒。"

"你我语言不同，历来如此，"沃兰德说，"但我们说的事情本身，不会因此有所变化。那么……"

"他读了大师的作品，"利未·马太说，"他请你把大师带走，赐他安宁。这点小事难道你会觉得难办，邪恶鬼？"

"我什么都不难办，"沃兰德回答，"这你很清楚。"他停了一下，又问："为什么你们不把他带到你们的光明世界去？"

"他不该得到光明，他应该得到安宁。"利未悲哀地说。

"回话去吧，一定办到。"沃兰德回答，右眼燃起凶光，又说，"请你立刻离开。"

"他请你把爱他、为他受难的女人，一起带走。"利未第一次用恳求的语气对沃兰德说。

"好像你不说，我们怎么也想不到似的。走吧。"

利未·马太消失。沃兰德把阿扎泽勒叫到跟前，命令说：

"去他们那里飞一趟，把事情办了。"

阿扎泽勒离开回廊，留下形单影只的沃兰德。但他的孤独为时不长。不一会儿，传来了回廊石板上的脚步声和热闹的谈话声，沃兰德面前出现了卡罗维耶夫和别格莫特。现在矮胖子的汽油炉不见了,但身上全是别的东西:腋下夹着一幅装在泥金镜框里的不大的风景画,胳膊上搭着件一半燎焦的厨师工作服,手里拿着整整一条连皮带尾的鲑鱼。卡罗维耶夫和别格莫特身上散发出一股焦味,别格莫特满脸烟黑,帽子一半燎焦了。

"向您致敬,阁下。"永不安生的一对宝贝大喊大叫,别格莫特还挥动着手中的鲑鱼。

"真是好样的。"沃兰德说。

"阁下,您倒想想,"别格莫特兴高采烈地大叫,"把我当作趁火打劫的强盗!"

"看你拿来的这些东西,"沃兰德朝风景画看了几眼,"你也确实是强盗。"

"您信吗?阁下……"别格莫特的声音非常诚恳。

"不,我不信。"沃兰德简短地回答。

"阁下,我发誓,我很勇敢,尽量把能抢的都抢出来,瞧,才保住这么点东西。"

"你最好说说,格里鲍耶陀夫是怎么起火的?"沃兰德问。

卡罗维耶夫和别格莫特双双把手一摊,抬眼看着天空,别格莫特甚至嚷嚷起来:

"闹不明白!我们好端端坐着,安安静静,正在吃东西……"

"突然——砰,砰!"卡罗维耶夫接过话头,"打枪!我跟别格莫特吓坏了,赶紧朝林荫路上跑。他们猛追,我们又朝季米里亚泽夫[1]跑!"

"不过,责任感,"别格莫特插进来,"战胜了我们可耻的恐惧,

---

[1] 莫斯科街名。

我们回去了!"

"啊,你们回去了?"沃兰德说,"当然,那幢楼就烧光了。"

"烧光了!"卡罗维耶夫悲哀地证实,"真是烧光了,阁下,您说得非常准确。只剩下一堆炭火!"

"我直奔会议厅,"别格莫特说,"就是有圆柱的那个,阁下,打算抢出点贵重东西。哎呀,我老婆,要是我有老婆,总有二十次险些当了寡妇!幸好,阁下,我没结婚,老实说,我没结婚真是幸福。哎呀,阁下,难道可以放弃单身汉的自由,给自己套上沉重的枷锁?"

"又胡说。"沃兰德插了一句。

"是,我接着往下说,"黑猫回答,"对,您瞧,就抢出这么幅风景画。再想从大厅里抢出点什么,已经不可能了,这火直往我脸上扑。我又往仓库跑,抢出这条鲑鱼。我再往厨房跑,抢出这件工作服。我想,阁下,我已经尽力了,我不明白,您一脸怀疑,应当怎么解释。"

"你趁火打劫的时候,卡罗维耶夫在做什么?"沃兰德问。

"我在帮消防队救火,阁下。"卡罗维耶夫回答,指着撕破的裤子。

"啊,要是这样,那就只好盖一幢新楼了。"

"会盖的,阁下,"卡罗维耶夫回答,"我敢向您保证。"

"好吧,但愿新楼能比原先的更好。"沃兰德说。

"肯定是这样,阁下。"卡罗维耶夫说。

"请您相信我,"黑猫立刻补充,"我是正宗的预言家。"

"反正,我们回来了,阁下,"卡罗维耶夫报告说,"我们听候您的差遣。"

沃兰德从凳子上站起来,走近护栏,背对自己的随从,久久地,默默地，独自望着远方。随后他离开护栏，重又坐到凳子上，说：

"没有差遣，该做的你们都做了，暂时我不需要你们效劳。你们休息吧，暴风雨马上要来了，最后一场暴风雨，它会结束应该结束的一切，随后，我们起程。"

"太好了，阁下。"两个调皮鬼异口同声地回答，随即在回廊中央的圆形塔楼后面消失。

沃兰德预言的暴风雨已经在地平线上集结。黑云从西方升起，先截去半个太阳，后来把它完全遮住。回廊上顿时凉风习习。又过了一会儿，天色暗了。

西方袭来的这片黑暗，笼罩了庞大的城市。桥梁、宫殿全都不见了。一切骤然消失，仿佛它们从未在世上存在过。一道闪电划破整个天空，接着，一声巨雷震撼了城市。又是一声巨雷，旋即暴雨如注。天昏地暗中，再也看不见沃兰德的身影。

第三十章 该走了！该走了！

"知道吗，"玛格丽特说，"昨天夜里你睡着的时候，我读了手稿：从地中海袭来的黑暗……跟这些塑像，啊，金色塑像。不知为什么，这些塑像总使我不安，我看这会儿像是要下雨。你不觉得现在凉快多了？"

"这些都很好，很可爱，"大师回答，一边抽烟，一边挥手扇去烟雾，"这些塑像也是，愿上帝保佑它们，但以后会怎样，实在不好说！"

他们说话时，太阳已经西斜，恰好也是利未·马太到回廊上见沃兰德的时候。地下室的窗户开着，如果有人朝里窥视，他一定会对两人的衣服感到吃惊。玛格丽特赤裸的身上直接披着一袭斗篷，大师仍然穿着医院的衣服。这是因为玛格丽特根本没衣服可穿——她所有的东西都留在小楼里，虽说小楼离此不远，当然，现在谈不上去那里取什么东西。大师的衣服尽管都在柜子里，就像大师从未离家去过什么地方，但他硬是不肯换衣服，还不断在玛格丽特面前表示：等着瞧吧，准会发生什么稀奇古怪的事情。确实，他刮了脸，在那个秋夜以后，这还是第一次（医院里，他的胡子是用电推子推的）。

房间也是一副怪模样，凌乱得让人很难明白是怎么回事。地毯上放着手稿,长沙发上也是。一本什么书摊在圈椅上。圆桌上摆着午餐。菜肴间还放着几瓶饮料。这些菜肴和饮料是哪来的,无论玛格丽特还是大师,都不知道,他们一觉醒来,便在桌上看到了这些东西。

星期六傍晚睡醒后,无论大师,还是他的伴侣,都已精神百倍,只有一件事,使他们想起昨夜的种种奇遇。俩人都觉得左右太阳穴有些胀痛。但两人内心都已发生巨大变化,如果有人暗中偷听地下室里的谈话,一定会对此深信不疑。然而根本没人暗中偷听。这个院子好就好在永远空寂无人。窗外,一天天苍翠的椴树和白柳释放出春天的气息,乍起的轻风把这气息吹进地下室。

"呸,见鬼!"大师突然大声说,"这事太离谱。"他在烟灰缸里掐灭烟头,双手紧紧抱住脑袋。"不,你听我说,你是聪明人,不是疯子,你当真相信昨天夜里我们在撒旦那里?"

"当真。"玛格丽特回答。

"当然,当然,"大师嘲讽说,"这么说,原来是一个疯子,现在是两个疯子!夫妻俩都是疯子。"他举手朝天,大叫:"不,鬼知道这是怎么回事,鬼知道,鬼知道,鬼知道!"

玛格丽特没回答,跌坐在长沙发上,踢蹬着赤裸的双脚哈哈大笑,过了一会儿才大声说:

"噢,笑死我了!噢,笑死我了!你倒看看你像什么!"

大师羞涩地向上提了提医院的衬裤,玛格丽特笑过后,变得一脸严肃:

"刚才你无意中说对了,鬼知道是怎么回事,这鬼,相信我吧,会把一切都安排好的!"突然她两眼放光,一纵身,在原地跳起舞来,还不住地喊叫:"我真幸福,我真幸福,我真幸福,我跟魔鬼做了笔交易!噢,魔鬼,魔鬼!往后,我亲爱的,你只好和魔女一起过日子了!"她扑到大师身上,搂住他的脖子,连连吻他的嘴唇、鼻子、面颊。蓬乱的黑发在大师脸上跳动,暴风雨般的亲吻,吻得他面颊和额头都红了。

"你真的像魔女。"

"我不否认,"玛格丽特回答,"我是魔女,还很满意我是魔女!"

"好,"大师说,"魔女就魔女吧。超尘拔俗!我呢,是从医院里给偷出来的!这也很好。把我们送了回来,假定是这样……甚至可以设想,没人会发现我们失踪,但你倒说说,看在上帝分上,我们怎么过日子?我说这话,完全是为你着想,你得相信我。"

这时,窗口上出现了一双圆头皮鞋和两只条纹裤脚,随后这两只裤脚在膝盖处弯曲,一只笨重的屁股挡住了阳光。

"阿洛伊济,你在家吗?"窗外,裤脚上方的一个声音问。

"瞧,来了吧。"大师说。

"阿洛伊济?"玛格丽特问,走到窗前,"他昨天被捕了,您是谁啊!贵姓?"

膝盖和屁股当即消失,只听见栅栏门砰地一响。随后一切恢复正常。玛格丽特跌坐在长沙发上,哈哈大笑,连眼泪都笑出来了。但笑完后,她脸色大变。她在长沙发上侧下身子,爬到大师膝盖旁,望着他的眼睛,摸着他的头发,严肃地说:

"你遭了多少罪,多少罪,我可怜见的!这只有我一个人知道。瞧,你都有白发了,嘴角永远刻上了皱纹。我的宝贝,我的亲人,你什么也别想!你原先想得太多,现在让我来替你想!我敢向你保证,保证一切都会很好很好!"

"我什么都不怕,玛戈,"突然,大师回答,抬起头,她仿佛又看到当初写出从未见过的历史,然而深信历史必定如此的大师,"我什么都不想,我已经是过来人了。我受了太多惊吓,现在什么都吓不倒我。但我舍不得你,玛戈,这就是我的心病,这就是为什么我要反复劝你离开我,醒醒吧!你何必和一个病人、一个乞丐,厮守在一起,毁了你的一生?你回家去!我舍不得你,所以才这样说。"

"嘿,你,你,"玛格丽特摇着一头乱发,轻轻说,"嘿,你真不幸,连我都不信,我为你昨天赤身裸体,害怕了整整一夜,我失去了自我,改变了天性,我一连几个月躲在漆黑的斗室里,就想着耶路撒冷的暴风雨,我哭干了眼泪,现在幸福降临,你反倒赶我走?那好,我走,我走,但你要知道,你太残酷!他们把你的心都掏空了!"

一股痛苦的柔情涌上大师心头,不知为什么他哭了,把脸埋进玛格丽特的头发。玛格丽特边哭边说,手指在大师的两鬓跳动:

"对,全是白发,白发,这一头白发我是看它们长出来的,我的,我的受尽劫难的苦人儿。瞧你这双眼睛!里面一片荒芜……这肩膀,肩膀像是背着包袱……他们毁了你,毁了……"玛格丽特泣不成声,浑身打战。

大师擦干眼泪,从膝盖上扶起玛格丽特,自己也站起来,坚决地说:

"行了!你使我羞愧,我再也不会害怕,不会再说这些了,你放心。我知道我俩都是精神病的牺牲品,这病也许是我传给你的……好吧,那就让我们一起承担。"

玛格丽特凑到大师耳边,悄悄说:

"我用你的生命起誓,用你笔下占星家的儿子起誓,一切都会好的。"

"好,好。"大师回答,接着又笑着说,"当然,像你我这样被掠夺一空的人,也只好向彼岸求救!行,我同意向彼岸求救。"

"瞧,瞧,现在你又是原来的你了,你笑了,"玛格丽特回答,"让你那些斯文的说法见鬼去!什么彼岸不彼岸的,不都一样?我可要吃了。"

她拉着大师的手走到桌旁。

"我不敢说这酒菜不会马上掉进地洞或者从窗口飞走。"大师平静地说。

"不会飞走的!"

恰恰这时,窗外传来一声粗重的鼻音:

"阖家平安。"

大师吓得一颤,已经习惯于异常境遇的玛格丽特反倒欢呼起来:

"这是阿扎泽勒!啊,这太好了,太好了!"她又悄悄对大师耳语说:

"瞧,瞧,没扔下我们不管吧!"冲出去开门。

"你至少把衣服掩上。"大师冲着她的背影喊。

"我才不管这些。"玛格丽特已经在过道里回答。

转眼间,阿扎泽勒已经深深鞠了一躬,向大师问好,那只斜眼对着他闪闪发光。玛格丽特大声说:

"哎呀,我太高兴了!我这辈子还从没这样高兴过!对不起,阿扎泽勒,我没穿衣服!"

阿扎泽勒请她不必介意,说他不仅见过裸体的女人,甚至见过剥皮的女人,接着坐到桌旁,把一个黑缎子小包放在炉子旁的角落里。

玛格丽特给阿扎泽勒斟了杯白兰地,他高兴地一饮而尽。大师注意地看着他,时而在桌子下悄悄拧一下自己的左手,但拧了几次也不管用,阿扎泽勒没在空气中融化,其实,这完全没必要。这个红发的小个子一点儿不可怕,除了,瞧,这只有白翳的眼睛,但这并不少见,和魔法毫无关系;除了这件有些异样的衣服——像是什么僧袍或者披风——话说回来,要是认真想想,这也不用大惊小怪。

白兰地他也喝得很在行,跟常人一样,一杯接着一杯,菜都不吃。倒是大师喝了这白兰地,脑袋嗡嗡直响,他想:

"不,玛格丽特说得对!当然,我面前坐着魔鬼的使者,前天夜里我不是自己还在向伊凡证明,他在牧首塘畔遇见的就是撒旦,怎么现在反倒害怕这个想法,怀疑这是什么催眠术和幻觉。见鬼,哪来的催眠术!"

他开始仔细打量阿扎泽勒,发现后者眼睛里有种不自然的神色,某种不到时候不肯出口的想法。"他不是单纯来探望的,他有使命。"大师想。

他的观察力依然敏锐。

干了第三杯白兰地——白兰地对阿扎泽勒毫无作用——客人说话了:

"这地下室还真舒服,见鬼!只是有个问题:待在这里干什么,待在这地下室里?"

"我也这么说。"大师笑着回答。

"您干吗惊扰我,阿扎泽勒?"玛格丽特问,"我们好歹能对付!"

"瞧您说的,瞧您说的,"阿扎泽勒叫起来,"我哪有惊扰您的意思。我也说嘛,能对付。对!差点儿忘了,先生让我问你们好,还说他请你们二位陪他做一次小小的旅行,当然,要是你们愿意的话。你们二位怎么说?"

玛格丽特在桌子下用脚碰碰大师。

"乐意奉陪。"大师回答,一边审视阿扎泽勒。阿扎泽勒又说:

"希望玛格丽特·尼古拉耶夫娜也不会拒绝?"

"我当然不会拒绝。"玛格丽特说,她的脚又在大师脚上碰了一下。

"再好不过!"阿扎泽勒大声说,"我就喜欢这样!一说就行!不像在亚历山德罗夫公园。"

"哎呀，您就别提了，阿扎泽勒！当时我挺傻。不过，这也不全怪我——毕竟不是天天会遇上魔鬼！"

"那还用说，"阿扎泽勒表示赞同，"要是天天遇上，那倒好啰！"

"我也喜欢快，"玛格丽特兴奋地说，"喜欢快，喜欢清楚。就像打枪——砰！哎呀，他的枪法可准了！"玛格丽特转身对大师说，"一张七放在枕头下，打哪个花就哪个花……"玛格丽特有了几分醉意，两眼炯炯发光。

"我又忘了，"阿扎泽勒一拍脑门，叫起来，"真是忙糊涂了。先生给您送了份礼物，"他对大师说，"一瓶葡萄酒。请注意，是犹太总督喝的葡萄酒，法隆葡萄酒。"

自然，这样的稀世珍品引起玛格丽特和大师极大的兴趣。阿扎泽勒解开一块陪葬用的黑缎子，从中取出一个发霉的瓦罐，大家闻了闻葡萄酒，随后倒进玻璃杯，举起杯子对着暴风雨前夕窗外渐渐暗淡的阳光照了照。他们看到，一切都染成了鲜血的颜色。

"为沃兰德的健康干杯！"玛格丽特大声说，举起酒杯。

大家把酒杯举到嘴边，喝了一大口。当即，暴风雨前夕的阳光开始在大师眼前熄灭，呼吸急迫，他觉得他要死了。他还看见面如死灰的玛格丽特无助地朝他伸出双手，朝桌子垂下脑袋，接着又瘫到地上。

"下毒犯……"大师还喊了一声。他想抓起桌上的刀子，砍向阿扎泽勒，但他的手无力地从台布上滑下，地下室里的一切都染上黑色，随后完全消失。他仰面倒下，在写字台角上擦破了太阳穴。

两人中毒，不再动弹，阿扎泽勒开始行动。他旋即扑向窗口，转眼间便到了玛格丽特·尼古拉耶夫娜原先居住的小楼。办事一向利索的阿扎泽勒想检查一下，是否一切都已办妥。事实上一切都很

妥帖。阿扎泽勒看到一个愁眉苦脸、等候丈夫归来的女人,走出自己卧室,突然脸色发白,一手捂住胸口,无助地喊了一声:

"娜塔莎!来人呀……救救我!"她跌倒在客厅地板上,未能走到书房。

"很好。"阿扎泽勒说。刹那间,他又回到倒在地上的情侣身旁。玛格丽特趴着,脸埋进地毯。阿扎泽勒伸出一双铁手,像耍弄玩具娃娃似的给她翻身,让她的脸对着自己,双眼凝视着她。死人的脸渐渐发生变化,甚至在暴风雨即将来临的昏暗中也能看到,她暂时的、魔女特有的斜视,容颜中的残酷和狂暴,正在徐徐消失。死人的脸渐渐有了生气,终于神色温和了。咧开的嘴不再显出凶相,而是透着历尽磨难的女人的痛苦。阿扎泽勒掰开她洁白的牙齿,朝她嘴里滴了几滴刚才把她毒死的那种葡萄酒。玛格丽特一声叹息,不用阿扎泽勒搀扶,自己坐起来,有气无力地问:

"凭什么,阿扎泽勒,凭什么?您都对我干了什么?"

她看到横在边上的大师,浑身一颤,轻轻说:

"我没想到会是这样……杀人犯!"

"绝对不是,不是,"阿扎泽勒回答,"他这就会站起来的。哎呀,您干吗这样神经质!"

玛格丽特立刻相信了他,红发魔鬼的声音不由人不信。玛格丽特跳起来,手轻脚健,帮着给倒在地上的大师灌了些葡萄酒。

大师睁开眼睛,阴沉地看了看,满怀憎恨地骂了一句:

"下毒犯……"

"哎呀!侮辱通常是好心的报偿,"阿扎泽勒回答,"难道您眼睛瞎了?赶快醒悟吧。"

大师站起来,生气勃勃地朝四周看了看。

"这意味着什么?"

"这意味着,"阿扎泽勒回答,"你们该走了。已经开始打雷,你们听见了?天在暗,马在吼,院子在颤抖。告别地下室,赶快告别。"

"啊,我懂了,"大师环顾四周说,"您杀了我们,我们已经死了。哎呀,这真聪明!真及时!现在我全明白了。"

"哎呀,得了吧,"阿扎泽勒回答,"这话是您说的吗?您的伴侣称您是大师,您能思考,您怎么会已经死了?难道非得在地下室里,穿着衬衫和医院里的衬裤,您才认为自己活着?这太可笑!"

"您说的我全懂了,"大师喊起来,"别说了,您完全正确。"

"伟大的沃兰德!"玛格丽特随声附和,"伟大的沃兰德!他想出的主意比我好多了。但这部小说,小说,"她高声对大师说,"你得随身带着,无论你飞到哪里。"

"不用,"大师回答,"我都把它背熟了。"

"你一个字……一个字都不会忘记?"玛格丽特问,一边依向情人,替他擦掉鬓角上的血迹。

"别担心!我现在什么都不会忘记,永远不会忘记。"大师回答。

"那就放火!"阿扎泽勒大叫,"一切从火开始,一切也用火结束。"

"放火!"玛格丽特恐怖地狂叫一声。地下室的小窗啪地打开,狂风把窗帘吹向一边。空中响起欢快和短促的雷声。阿扎泽勒把指甲颀长的手伸进炉子,拖出一块冒烟的木柴,点燃台布。接着又点燃长沙发上那沓旧报纸、手稿和窗台上的窗帘。大师已经沉醉在未来的驰骋中,信手把书架上的一本什么书朝桌上扔去,散乱的书页在燃烧的台布中化作欢快的火焰。

"焚烧吧,焚烧吧,原先的生活!"

"焚烧吧,苦难!"玛格丽特大叫。

房间已经在火柱中抖动,他们三个和烟雾一起冲出房门,顺着石梯拾级而上,到了院子里。他们首先看到的是跌坐在地上的房东的厨娘,她边上散着一堆土豆和几把大葱。厨娘的惊恐不难理解。板棚旁三匹乌黑的烈马喷着响鼻,浑身打战,刨起飞扬的尘土。玛格丽特率先上马,接着阿扎泽勒和大师也相继跨上马背。厨娘一声呻吟,刚想抬手画个十字,被马鞍上的阿扎泽勒厉声喝住:

"我砍了你的手!"他一声唿哨,三匹马踩断椴树枝梢,腾空飞起,闯进一片低低的乌云。地下室的窗口顿时冒起浓烟。下面传来厨娘微弱的惨叫:

"着火了!……"

黑马已经飞驰在莫斯科鳞次栉比的屋顶上空。

"我想和这个城市告别。"大师对跑在前面的阿扎泽勒大叫。隆隆的雷声吞噬了大师的后半句话。阿扎泽勒点点头,放慢了坐骑的速度。一片乌云朝三位骑士迎面飞来,但还没有洒下雨点。

他们飞驰在林荫路上,看到下面躲雨的人影四散奔逃。下起了豆大的雨点。他们飞过一片烟雾——化作灰烬的格里鲍耶陀夫之家。他们飞过被黑暗渐渐笼罩的城市。他们上方不住亮起闪电。随后屋顶换成树林。突然暴雨如注,把飞行者变成水中三个巨大的水泡。

玛格丽特已经熟悉飞行的感觉,大师则不然,他很惊讶,居然这么快就到了目的地,到了他想告别的那个人的住所,因为除了后者,他已经无人可以告别。他立刻在雨幕中认出了斯特拉文斯基医院的大楼,河流和对岸他了如指掌的松林。他们降落在林中空地边上的一片小树林里,离医院不远。

"我在这里等你们,"阿扎泽勒大声说,在胸前抱起双手,忽而被闪电照亮,忽而又在灰蒙蒙的雨幕中消失,"去告别吧,不过要快。"

大师和玛格丽特下马,飞身向前,仿佛两个湿淋淋的影子闪过医院的花园。刹那间,大师已经习惯地推开一一七病房朝凉台的栅栏门,玛格丽特紧跟在后。惊天动地的雷雨声中,他们不为人知地走进伊凡的病房。大师在病床前停下。

伊凡躺着一动不动,就像他在这所独特的疗养院里首次观察雷雨一样,但这次他没哭。他认出了从凉台上闯进来的黑影,欠起身,伸出双手高兴地说:

"啊,是您!我一直在等,就等您来。瞧,您到底来了,我的邻居。"

大师回答:

"我来了!但很遗憾,我不能再做您的邻居。我要飞走了,永远飞走了,我是来向您告别的。"

"这我知道,我已经猜到。"伊凡轻轻回答,接着又问,"您见到他了?"

"对,"大师说,"我来向您告别,因为您是这几天中唯一和我说过话的人。"

伊凡高兴起来,说:

"您能来看我,真太好了。我说到做到,再也不写诗了。我现在感兴趣的是别的事情。"伊凡微微一笑,两只疯狂的眼睛看着大师边上的什么地方,"我想写些别的。您知道吗?我躺在这里,明白了许多道理。"

大师听了很激动,坐到伊凡的床沿上说:

"这很好,很好。您为他写个续篇吧!"

伊凡的眼睛倏地一亮。

"您自己难道不写了?"这时,伊凡垂下头,若有所思地说,"哎呀,对……我这是问的什么。"伊凡朝地板上斜了一眼,恐惧地看了看大师。

"对,"大师说,他的声音使伊凡觉得陌生、沉闷,"我不会再写他了。我有别的事要做。"

远处的嘁哨划破喧嚣的雷雨声。

"您听见了?"大师问。

"这是雷雨声……"

"不,这是在叫我,我该走了。"大师解释说,从床上站起来。

"等一下!我还有一句话,"伊凡请求说,"您找到她了?她还是对您那么忠心?"

"瞧,她来了。"大师回答,指指墙壁。洁白的墙壁里出来一袭黑斗篷的玛格丽特,走到床前。她看着躺在床上的年轻人,目光悲哀。

"可怜,可怜。"玛格丽特无声地说着,朝病床俯下身去。

"多漂亮,"伊凡毫无妒意,然而带着忧伤,带着几分平静的感动说,"你看,你们的结局多圆满。我可不是这样。"这时,他想了想,又若有所思地说:"不过,也许该是这样……"

"行,行,"玛格丽特轻轻说,身子俯得更低了,"让我吻一下您的额头,您就一切顺当了……这您要相信我,我已经什么都见过了,什么都知道。"

躺在床上的年轻人搂住她的脖子,她吻了他。

"别了,我的学生。"大师说,声音刚刚可以听见,身影渐渐融化在空气中。他消失了,玛格丽特也随之消失。凉台的栅栏门关上。

伊凡突然感到烦躁。他在床上坐起来,不安地朝四面看看,甚至呻吟了一声,接着开始自言自语,起身下床。暴风雨越发猛烈,显然这风雨扰乱了他的心绪。另外,使他不安的是,他用自己习惯于寂静的听觉,捕捉到了门外不安的脚步声和低沉的说话声。他浑身打战,焦躁地喊了一声:

"普拉斯科维娅·费奥多罗夫娜!"

普拉斯科维娅·费奥多罗夫娜已经走进病房,询问并不安地看着伊凡。

"怎么回事？怎么回事？"她问，"让雷雨吓的？没关系，没关系……这就给您用药。我这就去叫大夫。"

"不，普拉斯科维娅·费奥多罗夫娜，别叫大夫，"伊凡说，不安地看着墙壁，而不是看着普拉斯科维娅·费奥多罗夫娜，"我没什么。我现在脑子很清楚，您别怕。您最好告诉我，"伊凡诚恳地请求说，"那里，一一八病房，出什么事了？"

"一一八病房？"普拉斯科维娅·费奥多罗夫娜反问，眼睛东张西望，"没出什么事。"她的声音那么虚伪，伊凡立刻发现了，说：

"哎，普拉斯科维娅·费奥多罗夫娜！您是老实人……您以为我会大吵大闹？不，普拉斯科维娅·费奥多罗夫娜，绝对不会。您最好说实话。那里的事，我隔着墙壁都能感觉出来。"

"刚才您邻居去世了。"普拉斯科维娅·费奥多罗夫娜轻轻说，她的诚实和善良使她不能不说实话。她恐惧地朝伊凡看了一眼，全身披着雷电的闪光。但伊凡没做什么可怕的举动。他只是意味深长地竖起一根手指。

"我就知道！请您相信，普拉斯科维娅·费奥多罗夫娜，现在城里还死了个人。我都知道是谁。"伊凡神秘地一笑，"是个女人。"

第三十一章 麻雀山上

雨过天晴。空中七色彩虹仿佛拱门似的横跨整个莫斯科,正从莫斯科河中吸水畅饮。高处,山冈的两片树林间,可以看到三个黑色的身影。沃兰德、卡罗维耶夫和别格莫特坐在三匹黑马的鞍桥上,望着千万扇朝西的窗户中闪烁破碎太阳的城市,望着远处圣女修道院华丽的塔楼。

空中响起呼啸声,阿扎泽勒和紧跟在他黑斗篷后面飞来的大师和玛格丽特,一起降落在等候他们的骑士身边。

"只好打扰你们了,玛格丽特·尼古拉耶夫娜和大师,"片刻沉默后,沃兰德说,"不过,你们不会责怪我。我想,你们也不会对此感到后悔。好吧,"他对大师一个人说,"您和这个城市告别吧,我们该走了。"沃兰德伸出戴喇叭口黑手套的手,指了指对岸——那里无数太阳正在熔化玻璃,这些太阳上空弥漫着雾霭、烟尘和城市晒了一天后的暑气。

大师翻身下马,离开坐在鞍桥上的几位骑士,奔向悬崖,身后的黑斗篷在地上拖着。大师举目眺望。最初的一刹那,心头涌起无限伤感,但它很快被甜美的惶惑和远走高飞的激动替代了。

"永别了!这很清楚。"大师轻轻说,舔了舔干裂的嘴唇。他凝神倾听,像是感受内心的种种变化。他的激动似乎变成流淌在血液中的深深委屈。但这种委屈并不持久，消失后，不知为什么，代之而起的是高傲的冷漠，随后是永远安宁的预感。骑士们默默等待大师，看着顾长的身影在悬崖上的举动：他忽而抬头，似乎极目远望，执意越过整个城市，探视城外的一切；忽而垂首，仿佛琢磨脚下踩倒的败草。

不甘寂寞的别格莫特打破沉默。

"先生，"他说，"让我在远行前打个唿哨，表示告别。"

"你会吓着女士的，"沃兰德回答，"另外，别忘了，你今天的胡闹已经结束。"

"啊，不，不，阁下，"玛格丽特坐在鞍桥上说，仿佛亚马孙女人[1]似的双手叉腰，黑斗篷尖尖地一直拖到地上，"你就让他打吧。远行前我很忧伤。不是吗，阁下，这很自然，哪怕一个人知道远行的终点会有幸福。让他逗我们笑吧，要不我怕我会落泪，破坏远行的情绪！"

沃兰德朝别格莫特点了点头，后者一脸振奋，纵身下马，把手指放进嘴里，鼓起腮帮一吹，顿时玛格丽特耳朵里嗡嗡直响，坐骑人立起来，周围树林里掉下许多干枯的树枝，一大群乌鸦和麻雀齐声惊起，一道尘土朝莫斯科河飞滚直下，甚至可以看见驶过码头的轮船上，几位乘客的帽子刮进了河里。听到唿哨声，大师浑身一颤，但没回头，举动变得更加忙乱。他朝天举起一只手，像在威胁脚下的城市。别格莫特得意地回头看了看。

"成了，没说的，"卡罗维耶夫宽宏大量地说，"确实成了，不过平心而论，唿哨相当一般！"

"本来嘛，我又不是唱诗班指挥。"别格莫特不失自尊，但又不

---

[1] 按古希腊神话记载，亚马孙为黑海沿岸好战的女人部落。

无气恼地回答,突然朝玛格丽特眨了眨眼睛。

"让我按老办法试试。"卡罗维耶夫说着搓搓手,朝手指上吹口气。

"你得注意,注意,"马背上响起沃兰德严峻的声音,"不要伤人!"

"阁下,请相信,"卡罗维耶夫回答,一手按在心口上,"开个玩笑,只是开个玩笑……"

这时他突然长高许多,仿佛他是橡皮做的,接着巧妙地弯起右手手指,身体犹如陀螺似的转了几圈,又呼啦啦地转回来,猛地打了个唿哨。

这声唿哨玛格丽特不是听见了,而是看见了:它把玛格丽特连人带马抛出二十多米,她身边的一棵橡树被连根拔起,地面开裂,裂缝一直伸到河边;一大片堤岸连同码头和餐厅,统统刮进河里;河水沸腾,升起飞扬的水柱,一艘轮船被抛上苍翠、低矮的对岸,旅客居然个个平安。一只被法戈特唿哨震死的寒鸦,落到连连打着响鼻的玛格丽特的坐骑脚下。大师也被这声唿哨震动了。他两手抱头,赶紧回到等待他的旅伴身边。

"怎么样,"坐在马上的沃兰德问他,"清账了?告别了?"

"对,告别了。"大师回答,镇静后,他勇敢地径直朝沃兰德脸上看了一眼。

群山上空仿佛末日审判的号角,响彻沃兰德可怕的声音:

"该走了!"

别格莫特一声唿哨,放声狂笑。

黑马猛冲,骑士们腾空而起,飞驰向前。玛格丽特感到她胯下的烈马紧紧咬住了嚼铁。沃兰德的斗篷迎风扬起,在这群骑士头上飘舞,遮住渐渐暗淡的天空,刹那间,黑色的遮拦被吹向一边。玛格丽特在飞驰中蓦然回首,看到背后不仅不见了各种颜色的塔楼和塔楼上空盘旋的飞机,甚至不见了城市本身。它已沉入地下,留下的仅仅是一片雾霭。

第三十二章　宽恕和永久的乐园

诸神，我的诸神！夜晚的大地多么忧伤！沼泽上空的雾霭多么神秘。只有在这雾霭中徘徊寻路的人，只有在死亡前历尽磨难的人，只有背负力不胜任的重荷在这大地上空飞翔的人，才会知道这一切。精疲力竭后知道这一切。他一无遗憾地撒手离开大地的雾霭，她的沼泽和河流，他坦然投入死神的怀抱，知道只有死神……

乌黑的神马也已疲惫，驮着骑士慢慢飞翔，无可避免的夜开始追赶他们。感到背后夜的迫近，连闲不住的别格莫特也安静了，两只爪子抓住鞍桥，默默地、严肃地飞着，翘着蓬松的尾巴。

夜仿佛黑色飞巾，开始遮掩森林和草原。夜在下面十分遥远的地方点亮无数忧伤的灯火，无论玛格丽特，还是大师，现在已经都无兴趣，都不需要的他人的灯火。夜在追赶飞驰的骑士，从上面蒙住他们，忽东忽西地在愁闷的天空中抛出一颗颗白色的星星。

夜越来越黑，与骑士们并肩飞驰，抓住他们的斗篷，把它们从肩上撕落，揭下他们的伪装。扑面的凉风中，玛格丽特不时睁开眼睛，她看到飞向目的地的骑士，个个都在变换外貌。一轮火红的月亮迎着他们从树林后面冉冉升起，这时，伪装统统消失，脆弱的魔衣掉进沼泽，在雾霭中淹没。

现在未必能认出在大师伴侣右首，和沃兰德并肩飞行的，就是卡罗维耶夫-法戈特,无须任何翻译的神秘顾问身边的假冒翻译。这位刚才穿着马戏团破旧服装离开麻雀山的卡罗维耶夫-法戈特,现在变成手握轻轻作响的黄金缰绳,身披深紫色斗篷的骑士,无比忧郁的脸上永远没有笑容。他下额抵着胸口,既不望着月亮,也不观赏大地,一面沉思,一面在沃兰德身旁飞行。

"他怎么变成这样了?"呼啸的夜风中,玛格丽特轻轻问沃兰德。

"当年,这位骑士开的玩笑不伦不类,"沃兰德回答,朝玛格丽特转过脸,右眼闪耀着平和的光亮,"谈到光明和黑暗时,他的俏皮话并不十分妥当,于是骑士不得不常常开玩笑,开玩笑的时间要比他想象的稍稍长些。不过今天是清账夜。骑士已经清账,全都了结了!"

夜也撕掉了别格莫特毛茸茸的尾巴,把他身上的毛一把把揪下扔进沼泽。原先为阴暗王取乐的黑猫,现在变成了清瘦少年,魔鬼侍从,世界上迄今为止最好的小丑。现在他也安静了,无声地飞着,让自己年轻的脸庞沐浴在倾泻的月光下。

飞在最边上的是铠甲闪闪发光的阿扎泽勒。月光也改变了他的容貌。怪诞、丑陋的獠牙消失,斜视也是假象。阿扎泽勒的两只眼睛一模一样,空虚、漆黑,脸色苍白、阴冷。现在阿扎泽勒露出大漠魔鬼——杀人魔鬼的真相。

玛格丽特无法看见自己,但她清楚地看见大师身上的变化。大师的头发在月光下呈白色,像束成辫子似的在脑后飘扬。每当疾风吹开大师脚边的斗篷,玛格丽特便看见他皮靴马刺上忽暗忽明地闪耀着星星。和魔鬼少年一样,他一边飞行,一边目不转睛地望着仿佛非常熟悉和心爱的月亮,朝它微笑,——一一八病房养成的习惯使他不断自言自语。

沃兰德也在飞行中露出自己的真相。玛格丽特说不清他的缰绳究竟是什么做的,也许是月光链子。他的坐骑是一团马状的黑暗,马鬃是丝丝乌云，骑士的马刺是银白的星星。

这样默默飞行了很久，直到下面的地形开始发生变化，忧伤的森林在地面的黑暗中沉没，带走刀刃般寒光闪闪的河流。下面出现月光映照的山冈，山冈间是月光无法进入的黑色峡谷。

在一处岩石裸露、荒凉平展的山顶上，沃兰德勒住自己的坐骑，于是别的骑士也缓缓而行，听着马蹄踩在乱石上的嘚嘚声。月亮向平台洒下浅绿的光辉。玛格丽特很快看到，在这片荒地上有把圈椅，圈椅上坐着一个白色身影。也许，此人耳聋，或者完全沉浸在自己的思绪中。他没听见沉重的马蹄下岩石的颤动。骑士们没有惊动他，来到他附近。

明月当空，比任何电灯都亮。玛格丽特看到坐着的人眼睛似乎瞎了，他不住搓手，视而不见的眼睛凝望空中的玉盘。现在，玛格丽特看到，月光下闪耀着点点银辉的沉重石椅旁，躺着一条黑魆魆的、高大的尖耳朵狼狗，并且也和它主人一样，不安地凝望月亮。

此人脚边散着好些瓦罐碎片，还有一汪永不干涸的深红色液体。

骑士们勒住坐骑。

"您的小说那边看了，"沃兰德说，朝大师转过身，"只说了一点，很遗憾，小说没写完。所以，我想让您看看您笔下的主人公。都快两千年了，他一直坐在，睡在这个平台上，每当月圆，您看，他就失眠。失眠不仅折磨他，而且折磨他的忠实卫士，狗。如果胆怯当真是人最大的缺陷，那么，大概狗在这方面总没有什么过错。勇猛的狼狗只怕雷雨。但怎么办呢，你爱谁，你就应该为你所爱的人分担命运。"

"他在说什么？"玛格丽特问，原本十分平静的脸蒙上了同情的阴影。

"他说的始终是一回事，"响起沃兰德的声音，"他说即使在月光下,他也不得安宁,他贵为总督,并非好事,他醒着时,总这样说,他睡着时,总看到一样的梦境——一条月光路。他想踏上这条路,和被捕的拿撒勒人谈下去,因为他说,当时,很久以前春月尼散十四日那天,他有些话还没说完。可惜,不知为什么他始终未能踏上这条路,也没人来这里找他。怎么办呢,他只好自言自语。不过,总得说些别的吧,于是除了月光之类的话,他又常说,在这个世界上他最恨的是自己的永生和盖世的声名。他说他宁愿和衣不蔽体的流浪汉利未·马太换个命运。"

"为了从前的一个月夜,痛苦一万二千个月夜[1],这不太过分了?"玛格丽特问。

"重演弗莉达的一幕?"沃兰德说,"不过,玛格丽特,到了这里您就别操心了。一切都会妥善解决。世界就是这样构建的。"

"放了他!"突然玛格丽特一声尖叫,仿佛她仍是当初的魔女,一块山石应声滚落,顺着斜坡蹦向无底深渊,隆隆声响彻群山。但玛格丽特无法辨认这究竟是山石滚落的巨响,还是撒旦的笑声。不管怎样,沃兰德确实在笑,眼睛朝玛格丽特一看一看地说:

"不要在山里喊叫,他反正听惯了崩塌的声音,这不会惊动他。您也不用为他求情,玛格丽特,因为他一心盼着与之谈话的人已经为他求情了。"沃兰德又转身对大师说:"好吧,现在您用一句话结束您的小说!"

大师似乎已经在等这句话,一动不动地站着,望着椅中的总督。他拢起双手,一声呐喊,在荒山秃岭中激起阵阵回声:

"你自由了!自由了!他在等你!"

群山把大师的喊声化作雷声,雷声轰裂群山。该死的石壁倒塌,

---

[1] 指一千年。

只剩下平台和石椅。石壁坠落的黑色深渊上空，出现一座灯火辉煌的庞大城市，君临城市的是高矗在王宫花园上方的金灿灿塑像，无数月圆夜中，花园长满枝叶繁茂的古树。总督久久期待的月光路径直伸向花园。尖耳朵狼狗首先冲上去，披着血红衬里白披风的人，从石椅上站起，声嘶力竭地喊着什么。无法分辨他究竟在哭还是在笑，他究竟喊了什么。只见他紧跟自己忠实的卫士，在月光路上狂奔。

"我也去那儿，跟着他？"大师不安地问，拉起缰绳。

"不，"沃兰德回答，"何必追踪已经结束的一切？"

"这么说，去那儿？"大师问，转身指了指后面，那里远远地交织出他们刚离开的城市、城内圣女修道院华丽的塔楼、窗玻璃上破碎的太阳。

"也不，"沃兰德回答，变得洪亮的声音在山岩上空回荡，"浪漫的大师！您刚才放了您创造的主人公，他竭力想要见到的人看了您的小说。"沃兰德又朝玛格丽特转过身。"玛格丽特·尼古拉耶夫娜！不能不相信您为大师设想过最好的前景，不过，我对您提出的建议和约书亚为你们，为你俩，提出的请求比您的设想更好。让他们单独去谈，"沃兰德从鞍桥上向大师俯身过来，指着远去的总督背影说，"我们不要妨碍他们，也许，他们能谈出什么结果。"沃兰德朝耶路撒冷方向一挥手，城市消失。

"那儿也一样，"沃兰德指指背后，"您能在地下室里干什么？"窗玻璃上破碎的太阳立时熄灭。"何必回去？"沃兰德坚定而又委婉地说，"噢，三倍浪漫的大师，难道你不想白天和自己伴侣一起在初放的樱桃花下散步，晚上听听舒伯特的乐曲？难道您不喜欢在烛光下用鹅毛笔写作？难道您不想和浮士德一样，守着曲颈瓶，期待您能造出一个新矮人？上那儿去吧，去吧，那儿的房子和老仆已经在等你们,蜡烛已经点上,很快将要熄灭,因为你们马上就会迎来黎明。顺着这条路去吧,大师,去吧。别了!我该走了。"

"别了!"玛格丽特和大师向沃兰德齐声高呼。于是,黑色的沃兰德不辨路途,冲进深渊,他的随从也跟着他在一阵响声中骤然坠落。岩石、平台、月光路、耶路撒冷统统消失,连胯下的黑马也不见了。大师和玛格丽特看到了沃兰德承诺的黎明。黎明紧接午夜的月亮悄然来临。大师和自己的伴侣在熹微的晨光中踏上一座苔藓斑驳的石桥。他们走过石桥,小溪落到这对忠贞不渝的情侣后面,他们顺着一条沙土小路向前走去。

"你听,多静,"玛格丽特对大师说,只有沙子在她赤裸的脚下沙沙作响,"你尽情享受你生前从未有过的安静吧。你瞧,前面就是你永久的寓所,这是给你的奖励。我已经看到威尼斯式的窗户,弯曲的葡萄藤爬上屋顶。这是你的寓所,你永久的寓所,我知道晚上会有人来看你,都是你喜欢、你乐意交往的朋友,他们不会惊吵你。他们将为你演奏,为你歌唱,你会看见屋里点上蜡烛有多美。你将安心睡觉,戴上自己油渍的、永远的小帽,你将安心睡觉,嘴上挂着微笑。睡眠使你强壮,你会变得非常理智。你已经不会赶我走了。我将守护你的睡眠。"

玛格丽特这么说着,和大师一起朝他们永久的寓所走去。大师仿佛觉得,玛格丽特的低声细语就像身后潺潺流淌的溪水。大师的记忆、惊惶不安、伤痕累累的记忆,渐渐熄灭。不知谁放了大师,他自由了,就像刚才他自己放了他创造的主人公。这个主人公去了无边的云天,一去不返。他就是星期日凌晨获得宽恕的占星王的儿子,残酷的第五任犹太总督,骑士本丢·彼拉多。

尾　声

那么星期六傍晚，沃兰德离开首都，和自己的随从一起在麻雀山上消失后，莫斯科究竟发生了什么？

很长一段时间里，整个首都到处乱哄哄地流传着极其荒诞的谣言，随后又很快传到外省遥远偏僻的地方，这自然无须多说，这些谣言甚至连重复一遍都让人恶心。

写下这些真实文字的作者本人，在去费奥多西亚的列车上，亲耳听到有人绘声绘色地说，莫斯科有两千人从剧院出来，身上一丝不挂，真正一丝不挂，还就那副模样坐进出租车，四散回家了。

牛奶亭前的队伍里、电车里、商店里、住宅里、厨房里、短途和长途列车里、大大小小的车站里、别墅里、海滩上……到处都在窃窃私语："魔鬼……"

最有觉悟、最有文化的人，自然丝毫没有参与传播这类魔鬼造访首都的谣言，甚至还把这些谣言当作笑料，试图教育传谣的糊涂虫。但俗话说得好，事实毕竟是事实，不做解释，回避也回避不了——不知是谁到过莫斯科。单是格里鲍耶陀夫之家留下的灰烬，以及诸如此类的事实就证明了这一点。

有教养的人开始支持侦查机关的观点：肇事的准是一伙精通催眠术和腹语的匪徒。

当然，为了缉拿这伙匪徒，无论在莫斯科，还是在远离莫斯科的地方，都立刻采取了强有力的措施，但十分遗憾，所有措施都毫无结果。自称沃兰德的匪首和他的同伙销声匿迹，不仅没有重回莫斯科，而且再也没有在任何地方出现，在任何地方作案。十分自然，有人估计他已逃往国外，但即使到了国外，他也没在任何地方露面。

此案的侦破工作持续了很长时间。不管怎样，案情触目惊心！且不说四幢烧毁的楼房和几百名精神失常的受害者，还有人命。两条人命可谓证据确凿，这就是柏辽兹和文化娱乐委员会专事向外宾介绍莫斯科名胜古迹的不幸职员，原先的迈格尔男爵。他们毕竟死了。迈格尔男爵的尸骨是在花园街五十单元的大火扑灭后找到的。是的，这是命案，命案必须查个水落石出。

谁知还有别的命案，并且出在沃兰德离开首都以后。丧命的，说来伤心，竟是黑猫。

全国各地大约有一百来只这种温顺、忠实、对人有益的动物被枪杀或者用其他方式消灭。在几个城市大约有十五六只黑猫被送进民警局，有的受到严重摧残。比如，在阿尔马维尔，一只毫无过错的黑猫，被一位公民捆着两条前腿拖进了民警局。

这位公民是在黑猫鬼鬼祟祟（有什么办法，猫天生就是这副模样。倒不是它们行为不端，无非它们害怕比它们强大的动物——狗和人——会伤害或者欺负它们。无论狗还是人，要欺负猫并不困难，但这，我敢保证，并不光彩。对，并不光彩！），是的，是在黑猫鬼鬼祟祟、企图钻进一片牛蒡时逮住它的。

这位公民压住黑猫，扯下脖子上的领带捆绑黑猫，嘴里还恶狠狠地挖苦：

"啊哈！这么说，上我们阿尔马维尔来了，催眠师先生？这儿可不怕您。您别装哑巴。我们知道您是什么货色！"

这位公民牵着被绿领带捆住前腿的畜生，一路朝民警局走去，还不住地轻轻踢它，非得让它用后腿直立行走。

"您呀，"公民边走边喊，周围跟着一群不住打唿哨的男孩，"别装蒜，别装！这没用！请您好好走，跟大伙儿一样！"

黑猫只是痛苦地连连翻着白眼，它天生不会说话，根本无法为自己辩护。可怜的畜生得以保住性命，首先应当归功于民警局，另外也归功于它的主人，一位可敬的孤老太太。黑猫刚被送进民警局，警方便发现，这位公民一股酒味，他的证词当即受到怀疑。同时，老太太听邻居说，她的黑猫被抓走了，直奔民警局，总算及时赶到。她对黑猫做了极尽赞扬的介绍，说她了解黑猫已有五年，从它还是小猫开始。她用人格为它担保，证明它从未有过劣迹，也从未去过莫斯科。它在阿尔马维尔出生，在阿尔马维尔长大，还在阿尔马维尔学会了捉老鼠。黑猫被松绑，交还主人，确实，它受尽折磨，实实在在地体会到了什么叫错误和诬陷。

除了黑猫，某些小小的不快落到了一部分人头上。发生了几起拘捕。被临时拘捕的嫌疑犯中，有列宁格勒的公民沃尔曼和沃尔彼尔，萨拉托夫、基辅和哈尔科夫的三个沃洛金，喀山的沃洛赫，并且不知为什么，还有奔萨的一个化学副博士韦特克维奇……是的，此人魁梧，黝黑，一头黑发。

另外，各地又有九个卡罗温、四个卡罗夫金和两个卡拉瓦耶夫落网。在别尔哥罗德车站，有位公民被反绑着押下开往塞瓦斯托波尔的列车。这位公民别出心裁，用扑克牌为同行的旅客变了几个戏法。

在雅罗斯拉夫，恰好在午餐时间，一家餐厅里来了位公民，怀里抱着他刚修好的汽油炉。两个门卫一看见他在存衣室，立刻离开自己岗位，逃之夭夭，接着所有顾客和工作人员都逃出餐厅。混乱中，出纳抽屉里莫名其妙地不见了所有现金。

诸如此类的事情还有许多，谁也记不全。真可谓人心惶惶。

应当再次为侦查机关说句公道话，他们不仅为缉拿罪犯，而且也为解释罪犯造成的种种事实尽了最大努力。于是，一切得到解释，而且不能不承认这些解释合情合理，无可辩驳。

侦查机关的代表和有经验的心理学家一致确认，犯罪团伙成员，也许只是其中一个（嫌疑最大的是卡罗维耶夫），必定是功力深厚的催眠师，能把身影从自己所在的地方移到自己不在的地方。另外，他们能够随心所欲地使大家相信，在实际一无所有的地方，有物有人，或者相反，在实际有物有人的地方，一无所有。

按照这种解释，一切都明白无疑，甚至最让市民惶恐不安，似乎无可解释的五十单元枪战中，黑猫对弹雨的毫不在乎，也得到解释。

自然，吊灯上根本没有黑猫，也无所谓拒捕，警方是向空气开枪，而使他们相信黑猫在吊灯上顽抗的，是此刻躲在他们背后装腔作势、欣赏自己罪恶绝招的卡罗维耶夫，浇汽油烧房子的当然也是他。

当然，斯乔帕·利霍杰耶夫根本没去什么雅尔塔（玩这种把戏，连卡罗维耶夫也不行），没从那里发过什么电报。他在珠宝商遗孀的寓所里被卡罗维耶夫表演的魔术——一只用叉子吃醋渍蘑菇的黑猫——吓昏了，倒在那里，直到卡罗维耶夫侮辱性地往他头上扣了顶毡帽，把他弄到莫斯科机场为止，还事先让守候斯乔帕的刑侦人员相信，斯乔帕是从塞瓦斯托波尔的飞机上下来的。

确实，雅尔塔刑事侦查处一再肯定，他们收容过一个赤脚的斯乔帕，也给莫斯科去过查询斯乔帕的电报，但档案里怎么也找不到这些电报的底稿，于是得出一个可悲却又无懈可击的结论：这帮精通催眠术的匪徒具有在千里之外催眠的能力，不仅个别人，而且整个机关都会受到控制。在这种情况下，罪犯能使心理组织最健全的人丧失理智。至于把扑克牌变到池座观众的口袋里，让女人的衣服不翼而飞，使帽子发出猫的叫声，以及诸如此类的小玩意儿，那就不用说了！这种小玩意儿，包括让报幕员身首分离的简单魔术，任何一个中等水平的职业催眠师，在任何舞台上都能表演。会说话的猫——也是胡说。让人看到这样一只猫，只要掌握腹语的基本技巧就行。谁也不会怀疑，卡罗维耶夫的本领远在这种基本技巧之上。

是的，问题根本不在这种扑克牌或者尼卡诺尔·伊凡诺维奇皮包中的几封假信。这些都是小事。是他，卡罗维耶夫，让柏辽兹钻到电车下去找死。是他使诗人伊凡·流浪汉精神错乱，又使他在噩梦中看到古代的耶路撒冷，看到骄阳似火的无水的秃山上，三个绑在十字架上的囚犯。是他和他那伙匪徒从莫斯科带走了玛格丽特·尼古拉耶夫娜和她的女仆娜塔莎。顺便插一句，这件事刑侦机关特别注意。必须查清两个女人是被杀人放火的强盗劫走的，还是她们自愿跟着这伙罪犯逃走的。鉴于尼古拉·伊凡诺维奇荒唐和混乱的证词，鉴于玛格丽特·尼古拉耶夫娜给丈夫留了一张她要当魔女的稀奇古怪的字条，又考虑到娜塔莎没有带走任何可以带走的东西——刑侦机关认为主仆两人也和其他人一样，是在催眠术的作用下，被强盗劫走的。还有一种看法——想必完全正确——认为这伙罪犯是被两个女人的美色迷住了。

唯一使刑侦机关莫名其妙的是，究竟出于什么动机，这伙匪徒要从精神病院劫走一个自称大师的病人。这个问题始终未能查清，就像始终未能查清病人的姓名一样。病人就这样永远消失了，留下一个没人再叫的代号——"一号楼一一八号"。

几年后，人们渐渐忘了沃兰德，忘了卡罗维耶夫，忘了他们的同伙。沃兰德一伙的受害者在生活上有了许多变化。不管这些变化多么微不足道，无足轻重，毕竟应当在这里提一下。

比如，乔治·孟加拉斯基经过三个月的治疗，康复出院后，不得不辞去杂耍剧院的职务，尽管剧院场场爆满，观众如潮——人们对那场魔术和揭秘记忆犹新。孟加拉斯基离开了剧院，因为他知道，天天在两千名观众面前出场，总被观众认出来，总被当众挖苦——您说究竟有脑袋好还是没脑袋好——实在太痛苦。

另外，报幕员丧失了相当一部分他的职业所必需的激情，还落下了令人不快和难堪的后遗症：每年春天，一到月圆夜，他便心惊胆战，突然抱住脖子，恐惧地东张西望，呜呜哭泣。尽管发病时间不长，但有了这种症状再要重操旧业毕竟不行。于是报幕员辞职回家，靠原先的积蓄过上了太平日子，按他的保守估计，这些积蓄应该够他花上十五年。

他走了，再也没有遇见瓦列努哈。在此期间，瓦列努哈以他即便在剧院行政人员中间，也是难以置信的热情和谦和，受到普遍的欢迎和喜爱。比如，那些索要赠票的人，无一例外地管他叫慈父。无论什么时候，无论什么人往杂耍剧院打电话，都会听到一个柔和而忧伤的声音："请讲。"如果谁要瓦列努哈接电话，还是那个声音赶紧回答："我乐意为您效劳。"不过，伊凡·萨韦利耶维奇也为这种谦和常常为难！

斯乔帕·利霍杰耶夫再也没在杂耍剧院里用过电话。他在医院里住了八天，出院后立刻被调到罗斯托夫担任一家规模很大的食品店经理。据说，他不喝波尔图葡萄酒，只喝醋栗嫩叶浸制的伏特加，身体好多了。又说，他像是完全变了，沉默寡言，并且不近女色。

斯捷潘·波格丹诺维奇调离杂耍剧院，并未给里姆斯基带来向往多年的乐趣。经过医院治疗，又去基斯洛沃茨克疗养后，这位老态龙钟、脑袋不住摇晃的财务襄理提交了辞职报告。有趣的是这份报告是由里姆斯基太太送到剧院去的。里姆斯基本人甚至白天都没勇气踏进剧院,洒满月光的碎玻璃窗和长长的、渐渐伸向窗户插销的手,至今历历在目。

从杂耍剧院辞职后,财务襄理去了莫斯科河南岸的儿童木偶剧院。这里他没有再为音响问题和可敬的阿尔卡季·阿波罗诺维奇·谢姆普列亚罗夫发生冲突。后者干脆被下放到布良斯克,当了蘑菇采购站主任。现在莫斯科人吃着各种腌制和醋渍蘑菇,全都交口称赞,并对他的下放感到万分高兴。事情已经过去,可以说,阿尔卡季·阿波罗诺维奇在舞台音响效果上毫无建树,无论他如何想方设法改善音响效果,它原来怎样,现在仍然怎样。

和剧院断绝关系的,除了阿尔卡季·阿波罗诺维奇,还应算上尼卡诺尔·伊凡诺维奇·博索伊,虽说后者和剧院并无关系,除了热衷于赠票。现在尼卡诺尔·伊凡诺维奇不仅不上任何剧院——无论买票,还是赠票,而且一听到别人谈论剧院的演出,便脸色大变。他恨剧院,更恨诗人普希金和天才演员萨瓦·波塔波维奇·库罗列索夫。尤其对后者,他简直恨之入骨,去年在报上看到萨瓦·波塔波维奇突患脑溢血,在其演员生涯的鼎盛时期不幸去世的黑边讣告后,尼卡诺尔·伊凡诺维奇满脸通红,险些自己也跟着萨瓦·波塔波维奇去了另一个世界,还直着喉咙大叫:"活该!"不仅如此,当天晚上,被这位名演员的去世勾起沉重回忆的尼卡诺尔·伊凡诺维奇,独自对着照耀花园街的一轮明月,喝得酩酊大醉。每喝一杯,他眼前的该死队列便增加一个可恶的身影,其中有顿奇尔·谢尔盖·格拉尔多维奇、妖精伊达·格尔库拉诺夫娜、养斗鹅的红胡子和坦白的卡纳夫金·尼古拉。

那么,这些人现在怎样了?得了吧!他们不怎样,也不可能怎样,因为现实中他们根本不存在,就像根本不存在讨人喜欢的报幕员,那个剧院,让外币烂在地窖里的守财奴波罗霍夫尼科娃姨妈,当然也根本不存在金喇叭、野蛮的炊事员。这些都是尼卡诺尔·伊凡诺维奇在坏蛋卡罗维耶夫催眠术的作用下梦见的。唯一闯入这梦境的活人恰恰就是演员萨瓦·波塔波维奇——他之所以卷进来,仅仅是因为他经常出现在电台里,他的名字深深印入了尼卡诺尔·伊凡诺维奇的脑海。这个人有,其他人根本没有。

那么,也许也根本没有什么阿洛伊济·莫加雷奇?噢,不!有这个人,而且现在恰恰担任里姆斯基辞去的职务——杂耍剧院财务襄理。

大约在见过沃兰德后过了一天一夜,阿洛伊济在列车上,维亚特卡车站附近,苏醒了,立刻发现自己是在神志不清时,不知为什么匆忙离开莫斯科,他忘了穿裤子,却莫名其妙地偷了他根本不需要的房东的户口簿。阿洛伊济付给列车员好大一笔钱,买了他油渍斑斑的旧裤子,从维亚特卡回到莫斯科。但房东的小楼,呜呼,已经找不到了。全部破烂付之一炬。阿洛伊济是个非常有办法的人,两星期后他已经住进勃留索夫胡同一个非常漂亮的房间,几个月后又坐进了里姆斯基的办公室。就像从前里姆斯基因为斯乔帕不得安生,现在轮到瓦列努哈因为阿洛伊济受苦受难了。伊凡·萨韦利耶维奇现在一心盼着这个阿洛伊济尽快调走,滚得越远越好。有时,瓦列努哈会在自己人的小圈子里偷偷抱怨:"一辈子也没见过像阿洛伊济这样的浑蛋,这家伙什么事都干得出来。"

不过,也许剧院总务过于偏激。没有发现阿洛伊济干过什么坏事,就像没有发现他干过任何事情一样,当然,如果不把他安排另一个人顶替小吃部经理索科夫的职位计算在内。安德烈·福基奇死于肝癌,而且确实是在沃兰德现身莫斯科后,过了大约九个月,在莫斯科大学第一附属医院去世的……是的，几年后，本书真实描写的种种事件渐渐淡出，在人们记忆中消失。但并非所有的人都是如此！并非！

每年，凡是春天月圆的节日，傍晚，牧首塘畔的椴树下，便会出现一个三十岁左右的中年人。一个棕红头发，绿眼睛，衣着朴素的学者。这就是历史和哲学研究所的研究人员，教授伊凡·尼古拉耶维奇·波内廖夫。

他来到椴树下，总是坐在那天傍晚他坐过的长椅上。也是坐在这张长椅上，现在已经被人遗忘的柏辽兹，生平最后一次看到了破碎的月亮。

如今，这月亮，完整无缺，傍晚苍白，随后泛出金黄，带着不知是龙是马的神秘阴影，飘浮在原先的诗人——伊凡·尼古拉耶维奇的上空，又像是停在高空一动不动。

伊凡·尼古拉耶维奇全都知道，他全都记得，全都明白。他知道自己年轻时，曾是罪恶的催眠师的牺牲品，此后经过治疗，得以康复。但他也知道，有件事他控制不住自己。这春天月圆的夜晚便是他的劫难。每当这一天渐渐临近，每当曾经高悬在两盏五烛巨灯上空的月亮渐渐变圆，渐渐泛出金黄，伊凡·尼古拉耶维奇便心神不宁，脾气暴躁，不思饮食和睡眠，眼巴巴地盼着月圆。到了月圆那天，更是无论什么，都不能把伊凡·尼古拉耶维奇留在家里。他傍晚出门，步履匆匆地朝牧首塘走去。

坐在长椅上，伊凡·尼古拉耶维奇大声地自言自语，抽烟，眯起眼睛一会儿看看月亮，一会儿看看记忆犹新的旋转门。

伊凡·尼古拉耶维奇就这样坐上一两个小时，随后从椅子上站起来，永远顺着同一条路线，穿过斯皮里多诺夫街，睁着呆滞的、视而不见的眼睛，朝阿尔巴特街附近的小巷走去。

他经过卖煤油的铺子，在路灯歪斜破旧的街角上转弯，悄悄走近一道栅栏，栅栏后面他看到一个漂亮、然而尚未披上绿装的花园，园内有幢哥特式小楼，飘窗凸出在外的一面被月光染成银色，另一面沉浸在黑暗中。

教授不知道，究竟是什么吸引他来到这道栅栏前，又是谁住在这幢小楼里，但他知道，在这月圆夜，他不能不来这里。另外，他知道在栅栏后面的花园里，他必定看到年年一样的景象。

他看到长椅上坐着一个上了年纪的魁梧男子，蓄着络腮胡子，戴着夹鼻眼镜，面孔稍稍有些像猪。伊凡·尼古拉耶维奇总是看到小楼的这位住户想入非非的模样，眼睛望着月亮。伊凡·尼古拉耶维奇知道，稍事赏月后，坐着的人必定会把目光移向飘窗，直勾勾地盯着窗户，像是等着窗户立刻打开，窗台上出现某种奇迹。

往后的事情伊凡·尼古拉耶维奇都能背出来。这时一定得在栅栏外面躲好，因为坐着的人马上就会东张西望，骨碌碌乱转的眼睛，开始在空气中捕捉什么，脸上必定挂着欣喜的微笑，随后，他会在某种甜蜜的苦恼中突然两手一拍，随后，干脆相当响亮地嘟哝起来：

"维纳斯！维纳斯！……唉，我呀，傻瓜！……"

"诸神，诸神！"伊凡·尼古拉耶维奇小声惊呼，躲在栅栏外面，两只火辣辣的眼睛一眨不眨地看着这个神秘的陌生人，"瞧，又是一个月光的牺牲品……对，又是一个牺牲品，跟我一样。"

坐着的人会继续说下去：

"唉，我呀，傻瓜！干吗，干吗我不跟她一起飞走？我怕什么，老蠢驴！弄了张证明！嘿，现在就耐心等吧，老糊涂！"

他就这样自言自语，直到小楼背光的窗户啪的一声打开，探出一个发白的东西。只听一个难听的女人声音在喊：

"尼古拉·伊凡诺维奇,您在哪儿?发什么疯?想得疟疾?来喝茶吧!"

这时,当然,坐着的人回过神来,虚情假意地回答:

"我想呼吸新鲜空气,新鲜空气,我的宝贝!外面的空气好极了!"

这时,他会从长椅上站起来,挥动拳头偷偷威胁楼下关上的窗户,随后无精打采地回家。

"他撒谎,撒谎!噢,诸神,他真会撒谎!"伊凡·尼古拉耶维奇喃喃着离开栅栏,"根本不是什么新鲜空气把他引到花园里来的,他肯定是在这春天的月圆夜,在月亮上、花园里,还有天上,看见了什么。啊,代价再高我也舍得,只要能了解他的秘密,知道他失去了哪个维纳斯,这才徒然地在空气中摸索,想抓住她。"

回到家里,教授已经完全是个病人。他的妻子装作没看见,只是催他尽快睡觉,但她自己不睡,拿着一本书坐在灯下,痛苦的眼睛看着入睡的丈夫。她知道伊凡·尼古拉耶维奇必定会在深夜痛苦地喊叫着从梦中惊醒,又哭又闹。所以灯下的台布上放着事先准备的一副包在消毒纱布里的针筒和一支浓茶色的针剂。

和重病病人拴在一起的可怜的女人,现在没事了,可以放心睡觉。伊凡·尼古拉耶维奇打针后,将会满脸幸福地一直睡到早晨,做着一个个她无从知晓,却又崇高、幸福的梦。

月圆夜,使教授惊醒、惨叫的,总是同样的梦。他梦见一个没鼻子的丑八怪,跳到十字架前,大喊一声,把长矛刺进绑在十字架上已经失去理智的黑拾塔示的心脏。但可怕的不只是刽子手,更是世界末日一般的、黑云铺天盖地压下来的恐怖。

打针后,梦境完全变了。一条宽大的月光路从床前伸向窗口,一个身披血红衬里白披风的人踏上这条月光路。他身边走着一个穿破长袍、脸上有伤痕的年轻人。两人激动地说着什么,互相争论,似乎想谈出什么结果。

"诸神,诸神,"那个穿披风的人说,把傲慢的面孔扭向自己的旅伴,"多卑鄙的行刑!不过,请你对我说,"这时,他的脸由傲慢变成哀求,"其实没有行刑!求你了,说吧,没有行刑?"

"当然,没有行刑,"旅伴嘶哑地回答,"那是你的幻觉。"

"你能对此起誓吗?"穿披风的人低声下气地请求。

"我起誓。"旅伴回答,不知为什么他的眼睛在笑。

"那我就什么都不需要了!"穿披风的人喊起来,连声音都变了,他带领旅伴,越来越高地朝一轮明月走去。他们后面跟着一只安详而又高傲的尖耳朵狼狗。

月光路渐渐沸腾,化作一条汹涌的月光河,漫向四面八方。满天都是溶溶的月光,它嬉戏、舞蹈、闹腾。波浪滚滚的月光河中,浮现出一位无比清丽的女子,她挽着一个满脸胡子、怯生生地东张西望的男人朝伊凡走来。伊凡·尼古拉耶维奇立刻认出了他。这是一一八号,他的夜晚客人。伊凡·尼古拉耶维奇在梦中向他伸出双手,急切地问:

"这么说,就这样结束了?"

"就这样结束了,我的学生。"一一八号回答,女子走近伊凡,说:

"当然,就这样结束了。一切都结束了,一切都会结束……让我吻一下您的额头,这样,您就一切顺当了。"

她俯向伊凡,吻他的额头。伊凡向她伸过手去,凝视她的眼睛,但她渐渐后退,后退,和自己伴侣一起去了月亮。

于是月亮开始发威,把瀑布似的月光泄向伊凡,月光四溅,像洪水一样在房间里积聚,波动,越涨越高,淹没了床铺。这时,梦中的伊凡·尼古拉耶维奇露出幸福的微笑。

第二天早上，他醒来时默默无言，然而绝对是平静和健康的。他伤痕累累的记忆渐趋沉寂，直到下一年的月圆夜，教授不会再受任何人的惊扰。无论是刺死黑拾塔示的没鼻子的刽子手，还是残酷的第五任犹太总督，骑士本丢·彼拉多。

1929—1940

图书在版编目（CIP）数据

大师和玛格丽特／（俄罗斯）米哈伊尔·布尔加科夫著；曹国维译． —— 上海：华东师范大学出版社，2020
（独角兽文库）
ISBN 978-7-5760-0187-7

Ⅰ．①大… Ⅱ．①米… ②曹… Ⅲ．①长篇小说—俄罗斯—现代 Ⅳ．①I512.45

中国版本图书馆CIP数据核字（2020）第041286号

大师和玛格丽特

著　　者　[俄罗斯] 米哈伊尔·布尔加科夫
译　　者　曹国维
责任编辑　朱晓韵
特约编辑　包天添
责任校对　时东明
装帧设计　Cincel Lin

出版发行　华东师范大学出版社
社　　址　上海市中山北路3663号　邮编 200062
网　　址　www.ecnupress.com.cn
电　　话　021-60821666　行政传真　021-62572105
客服电话　021-62865537
门　　市　（邮购）电话　021-62869887
地　　址　上海市中山北路3663号华东师范大学校内先锋路口
网　　店　http://hdsdcbs.tmall.com

印　刷　者　山东临沂新华印刷物流集团有限责任公司
开　　本　889×1194　32开
印　　张　14
字　　数　334千字
版　　次　2021年1月第1版
印　　次　2021年1月第1次
书　　号　ISBN 978-7-5760-0187-7
定　　价　58.00元

出 版 人　王　焰

（如发现本版图书有印订质量问题，请寄回本社客服中心调换或电话021-62865537联系）